DIE FÄRÖER STANDEN ganz im Zeichen der Parlamentswahl. Die Spannung erreichte ihren Höhepunkt. Es sah aus, als würden die „Grünen Färöer“ das Zünglein an der Waage werden. Doch der entscheidende Sitz ging nicht an die favorisierte Ronja Róksdóttir, sondern an den 37-jährigen Beinir Kalsfjall, der wiederum alle überraschte und zum siebzehnten Mann gewählt wurde, zur Schlüsselstimme in einer konservativen Koalition. Als das neu gewählte Parlamentsmitglied bei einem mysteriösen Verkehrsunfall ums Leben kam, geriet Ronja Róksdóttir unter Verdacht.

Aber war es tatsächlich möglich, dass die 39 Jahre alte Ronja Róksdóttir, die mutige und stets gut informierte Journalistin, hinter dieser Schreckenstat stand? Die Leute verdächtigten sie. Sie hatte schließlich ein Motiv. Auch für Birita Suðurnes, die Polizistin, die seit einigen Monaten mit Beinir befreundet war und sogar die letzte Nacht mit dem neuen Kometen am politischen Sternenhimmel verbracht hatte, bestand kein Zweifel: Ronja musste sofort festgenommen und verhört werden. Anita und ihr Mann, der bei der örtlichen Polizei beschäftigte Jákup á Trom, hatten in diesen Tagen genug mit sich selbst zu tun. Sie stand kurz vor der Geburt des dritten Kindes, und er freute sich darauf, sich für eine Weile beurlauben zu lassen, um sich um seine Frau und sein Baby zu kümmern. Allerdings kamen bei ihm Zweifel auf, ob er wirklich der Vater des Kindes war.

Neben diesem ganz normalen Wahnsinn gab es aber noch eine andere Geschichte, deren Wurzeln weit in der Vergangenheit lagen.

Der siebzehnte Mann geißelt die gesamte Gesellschaft. In einer Zeit, in der nur darüber nachgedacht wird, was einem vielleicht selbst zum Nutzen gereichen könnte, geraten immer mehr Menschen ins Hintertreffen und werden zu kläglichen Verlierern. In der Wut der Verzweiflung ist der Mensch zu allem fähig. Besonders wenn ihm alles genommen wird und er nichts mehr zu verlieren hat.

Der siebzehnte Mann ist ein Roman über den Strickclub aus Norðvík, der die Wolle der Pullover entwirrt, die die Färinger als Zwangsjacke tragen.

Steintór Rasmussen

Der siebzehnte Mann

Übersetzt aus dem Färöischen von Martin Schürholz

achter Verlag

Achter Verlag, Weinheim und Acht
www.achter-verlag.de
ISBN 978-3-948028-20-6

Übersetzung: Martin Schürholz; Olpe
Lektorat: Martina Leiber, Karlsruhe
Druck: bookpress.eu
Titelgestaltung: Achter Verlag unter Verwendung des Ausschnittsdes Werkes „Colony“ von Edvard Fuglø © , Klaksvik , aus dem Jahr 2006. Das Originalbild hat eine Größe von 475 x 160 Zentimeter und gehört zur ständigen Sammlung des färöischen Kunstmuseums

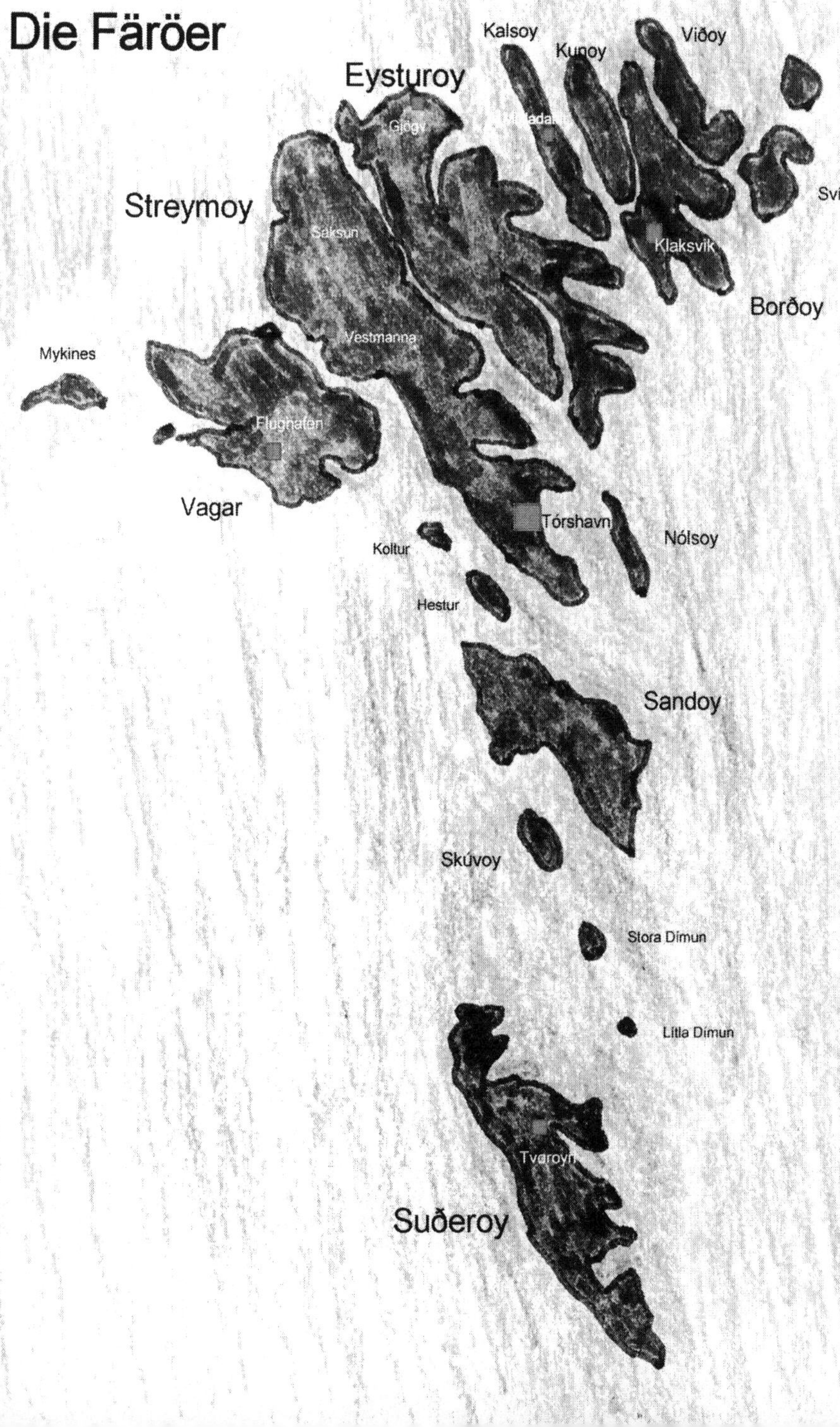
Die Färöer
Kalsoy
Kunoy
Viðoy
Fugloy
Eysturoy
Gjógv
Svínoy
Streymoy
Saksun
Klaksvík
Borðoy
Vestmanna
Mykines
Flughafen
Vagar
Tórshavn
Nólsoy
Koltur
Hestur
Sandoy
Skúvoy
Stora Dímun
Lítla Dímun
Tvøroyri
Suðeroy

Personen, Orte und Fakten

Strickclubs sind auf den Färöer-Inseln weit verbreitet. Sie bestehen in der Regel aus Frauen, die sich aus der Schule oder der näheren Umgebung kennen und sich im Winter regelmäßig treffen. Die Abende finden wechselweise bei jeder Einzelnen zu Hause statt, wo sie sich ohne Einmischung ihrer Männer zusammensetzen, plaudern, ein Getränk genießen, sich amüsieren und dabei vielleicht auch diversen Handarbeiten nachgehen.

Norðvík, der Heimatort der „Strickclubdamen", ist die zweitgrößte Stadt der Färöer und zählt ca. 5.000 Einwohner. Er kommt daher dem realen **Klaksvík**, das auch als die „färöische Fischereihauptstadt" bezeichnet wird, ziemlich nahe. Ein Teil des Romans spielt in **Tórshavn**, der Hauptstadt des Landes.

***

Die Mitglieder des Strickclubs:

Anita á Trom, geboren 1978, ist Erzieherin. Sie ist verheiratet mit **Jákup**, einem Polizisten. Die beiden haben einen Sohn, **Bárður** (12), und eine Tochter, **Bjørk** (10).

Ronja Róksdóttir, Jahrgang 1978, hat sich von ihrem Job als Journalistin für das Medienhaus **„VIKAN"** freistellen lassen, um bei der neu gegründeten Umweltpartei **„Grüne Färöer"** eine Karriere als Politikerin zu starten. Sie ist mit **Niki** befreundet, dem Webmaster von „VIKAN".

Lina Válará, geboren 1975, arbeitet als Krankenschwester. Sie ist auf der **Südinsel** aufgewachsen und hat in Norðvík **Dennis**, Steuermann und der ältere Bruder von Anita, geheiratet. Die beiden haben drei Kinder.

Jórun Flink Olsen, Jahrgang 1978, ist Arbeiterin ohne Ausbildung in einer Fischverarbeitungsfabrik. Sie lebt getrennt von dem dänischen Geschichtslehrer und Akademiker **Ulrik**, mit dem sie in sehr jungen Jahren ihren Sohn **Jónas** bekam.

Maria í Geilarhorni, ebenfalls Jahrgang 1978, arbeitet als Lehrerin und ist mit **Poul** verheiratet, einem Bankangestellten. Die beiden haben vier Kinder.

Bjørg Beniti, auch 1978 geboren, hat in London Umwelt- und Rechtswissenschaft studiert und dabei ihren Mann, den Ägypter **Salar**, kennengelernt, mit dem sie zwei gemeinsame Kinder hat. Sie ist Leiterin des Lebensmittelcenters „Foroya Matvørudepil".

***

Weitere Personen (alphabetisch nach Vornamen geordnet):

Beinir Kalsfjall, Politiker („Grüne Färöer")

Bjarki Birk Olesen, eines von vier Mitgliedern einer früheren Jugendclique

Dissan, Ronjas Mutter

Dorian Dun, väterlicher Freund von Ronja

Døgg Damm, Politikerin („Grüne Färöer").

Gestur Gillason, Politiker („Christliche Arbeiterpartei"), verheiratet mit **Eva Debora**

Hilda Vigesen, Leiterin der Wohneinrichtung „Hjálpirótin"

Igor Saksun, Bevollmächtigter im Parlament

Ísak, vertrauensvoller Freund von Gestur Gillason

Janus Vesturfoss, Ministerpräsident („Christliche Arbeiterpartei")

Jógvan Nev, Politiker („Separatisten").

Jóhannus Nesberg, Wahlforscher

Karl á Støð, früherer Chef der Polizei in Norðvík, heute pensioniert, verheiratet mit **Eydna**

Marita Huus Hansen, Gesellschaftswissenschaftlerin

Martha Noran, eines von vier Mitgliedern einer früheren Jugendclique

Mikkjal, eines von vier Mitgliedern einer früheren Jugendclique

Miriam Sylvadóttir, Politikerin („Christliche Arbeiterpartei")

Nanna Antinesen, Politikerin („Sozialdemokraten")

Pátrik Raskason, Angestellter der färöischen Universität, Fotograf und Freelancer für das Netzportal **„VAPO"**, lebt in einer Beziehung mit **Yvonne**

Petur við Brúgv, Klavierspieler

Regin Rógv, Parlamentsabgeordneter der bürgerlichen Regierung

Sveinur Skel, färöischer Sänger,

Tarina, beste Jugendfreundin von Maria

Villy Nesmann, Chefredakteur des Medienunternehmens „VIKAN"

Vónbjørt, wörtlich „Leuchtende Hoffnung", eines von vier Mitgliedern einer früheren Jugendclique

***

Das Ermittlerteam:

Bei wichtigen Kriminalfällen ermitteln bei der Polizei Nord in Norðvík vor allem **Jákup á Trom, Birita Suðurnes** und **Grímur Gullaksen**. Im aktuellen Fall entscheidet sich **Louis Borgarson**, der Chef der färöischen Kriminalpolizei, vor Ort auszuhelfen und die Geschicke der Polizei Nord bis auf Weiteres selbst zu leiten.

ES WAR EINE wunderschöne Nacht gewesen. Aber nicht, weil er sie draußen verbracht und in die Sterne geschaut hatte. Nein, er hatte den flackernden Himmel vielmehr im Schlafzimmer und in ihren Augen gesehen. Er warf erneut einen Blick auf sie. Das lange, dichte Haar verdeckte ihr hübsches Gesicht. Ihr Mund war halb geöffnet. Diese kusslüsternen Lippen. Sie atmete schwer. Er musste aufstehen. Immer wurde alles durch die Uhr diktiert. Doch er wollte nicht klagen. Glücklich küsste er die schlummernde Polizeibeamtin auf die Wange und verließ leise den Raum. Die Zeit drängte, er musste noch duschen und sich rasieren. Sein Aussehen bedeutete ihm alles. Er war nun eine bekannte Persönlichkeit auf den Färöern und legte Wert darauf, sich der Bevölkerung mit Stil und Würde zu präsentieren. Behutsam öffnete er die Tür zum Bad, denn er wollte ihre Kinder nicht aufwecken. Er lächelte vor sich hin. Die beiden hätten eigentlich bei ihrem Vater übernachten sollen, dem aber etwas dazwischengekommen war. Ihm selbst konnte das jetzt egal sein. Birita und er würden sich erneut unter ein und derselben Decke treffen. So vertraut waren sie nun miteinander.

Birita hatte ihn zu sich nach Hause eingeladen, um einem langweiligen Abend zumindest einen schönen Abschluss zu geben. Er selbst war nach Norðvík gekommen, um sich bei den „Seemannstagen" blicken zu lassen. Als Politiker war es ihm wichtig, im gesamten Land präsent zu sein. Schon allein, um zu hören, was die Leute sagten und dachten. Eine Teilnahme an der Fischereikonferenz eigne sich dazu besonders gut, hatte er sich gesagt, auch wenn das Programm, das auf der Tagesordnung stand, nur wenig Neues zu bieten hatte. Und so war es dann auch gewesen, im Grunde wurde immer wieder über das Gleiche geredet. Die Leute beharrten auf ihren persönlichen Standpunkten. Während ein langatmiger Separatist versucht hatte, ein genaueres Bild über die Fischerei in der Barentssee zu zeichnen, hatte er die Zeit genutzt, Birita eine SMS zu schreiben und seinen Worten das Emoji „Versiegeltes

Herz“ hinzuzufügen. Einen Augenblick später hatte er als Antwort einen küssenden Smiley mit dem Wortlaut „Ja Liebster, komm!“ erhalten.

Beinir Kalsfjall stand im Bad und betrachtete sich im Spiegel. Zahnpasta und Kinderfinger hatten auf dessen Oberfläche in den letzten Tagen deutliche Spuren hinterlassen. Aber so ist das Leben. Er lächelte zufrieden. Es war bereits nach sechs. Er war froh, das Auto dabei zu haben und nicht auf den *Pyjamabus*, wie der Volksmund den ersten Bus zum Flughafen bezeichnete, angewiesen zu sein. Somit blieb es ihm an diesem Morgen erspart, sich auf der Fahrt zwischen fremde Leute setzen zu müssen. Um 8.45 Uhr würde er mit dem Flugzeug nach Dänemark fliegen, von dort ging es weiter nach Schweden. Zum Glück hatte er schon am Abend, bevor er Tórshavn verließ, einen kleinen Koffer mit sauberen Hemden, frischer Unterwäsche und dem Allernotwendigsten für die Auslandsreise gepackt. Das war nun sein Leben als Politiker. Allzu lange hatte er in dieser Nacht nicht geschlafen, aber schlafen konnte er auch noch, wenn er einmal alt war.

In Stockholm stand eine Konferenz des Nordischen Rates auf dem Programm. Dazu war er am Flughafen mit Regin Rógv verabredet, dem zweiten färöischen Repräsentanten, der ihn auf seiner Reise begleiten sollte.

Obwohl ihm das Beste der ersten Lebenshälfte noch bevorstand, hätte es im Moment kaum besser laufen können. Er war erst 37 Jahre alt, hatte aber viele der schwierigsten Gipfel bereits erklommen: Anerkennung, politische Macht, Geld und eine reizende Geliebte in Norðvík! Das war fast mehr, als er jemals zu träumen gewagt hatte. Es erschien ihm eigenartig, dass alles so glatt gelaufen war. Der Weg hatte sich ganz plötzlich geebnet. Voraussehbar war seine steile Karriere keineswegs gewesen. Ein einziges Telefongespräch hatte alles verändert. Zuerst wollte er das Angebot ablehnen, hatte sich dann aber doch anders besonnen. Auf der Kandidatenliste hatte es an Männern gefehlt. Es herrsche eine verkehrte Welt, hatte man ihm gesagt. Es gäbe daher nichts Besseres, als ein einigermaßen bekanntes Gesicht aus der Hauptstadt mit an Bord zu nehmen. Ja, er sei der geeignete Mann. Er habe in seinem Leben schon viele Dinge bewerkstelligt und verfüge daher über jede Menge Erfahrung. Das sei allen bewusst. Er könne sich der Unterstützung aller gewiss sein und das Wahlprogramm selbst mitentwickeln. Es handele sich um eine liberale Umweltpartei, die sich noch nichts habe zuschulden kommen lassen. Die Leute sollten ihrer Regierung wieder vertrauen können. Und einer ökologisch vertretbaren färöischen Zukunft entgegenblicken!

Es war vollkommen in Ordnung für ihn, dass die „Grünen Färöer“, so lautete der Name der neugegründeten Partei, seine politische Basis sein sollten. Zuerst hatte er sich auf einer Informationsveranstaltung kundig gemacht, dann sämtliche Fakten genau abgewogen. Persönlich fühlte er sich weder rechts- noch linksorientiert. Er hielt sich nicht für besonders konsequent und ebenso wenig mit Ecken und Kanten versehen. Aber er hatte eine starke eigene Meinung und liebte es, über aktuelle Lebensumstände und gesellschaftliche Themen zu diskutieren. Deshalb hatte er diese Chance wahrgenommen und sich als Kandidat aufstellen lassen. Selbstverständlich gab es auch Dinge, die ihm besonders am Herzen lagen. Für die er brannte und kämpfen wollte. Er dachte vor allem an den Sport und die Linderung der Wohnungsnot in den größeren Orten des Landes. Obwohl es um etwas so Großes wie die Wahl eines neuen Parlaments ging, hatte er sich schnell an sein neues Leben gewöhnt und bereits in der Wahlkampfphase gelernt, mit der Faust auf den Tisch zu schlagen. Seine Idee, in der Hauptstadt den Verkehr zu beruhigen und das Zentrum sogar ganz autofrei zu machen, hatte ihm allen Anschein nach viele Stimmen gebracht. Am Ende hatte er sogar mehr Stimmen bekommen als Ronja Róksdóttir, die Kandidatin aus Norðvík, die als Favoritin in die Wahl gegangen war. Dieser Sieg war ein großartiger Triumph für ihn gewesen. Unter den Zuhörern des Fischereikongresses hatte er Ronja nicht ausmachen können. Aber das hatte er auch nicht erwartet. Denn nach der Wahl hatte seine Konkurrentin ihre Fahnen eingerollt. Sie hatte es nicht ertragen können, von einem populären Tórshavner überrannt worden zu sein. Schade, dass er – nachdem das Ergebnis festgestanden hatte – das Gefühlschaos dieser rhetorisch so bewanderten Frau nicht selbst hatte miterleben können. In der Politik gibt es immer sowohl Gewinner als auch Verlierer. Vielleicht hatte Ronja für sich die Zeichen der Zeit erkannt. Während er im Namen seiner Partei im Fernsehen auftrat und eventuelle Koalitionsmöglichkeiten erörterte, hatte sie sich in Norðvík verschanzt. Er fragte sich, ob es für das färöische Volk ein besseres Wahlergebnis hätte geben können. Vermutlich war es ideal, dass er als Einziger der Parteiliste ins Parlament gewählt worden war. Zusammen hätten sie ohnehin keinen einheitlichen Kurs gefunden. Das war bereits auf verschiedenen Wahlkampfveranstaltungen deutlich geworden. Dank seines jahrelangen Engagements als aktiver Sportler unterstützten ihn viele Freizeiteinrichtungen Tórshavns tatkräftig. Auch seine Familie hatte ihm immer wieder Mut gemacht. Aber dann gab es diesen Skandal, der genauso gut das Ende der Partei hätte bedeuten können. Das jedoch war nicht seine Baustelle gewesen. Für die digitale Attacke, deren Auswirkungen über das ganze Land zu spüren gewesen waren, hatte sich Ronja verantworten müssen, denn es waren ausschließlich ihre Leute, die unter dem Verdacht standen, die Attacke inszeniert zu haben. Aber nichts ist so schlimm, dass es nicht auch etwas Gutes hätte. Als Folge des Eklats wuchs nämlich bei den Wählerinnen und Wählern das Vertrauen in ihn. Selbst in Norðvík hatte er eine Menge Stimmen bekommen. Und zwar so viele, dass das Rennen letztendlich zu seinen Gunsten entschieden und *er* ins Parlament gewählt worden war.

Die Luft war feucht. Der Sommer hatte sich nicht gerade mit Ruhm bekleckert. Es würde ihm guttun, das Land für ein paar Tage zu verlassen. Der größte Teil Skandinaviens stöhnte noch immer unter einer Hitzewelle, sodass er sich auf eine herrliche Reise freute. Er hatte sein Auto etwa 50 Meter von Biritas angemietetem Haus entfernt geparkt. So war es ihr am liebsten, und einer Polizeibeamtin sollte man bekanntlich niemals widersprechen. Beinir lächelte zufrieden, als er sich in seinen funkelnagelneuen Peugeot setzte.

Er selbst hatte das Schachspiel, einen Sitz im Parlament zu erkämpfen, offenbar besser beherrscht als jede seiner Konkurrentinnen. Er wusste mindestens genauso gut wie alle anderen, was für die Gesellschaft von Bedeutung war. Er hatte die Dinge zur rechten Zeit am rechten Ort beim Namen genannt. Seine Stellung war stärker gewesen, als man es ihm vor der Wahl zugetraut hatte. Als siebzehntes Mitglied des neuen bürgerlichen Parlaments lag die Zukunft der Färöer in seinen Händen. Nur Gott weiß, was passiert wäre, wenn Ronja Róksdóttir ein paar mehr Stimmen bekommen hätte und selbst an der Regierungsbildung beteiligt worden wäre. Dann hätte die alte Koalition wohl so weitermachen können wie bisher, vermutlich hätte aber auch sie einen Platz im Parlament beansprucht. Nein, da war er doch pfiffiger gewesen. Und den Lohn dafür hatte er sich redlich verdient.

Er trat aufs Gaspedal. Die Geschwindigkeitsbeschränkung von 100 Kilometern pro Stunde beachtete er nicht. Was sollte ihm schon passieren? Birita hatte es als unwahrscheinlich angesehen, dass ihn die Verkehrspolizei so früh am Morgen kontrollieren würde. Wer, wenn nicht sie, konnte wissen, ab wann die Polizei hier auf den Beinen war und ihren gesellschaftlichen Pflichten nachkam? Er war ganz allein auf der Straße. Lebte in seiner eigenen Welt. Der neue färöische Parlamentsabgeordnete, dem es vergönnt war, das Land zu verlassen. Er, der eine kurze, aber notwendige Reise antrat. Es würde guttun, ein bisschen andere Luft zu schnuppern. Die letzten Monate waren eine sehr aufregende, strapaziöse Zeit gewesen. Schon in zwei Stunden würde er sich über den Wolken befinden. Vielleicht sogar mit einem leichten Flugrausch? Er freute sich und drehte die allmorgendliche Musiksendung des färöischen Rundfunks lauter, denn es lief gerade der Song „*Sig du kan lide mig*" („Sag, dass du mich magst") der dänischen Band „Tøsedrengene". Er wusste, wer ihn mochte, und lachte vor sich hin.

Die Leute lagen immer noch in ihren Betten und schliefen. Weit und breit war kein Auto zu sehen. Er witterte nicht die geringste Gefahr. Aber seine Geschwindigkeit war zu hoch, um rechtzeitig zu bremsen. Woher der Stein kam, konnte er sich nicht erklären. Ein Unfall schien unvermeidbar. Der Schreck fuhr ihm in die Glieder. Zwar versuchte er noch, das Steuer herumzureißen, aber es war zu spät. Er verlor die Kontrolle über das Fahrzeug, es überschlug sich und prallte gegen einen Felsen. Der schlimmste Schmerz blieb ihm erspart. Es war Donnerstag, der 16. August. Beinir Kalsfjall war auf der Stelle tot.

SIE HATTE NICHT die Absicht, sich umzudrehen und zurückzublicken. Lief geradewegs in den kalten Morgen hinein. Rannte davon. Eigensinnig und unbeirrt. Über den Asphalt. Schritt für Schritt. Die Arme schwangen im Takt. Sie rannte um ihr Leben. Mit pochendem Herzen und unermüdlichem Willen kämpfte sie sich in den unbekannten, feuchten Tag. Lief, als wäre sie ein Roboter. Als wolle sie ihrem eigenen Körper entfliehen. Warum nur waren die Menschen so geworden, wie sie heute waren? Sie war ein nach Luft schnappendes Wesen aus Fleisch und Blut. Schwitzend, sich abrackernd und keuchend. Was hatte sie nur falsch gemacht?, fragte sie sich. Außer sich und die Welt herausgefordert zu haben? War es vielleicht der Fluch, eine Frau im 40. Lebensjahr zu sein? Sie hatte viel gewollt, aber nur wenig zustande gebracht. Ihr Selbstbild lag wie eine Last auf ihren Schultern. Sie hatte in letzter Zeit häufig mit Atembeschwerden zu kämpfen gehabt. Nun brauchte sie viel frische Luft. Wollte alle Wege zum Gehirn freiblasen. Nichts sollte ihre Maschinerie blockieren, die im Lauf der Jahre begonnen hatte, schneller zu arbeiten. Deshalb fühlte sie sich genötigt, zu laufen. Als ob ihr der Teufel auf den Fersen wäre. Oder als würde sie vom Pech verfolgt. Der Schmerz setzte sich in ihren Gliedern fest. Der ganze Körper tat ihr weh. Doch im Kampf gegen ihre Seelenqualen war ihr das Bewegen mit gleichbleibender Geschwindigkeit eine gute Hilfe. Es kam ihr vor, als wäre sie eine lebendige, aufgezogene Puppe. Eine Figur, die die ganze Zeit in Gang gehalten werden musste. Durch den kühlen Wind. Langsam und angriffslustig den Abhang hinunter. Der Vergangenheit entkommen. Helleren Zielen entgegen. Das Laufen brachte sie auf neue Gedanken. Jeder Schritt ergab einen Sinn. Auch wenn sie nicht wusste, wohin sie ihr Lebensweg führen würde.

Noch vor wenigen Wochen hätte Ronja Róksdóttir sich kaum vorstellen können, dass sie selbst einmal einen Jogginganzug überstreifen würde. Doch als sie sich dazu entschloss, in die Politik zu gehen, hatte sich alles verändert. Ihr neues Ziel war es, für eine gerechte und grüne Zukunft zu kämpfen. Sie fand, dass man das, was man auf den Färöern auch selbst anbauen könne, nicht importieren müsse. Viel wichtiger sei es doch, ökologisch zu denken und sich so weit wie möglich selbst zu versorgen. Jede färöische Familie sollte Äpfel, Möhren, Kohl, Eier, Käse, Marmelade, Fleisch, Schinken und Fischprodukte kaufen können, die auf den Inseln selbst erzeugt worden waren. Ebenso erschien es ihr unnötig, große Container und Paletten mit ausländischer Limonade ins Land zu bringen, nur um sie in energiefressenden Kühltheken zu stapeln. Der große Konkurrenzkampf und die Vielfalt der Angebote hatten mittlerweile jeden Rahmen gesprengt. In Zukunft müsse es möglich werden, sämtliche Waren auch ohne unnötige Verpackung zu verkaufen. Die Welt ersticke ohnehin in Plastikmüll. Das zu ändern, hatte sie sich auf die Fahnen geschrieben. Sie wollte mit gutem Beispiel vorangehen und notfalls auch vieles zu Fuß erledigen. Es tat ihr gut, sich zu bewegen, die Luft aus den Bergen zu riechen und den Geschmack des Meeres zu schmecken. Ihr neues persönliches und ökologisch vertretbares Leitbild war sozusagen in See gestochen. Die „Grünen Färöer" waren ihr Flaggschiff. Sie war frohen Mutes gewesen, dass ihr Bootstrip eine politische Abenteuerreise werden würde. In der ersten Zeit hatten sich ihre Segel sogar an guten Windverhältnissen erfreuen können …

Warum hatte sie sich darauf eingelassen? Wie hatte sie so dumm sein können? Ronja hätte am liebsten laut auf den Fjord hinausgebrüllt, was für eine unglückliche Wahl sie da getroffen hatte. Oder ihren Frust in die taufeuchte Natur hineingeheult. Den meisten Leuten wäre das jedoch völlig gleichgültig. Sie würde nur auf taube Ohren stoßen.

Doch nun hatte ein neuer Tag begonnen. Die Leute streckten sich nach ihren Handys, um den Wecker auszuschalten und ihn auf ein paar Minuten später zu stellen, nur, um sich noch einmal kurz genüsslich umzudrehen und sich einen weiteren Moment Schlaf zu erschwindeln. Guten Morgen, Färöer! Aber nein, niemand würde sich selbst austricksen können. Das war nun einmal so. Sie hatte ihren Kampf verloren. Sie fühlte sich in ihrer Ehre gekränkt. Erniedrigt und auf den Arm genommen. Schmutzig und ausgespielt. Aber ab heute wollte sie wieder angreifen. Ihren Rhythmus wiederfinden. Das Laufen unterstützte sie dabei. Unterwegs fühlte sie sich leichter. Ihre Schritte wurden länger. Die Zehen streiften den Asphalt. Sie lief, um die Wut in ihrem Körper abzubauen. Ihre Gedanken zu bereinigen. Und den übelsten Dreck abzuspülen. Dieses Arschloch! Dieser egoistische, schleimige Teufel! Der sie so gründlich hereingelegt hatte. Der Mann, der es geschafft hatte, alles einzureißen, was sie sich aufgebaut hatte.

An dem Bauwagen am alten Friedhof hatten sich einige Krähen versammelt. Frühmorgens war hier ein faszinierendes Vogelleben zu beobachten. Ohne Menschen war die Natur vielleicht am friedlichsten und allerschönsten. Sie lief über die Brücke und den südlichen Stadtteil entlang. Einige wenige Fenster waren inzwischen erleuchtet. Die Stadt, die langsam erwachte, war kurz davor, sich in einen Strudel von Menschen und Autos zu verwandeln. Im Radio wurden die Frühnachrichten verlesen.

Nach dem unerwarteten Wahlergebnis Anfang Juli war es sonst aber ruhig geblieben. Die Färöer hatten ihre neue Landesregierung bekommen. Der beliebte Janus Vesturfoss hatte an der Ólavsoka, dem färöischen Nationalfeiertag, seine erste Rede als neuer Ministerpräsident gehalten. Die Politik der vorherigen Regierung habe den Fokus zu sehr auf die färöische Wirtschaft gerichtet. Die Wettbewerbsfähigkeit des Landes sei dadurch etwas aus dem Gleichgewicht geraten, hatte er gesagt. Daher sei nun eine vernünftigere Finanzpolitik auf den Weg zu bringen. Die öffentlichen Kosten würden gesenkt werden müssen.

Aber was die notwendigen Investitionen für den Verkehrssektor beträfe, könnten die Färöer es sich nicht leisten, noch länger zu warten.

Ja, so war es in der Politik schon immer gewesen. Es gab einen immerwährenden Konflikt darum, was für diesen kleinen Staat richtig oder falsch war. Zum Beispiel, ob das färöische Volk endlich auf eigenen Beinen oder weiterhin unter dänischer Vorherrschaft stehen sollte. Oder ob man der Privatwirtschaft mehr Möglichkeiten zubilligen oder das Wirtschaftsleben durch Gesetze so regeln sollte, dass die Meeresressourcen für alle Menschen auf den Inseln gesichert würden. Ja, was entspräche der traditionellen färöischen Kultur am ehesten? Finanzkräftige Interessensgemeinschaften oder Politiker, die das Land im Sinne der Menschen regierten? Gesagt und versprochen wurde viel. Der kleine Mann auf der Straße war kaum in der Lage, einen Unterschied zwischen all diesen Aussagen zu erkennen. Und so erhob sich die Sonne auch heute wieder aus dem Meer und die Erde drehte sich einmal mehr um ihre eigene Achse. Der Sommer neigte sich dem Ende zu. Die Livemusik, die bis vor Kurzem noch überall zu hören gewesen war, war verstummt. Viele sprachen nun von den „Seemannstagen", dem „Kartoffelfestival" oder ihrer persönlichen Arbeitswoche. Jeder Ort und Kulturzweig schien etwas Eigenes anzubieten. Die Bauern begannen, an ihre Tiere in den Bergen zu denken. Viele Boote brachen auf, um die Fangsaison der Eissturmvögel einzuläuten. Und die kleinsten Färinger freuten sich darauf, wieder in den Kindergarten oder die Schule gehen zu können. Schlafende Jugendliche wurden für einen neuen Tag geweckt. Pausenbrote mussten geschmiert werden. Leber- und Presswurst, Skerpikjøt und Schokoladenaufstrich. Plastiktüten wurden mit importierten Äpfeln, Birnen und Bananen gefüllt. Hoffnungsvoll gestimmte Kinder machten sich zu Fuß, mit dem Fahrrad oder mit ihren Eltern im Auto auf den Weg. Die Sommerferien waren vom Alltag abgelöst worden. Von den täglichen Pflichten und Kraftanstrengungen, die letztendlich allen zugutekamen. Der Werktag war von Familienleben und Arbeit bestimmt. Doch das alles war nichts Neues, sondern vielmehr eine Art ewiger Kreislauf. Hinzu kamen die täglichen Nachrichten von den Färöern sowie die neuesten Schreckensmeldungen aus aller Welt.

Die Färöer waren eine kleine Gemeinschaft im Atlantik, in der es aber Tausende unterschiedlicher Meinungen gab. Ein Land, in dem sich die Leute wohlfühlten und vermehrten. Glaubte man den Statistiken, dann lag das Bevölkerungswachstum bei etwa zwei Prozent. Ein fortschrittliches Land. Junge, ehrgeizige Familien mit großen Plänen und Träumen prägten das Alltagsbild. Eine Bevölkerung, die versuchte, das Beste aus ihrem Leben zu machen. Und sich gemeinsam eine leuchtende Zukunft aufzubauen. Eine reiche und technisch hoch entwickelte Gesellschaft. Die Färinger zählten zu den glücklichsten Menschen der Welt. Das zumindest war bei den neuesten Untersuchungen herausgekommen. Ein christlicher Staat, den Gott bisher vor Krieg, Hungersnot und schlimmen Naturkatastrophen bewahrt hatte. Aber nicht vor Hass, Rache und Torheit.

Als Ronja die Steigung hinauflief, fiel ihr Blick auf die Blinklichter am Eingang des Tunnels. Verdammt. Was war denn hier passiert? Das sah nach einem schlimmen Verkehrsunfall aus. Sie fragte sich, ob er vielleicht eine gute Story für die Zeitung wäre. In kleinem Rahmen hatte sie wieder begonnen zu schreiben. Sie musste ja *von* etwas, aber auch *für* etwas leben. Für Journalisten, die ihr Fach beherrschten, stand die Tür des Medienunternehmens „VIKAN“ jederzeit offen. Bevor sie sich entschlossen hatte, in den Wahlkampf einzusteigen, hatte sie ihren Chef Villy Nesmann darüber informiert, dass sie ihre Arbeit für eine Weile ruhen lassen wollte. Ob ihr ihr Engagement zu einer Karriere als Politikerin verhelfen würde, war im Voraus schwer einzuschätzen gewesen. Sie hatte zumindest an ihre Chance geglaubt. Und sie hatte kein

Geheimnis daraus gemacht, dass sie mit den „Grünen Färöern" die färöische Gesellschaft verändern wollte.

Der Schweiß lief ihr den Oberkörper hinunter. Ihr Herz schlug heftig. Es war eine aufregende und anstrengende Zeit gewesen. In den ersten Wochen, nachdem das Wahlprogramm veröffentlicht worden war, hatte alles so vielversprechend ausgesehen. Das Interesse war groß gewesen. Alles hatte darauf hingedeutet, dass man sie in jeder Beziehung unterstützen wollte. Die alteingesessenen Parteien hatten die Bevölkerung offenbar ermüdet. Immer wieder war zu hören gewesen, dass die Politiker nur an sich selbst und ihre Familien dächten. Sie wechselten die Partei wie andere ihre Unterwäsche. Missachteten getroffene Vereinbarungen. Und vertuschten alte Sünden, die plötzlich unter dem Schnee zum Vorschein kamen.

Die MeToo-Bewegung hatte auch die Färöer-Inseln erreicht. Berichte über geschlechtliche Diskriminierung und Sexismus ließen Frauen auf die Barrikaden gehen. Diese Initiative hatte in den USA ihren Anfang genommen und nach und nach die ganze Welt erreicht. Frauen aus der Filmindustrie und der Modebranche deckten die Machenschaften lüsterner, machtbesessener Männer auf, die ihre Führungspositionen missbraucht und sie und ihre Kolleginnen sexuell belästigt hatten. Hollywood war buchstäblich von allen guten Geistern verlassen. Selbst in den einigermaßen funktionierenden demokratischen Ländern, in denen die Gleichberechtigung schon längst als Selbstverständlichkeit gelten sollte, wurden sexuelle Straftaten in vielen Nachrichtensendungen an erster Stelle genannt. Kein Verbrechen ließ sich ein für alle Mal vertuschen. Jedes einzelne würde im Sündenkatalog des Schuldigen vermerkt bleiben. Auch für Reiche, Promis und Machthaber würde es einen Tag des Jüngsten Gerichts geben. Zu den Aspekten Strafe und Verachtung hatte die Menschheit jedoch selbst Stellung zu beziehen. Alles kam irgendwann einmal ans Tageslicht. Egal, ob es sich dabei um einen Klaps auf den Hintern handelte oder um geplante sexuelle Gewalt gegenüber unschuldigen Frauen, die keine Chance hatten, nein zu sagen.

Am Ende der abgelaufenen Wahlperiode war selbst der sonst so seriöse und beliebte Símun Svínavík ins Kreuzfeuer der Kritik geraten, nachdem er auf der Weihnachtsfeier der Regierungskanzlei zunächst einige anzügliche Bemerkungen gemacht und dann versucht hatte, eine der jungen Büroassistentinnen zu begrapschen. Viele hatten zwar bezweifelt, dass das gegen ihren Willen geschehen war, aber das spielte im Prinzip keine Rolle. Ein Minister war dazu verpflichtet, sich in seiner Ausdrucksweise zu beherrschen und vor allem, die Hände bei sich zu behalten. Símun hatte dem Ministerpräsidenten somit keine andere Wahl gelassen, als ihn seines Amtes zu entheben. Das wiederum hatte für die ohnehin nicht mehr unumstrittene Koalition das Fass zum Überlaufen gebracht.

Die ständigen Diskussionen über Toleranz und Christentum versetzten die Öffentlichkeit in Aufruhr. Das Recht zur Ausübung der persönlichen und sexuellen Freiheit, das die Vereinten Nationen zumindest auf dem Papier als oberstes Gebot betrachteten, wurde immer wieder gegen die Texte alter biblischer Schriften abgewogen. Aber die Färöer verfügten auch über eigene Gesetze und Rechte, mit denen sie ihr Land regierten und die sowohl von Nichtsnutzen als auch sogenannten Vorzeigemenschen einzuhalten waren. Es galt, aus den Ressourcen, die das Meer und das Land hergaben, das Beste zu machen. Der Streit um die Fischereirechte, die Bestimmungen über Quoten und das Thema Bestandspflege hatten sich nicht nur zu einem Kampf zwischen Politikern und heimischen Fachleuten entwickelt, sondern auch zu einem Machtspiel zwischen Ländern und internationalen Handelsgemeinschaften. Die färöische Bevölkerung musste zusammenhalten und zu ihren Ansichten stehen. Seit Menschengedenken hatten die hiesigen

Inselbewohner den Reichtum, den das Land und das Meer ihnen geschenkt hatten, dankend angenommen. Über Jahrhunderte hatten sie Getreide und Kartoffeln angebaut, Schafe gezüchtet, Kühe im Keller gehalten und waren in den Felsen gehangen, um Vögel zu fangen. Und hatten nicht zuletzt Fischerei betrieben und von dem gelebt, was das Meer hergab. Das hatte die Einwohner zu einer erfahrenen Seefahrernation gemacht und der färöischen Bevölkerung historische Rechte gesichert. Hier lebten nach wie vor viele Fischer, die anderes zu tun hatten, als Diskussionen mit Tier- und Umweltschutzorganisationen zu führen, die ihnen vorschreiben wollten, ob und inwieweit sie berechtigt seien, Grindwale zu töten oder Delfine an Land zu treiben, die sich in ihre Fjorde verirrt hatten, ohne dass der Herrgott es verhindert hätte.

Ronja hechelte wie ein gehetzter Hund. Die Gedanken in ihrem Kopf arbeiteten. Sie hatte größte Lust, vor allem wegzulaufen. Die Koffer zu packen und das Land zu verlassen. Aber nein, verdammt, den Spaß, sie aufgeben zu sehen, sollte niemand haben. Sie war nach wie vor im besten Alter. Eine starke Frau. War sowohl physisch als auch psychisch voll auf der Höhe. Auch wenn sie zuletzt ein wenig neben sich selbst gestanden, sich gestresst gefühlt und ihr Herz hämmern gehört hatte. Doch für jeden musste es irgendwann wieder aufwärts gehen, mochte der Weg auch steinig und voller Hindernisse erscheinen. Nein, sie wäre die Letzte, die alle Schuld dafür der Gesellschaft in die Schuhe schieben wollte.

Am Eingang zum Tunnel hatte sich eine lange Autoschlange gebildet. Das Blaulicht blinkte unheimlich in der morgendlichen Dämmerung. Im Zeitalter des zunehmenden Autoverkehrs und gestresster Menschen ließen sich schwere Verkehrsunfälle wohl kaum vermeiden. Keiner würde den Lauf der Zeit oder den Weg, den die Gesellschaft eingeschlagen hatte, grundlegend ändern können. Aber das war ihr im Augenblick egal. Sie fühlte eine große Gleichgültigkeit. Jetzt hörte sie auch die Sirenen des Krankenwagens. Der Drang, unter die warme Dusche zu kommen, war größer als ihre Neugier, einen Blick auf die Unfallstelle zu werfen. Und so eilte sie am Ufer des Ósá-Bachs entlang zurück nach Hause. Es regnete ihr ins Gesicht. Die Tropfen liefen ihr über die Stirn und die Wangen hinunter. Nein, nein, sie weinte nicht. Das hatte sie nicht mehr getan, seit sie in jungen Jahren ihren Vater verloren hatte. Na ja, und vielleicht still und heimlich an jenem Abend, an dem das Wahlergebnis festgestanden hatte. Ronja biss sich auf die Oberlippe. Jetzt hörte sie den Krankenwagen erneut. Es musste etwas Schlimmes passiert sein. Hoffentlich war niemand ums Leben gekommen.

ANITA GING SEUFZEND zum Fenster hinüber. Ihren Beinen fiel es schwer, sie zu tragen. Es blieb ihr nichts anderes übrig, als sich für einen Moment hinzusetzen und ihre Gedanken zu ordnen. Zuerst war ein Polizeiwagen durch die Stadt gerast. Und dann der Rettungswagen. Es musste etwas Schlimmes passiert sein. Das war ihr klar. Jákup war nicht ohne Grund aus dem Bett gesprungen und sofort aus dem Haus gerannt. Sie hatte ihn nicht einmal mehr fragen können, was denn los sei. Obwohl sie gerade genug mit sich selbst zu tun hatte, waren ihre Gedanken überall. Sie war im neunten Monat schwanger. In wenigen Wochen oder sogar nur Tagen würde sie noch einmal Mutter werden. Und Jákup Vater.

Aber konnte sie sich wirklich sicher sein, dass er es war? Sie versuchte, diese Frage beiseitezuschieben. Sie hatte jetzt keine Kraft, sich etwas anderes vorzustellen. Letztes Jahr kurz vor Weihnachten hatte sie die ersten Anzeichen gespürt. Ihre Menstruation war ausgeblieben. Über die ganzen Feiertage hatte sie überlegt, was sie tun sollte. Sie hatten darüber nachgedacht, dass auch ein drittes Kind schön sein könnte, ein Nesthäkchen, denn Bjørk war bereits 10 und Bárður 12. Hatten es mehr oder weniger vernachlässigt, zu verhüten. Sie hatte daran gezweifelt, ob es überhaupt möglich war, noch einmal schwanger zu werden. Aber eine kleine Besorgung aus der Apotheke zur Weihnachtszeit hatte ihr Gewissheit gegeben. Die leichte Verfärbung des Teststreifens, den sie mit Urin befeuchtet hatte, hatte die Wahrheit nicht verleugnen können. Sie war wieder in anderen Umständen. Natürlich. Sie und Jákup hatten mehrfach miteinander geschlafen. Andererseits hatte es aber auch diesen einen Abend gegeben.

Anita starrte nach draußen. Obwohl es der Familie selten so gut gegangen war wie in den letzten Monaten, fühlte sie sich nicht besonders glücklich, aber auch nicht wirklich niedergeschlagen. Jákup war häufig zu Hause gewesen. Er war nett und hilfsbereit wie selten zuvor. Sie wollten das Leben und die Zukunft mit ihren Kindern in vollen Zügen genießen. Es gab keinen Grund, in alten Wunden herumzustochern. Das, was auf seiner Reise nach Dänemark passiert oder auch nicht passiert war, sowie seine verdammte Eifersucht, nachdem sie auf der Strickclubparty getanzt und sich amüsiert hatte, hatten sie glücklicherweise hinter sich lassen können. Sie waren sich einig, sich keine gegenseitigen Schuldzuweisungen mehr zu machen. Es erschien ihnen nach wie vor merkwürdig, dass sowohl Tóki Narvason als auch Inga Einarsdóttir Zyankali geschluckt haben sollten. Dass zwei so begabte und belesene Menschen auf so unwürdige Weise hatten sterben wollen. Für gewöhnliche Leute sind emotionale Künstlerseelen oft nur schwer zu verstehen. Im Stillen war Anita jedoch froh darüber, dass Sveinur dadurch entlastet worden war und Jákup keine Kraft mehr für einen Kriminalfall zu vergeuden brauchte, bei dem es kein Opfer, aber auch keinen Schuldigen gab. Es hatte einige Wochen gedauert, bis alles wieder beim Alten war. Genauer gesagt fast alles. Jákup hatte seine Arbeit wieder aufgenommen. Aber die Leitung der Polizeistation Nord lag nun in den Händen von Louis Borgarson. Diese Lösung war vermutlich für alle Seiten die Beste. Zumindest für die nächste Zeit. Es ist schwer, genau einzuschätzen, wann eine polizeiliche Angelegenheit tatsächlich abgeschlossen ist. Es gibt immer wieder Journalisten, die auch weiterhin Fragen stellen und dabei neue Erkenntnisse ans Tageslicht bringen. Jákup hatte den Posten als stellvertretender Polizeichef dankend angenommen. Übergangsweise für ein Jahr. Das passte ihm sehr gut, vor allem, weil sie Eltern eines weiteren Kindes werden würden und selbstverständlich auch er seinen Teil der Elternzeit in Anspruch nehmen wollte. Endlich würde wieder richtig Leben ins Haus kommen. Anita hatte ihren Mann schon seit Jahren nicht mehr so fröhlich und aufgeregt erlebt. Er freute sich riesig darauf, ein drittes Mal Vater zu werden und gemeinsam mit seiner Frau wieder einen Kinderwagen durch die Straßen zu schieben. Zuvor waren sie schon mit einem intelligenten Jungen und einem tüchtigen Mädchen gesegnet worden. Es hätte ihnen kaum besser gehen können. Er und die beiden Kinder legten abwechselnd ihre Hände auf Anitas Bauch, um zu fühlen, ob sie nicht einen Tritt des in Kürze geburtsbereiten Babys spüren konnten, dem mit jeder weiteren Woche weniger Platz zum Poltern und Planschen blieb.

Es war schon nach sieben. Sie musste die Kinder wecken, damit sie noch schnell frühstücken konnten, ehe sie zur Schule gingen. Im Rundfunk war bisher kein Unfall aus Norðvík gemeldet worden. Hoffentlich würde sich alles zum Guten wenden. Anita dachte über das Leben nach. Wie armselig und tragisch es für den einen oder anderen verlaufen konnte.

DAS FLUGZEUG WAR nahezu vollbesetzt, doch zwischen Lina Valará und dem Mann am Fenster war ein Platz freigeblieben. Sie meinte, ihn irgendwoher zu kennen. Als sie ihre Sicherheitsgurte angelegt hatten und zum Abflug bereit waren, hatten sie einander freundlich zugenickt. War das nicht Regin Rógv, einer der Parlamentsabgeordneten? Lina wollte nicht öfter hinüberschauen als unbedingt nötig. Politiker reisten um die ganze Welt, um Brücken zwischen Menschen und Ländern zu bauen. Um Wirtschaft, Handel und Kultur Türen zu öffnen. Ihr Sitznachbar sah ziemlich ratlos aus. So, wie er dasaß, wirkte er nicht wie ein Mann von Welt. Es schien, als wisse er weder aus noch ein. Anfangs hatte er überall herumgeschaut und genau mitverfolgt, welche Leute das Flugzeug betraten. Als ob er auf jemanden wartete. Dann hatte er einige SMS versandt und erhalten, ehe er sein Handy resigniert und gegen seinen Willen zur Seite legen musste. Während das Flugzeug in die grauen Wolken aufstieg, die an diesem dunklen Sommermorgen den Inselstaat verhüllten, hatte er nur noch dagesessen und nachdenklich vor sich hingeschaut.

Gäbe es doch nur einen kleinen Lichtblick für ihn. Lina hatte entschieden, diesen ernst dreinschauenden Politiker zunächst in Ruhe zu lassen. Selbst bedeutende Männer werden von Problemen nicht verschont. Aber Gleiches gilt auch für Frauen, die alles daransetzen, das Land mitzuregieren. Sie dachte an ihre Freundin aus dem Strickclub. Ronja hatte in den letzten Monaten total verändert gewirkt. Es hatte ihr alles abverlangt, zur Spitze dieser neugegründeten Partei zu zählen. Schade nur, dass ihr dieser persönliche Traum am Wahlabend aus den Händen geglitten war. Zuvor hatte alles so vielversprechend für sie ausgesehen.

Aber Lina selbst hatte auch ihr Päckchen zu tragen. Der böse Feind, gegen den *sie* sich zu behaupten hatte, war der Krebs. Es war ungemein schwer und aufreibend für sie gewesen, sich durch das letzte halbe Jahr zu kämpfen. Den größten Teil ihres Lebens hatte sie als Krankenschwester gearbeitet. Aber nun war zum ersten Mal ihr eigener Körper einer schweren Krankheit ausgesetzt. Sie hatte gelernt, was es wirklich bedeutete, sich ernsthaft Sorgen machen, Schmerzen ertragen, häufig weinen sowie Phasen von Mutlosigkeit und psychischen Problemen aushalten zu müssen. Aber auch, wie viel wahre Liebe und Fürsorge für jeden einzelnen Patienten wert sind. Ja, und natürlich gute Medizin. Zum Glück war sie durch die Therapie nicht noch weiter untergezogen worden. Sie war stark und hatte das aggressive, aber heilende Gift gut vertragen. Die Chemotherapie hatte ihr tatsächlich geholfen. Der Krebs war verschwunden. Man hielt sie für geheilt. Jetzt sollte sie zu einer letzten Nachuntersuchung ins Reichskrankenhaus kommen. Sie war guter Hoffnung und hatte keinen Grund, davon auszugehen, dass sich alles wieder zum Negativen gewendet hatte. Dennis, der sie durch ihre gesamte Krankengeschichte begleitet hatte, war, nachdem sie an ihrer Entscheidung festgehalten und ihm grünes Licht signalisiert hatte, wieder aufs Meer hinausgefahren. Und sie selbst freute sich darauf, nach so langer Zeit ihre Arbeit als Krankenschwester endlich wieder aufnehmen zu können. Es ging nichts über einen geregelten Alltag und einen vernünftigen Beruf, auf den man zurückgreifen konnte …

Plötzlich wurde Lina aus ihren Gedanken gerissen. Eine freundliche Flugbegleiterin reichte ihr ein Tablett und fragte sie, was sie trinken wolle. Auch der mittelalte Politiker wurde genötigt, zu dem Angebot der netten und flinken Stewardess Stellung zu beziehen. Nachdem er sein Plastikgläschen „Gammel Dansk“ probiert und den bitteren Branntwein anschließend mit einem kalten Bier hinuntergespült hatte, wandte er sich direkt an Lina. Ohne sie zu fragen, wer sie sei, und ohne ihr das Ziel seiner Reise zu erklären, sprudelten die Worte aus ihm hinaus, als könne er sie nicht mehr zurückhalten. Als müsse er sich ihr öffnen. Auch wenn sie eine ihm völlig fremde Person war.

„Schau mal, hier ist ein freies Tischchen zwischen uns. Es sollte uns für unser Frühstück reichlich Platz bieten. Planmäßig hätte hier jedoch ein liebenswerter Mann gesessen. Du kennst sicher Beinir Kalsfjall? Aber in Norðvík ist heute Morgen ein Unfall passiert."

Lina wurde schlecht, als sie das hörte. Das durfte doch nicht wahr sein. Sie musste ihre Kaffeetasse absetzen. Sie kannte Beinir nur allzu gut. Nicht persönlich, aber vom Hörensagen. Das, was Ronja über ihn erzählt hatte, ließ ihn allerdings nicht im besten Licht erscheinen. Sie hatte nur selten erlebt, dass ihre Freundin einen Menschen mit so negativen Worten bedachte wie ihren Parteikollegen Beinir Kalsfjall. Oder sollte man sagen ihren *früheren* Parteikollegen? Er hatte Ronjas Karriere ein jähes Ende bereitet, ihren Namen beschmutzt und üble Gerüchte über sie in Umlauf gebracht. So, wie Lina es verstanden hatte, hatte dieser Mann nach der Wahl nur wenig Bereitschaft zur Zusammenarbeit gezeigt und eine Politik vertreten, die der großen Mehrheit der Wählerschaft der „Grünen Färöer" wohl kaum gefallen dürfte.

„Was ist passiert? War es ein ernster Unfall?", fragte Lina ihn schließlich.

„Ja, das befürchte ich. Beinir Kalsfjall ist an der Einfahrt zum Norðoyartunnel mit einem Stein kollidiert. Und wie ich gehört habe, hat er dabei sein Leben verloren. Das Land ist somit in eine außergewöhnliche politische Situation geraten."

JÁKUP SAH, WIE Birita die Farbe aus dem Gesicht wich. Es schien, als wolle sie nicht wahrhaben, was passiert war. Zunächst konnte er sich keinen Reim darauf machen, warum sie so reagierte. Polizisten weinen nicht, hieß es doch immer. Er hatte noch nie erlebt, dass seine Kollegin so starke Gefühle zeigte. Vielleicht war ja doch etwas Wahres an dem Gerücht, dass sie und Beinir Kalsfjall, der Politiker und neue Komet am Sternenhimmel, gut miteinander gekonnt hatten.

Sie saßen zusammen in der Polizeiwache. Es gab nicht viel zu sagen. Sie beide wussten, was geschehen war. Der Rettungswagen war um 6.42 Uhr an der Unfallstelle eingetroffen. Aber die Helfer hatten nichts mehr für ihn tun können. Das Auto war mit hoher Geschwindigkeit an die Felswand gekracht. Es war total zusammengequetscht, die Frontscheibe in kleinste Stücke zersplittert. Jákup hatte mit eigenen Augen gesehen, dass der Schädel des Fahrers in zwei Hälften gespalten worden war. Es war ein fürchterlicher Anblick gewesen. Die Aufräumarbeiten hatten sich wahrlich nicht angenehm gestaltet. Herrgott nochmal, warum hatte dieser Mann nur so ein geisteskrankes Tempo an den Tag legen müssen? Und wo war der Stein hergekommen, mit dem Beinir zusammengestoßen war und der seinem Leben ein jähes Ende gesetzt hatte?

Jákup legte Birita väterlich eine Hand auf die Schulter und versuchte, ihr klarzumachen, wie sinnlos ihm dieses Unglück erschien, wurde aber völlig missverstanden. Sie fegte seine Hand gleich wieder weg und sprang vom Stuhl auf. Dann ergriff sie ihre Kaffeetasse und schleuderte sie an die Wand, sodass sie zerbrach. Sie ließ ihren Gefühlen freien Lauf.

„Verdammt, bist du Sonntagsschullehrer oder was? Es war kein Unfall, der Beinir getötet hat. Dieser Stein ist nicht einfach so vom Himmel gefallen. Irgendjemand hat das so geplant. Beinir ist ermordet worden ...“

Birita lief im Büro hin und her. In ihrer Verzweiflung trat sie nach den unterschiedlichsten Gegenständen und kickte sie über den Fußboden, während sie versuchte, ihre maßlose Wut in Worte zu fassen.

„Ja, Beinir und ich waren befreundet. Vielleicht sogar noch ein bisschen mehr. Er hat die Nacht bei mir verbracht ..."

Sie hatte die Kontrolle über ihre Nerven verloren und bebte am ganzen Körper. Ihre Lippen begannen zu zittern. Die Zunge in ihrem Mund regte sich nicht. Ihr schossen die Tränen in die Augen. Der Zorn stand ihr ins Gesicht geschrieben. Jákup hatte das Gefühl, dass sie noch mehr hatte sagen wollen, aber sie verstummte. Die Worte erstickten, noch bevor sie geboren wurden. Sie erinnerte ihn an einen zerzausten jungen Vogel, der es nicht schaffte, aus seinem Nest herauszukommen, da er noch nicht fliegen konnte.

Jákup stand mitten im Raum und gab sich Mühe, Ruhe auszustrahlen. Er versuchte, sich Zeit zu nehmen und ihr zuzuhören.

„Ich kann dich gut verstehen und du hast mein volles Mitgefühl, Birita. Du hast sicherlich Recht, wenn du sagst, dass dir die Sache suspekt erscheint. Überleg bitte genau und entscheide du für dich, ob du die Kraft hast, bei den Ermittlungen mitzuarbeiten."

„Du kannst darauf schwören, dass ich denjenigen finden werde, der hinter dieser Gräueltat steckt. Und wenn ich dafür jeden Stein in diesem Land herumdrehe und den Mörder bis ans Ende der Welt verfolge. Oder die Mörderin ..."

Jákup schien es, als hätte Birita ihre Kontrolle zurückerlangt. Sie krempelte die Ärmel ihres Hemdes hoch und starrte ihm direkt in die Augen.

„Zunächst möchte ich mit Ronja Róksdóttir sprechen. Diese Frau steht ja völlig neben sich. Das weiß das ganze Land. Nur mit Mühe und Not ist es ihr gelungen, Beinir zum Wahlerfolg zu gratulieren. Ja, sie hat öffentlich zur Schau gestellt, wie kalt und selbstzentriert sie ist.

Feministinnen dulden nun einmal keine Männer und gelten als besonders schlechte Verlierer. Vielleicht hatte sie ja ihre Finger mit im Spiel."

Jákup war drauf und dran, ihr zu widersprechen. Aber er wagte es nicht, seine Gedanken vor ihr in Worte zu fassen. Er selbst hatte diese neue Partei nicht gewählt, auch wenn Birita und vielleicht einige andere davon ausgingen, dass er seine Stimme Ronja gegeben hatte. Zunächst hatte er die „Grünen Färöer" als vielversprechende Alternative angesehen, ja, bis dort dieser interne Streit ausbrach. Ein Anschlag auf das Computersystem von Gestur Gillason, dem Spitzenkandidaten der Christlichen Arbeiterpartei in Norðvík, hatte die Partei in große Erklärungsnot gebracht. Drei Wochen vor der Wahl hatte ein Unbekannter Abscheu erregende Pornobilder an mehr oder weniger willkürlich ausgewählte Adressaten im ganzen Land versandt. Auch wenn die Spuren nach Norðvík und zum PC von Gestur geführt hatten, war für die meisten schnell klar, dass dieser so überaus fromme Politiker wohl kaum dafür verantwortlich sein konnte. Und sogleich wurde aus dieser Sache eine eigene Geschichte konstruiert. Ohne dass jemand auch nur annähernd verstanden hatte, was hier gespielt wurde und wo genau die Wahrheit lag, wurde Ronjas Freund Niki als Übeltäter abgestempelt, auch wenn die Meinung des Volkes letztendlich nicht ausgereicht hatte, um einen Prozess herbeizuführen. Obwohl Niki an die Öffentlichkeit getreten war und jede Schuld von sich gewiesen hatte, hatte dieser Vorfall einen schweren Schatten auf den Wahlkampf der „Grünen Färöer" geworfen. Am Ende war vor allem Ronja die große Verliererin. Danach hatte sie Schwierigkeiten, wieder zu sich selbst zu finden. Was im Einzelnen gelaufen war, wusste Jákup nicht. Gestur Gillasons Ruf hatten die Geschehnisse jedenfalls nicht sonderlich geschadet. Er wurde sicher und überlegen wiedergewählt. Ronja Róksdóttir hingegen hatten nur wenige Stimmen gefehlt, um selbst ins Parlament einzuziehen. Viele hatten das als ungerecht empfunden. Andere wiederum hatten ihre helle Freude daran. Sie habe mit Sicherheit irgendwelchen Dreck am Stecken, hatten manche argumentiert. Es stünde ihr ja frei, Gestur Gillason wegen Falschaussage zu verklagen. Doch es war fraglich, ob die Polizei tatsächlich eine Ermittlung eingeleitet hätte, geschweige denn, ob etwas dabei herausgekommen wäre. Das Gerede hatte aber nur langsam wieder nachgelassen. Jákup konnte sich beim besten Willen nicht vorstellen, dass Ronja mit dieser Sache auch nur das Geringste zu tun gehabt hatte. Dazu war sie viel zu anständig. Ihre stärkste Waffe war das Wort. Bei den zahlreichen Diskussionsrunden, die den Wahlkampf begleitet hatten, hatte sie sich unglaublich gut verkauft. Andererseits haben die meisten Menschen auch eine dunkle Seite. Niemand konnte ausschließen, dass Ronja vielleicht doch wusste, wer das schwarze Schaf gewesen war, als gute Journalistin aber keine Quellen preisgab. Nein, die Politik hatte sich definitiv zu einem schmutzigen Geschäft entwickelt. Und die Farbe „Grün" hatte dieses Bild nicht beschönigen können. Jákup zog es vorerst vor, den Mund zu halten. Zunächst wollte er Birita aussprechen lassen, was ihr am Herzen lag. Seine Kollegin hatte meist gute Gedanken, das hatte sie oft genug bewiesen. Was sich genau zugetragen hatte oder eben auch nicht, würden die nächsten Tage schon zeigen.

MARIA HATTE DEN Sirenen am frühen Morgen keine Beachtung geschenkt. Daher erfuhr sie die Neuigkeit erst von einigen ihrer Schülerinnen, die sich nach dem Klingeln der Schulglocke vor dem Klassenzimmer versammelt hatten und auf sie warteten. Sie alle schauten sie mit großen Augen an. Es schien, als würden sie untereinander konkurrieren, wer von ihnen ihr die Unglücksnachricht übermitteln durfte.

„Direkt am Norðoyartunnel hat es heute Morgen einen schweren Verkehrsunfall gegeben. Ein Mann ist dabei ums Leben gekommen. Papa sagt, dass es jetzt vielleicht schon wieder eine Wahl geben wird. Es war ein Politiker, der im Auto saß. Meine Mama hat den Mann gekannt. Es hat furchtbar viel Glas auf der Straße gelegen."

Maria schaute die aufgeregten Kinder ungläubig an. Sie selbst wusste von gar nichts. Aber warum ließen Eltern ihre Kinder Überbringer so erschütternder Nachrichten werden? Dadurch fiel jetzt ihr als Lehrerin die schwierige Aufgabe zu, die Klasse zu beruhigen. Maria schüttelte seufzend den Kopf. Ohne viel Aufhebens zu machen, griff sie nach ihrem Schlüsselbund und schloss die Tür zum Klassenzimmer auf. Sie schaltete das Licht und danach das interaktive Whiteboard an. Dann wünschte sie der Klasse einen guten Morgen und bat alle, sich zu setzen. Sie nahm einen Ordner und kontrollierte, ob alle zur Schule gekommen waren. Glücklicherweise war niemand aus ihrer Klasse von dem Unglück betroffen. Sie hatte morgens zwar Radio gehört, von einem Verkehrsunfall war dort aber keine Rede gewesen. In den Nachrichten war nur das Neueste aus der großen, weiten Welt vermeldet worden. Aber die Leute vor Ort wussten oft schon mehr als die Medien.

Nein, sie sah keinen Grund, die Kinder durch ein solches Ereignis noch mehr in Unruhe zu versetzen, als es der Lehrplan ohnehin schon vorsah. Viele von ihnen waren sehr sensibel und wurden durch die Katastrophen und Tragödien, die es in einer von Menschenhand gesteuerten Welt zur Genüge gab, tagtäglich mehr belastet, als ihnen lieb war.

Maria bat ihre Schüler, das Erdkundebuch herauszuholen und Seite 20 aufzuschlagen. Als Hausaufgabe hatten sie ein Kapitel über Menschen lesen sollen, die vor Krieg, Unterdrückung und Hungersnot geflüchtet waren. In dem Text ging es um die Zuwanderung nach Nordeuropa. Maria hatte einen kurzen, sehr bewegenden Filmausschnitt über zwei somalische Teenager gefunden, der zu diesem Thema passte. Nachdem die beiden die gefährliche Flucht durch die nordafrikanische Wüste überlebt hatten, wurden sie gezwungen, ihr Leben erneut in Gefahr zu bringen, als sie in einem offenen Boot das tückische Mittelmeer passierten und sich dann in einem dreckigen, scheppernden Lkw verstecken mussten, der sie über die europäischen Autobahnen nach Norden bringen sollte. Mit dem einzigen Ziel, einen sicheren Ort und ein freies Land zu finden, wo sie bleiben und ein normales Leben führen konnten.

Als Maria später in das Lehrerzimmer kam, war auch hier nicht zu übersehen, dass etwas Schlimmes passiert war. An allen Tischen wurde über dasselbe Thema gesprochen. Um 9.00 Uhr hatte auch der Rundfunk über den Verkehrsunfall an der Tunnelmündung in Norðvík berichtet. Dass das Auto ausgerechnet von Beinir Kalsfjall gesteuert worden war, hatte die Geschichte nicht minder interessant und medienwirksam gemacht. Was würde nun passieren? Dieser Vorfall versetzte das ganze Land in einen Ausnahmezustand. Er war kein Geringerer als der siebzehnte Mann gewesen. Der Rettungsanker der neuen Koalition. Würde er nun durch Ronja Róksdóttir ersetzt werden, die Nummer zwei auf der Kandidatenliste? Anfangs hieß es, sie würden Seite an Seite für die gleiche Partei kämpfen. Aber dann war ihr Nest beschmutzt worden. Und jetzt musste so etwas passieren. Es lebe das Chaos, das das Land schon immer ausgezeichnet hatte!

FRÜHER WAR IHRE Küche von Licht durchflutet worden und hatte Staunen hervorgerufen. Von hier reichte der Blick über die Bucht, einen Teil der Stadt und die bezaubernde Landschaft, die sie umgab. Aber heute erinnerte das längliche, nach Süden ausgerichtete Kippfenster eher an einen vergessenen alten Menschen, um den sich niemand mehr kümmerte. Die Farbe des Rahmens war abgeblättert. Und durch die Ritzen zog es grauenhaft. Es war fast ein Wunder, dass es in all den Jahren dem vielen Regen und den heftigen Stürmen standgehalten hatte. Auf dem inneren unteren Rand der Doppelverglasung lagen zwei vertrocknete Stubenfliegen. Die Frage, wie die toten Insekten in diesen verschlossenen Raum gelangt waren, würde wohl nur ein kluger Kopf beantworten können. Aber den gab es in diesem Haus nicht mehr. In den letzten Jahren waren hier kaum noch wissenschaftliche Fragen gestellt und auch keine fundierten Antworten mehr gegeben worden. Das Haus war dabei, immer weiter zu verfallen. Der Eigentümer hatte zwar keine geschickten Hände gehabt, aber dafür reichlich Geld auf dem Konto. Genug, um allein das Land zu verlassen und sich ein neues Dasein in Dänemark aufzubauen. Ihre Ehe hatte schwer gelitten und war nicht mehr zu retten gewesen. Aber dem Haus war es nicht besser ergangen. Die Grundschuld, die auf ihm lastete, war noch längst nicht abbezahlt. Das eine Einkommen, vom dem sie lebten, reichte nicht aus, um die Fenster und die Außenfassade zu erneuern. In den letzten beiden Jahren waren überall die Wohnungspreise in die Höhe geschossen. Ob Jórun zumindest das als kleinen Trost empfand? Nein, denn ihre persönliche Situation gab beileibe keinen Grund zu Begeisterungsstürmen. Sie seufzte, während sie in den feuchten, dunkelgrauen Tag hinausblickte. Sie dachte darüber nach, von welch kurzer Dauer ihr Glück doch gewesen war. Die schöne Zeit, in der ihr Mann singend von der Schule nach Hause gekommen war und sich auf den Boden gesetzt hatte, um mit ihrem gemeinsamen

Sohn Legostädte zu bauen, würde niemals zurückkehren. Ob sie wohl jemals Großmutter werden und sich ihr Haus noch einmal mit Leben und Kinderlachen füllen würde? Es war noch zu früh, um Jónas aufzugeben. Und sie selbst war erst vierzig Jahre alt. Ihren runden Geburtstag hatte sie nicht groß feiern wollen. Vielleicht würde sich ja alles noch einmal ändern. Nein, in der jetzigen Situation erschien es ihr nicht ratsam, sich um einen größeren Kredit zu bemühen. Vielleicht sollte sie einfach versuchen, einen neuen Mann zu finden? Und das Haus verkaufen oder vermieten und das Land verlassen. Aber dazu würde es wohl weder heute noch morgen kommen. Nein, im Moment galt es vor allem, etwas zu essen im Kühlschrank und es einigermaßen ordentlich und warm zu haben.

Jórun stand auf und stellte den Teekessel auf den Herd. Es brachte nichts, sich selbst zu bemitleiden. Obwohl es eigentlich nicht ihre Art war, schlecht gelaunt und besorgt zu sein, hatte sie sich eine Zeitlang ziemlich deprimiert gefühlt. Es war einfach trostlos, allein zu leben. Von der Arbeit zurück in ein leeres Haus zu kommen. Auch wenn Ulrik in den letzten Jahren weder besonders unterhaltsam gewesen war noch ihre Nähe gesucht hatte, war es dennoch angenehmer gewesen, ihn im Sessel sitzen und in seine Bücher vertieft zu sehen. Manchmal auch darauf wartend, ein Heißgetränk serviert zu bekommen. Ihr gemeinsamer Sohn war nicht immer so schweigsam und verschlossen gewesen wie heute. Mit Wehmut erinnerte sie sich an die Zeiten, als der Junge in der Küche gespielt und sie miteinander geredet und gelacht hatten. Aber heute hatte sie eher Grund, sich Sorgen um Jónas' psychische Verfassung zu machen. Er war wie ein besserer Troll. Seine Haare und sein Bart standen wild in alle Richtungen ab. Der Junge fürchtete das Tageslicht und begab sich so gut wie nie unter Menschen. Und wenn, dann selten aus eigenem Antrieb, sondern nur, wenn es sich nicht vermeiden ließ.

Sie musste jetzt aber auch an sich selbst denken. An ihr eigenes Leben und vor allem ihr persönliches Wohlergehen. In Kürze war sie an der Reihe, ihre Freundinnen einzuladen und ihr Haus für einen gemeinsamen Strickclubabend zur Verfügung zu stellen. Obwohl sie alle mitten im Leben standen und reichlich ausgelastet waren, hatten sie sich stets bemüht, den Kontakt so gut wie möglich aufrechtzuerhalten. Inzwischen waren die Sommerferien vorbei und alles begann wieder von vorne. Es wäre schön, schon bald einen Termin für einen gemeinsamen Abend zu finden. Sie nahm sich vor, die Lage zu sondieren. Vielleicht bestünde in der kommenden Woche die Möglichkeit, sich an einem Abend zu treffen?

Jórun fand einen Teebeutel und schüttete das kochende Wasser in einen Becher. Zuletzt hatte es in der Fabrik nicht mehr permanent Arbeit für sie gegeben. Doch sie sah auch Vorteile darin, ab und zu ein paar Tage frei zu haben. Diese Zeit konnte sie dazu nutzen, das Haus auf Vordermann zu bringen. Aufzuräumen und zu putzen. Vielleicht sogar die Küche und das Wohnzimmer zu streichen. Aber bisher war nur wenig dabei herauszukommen. Wie hatte sie nur so dumm sein und sich einbilden können, dass Jónas ihr dabei helfen würde? Nein, er hatte nicht die geringste Bereitschaft signalisiert. Der Junge hatte sich zu einem professionellen Tagträumer entwickelt, der durch sein Pokerspiel und gelegentliche Computerdienste gerade so viel verdiente, dass er seinen persönlichen Verbrauch an Zigaretten, Limonade und Pizza finanzieren konnte. Es war schwer für sie, den Untergang ihres eigenen Sohnes mitansehen zu müssen. Sie fühlte sich entmutigt und geriet in Rage. Sie kam mit seinem Lebenswandel nicht mehr zurecht. Jónas war bald 22 Jahre alt. Warum konnte er nicht wie alle anderen Leute zur Arbeit gehen oder eine Ausbildung beginnen? Er war alt genug, von zu Hause auszuziehen, ein Mädchen zu finden und ein einigermaßen normales Leben zu führen. Aber stattdessen verschlief der Junge auch diesen Donnerstag. Zum Donnerwetter nochmal, so konnte es nicht weitergehen! Jónas sollte zumindest den Keller aufräumen. Als sie die dunkle Kellertreppe hinunterging, streifte sie ein beängstigender Gedanke. Was wusste eine naive und gutgläubige Mutter denn schon?

Sie fragte sich, ob es möglich wäre, dass Jónas dieses Verbrechen begangen hatte …

RONJA STAND UNTER der Dusche, um den Schweiß ihrer Joggingtour wegzuspülen. Vielleicht sollte sie doch eigene Nachforschungen anstellen und herauszufinden, was heute Morgen am Tunneleingang passiert war, überlegte sie. Ob es sich um einen ernsten Verkehrsunfall handelte? Aber nein, sie war fest entschlossen, an diesem Morgen keinen einzigen Buchstaben zu schreiben. Basta!

Ihr Handy klingelte. Scheiße, dachte sie, als sie auf dem Display sah, wer sie zu erreichen versuchte. Villy Nesmann nahm nur selten Kontakt zu ihr auf, ohne dass er etwas im Schilde führte. Aber so früh am Morgen? Der Chefredakteur des Medienhauses „VIKAN" hatte ihr stets großzügige Konditionen eingeräumt und viel Spielraum gelassen. Sein Wohlwollen beruhte allerdings auf Gegenseitigkeit. Mit nassem, offenem Haar und einem großen Frotteehandtuch um den Körper griff sie nach ihrem Handy und flüchtete vor dem Dunst des Badezimmers hinaus in den Flur, ehe sie das Gespräch entgegennahm.

Villy wirkte sehr ernst und fragte sie, ob sie gut säße.

„Um Gottes willen, nein", antwortete sie verärgert. „Ich renne hier splitternackt in der Wohnung herum, nur weil es da einen ungeduldigen Mann gibt, der mich um jeden Preis sprechen will."

„Oh, du bist wohl noch nicht darüber informiert worden, was heute Morgen passiert ist, Ronja. Ich weiß nicht, ob ich dir mein Beileid ausdrücken oder dich beglückwünschen soll. Beinir Kalsfjall ist tot!"

Ihr wurde schwindlig. Jetzt musste sie sich tatsächlich hinsetzen. Dann war also Beinir Kalsfjall das Opfer dieses Verkehrsunfalls gewesen. Ronja wusste sofort, was das für sie bedeutete, war aber noch unschlüssig, wie sie damit umgehen sollte. Sie hatten zwar auf der gleichen Wahlliste gestanden, ideologisch gesehen hatten aber Welten zwischen ihnen beiden gelegen. Am Ende des Wahlabends waren sie sogar kurz davor gewesen, persönliche Erzfeinde zu werden. Beinir hatte es bei den Koalitionsverhandlungen tatsächlich unterlassen, Ronja mit in seine Überlegungen einzubeziehen. Er hatte vielmehr in Eigenregie entschieden, sich auf die Seite des bürgerlichen Blocks zu schlagen, um dort als siebzehnter Mann mit seiner Stimme ein entscheidendes Wörtchen mitreden zu können. Jetzt aber war dieser Mann zu einer endgültigen Reise ins Himmelreich aufgebrochen.

Villy Nesmann fragte Ronja, ob sie sich dem gewachsen fühle, was nun auf sie zukäme. Es müsse mit dem Teufel zugehen, sollten die Journalisten sie verschonen und nicht zu einer Stellungnahme drängen. Sie sei die Nummer zwei auf der Liste und somit die natürliche Anwärterin auf den freigewordenen Sitz im Parlament. Das jedoch zöge gleich die nächste Frage nach sich, nämlich, ob sie die aktuelle Koalition, über die sie kürzlich in aller Öffentlichkeit ihren Unmut bekundet hatte, weiterhin unterstützen wolle.

„Ronja, ich musste dich anrufen, um dich zu warnen. Schon allein, damit du dich auf das Chaos, das diese Situation mit sich bringen wird, einstellen kannst. Vielleicht solltest du in der nächsten Stunde dein Handy abschalten und dir sehr gut überlegen, was du sagen und tun wirst. Und ich glaube, da ist noch etwas, das du wissen solltest ..."

Villy Nesmann zögerte. Nicht, weil er sie auf die Folter spannen wollte. Schon eher, weil er sich fragte, warum ausgerechnet er vor ihr als so schonungsloser Botschafter auftreten sollte. Aber diese Rolle hatte er nun schon ein halbes Menschenalter lang bekleidet. Ronja war allerdings nicht irgendwer für ihn. Schon seit Jahren arbeitete sie unter seinen Fittichen als Journalistin, wo er sie stets ungehindert in der Vergangenheit aller Lebenden und Toten der Gesellschaft hatte wühlen und graben lassen. Die Tatsache, dass sie in den letzten Monaten auf das politische Abstellgleis gerutscht war, würde den Medien zweifellos als Extramotivation dienen, sie zu attackieren, noch bevor sie wieder klar denken konnte.

„Ja, versteh die folgenden Worte bitte unter Vorbehalt, Ronja. Aber als Frühaufsteher war ich am Unfallort dabei. Wir haben ein Foto gemacht, das wir auf unserer Webseite veröffentlichen werden, sobald die Angehörigen benachrichtigt sind. Ich befürchte allerdings, dass wir dem Leser die wohl erschütterndste Tatsache vorenthalten müssen."

„Und die wäre?", fragte Ronja ungewohnt zurückhaltend und mehr mit sich selbst beschäftigt. Selbstredend hätte auch sie ihre Route am Unfallort vorbeilegen können, als sie auf ihrer Joggingtour ganz in der Nähe war.

„Beinir ist allem Anschein nach mit einem großen, runden Stein kollidiert, der mitten auf der Straße gelegen hatte. Und der ist sicherlich nicht von irgendeiner Ladefläche heruntergefallen. Es dürfte sich daher wohl kaum um einen unglücklichen Zufall gehandelt haben. Oh nein, die Sache erscheint äußerst suspekt. Vor allem, wenn man bedenkt, wer der Mann am Steuer war."

Ronja fühlte sich ohnmächtig wie vor einem herannahenden Sturm.

ER WOLLTE SICHERSTELLEN, dass nichts verloren ging. Deshalb musste von allem eine Kopie gefertigt werden. Auf dem PC befanden sich mehr als tausend E-Mails, Schreiben an Kunden und Geschäftsleute, eine Menge privater Bilder, Excel-Tabellen, Google Maps, Windows und andere Standardprogramme. Einige Dinge waren vermutlich wichtiger als andere. Aber er würde das schon hinbekommen. Leichte Probleme bereitete ihm das Computersystem der Regierung. Doch der Fehler war schnell gefunden. Erst als er den PC neu startete, sah er, wer der Besitzer war. Auch wenn die Politik eigentlich nicht zu seinen großen Interessen zählte, war seine Neugier geweckt. Es erschien ihm regelrecht verlockend, sich still und heimlich auf eine kleine Forschungsreise zu begeben. Und dabei in die tiefen digitalen Geheimkammern dieses Mannes vorzudringen. In den Unmengen seiner gelöschten Dateien herumzustöbern. In seinen Papierkörben zu wühlen. Herauszufinden, inwieweit der PC seinem Besitzer ähnelte. Etwas von dem Material hervorzuholen, das dieser hochrangige Politiker ein für alle Mal hatte beseitigen wollen. Er saß allein in seiner Werkstatt. Es gab niemanden, der auf ihn wartete. Herr Gillason würde seinen PC ohnehin nicht vor morgen früh zurückbekommen. Er spürte förmlich, dass er auf irgendwelche interessanten Dinge stoßen würde.

Auf der Festplatte war eine Unzahl an Bildern gespeichert. Er stellte sehr schnell fest, dass viele von ihnen wohl kaum für die Öffentlichkeit bestimmt waren. Im Gegenteil, einige waren sogar jenseits der Grenze des Erlaubten und ihr Besitz strafbar. Pornos jeder Art. In erster Linie von kostenlosen amerikanischen Webseiten heruntergeladen. Hardcore-Sex. SM. Blowjobs. Nudisten. Dieser aalglatte Geschäftsmann! Der den Ruf hatte, so fromm und anständig zu sein. Der mit zum Himmel gewandten Augen und erhobenem Zeigefinger über moralische Abgründe sprach. Und der der Ansicht war, dass die Zukunft der Färöer nicht in die Hände naiver Aktivisten gelegt werden dürfe, da ihnen die politische Reife fehle, für die Kinder und Jugend des Landes Verantwortung zu übernehmen. Schande über diesen Mann! Dafür sollte er büßen. Und in aller Öffentlichkeit als der Heuchler entlarvt werden, der er in Wirklichkeit war!

Nach einigen aufreibenden Stunden im Keller, in denen er äußerst grobe und abstoßende Videoclips auf den Bildschirm geholt hatte, traf er auf eine eher exotische Spur. Er kam nicht umhin, bei einem blutjungen asiatischen Mädchen hängenzubleiben, das kaum mehr als 15 Jahre alt sein konnte. Es sah so kindlich und unschuldig aus. In einem zerrissenen, weißen Unterhemd lief es barfuß am Strand entlang. Bei näherem Hinsehen konnte man gut erkennen, dass sie darunter nackt war. Unsicher näherte sie sich zwei Amerikanern, die das Mädchen anhielten und ihm Geld anboten, wenn es mit ihnen käme. Die nächsten Aufnahmen zeigten sie in einem Luxusferienhaus mit Swimmingpool und Palmen. Sollte er den Mann anzeigen? Handelte es sich hier nicht um Kinderpornografie? Das, was die Männer mit der Asiatin anstellten, war beschämend und schien ihr Schmerzen zuzufügen. Weder ihr Protest noch ihre Tränen konnten die Männer davon abhalten, sie zu vergewaltigen und sexuell zu missbrauchen. Plötzlich gab es einen Schnitt und der Film endete abrupt. Ohne dass er erfuhr, welches Ende die Geschichte des armen Mädchens genommen hatte.

Seitdem er selbst begonnen hatte, im Internet nach freizügigen Fotos oder Erotikfilmen zu suchen, hatte er alles Mögliche gesehen. Auch erregende Szenen, die dennoch einen gewissen Anstand hatten, falls man das so ausdrücken konnte. Aber das, was sich auf der Festplatte von Gestur Gillason verbarg, hatte ihn zum Kochen gebracht. Trotzdem fragte er sich, ob es etwas brächte, zur Polizei zu gehen und diesen Mann anzuzeigen. Möglicherweise hatten mehrere Personen Zugang zu diesem PC, sodass Gestur leicht behaupten könnte, dass er keine Ahnung habe, wer welches Material auf seine Festplatte geladen habe.

Und warum sollte eine solche Aussage aus seinem Munde hinterfragt werden? Waren die Bilder tatsächlich als gesetzeswidrig einzustufen, wenn es hart auf hart käme? Gestur Gillason verfügte sicher über genügend finanzielle Mittel, um sich einen guten Anwalt leisten zu können. Würde die Polizei die notwendige Genehmigung, um in Gesturs privaten Sachen herumzuschnüffeln, überhaupt einholen wollen? Es war keineswegs sicher, dass dieser Mann für die Unterstützung sexueller Gewalt sowie das Herunterladen und gesetzeswidrige Verbreiten anstößigen Materials jemals angeklagt werden würde. Nein, wenn er den Mann anzeigen würde, stünde er womöglich selbst als Verlierer da. Und diese Niederlage wäre größer und dümmer als jede zuvor. Er würde sich von seinem Traum, irgendwann einmal einen gutbezahlten Job als Programmierer oder Computerexperte ausüben zu können, dann wohl für immer verabschieden müssen.

Trotzdem hatte er eine Idee, wie er vorgehen konnte. Ihm schwebte eine Aktion vor, die für Gestur Gillason eine größere Schmach und Demütigung bedeuten würde als jede Anschuldigung bei der Polizei. Ja, vielleicht wäre sie die gerechteste aller möglichen Strafmaßnahmen.

BJØRG UND RONJA sahen sich nicht zum ersten Mal. Schon seit jungen Jahren waren sie eng miteinander befreundet und hatten jede Art von Freud und Leid geteilt. Sie hatten den Eindruck, die andere jeweils besser zu kennen als sich selbst. Bjørg Beniti, die Leiterin des Lebensmittelcenters in Norðvík, hatte ihren Büroangestellten Bescheid gegeben, dass sie erst im Laufe des Nachmittags zurückkommen würde. Sollte sie aus irgendeinem Grund dringend gebraucht werden, sei sie über ihr Handy zu erreichen, hatte sie noch gesagt. Dann war sie gegangen.

Ronja hatte das brennende Bedürfnis, mit jemandem zu sprechen, dem sie vertrauen konnte. Mit jemandem, auf den sie mehr zählen konnte als auf ihre Medienkollegen. Beinir Kalsfjalls Tod würde wohl für den Rest des Jahres das Nachrichtenbild bestimmen. Dieser Mann hatte als der neue Komet am politischen Sternenhimmel gegolten. Und war für alle Regierungsentscheidungen das Zünglein an der Waage geworden. Aber wie würde es nun weitergehen? Dass er möglicherweise ermordet worden war, würde für eine Menge Spekulationsstoff sorgen. Wer in aller Welt mochte einen Grund gehabt haben, ein solches Verbrechen zu verüben? Steckte ein politisches Motiv hinter dem Anschlag?

Bjørg umarmte Ronja herzlich, ehe diese ihren Mantel an der Flurgarderobe aufhängte. Dann nahmen sie Platz in Bjørgs hellem, geräumigem Wohnzimmer.

„Warum nur haben manche Menschen den Hang dazu, wirklich jeden Dreck auf sich zu ziehen? Was wird denn jetzt mit dir, Ronja? Hast du schon die Koffer gepackt und dich darauf vorbereitet, ins Parlament einzuziehen, oder führt dein Weg direkt in den Knast?“

Sie mussten beide lachen. Auch wenn die Situation nicht lustig, sondern eher tragisch und zum Heulen war. Das ganze Land war in eine merkwürdige, angespannte Lage geraten. Und das nur wegen dieses einen Mannes, über den jede von ihnen ihre eigene Meinung hatte. Ja, ausgerechnet wegen dieses entscheidenden Regierungsmitglieds, das nun definitiv zum letzten Mal einer Sache seine Unterstützung oder Zustimmung gegeben hatte. Das den Staffelstab an diesem ruhigen Augustmorgen unfreiwillig an eine Frau aus Norðvík übergeben hatte. Man konnte es drehen und wenden, wie man wollte, aber Ronja würde sich in der Öffentlichkeit zweifellos der Frage stellen müssen, ob sie von diesem Staffelrennen gewusst hatte. Hatte sie sich nicht selbst auf eine lange Joggingtour begeben, ehe die Sirenen der Polizei- und Rettungsfahrzeuge erschallten?

Bjorg erhob sich von ihrem Stuhl und ging in ihrem gemütlichen, stilvoll eingerichteten Wohnzimmer auf und ab. Auch sie hatte an die neue Partei geglaubt. Und nicht zuletzt an Ronja und viele der Leute, die vor ihrer Nominierung Unterschriften gesammelt und für sich geworben hatten. Weite Teile des Landes hatten anfangs großes Interesse gezeigt und Zuversicht ausgestrahlt. Aber dieser Zustand hatte nicht lange angehalten. Plötzlich war die Stimmung umgeschlagen. Schuldzuweisungen und Misstrauen hatten den weiteren Verlauf des Wahlkampfs bestimmt. Ein weiterer Beweis dafür, welch schmutziges Geschäft die Politik oft sein kann. Es war zwar nie in aller Öffentlichkeit in Worte gefasst worden, aber für die Bevölkerung hatte sich schnell abgezeichnet, dass die aussichtsreichsten Kandidaten der „Grünen Färöer“ alles andere als an einem Strang zogen. Die Partei hatte nicht den Eindruck gemacht, als spräche sie eine gemeinsame Sprache. Viele Leute hatten sich zu Recht gefragt, was Ronja Róksdóttir und Beinir Kalsfjall gemeinsam in einem Parlament bewirken könnten, wenn sie nicht einmal in der Lage dazu waren, zusammen in ein und demselben Raum zu sitzen. Was erhofften sich die beiden von ihrer Partei, wenn sie einander nicht vertrauten? Und darüber hinaus einen Hacker beauftragten, in das Computersystem eines Gegners einzudringen? Ja, und als krönender Abschluss, nach all dem Schlamassel, musste jetzt auch das noch passieren. Dieser unfassbare Unfall mit Todesfolge.

Ronja empfand ihre momentane Situation milde gesagt als verrückt. Nein, sie hatte nie verbergen können, dass sie Beinir am liebsten dorthin geschickt hätte, wo der Pfeffer wächst. Doch jetzt war dieser Mann tot. Zu Beginn des Wahlkampfs hatte es immerhin auch gute und vielversprechende Augenblicke gegeben. Momente, in denen sie an ihre Ziele geglaubt, gemeinsam den Erfolg gesucht und in der Partei einen Ton gepflegt hatten, bei dem sich alle wohlfühlten. Einen kurzen Moment lang bereute Ronja einen Teil der Dinge, die sie über ihn gesagt oder gedacht hatte. Sie wollte Beinir trotz allem als lebensfrohen und unterhaltsamen Mann in Erinnerung behalten. Als die frische Brise, die er einbrachte, bevor der Gegenwind begann, ihr ins Gesicht zu blasen. Auch sie mochte bei der Verteilung ihrer Aufgaben Schwächen gezeigt haben, na klar. Das aber, was nun passiert war, war eine furchtbare Tragödie! Es würde nicht nur Beinirs Angehörige zutiefst erschüttern und hinunterziehen, sondern auch einen großen Teil der färöischen Bevölkerung. Sollte es sich tatsächlich um ein Verbrechen oder gar einen Mord handeln, so wäre die Sache abscheulicher, als es das Vorstellungsvermögen normaler Menschen überhaupt zuließe. Nun würde sie ohne Umschweife zu ihrer eigenen Rolle in diesem undurchsichtigen politischen Spiel Stellung beziehen müssen. Sie selbst stand auf Platz 2 der parteiinternen Rangfolge. Sollte sie den ihr zustehenden Sitz im Parlament annehmen oder ihn lieber der dritten Person auf der Liste, auch einer Frau, überlassen?

Bjørg blieb vor Ronja stehen und umarmte sie. Als sei ihre Freundin ein Kind, das getröstet werden musste, das gleichzeitig aber auch Hilfe bei der Entscheidung für das richtige Handeln brauchte.

„Nein, du bist um diese Situation wirklich nicht zu beneiden. Über Beinir kann ja jeder denken, was er will, aber es ist unfassbar traurig, auf so eine Art sterben zu müssen. Es gibt sicherlich viele hier im Land, die ihn mehr betrauern werden als du und ich. Vielerorts war er sogar sehr beliebt. Auch er hatte Familie und viele gute Freunde. Und nicht zuletzt das Vertrauen der Leute. Immerhin hat er mehrere Hundert Stimmen bekommen. Doch jetzt spielt es keine Rolle mehr, wie naiv die Leute waren und ob er seinen Sitz im Parlament wirklich verdient hatte. Du weißt, wie ich das meine, Ronja! Du kannst auf meine bedingungslose Unterstützung bauen, egal, was du nun sagen oder wie du dich entscheiden wirst. In den nächsten Tagen solltest du dich jedoch ruhig verhalten und nicht viel Aufhebens machen."

Bjørg sprach souverän und klar. Als hätte sie sich jedes einzelne Wort genau zurechtgelegt.

„Ich denke, du solltest den Medien so wenig wie nur eben möglich sagen. Es macht jedoch keinen Sinn, ein falsches Spiel mit ihnen zu treiben. Drück ihnen deine Gefühle ruhig auf deine Art aus. Und erbitte dir die Zeit, die du brauchst, um alles in Ruhe zu überdenken. Die Unstimmigkeiten, die zwischen dir und Beinir bestanden, wirst du nicht ganz totschweigen können. Aber du solltest ihm gegenüber auch Mitgefühl zeigen und vielleicht sogar einige der positiven Seiten deines Kontrahenten hervorheben. Die Leute werden sicherlich akzeptieren, dass ihr nicht immer einer Meinung wart und dass deine mögliche Rolle im Parlament daher nicht zwingend mit der deines Vorgängers übereinstimmen würde. Ich glaube nicht, dass vernünftig denkende Menschen dir vorwerfen werden, Beinir nach dem Leben getrachtet zu haben. Aber die Leute werden natürlich tratschen und ihrer Fantasie freien Lauf lassen. Es gibt so viele einfältige und boshafte Typen, vor denen du dich niemals wirst schützen können. Und einige wissen sowieso immer alles besser als andere. Deine Joggingtour kannst und solltest du nicht abstreiten. Die Geschichte ist wirklich ein bisschen verrückt. Ja, oder tragikomisch. Sie könnte fast das Drehbuch für eine spannende Krimiserie darstellen. Mit dir als Hauptperson."

Ronja schüttelte den Kopf. Sie dachte über das nach, was Bjørg gerade gesagt hatte. Es machte ihr zu schaffen, wie sehr ein Verbrechen auch einen unschuldigen Menschen belasten kann. Ihr war, als ob ein Fluch auf ihrem Strickclub laste. Tarina, die nun schon fast 20 Monate in Mjørkadalur abgesessen hatte, der einzigen Arrestanstalt für Kleinkriminelle auf den Färöern, würde bald wieder freigelassen werden. Maria fürchtete diesen Tag schon heute. Sie hatte Angst vor ihrer früheren Herzensfreundin und würde es nicht ertragen können, sie wiederzusehen. Ob Anita und Jákup ihre große Krise überwunden hatten? Ronja hatte sich Gedanken gemacht, als Anita am ersten Strickclubabend des Jahres ihre Schwangerschaft verkündet hatte. Die Sonne stand am Horizont, doch es schien, als wisse niemand, ob sie auf dem Weg nach oben oder nach unten sei, war damals ihr erster Gedanke gewesen. Lina hatte kurz zuvor gute Nachrichten aus dem Reichskrankenhaus erhalten, während Jórun sich sichtlich erleichtert gezeigt hatte, da ihr Sohn Jónas begonnen hatte, stundenweise bei einer Computerfirma zu arbeiten. Er verrichte irgendeine Art von Lieferdienst, hatte sie erklärt. Am gleichen Abend hatte auch Ronja ihre Bombe platzen lassen. Ja, sie habe eine Entscheidung getroffen, hatte sie gesagt. Sie wolle versuchen, sich für eine neugegründete Partei, deren oberste Priorität in Umwelt und Wachstum zu finden sei, ins Parlament wählen zu lassen. Sie alle hatten gelacht und ihr eine glänzende Zukunft prophezeit. Die sorglose Zeit sei damit aber ein abgeschlossenes Kapitel, hatten sie gemeint und so die nächste Seite ihres Lebensbuchs aufgeschlagen. Ronja saß in ihrem Sessel und dachte nach. Eine kleine Träne lief ihr über die Wange, ehe sie von einem Lachgrübchen gestoppt wurde und dort trocknete. Ihre Gedanken schwankten zwischen Leben und Tod. Zwischen Wahrheit und Illusion. Zwischen respektlosen Herabwürdigungen und ehrlicher Siegesfreude. Ach, möge es statt eines entsetzlichen Verbrechens doch nur ein gewöhnlicher Verkehrsunfall gewesen sein! Damit würde sie definitiv besser zurechtkommen, denn dann würde der kurzfristig aufgekommene Verdacht gegen sie gleich wieder hinter den Wolken verschwinden. Aber noch war es viel zu früh, um sagen zu können, was an der Tunnelmündung tatsächlich vorgefallen war, auch wenn Villy Nesmann bereits zu wissen glaubte, dass dieser Unfall einen fahlen und fragwürdigen Beigeschmack hatte. Ronja zögerte ihre Antwort hinaus.

„Meine liebste und beste Bjørg ... I love you! Vielen Dank für deine bedingungslose Unterstützung. Du bist vielleicht der einzige Mensch, dem ich wirklich vertrauen kann. Und dem ich alles sagen kann, ohne dass es missverstanden wird. Schau mich an! Meine folgenden Worte sind absolut ernst gemeint. Ich habe Beinir weder getötet noch auf irgendeine Art eine solche Situation herbeigesehnt. Auch wenn dieser Mann einmal mein Todfeind war, so hatten wir beide dennoch keine Rechnung offen. Der Friede sei mit ihm. Ob ich über sein Schicksal besonders traurig bin, möchte ich hier nicht näher ausführen. Aber es ist definitiv nicht meine Schuld, dass er nun tot ist. Ich stelle mir mittlerweile die Frage, ob ich den richtigen Beinir Kalsfjall jemals kennengelernt habe. Man weiß nie, welche der vielen Geschichten, die erzählt werden, wirklich der Wahrheit entsprechen! Zumindest aber habe ich so viel Vertrauen in unser Rechtssystem, dass ich davon ausgehe, dass die Polizei mich nicht gleich beschuldigen wird, persönlich hinter dieser Sache zu stecken und ihm selbst den Stein vor sein Auto geworfen zu haben ... Ich denke vielmehr, auch wenn du die Einzige bist, die das jemals aus meinem Munde zu hören bekommen wird ...“, Ronja atmete noch einmal durch und schaute ihrer Freundin tief in die Augen, als wolle sie sie beide gleichermaßen davon überzeugen, „... ja, so denke ich vielmehr, dass es irgendein höherer Plan ist, der diesem Unfall zugrunde liegt. Sollte dem aber nicht so sein, dann bleibt mir wohl nur die Alternative, mich für verrückt erklären und in die Psychiatrie einweisen zu lassen. Aber du kannst darauf schwören, dass diese Variante nicht die naheliegendste ist, die mir im Kopf herumschwirrt."

DIE KRIMINALPOLIZEI TÓRSHAVN hatte gleich zwei ihrer Männer in den Norden geschickt, um den Fall genauer unter die Lupe zu nehmen. Sie sollten sich vor allem um die technischen Untersuchungen am Tatort kümmern. Jákup hatte inzwischen erfahren, dass an der Uferböschung Fußspuren entdeckt worden waren. Andauernd hatte sein Handy geklingelt, da viele neugierige Journalisten auf eine ausführliche Stellungnahme drängten. Die Polizei würde frühestens am Nachmittag eine erste Pressemitteilung abgeben können, daran gäbe es nichts zu deuteln, hatte er ihnen unmissverständlich zu verstehen gegeben. Zunächst müsse sie sich einen genauen Überblick über die Situation verschaffen. Zwischendurch hatte Jákup Anita angerufen und ihr gesagt, dass er sich beeilen würde.

Sie saßen im Konferenzsaal. Am Großbildschirm waren wechselnde Bilder zu sehen. Das demolierte Auto. Die Bremsspur. Der Sarg mit Beinir Kalsfjalls Leiche. Und dann dieser wohlgeformte Stein.

„Gegen 6.35 Uhr ist ein Taxi durch den Tunnel gefahren, um einen Passagier zum Flughafen zu bringen. Zu dieser Zeit sei jedoch noch kein Stein auf der Straße zu sehen gewesen“, erklärte Birita. „Aber eins ist sicher: Dieser Stein ist weder aus den Bergen noch vom Steilhang hinabgestürzt“, fuhr sie fort und bat Jákup, sich das außergewöhnlich runde Gebilde einmal genauer anzuschauen, ohne dass dieser sofort verstand, worauf sie hinauswollte. „Bist du wirklich so blöd oder was? Was hast du denn damals in der Schule in Erdkunde gemacht? Vielleicht kann dir ja das gute alte Lexikon auf die Sprünge helfen ...“

Die Färöer-Inseln sind ein unebenes, steiniges Gebirgsland mit steilen Gipfeln, schroffen Felswänden sowie grünen Hängen, Holmen, Felsnadeln und Schären. In unwegsamem Terrain findet sich eine Vielzahl von Felsvorsprüngen, Kanten und schroffen Absätzen, aber dort, wo das Land grün ist, ist der Fels selbst nur an den höchsten Gipfeln zu sehen. Zum offenen Meer hin ist das Land vor allem von Steil-

küsten geprägt. Manche von ihnen steigen senkrecht aus dem Meer empor und werden von den Färingern als ‚meitilberg' bezeichnet. Vielerorts haben sich am Fuß der Steilküsten große Geröllhalden gebildet, was darauf hindeutet, dass es hier gewaltige Felsstürze gegeben hat. Der viele Regen, das Wechselspiel zwischen Frost und Wärme, das ständige Nagen des Wassers, des Eises und des Windes sowie wellenbedingte Aushöhlungen tragen dazu bei, dass die Klippen bröckeln und Risse bekommen. Diese Entwicklung lässt sich nicht innerhalb von Tagen, sondern nur im Laufe von Jahren beobachten. Auch wenn die Steilküsten sehr robust wirken, werden sie irgendwann einmal vom Meer untergraben werden."

„Dieser sauber geschliffene Stein ist also nicht oben aus den Bergen hinabgerollt. Im Gegenteil, er kann nur ein vom Meer geformter Stein aus einer der Strandregionen sein. Der von Eis, Wellen und Strömungen über Tausende von Jahren so geschaffen worden ist. Folglich muss er von Menschenhand zur Hauptverkehrsstraße hinaufgeschleppt worden sein."

Jákup spürte, wie ihm der Schweiß auf die Stirn trat. War es das, was Birita gemeint hatte? Dann hätte sie es doch auch sofort sagen können. Frauen müssen immer alles so kompliziert verpacken, dachte er. Aber ihr Urteilsvermögen und ihre Intuition sollte man niemals unterschätzen. Birita war fest davon überzeugt, dass es sich hier um ein Verbrechen handelte. Vielleicht hatte sie ja Recht. Aber wer war so ausgefuchst, aus irgendeiner Bucht einen solchen Stein herbeizuschaffen, obwohl doch der ganze Berghang mit Steinen und Geröll bedeckt war? Diese Vorgehensweise konnte nur einem bestimmten Zweck gedient haben.

3. Juli 2018

DIE OPPOSITIONSPARTEIEN HATTEN aufgeholt. Die Koalition war drauf und dran, die Macht zu verlieren. Laut Meinungsumfragen waren die Verhältnisse exakt ausgeglichen. Beide Blöcke schienen nun gleich stark zu sein. Die Zukunft würde in den Händen Ronja Róksdóttirs oder Beinir Kalsfjalls liegen.

Die Schlagzeilen sorgten für Spannung und Aufregung. Überall im Land hingen Plakate. Große Schilder prägten das Bild der Städte. Hausfassaden hatten ihr Aussehen verändert. Die Parteien konkurrierten darum, die größten und auffälligsten Formate für sich in Anspruch zu nehmen. Ihre Botschaften sollten die Bevölkerung erreichen. In vielen Kreisverkehren sah man würdevoll lächelnde Gesichter, deren Parolen sich an die Verkehrsteilnehmer wandten.

Denkt an eure Zukunft. Wählt eine liberale Arbeiterpartei.“ „Unterstützt unsere starke Gemeinschaft. Eine positive, soziale Liste.“ „Für eine angemessene Selbstverwaltung. Die robuste Republik.“ „Eine konstruktive Zentrumspartei. Freiheit und Fortschritt.“

Für die meisten Wahlberechtigten war es nicht einfach, sich ein realistisches Bild zu machen. Und wie sollten sie erst diese neue Partei einschätzen, die „Grünen Färöer“, deren dunkelgrünes Plakat, auf dem drei Personen abgebildet waren, nämlich Ronja Róksdóttir, Beinir Kalsfjall und Døgg Damm, in der Menge unterzugehen schien? Es war die erste Kandidatur dieser Partei. Daher war es schwer, eine Prognose abzugeben, welchen Zuspruch sie erfahren würde. Ihr Wahlprogramm klang durchaus interessant. Und die drei Frontfiguren, die sich für sie stark machten, waren allesamt bekannte und inspirierende Persönlichkeiten, die ideologisch gesehen viele gute Ansätze vortrugen. Nur ihre Marschroute war nicht die Beste gewesen. Das war mittlerweile allen bekannt. Wer wollte die Macht des Landes schon in die Hände von

Leuten legen, die es offensichtlich vorzogen, sich gegenseitig zu bekämpfen, statt konstruktiv zusammenzuarbeiten?

Die Beteiligten hatten alles gegeben, denn es stand viel auf dem Spiel. Aufmerksame, lächelnde Wahlkandidaten hatten mit frisch gebackenen Brezeln und Rosen im Gepäck Menschen an ihren Arbeitsplätzen aufgesucht. Bei einer aufwendigen Kundgebung im „Glasir", der größten Bildungseinrichtung des Landes, hatten sie Schülern Geschenkgutscheine für Pizzerien und Eisdielen überreicht. Dabei hatten sie mit ihnen diskutiert und darüber gesprochen, was dem Land in Zukunft eher von Nutzen sein könne: Kabeljau oder Musik? Oder was im Ausland zu einem höheren Bekanntheitsgrad der Färöer beitrage: Tourismus oder Fußball? Die Inseln sollten definitiv Platz für alle bieten, waren sich die meisten einig. Aber war es nun der Färinger selbst oder der Migrant, um den sich die Politik besonders kümmern sollte? Fragen über Fragen. Das Wichtigste war auf jeden Fall, die Demokratie aufrechtzuerhalten und auch weiterhin auf kulturelle und christliche Werte zu bauen. Und sowohl den Dörfern als auch den Städten ein solides Wachstum und eine rundherum positive Entwicklung zu garantieren.

Auf einer gestreamten Wahlkampfveranstaltung, die von der Zeitung „Miðlaborgin" organisiert worden war, hatte Ronja versucht, erneut ins Geschehen einzugreifen. Sie hatte sich allerdings gefragt, welche Punkte sich bei einer zulässigen Redezeit von nur drei Minuten überhaupt vortragen, geschweige denn diskutieren ließen, zumal anschließend auch alle anderen Politiker zu Wort kommen und ihre Aspekte kommentieren würden. Wenn sie sich nicht gar gegenseitig unterbrachen und einfach dazwischenquatschten. Ronja hatte später das Gefühl gehabt, dass sie sich bei ihren Bemühungen, den Leuten vor Augen zu führen, was für das Land und sein Volk das Förderlichste sein würde, mehrfach den Mund verbrannt hatte. Aber vielleicht war die

Gewissheit, dass die anderen Teilnehmer der Podiumsdiskussion im Nachhinein das Gleiche empfunden hatten, ein kleiner Trost für sie?

Insgesamt gesehen hatte der Wahlkampf nicht viel Neues gebracht. Es gab viele Wahlversprechen, von denen die meisten jedoch ziemlich kostspielig erschienen. Aber alle hatten einander natürlich in nichts nachstehen wollen. Offenbar war an jeden einzelnen Bürger des Landes gedacht worden. Selbst in Altenheimen und Kindergärten hingen Wahlplakate mit den Gesichtern von Männern und Frauen, die für die dort betreuten Bürger nur das Beste wollten. Alle erhofften sich für den Wahltag möglichst viele Kreuzchen. Jede Stimme konnte entscheidend sein. Das war Fakt.

Nein, nirgendwo war es möglich, vor diesen 124 Färingern, die sich danach sehnten, nach überstandenem Wahlkampf auf einem der begehrten Parlamentssitze zu landen, Ruhe zu finden. In allen Häusern und an vielen Arbeitsplätzen hatten sich Stapel von Broschüren und Faltblättern angesammelt, in denen jeder auf sich aufmerksam machte. Man konnte kaum einen Laden betreten, ohne irgendein Heft oder Flugblatt in die Hand gedrückt zu bekommen, verbunden mit dem Wunsch, die richtige Wahl zu treffen. Aber auch die Zeitungen, Fernsehsender, der Rundfunk und die digitalen Medien ließen die Leute nicht in Frieden. Und wer am Handy einen Piepton vernahm oder sich in eines der sozialen Netzwerke einloggte, konnte gewiss sein, selbst hier nicht verschont zu werden. „Bitte denk an mich. Ich tue etwas für dich!“

BIRITA STARRTE MIT eiskaltem Blick vor sich hin. Sie fühlte sich elend und kraftlos. Ihre Beziehung hätte wohl kaum bis Weihnachten gehalten, dachte sie. So gut meinte sie sich selbst, aber auch ihren Freund zu kennen. Immerhin war es nicht der Vater ihrer Kinder, der nun tot war. Aber sie hatten eine schöne Zeit zusammen gehabt. Jede gemeinsame Nacht hatten sie genossen, als wäre es ihre letzte. In jungen Jahren hatte sie Beinir als netten, lebensfrohen Kerl kennengelernt. Sie hatten bereits früher miteinander geflirtet, aber von einer unwiderstehlichen Liebe war damals noch keine Rede gewesen. Warum zum Teufel musste dieser Mann nur fahren wie ein Wahnsinniger? Hatte er etwa vergessen, dass Gesetze auch für Politiker galten?

Birita spürte Wut in sich aufsteigen. Eine neue Welle krankhafter Gedanken erfasste sie und brachte ihre Hand zum Zittern. Es war gut, dass sie niemand so sah. Sie musste versuchen, die Kontrolle über sich zurückzugewinnen. Natürlich konnte sie nicht mit Gewissheit sagen, ob es sich um einen Unfall, einen Racheakt oder ein schlau ausgeklügeltes Verbrechen handelte. Aber jeder Mensch hat seine eigenen Hirngespinste. Er braucht normalerweise nur in sich hineinzuhorchen. Schon als am frühen Morgen ihr Handy klingelte, hatte sie ein merkwürdiges Gefühl gehabt. War es wirklich denkbar, dass Ronja Róksdóttir ihre Finger im Spiel gehabt hatte?

Birita Suðurnes hatte sich nie sonderlich für Politik interessiert. Und dennoch hatte sie es als aufregend empfunden, als Beinir Kalsfjall sich dazu entschloss, für die „Grünen Färöer" zu kandidieren. Allerdings hatte sie den Gedanken, dass er die gleiche Partei vertreten wollte wie diese Strickclubdame, nur schwer nachvollziehen können. Irgendetwas an Ronja hatte ihr schon immer missfallen. Auch die Geschichten, die Beinir über sie erzählt hatte, hatte sie als höchst unangenehm empfunden. Inwieweit diese der Wahrheit entsprachen, vermochte sie natürlich nicht zu beurteilen. Aus angeblich zuverlässigen Quellen hatte

Beinir erfahren, dass Ronja einen ihrer Freunde dazu gebracht hatte, in das Computersystem von Gestur Gillason einzudringen. Der Hacker hatte dafür gesorgt, dass drei Wochen vor der Wahl von Gesturs PC Mails und widerwärtige Fotos versandt worden waren, die nur dem Zweck hatten dienen sollen, Gestur in ein schlechtes Licht zu rücken. Beinir selbst hatte im Wahlkampf lange nicht viel erreicht. Aber auf der Zielgerade hatte er begonnen, eigene Wege zu gehen. Ohne damit direkt an die Öffentlichkeit zu gehen, hatte er vielen seiner potenziellen Wähler versprochen, dass er im Anschluss an die Wahl keineswegs die Absicht verfolge, zu eng mit dieser machtbesessenen Ronja Róksdóttir zusammenzuarbeiten. Sollten die Leute ihm aber ihr Vertrauen schenken und ihn ins Parlament wählen, so könne er ihnen garantieren, dass er sämtlichen Lügengeschichten auf den Grund gehen und ihren Verursachern das Handwerk legen würde. Ohne Unterschied, ob er dabei innerhalb der eigenen Partei oder bei politischen Gegnern fündig werden würde.

Die Wahl war lange Thema zwischen den beiden. Beinir hatte sich von diesem grünen Gesindel, wie er es ausdrückte, ein bisschen übers Ohr gehauen gefühlt. Dennoch kam ihm nie der Gedanke, sich von der Liste streichen zu lassen. Im Gegenteil, er war von seiner Sache überzeugt und wollte für sie kämpfen. Birita hatte ihm den Rücken gestärkt. Es war ihr sogar gelungen, den Journalisten Pátrik Raskason dazu zu überreden, einen kritischen Artikel über Ronja Róksdóttir zu schreiben, um mit Hilfe diverser Andeutungen zwischen den Zeilen Beinirs Position zu stärken. Ein öffentlicher Krieg gegen die Vorsitzende seiner eigenen Partei hätte nicht viel gebracht. Bei Bedarf hätte er vielmehr noch andere Trümpfe in der Hand gehabt, die er hätte ausspielen können. Ihm war von vornherein klar gewesen, dass man in der Politik mit Cleverness am weitesten käme. An Selbstbewusstsein hatte es ihm nie gefehlt. Auch am Wahltag war ihm sein Kampfgeist in allen Belangen zugutegekommen.

Seit seiner Kindheit war Beinir in der Welt des Sports ein bekanntes Gesicht gewesen. Er galt als Musterbeispiel für jemanden, der an sich glaubte, ohne dabei aber abstoßend herüberzukommen. Er war offenherzig und nur schwer in Bedrängnis zu bringen. Vielleicht hatte er sich gerade deshalb auf eine Polizeibeamtin eingelassen? Birita lächelte vor sich hin. Beinir hatte sie glücklich und zufrieden gemacht. Sicherlich hätte er viel für sein Vaterland erreichen können. Der Sport hatte ihm unheimlich viel bedeutet. Er war für viele ein großes Vorbild gewesen. Alle, die ihn kannten, aber vor allem die Leute aus dem Umfeld, aus dem er hervorgegangen war, waren sich in diesem Punkt einig. Doch als dann auf einmal auch Ronja zu joggen begann, hatte das niemand so recht verstehen und ernst nehmen können. Es wirkte ziemlich gekünstelt, dass ausgerechnet sie sich plötzlich für die Gesundheit stark machte. Ronja zählte eher zum gemütlichen Teil der Bevölkerung. Natürlich war es ihr gutes Recht, zu rauchen, zu trinken oder mit einem guten Buch im „Global" zu sitzen. Vor diesem Hintergrund wirkte ihr neuer Stil in den Augen vieler etwas lächerlich. Man konnte sich fragen, wie beliebt Ronja tatsächlich war. Ja, im Ernst. Birita hatte sich bei Jákup erkundigt, wem *er* gedenke, seine Stimme zu geben. Er brauche ihr natürlich nicht zu antworten, wenn das für ihn ein großes Geheimnis sei, hatte sie hinzugefügt. Aber Jákup hatte sich offen wie ein Buch gezeigt. Anita käme wohl kaum umhin, Ronja ihre Stimme zu geben, aber innerhalb seiner eigenen Familie sei das Vertrauen in die neue Partei eher rückläufig. Das Problem sei, dass die beiden Topkandidaten verschiedene Sprachen sprächen. Möglicherweise würde er die Christliche Arbeiterpartei wählen. Mag sein, dass die Leute unterschiedliche Meinungen über Gestur Gillason verträten, aber er habe der Stadt gutgetan. Er wolle seine Stimme zumindest nicht vergeuden.

Das hatte Birita gut nachvollziehen können. Sie selbst hatte die ganze Zeit gehofft und daran geglaubt, dass Beinir genug Stimmen bekäme und ins Parlament gewählt würde. Und sie hatten geplant, bis zu jenem großen Abend ein Paar zu sein.

ALS SIE HINUNTER ins Kellergeschoss kam, konnte sie weder seine Schuhe noch seine Jacke finden. Wo war ihr Sohn schon so früh am Morgen hingegangen? Unruhe stieg plötzlich in ihr auf. Ehe sie sein Zimmer betrat, klopfte sie vorsichtig an die Tür. Die Rollos waren heruntergelassen. Es war dunkel und die Luft stickig. Sie nahm einen unangenehmen Schimmelgeruch wahr. Dann hörte sie ihn atmen. Spürte Leben im Raum. Ihr Sohn lag in seinem Bett. Jórun versuchte, den Lichtschalter zu betätigen, doch die Deckenlampe blieb dunkel. Es deutete einiges darauf hin, dass alle drei Birnen kaputt waren. Sie ging zum Fenster und zog die Rollos hoch. Tageslicht fiel in das unaufgeräumte Zimmer. Es war ein trauriger Anblick. Der Tisch war übersät mit leeren Limonadenflaschen, Pizzaresten und Chipstüten. Auf dem Boden lag ein großer Kleiderhaufen, wovon die meisten Teile wohl dreckig waren und schon länger auf eine Wäsche warteten. Und die sauberen, die sie ihm erst vor einigen Tagen gebracht hatte, hatte er nicht einmal in den Schrank geräumt. Es herrschte ein heilloses Durcheinander. So ähnlich musste es bei den drei Räubern von Kardemomme im gleichnamigen Kinderbuch von Thorbjørn Egner ausgesehen haben, ehe Tante Sofie ins Spiel kam. Herrgott nochmal, wie sah das hier aus! Und im Bett lag dieser im Grunde so intelligente Junge, der sich jedoch zu nichts motivieren ließ. Er tat ihr von Herzen leid. Es fiel ihr schwer, ihren eigenen Sohn hier so zu sehen. Alles schien ihm gleichgültig zu sein. Seine Haare und seinen Bart hatte er wachsen lassen. Es gab niemanden, für den es sich gelohnt hätte, auf sich zu achten. Jórun setzte sich auf die Bettkante und betrachtete ihr großes Kind. Es schien, als hätte der Junge gar nicht wahrgenommen, dass seine Mutter ins Zimmer gekommen war. Er hatte sich nur auf die andere Seite gedreht, um dem hellen Tageslicht zu entfliehen und weiterschlafen zu können. Unglaublich, dass Jónas bereits ein erwachsener Mann war. Sie war noch sehr jung gewesen, als Ulrik sie geschwängert hatte. Jórun legte ihre Hand auf seine Wange. Er war so ein hübscher Junge. Mit dichtem bräunlichem Haar. Und dass ein Bart den Mann ziert, ist ohnehin eine alte Weisheit. Wenn er lachte, blickte man unwillkürlich auf seine makellosen Zähne. Er war erst 22 Jahre alt. In seinem Leben würden noch so viele schöne und aufregende Dinge passieren können! Was das betraf, war sie als Mutter einfach zu ungeduldig. Sie wünschte sich so sehr, dass Jónas ein nettes Mädchen fand. Vielleicht war sie zu alt, um die Wünsche der heutigen jungen Generation in allen Einzelheiten zu verstehen. Vor allem aber fiel es ihr schwer, mitzuerleben, wie wenig ihr Junge aus sich machte. An Begabung mangelte es ihm nicht. Na ja, immerhin war er in den letzten Monaten irgendeiner kleineren Arbeit nachgegangen.

Es hatte sie gewundert, dass Jónas so gespannt auf den Wahlausgang gewesen war. Eines Abends, als Ronja zu Besuch bei ihr gewesen war, war er sogar aus seinem Keller hervorgekommen. Zunächst hatte er sich ruhig verhalten und kaum etwas zum Gespräch beigetragen. Doch als seine Mutter und Ronja begannen, über Politik zu reden, hatte er ungewohnt großes Interesse gezeigt. Unter anderem hatte er Fragen über die Chancen der „Grünen Färöer“ gestellt und sich wie ein erwachsener Mann mit ihnen über gesellschaftliche Alltagsthemen unterhalten. Jórun war völlig perplex und richtig stolz auf ihren Sohn gewesen, der Ronja zu guter Letzt mit strahlendem Lächeln und ohne Vorbehalt seine Stimme versprochen hatte.

Doch am Wahlabend war seine Enttäuschung groß gewesen. Er hatte furchtbar leer und traurig auf sie gewirkt. Jórun hatte sich gewundert, dass ihrem Sohn das Ergebnis so nahegegangen war, denn Politik hatte nie zu den Dingen in seinem Leben gezählt, die ihm wichtig waren. Jórun sah keinen Grund, sich Selbstvorwürfe zu machen, dass Ronja ihre Ziele nicht erreicht hatte. Nein, man kann sich nur für diejenigen stark machen, von denen man glaubt, dass sie für einen selbst die

Richtigen sind und die eigenen Interessen am besten vertreten. Jórun streichelte dem Jungen liebevoll über die Wange. Erst da fielen ihr seine geschwollenen Lippen auf.

„Ach nein, liebster Jónas. Hast du dich geprügelt oder bist du gerade aus dem Krieg zurückgekehrt?"

8. Juni 2018

NICHT GANZ UNERWARTET hatte der Ministerpräsident zu Neuwahlen aufgerufen. Politische Beobachter hatten damit gerechnet, dass er mit diesem Schritt bis zur Ólavsoka, dem Nationalfeiertag, an dem das Parlament erstmals nach der Sommerpause wieder zusammentreten würde, gewartete hätte. Da die Parlamentsmitglieder, die der Koalition angehörten, mehrmals damit gedroht hatten, nur noch aus persönlicher Überzeugung zu entscheiden, hatte es so ausgesehen, als würde es mit jedem weiteren Tag schwieriger, bei anstehenden Beschlüssen die für eine Mehrheit erforderlichen siebzehn Stimmen zu vereinen. Und so war ihm keine andere Lösung geblieben, als das färöische Volk wieder selbst zu Wort kommen zu lassen. Nanna Antinesen, die neue Vorsitzende der Sozialdemokraten, galt nun als inoffizielle Regierungsanwärterin des linken Flügels, während Janus Vesturfoss der aussichtsreichste Kandidat war, im Fall einer bürgerlichen Mehrheit Regierungsoberhaupt zu werden.

Aber in den Augen vieler Färinger lief das alles auf das Gleiche hinaus. Die geplante Volksabstimmung zur Bildung einer neuen Regierung hatte den Staat gespalten. Das aktuelle Vorhaben der Koalition, Fischereiquoten und nutzbare Flächen öffentlich zu versteigern, hatte im ganzen Land einen heftigen Streit ausgelöst, zumal die anvisierten Gesetzesänderungen, die der Umwelt zugutekommen sollten, im Parlament mit keinem Wort mehr erwähnt wurden. Offiziell wurde die neue Maßnahme damit begründet, dass man auf diese Weise höhere Steuereinnahmen in den Randgemeinden erzielen wolle. Zwei Parlamentsmitglieder von der Südinsel hatten versucht, diesen Vorschlag zu blockieren. Die Reaktionen der Presse und der sozialen Medien waren enorm, denn die Koalition hatte dadurch ihre Mehrheit verloren. Aber was für Alternativen gab es? Was hatten die sogenannten rechtsgerichteten und liberalen Parteien anzubieten? Würde man das Problem durch mehr Privatisierung lösen können? Die Hälfte der Bevölkerung war der Meinung, dass man auf das, was seit der Jahrtausendwende unter der Leitung der Christlichen Arbeiterpartei und der Unionisten erreicht worden war, alles andere als stolz sein könne. Der Verwaltungsapparat sei unnötig aufgebläht worden und die Verschuldung des Landes dadurch in die Höhe geschossen. Viele Maßnahmen würden den Bürgern nicht offen dargelegt und der große Streit um den Tunnelbau, seit Jahren eines der bedeutenden politischen Themen, hatte den amtierenden Ministerpräsidenten zusätzlich in eine prekäre Lage gebracht. Die im Parlament vertretenen Parteien hatten also reichlich Anlass dazu, sich gegenseitig mangelndes politisches Geschick sowie zu bescheidene Erfolge vorzuwerfen.

Die Politik des Landes war für gewöhnliche Leute kaum mehr zu verstehen. Wie konnte es passieren, dass in einem Staat, der über steigende Exporteinnahmen und eine Vielzahl von Millionären verfügte, mehrere Hundert Familien an der Armutsgrenze lebten und es sich kaum leisten konnten, für ihre Kinder Kleidung und Weihnachtsgeschenke zu kaufen? Politische Systeme wie Kapitalismus und Sozialismus interessierten den kleinen Mann auf der Straße herzlich wenig. Es hatte schon immer in der Natur des färöischen Volkes gelegen, mit aufkommenden Unwägbarkeiten selbst zurechtzukommen. Warum nun einige auf Händen durchs Leben getragen wurden, während andere in der Gesellschaft keine Chance bekamen, konnten die hohen Damen und Herren ihnen nicht erklären. Zumal es auf sämtlichen Gebieten weder an Spezialisten noch an gut ausgebildetem Personal mangelte.

Eines der großen Themen des letzten Wahlkampfs war der öffentliche Verwaltungsapparat gewesen. Es war in Aussicht gestellt worden, ihn offener und beweglicher zu gestalten. Doch die Bürokratie war gekommen, um zu bleiben. Und an fachlichem Stolz zu rütteln, war nach wie vor ein gefährliches Spiel. Das hatten sowohl der vorherige Ministerpräsident als auch der Fischereiminister zu spüren bekommen, deren eigenes Verwaltungspersonal sie nicht gut beraten, geschweige denn die bestehenden Gesetze befolgt hatte. Aber statt den unfähigsten und illoyalsten Beamten rechtzeitig den Laufpass zu geben, hatte die politische Führung für deren schlechte Arbeit letztendlich selbst die Konsequenzen tragen müssen. Dieses Schauspiel unterschied sich kaum von denen, die von ähnlich aufwendig betriebenen Organen des Landes oder auch der Bankenwelt inszeniert wurden, bei denen selbst die größten Betrüger mit millionenschweren Konten und beim Verlassen der Büroräume mit einem goldenen Handschlag bedacht wurden. Vielerorts fragte man sich, wozu man eine solche Menge gut ausgebildeter Akademiker brauche und ein so kleines Land mit einem so großen und komplizierten Oberbau ausstatte. Wer bitte schön solle auf der anderen Seite dafür aufkommen, dass der Bau von Schulen und Krankenhäusern die Staatskasse nun mehrere Hundert Millionen mehr koste als ursprünglich eingeplant? Oder dass einige Menschen plötzlich auf Fischereirechte und Landbesitz spekulierten?

Verglichen mit anderen Ländern waren die Färöer nach wie vor eine gut organisierte und moderne Gesellschaft. Man baut kein Land auf, indem man die Fehler der Vergangenheit beweint. Jedes vierte Jahr hat das Volk die Möglichkeit, seine Meinung zum Ausdruck zu bringen. Und dennoch war das ideologische Chaos perfekt. Die Leute waren das Geschwätz der Politiker und deren leere Versprechungen gründlich leid. Ging es hier nicht nur noch um Gier, Hochmut und Neid? Und auch diesmal konnte kein breiter Konsens erzielt werden. Sämtliche Vorschläge der Opposition waren verworfen, denen der Koalition hingegen mit knappster Mehrheit zugestimmt worden. Selbstverständlich mit Ausnahme der Löhne für Minister und Parlamentsmitglieder. Denn diese genossen bei *allen* Beteiligten eine breite Akzeptanz.

JÓRUN BEEILTE SICH, ihm die Tür zu öffnen. Der Polizeibeamte mittleren Alters nickte ihr mit leicht geschwollenem Gesicht zu, ehe er ihr seine auffallend große Hand reichte. Sein Name war Grímur Gullaksen. Er war groß und breitschultrig. Auf seinem Weg durch das niedrige Foyer in den Flur war er gezwungen, den Kopf einzuziehen. Jórun beobachtete ihn in ihrem großen Spiegel. Das graue, schlaffe Haar auf seinem runden, etwas unebenen Kopf trug er gescheitelt. Seine trägen, hervorstehenden Augen warfen einen Seitenblick auf die vergilbten Wände.

Jórun bat den Polizeibeamten ins Esszimmer. Sie wolle eben noch Jónas hinzurufen, erklärte sie ihm. Der Ärmste sei verprügelt worden und nicht wirklich schön anzusehen. Aber irgendwo sei eine Grenze. Als Bürger dürfe man sich nicht alles gefallen lassen. Es könne nicht sein, dass ihr Sohn nicht einmal in die Stadt gehen könne, ohne gleich belästigt oder angegriffen zu werden. Es sei nicht das erste Mal, dass er übel zugerichtet nach Hause kam. Auch wenn es ihm unangenehm gewesen war, so habe sie ihm immerhin entlocken können, dass er gerade aus einem Pizzaladen gekommen war, als zwei Männer mit ihren Motorrädern auf ihn zugefahren seien und ihm einen so heftigen Stoß verpasst hätten, dass er mit dem Kopf auf die Straße aufgeschlagen war.

Grímur nickte mürrisch. Er ging davon aus, es sich hier lediglich um Kinderkram handelte und nichts Größeres dahintersteckte, wollte sich aber zumindest anhören, was der Junge selbst dazu zu sagen hatte.

Jórun ging auf und ab. Sie war nervös. Warum ließ sich Jónas so viel Zeit, während dieser gut gebaute, ernst wirkende Polizist bei ihr saß und auf ihn wartete? Zunächst hatte sie bezweifelt, ob es die richtige Entscheidung gewesen war, die Polizei anzurufen. Aber der Junge hatte einfach furchtbar ausgesehen. Möglicherweise war ein Stück seines Zahns abgebrochen. Es würde sicherlich nicht billig werden, das wieder in Ordnung bringen zu lassen. Doch zumindest dafür sollten die Übeltäter auf den Motorrädern aufkommen. Als Mutter hatte ihr ihr Gewissen keine andere Wahl gelassen. Es musste doch auch weiterhin möglich sein, abends auszugehen, ohne gleich verprügelt zu werden oder sonstwie zu Schaden zu kommen. Und sollte Jónas selbst zu dieser Rangelei beigetragen haben, dann wollte sie das wissen. Es fiel ihr schwer, dieser Form von Aggressivität und Elend tatenlos zuzusehen. Nein, es reichte jetzt!

Jórun bat den Polizisten, zu entschuldigen, dass Jónas ihn so lange warten ließ. Sie würde ihn jetzt holen. Vielleicht hatte sie schon eine böse Vorahnung, als sie vom Tisch aufstand. Grímur warf ihr einen ungehaltenen Blick zu. Nein, nun hätten sie lange genug gewartet, entfuhr es ihm. Aber war da unten im Keller nicht ein leichtes Kratzen zu hören? Als sie das Esszimmer verließ, rief sie noch einmal nach Jónas. Doch der Junge antwortete nicht. In dem Moment, als sie auf die oberste Treppenstufe trat, hörte sie die Außentür zuschlagen.

RONJA WURDE VON einem wahnsinnigen Lärm geweckt. Es klang, als würde jemand ihre Wohnungstür eintreten. Was um Himmels willen war hier los? Sie sprang aus dem Bett, griff instinktiv nach einer schweren Vase und verließ ihr Schlafzimmer. Sie spürte, wie ihr Herz raste. Verschaffte sich der Mörder nun vielleicht Zutritt zu ihrer Wohnung? Ein schwarzer Schatten kam auf sie zu. Stand sie als Nächste auf der Liste der Personen, die aus dem Weg geräumt werden sollten?

Draußen auf dem Flur erlitt sie den nächsten Schock. Vor ihr standen zwei Polizisten in voller Montur: Jákup á Trom und Birita Suðurnes. Letztere ging vorneweg und ergriff sogleich das Wort.

„Hier versteckst du dich also! Warum antwortest du nicht, wenn alle Welt versucht, dich zu erreichen?"

Ronja schaute die beiden vermeintlichen Autoritätspersonen, die gerade völlig unbegründet ihr Privateigentum aufgebrochen und damit sämtliche Umgangsformen missachtet und entgegen juristischen Bestimmungen Hausfriedensbruch begangen hatten, sprachlos an. Sollte sie jemals daran gezweifelt haben, was es bedeutete, Teil dieses politischen Spiels zu sein, bei dem es immerhin um einen Sitz im Parlament ging, so glaubte sie, es nun zu wissen. Sie hatte die Gesellschaft verändern und jeder Art von Sittenverfall den Kampf ansagen wollen. Dazu gehörte, sich mit aller Kraft gegen jegliche Form von Machtmissbrauch zu wehren, so wie sie ihn jetzt gerade am eigenen Leibe zu spüren bekam.

„Du warst heute Morgen früh auf den Beinen, Ronja. Wir wissen, dass du draußen warst und gejoggt bist. Einige Leute haben dich gegen halb sieben am Fußballstadion vorbei und um kurz vor sieben über den Sjóvarvegur zurück nach Hause laufen sehen. Klingt das in deinen Ohren falsch? Oder meinen die Zeugen vielleicht eine andere Frau?"

Was für eine Unterstellung, dachte Ronja! Erst die Frechheit, bei ihr einzubrechen. Dann ihre zynische Wortwahl und dazu noch in diesem

Tonfall! Ronja hatte größte Lust, Birita die Vase ins Gesicht zu schleudern. Was zur Hölle bildete sich diese Hexe eigentlich ein? Waren die Färöer inzwischen zu einem Polizeistaat geworden, in dem es erlaubt war, gewaltsam die Türen anständiger und friedlicher Leute aufzubrechen? Warum sollte ausgerechnet sie die Schuldige für Beinirs Fahrt ins Totenreich gewesen sein? Und mit welcher Begründung wurden ihr die grausamen Geschehnisse des heutigen Morgens zur Last gelegt? Es klang fast so, als ließe die Polizei bei ihren Fragen nicht einmal Zweifel aufkommen. Ronja versuchte mühsam, sich zu beruhigen. Sie durfte jetzt nicht unüberlegt handeln. Oder gar etwas sagen, was sie später bereuen würde. Lieber sollte sie sich bemühen, sich in die Lage ihrer beiden Gegenüber versetzen. Und so die Rolle ihrer eigenen Widersacher zu spielen. Sie war, ob sie es wollte oder nicht, in den Blickpunkt gerückt. Es wurde von ihr erwartet, sich zu ihren Sünden zu bekennen. Als stünde sie im Fegefeuer.

„Ja, ich war heute Morgen draußen und bin gejoggt. Und stellt euch vor, ich habe ebenfalls die Nachricht erhalten, dass Beinir Kalsfjall verunglückt ist. Vielleicht sollte ich zunächst einmal kondolieren ..."

Ronja hatte insgeheim ihren Spaß, nachdem sie diesen Satz ausgesprochen hatte. In ihrem Umfeld war es mehr als nur ein Gerücht, dass sich Beinir und Birita in der letzten Zeit regelmäßig getroffen hatten. Mit ironischem Lächeln fuhr sie fort:

„Ich gehe davon aus, dass die Polizei besser weiß als ich, wie es zu diesem tödlichen Verkehrsunfall gekommen ist. Ich fürchte, ich werde euch beide enttäuschen müssen. Mir ist auf meiner Tour nichts Ungewöhnliches aufgefallen. Es ist mir im Übrigen vollkommen egal, ob mich heute Morgen jemand hat laufen sehen hat oder nicht. Meines Wissens ist das nicht verboten. Ich muss allerdings gestehen, dass ich – als ich nach etwa acht Kilometern auf dem Weg zurück in die Stadt war – die Sirenen des Polizei- und Rettungswagens gehört habe."

„Warum versteckst du dich vor der Polizei und Presse? Normalerweise liebt ihr Politiker es doch, in der Öffentlichkeit zu stehen? Schon allein damit euch alle sehen und hören können!"

Now we are talking. Ihre direkte, unverschämte Art löste in Ronja etwas aus. Sie würde dieser Frau das hinterhältige Spiel, das sie und Beinir mit ihr getrieben hatten, wohl nie verzeihen können. Aber Birita sollte sich zumindest zu schade dafür sein, persönliche Differenzen mit einer polizeilichen Ermittlung zu vermischen. Ronja hatte an diesem Morgen nur mit Villy Nesmann und Bjørg gesprochen. Und daraufhin einige Stunden ins Land gehen lassen. Bewusst. War sie vielleicht eine Gefangene der färöischen Demokratie? Die in einer öffentlichen Bratpfanne verbrannt werden sollte? Nein, nicht mit ihr! Ihr Ruf war schon vorher so ramponiert gewesen, dass das jetzt auch keinen Unterschied mehr machte. In ihrem Inneren kochte sie noch immer. Der Rauch, der nach der Parlamentswahl zurückgeblieben war, würde sich wohl nie legen. Sie konnte diese Schmach nicht aus ihrem Kopf bekommen. Was war sie enttäuscht gewesen! Aber sie hatte ihren Hass weder an einem Gesicht noch einem Namen festgemacht. Nein, sie hatte nur diesen brennenden Schmerz gefühlt. Diesen tiefen chronischen Schmerz. Zuletzt hatte sie mehrfach darüber nachgedacht, ob sie nun für immer gebrandmarkt bliebe. Ihretwegen konnten die Leute rätseln und fragen, wie sie wollten. Aber sie würde ihr Telefon klingeln, ihre Mails unbeantwortet und ihre Facebookseite ungelesen lassen. Sollte die politische Führung doch die Geduld verlieren. Es war ihr im Augenblick völlig gleichgültig, dass die Polizei einen Verdacht gegen sie hegte und ihr die Schuld in die Schuhe schieben wollte. Vielleicht war dieser Tag der entscheidendste ihres Lebens.

„Es mag *vielleicht* merkwürdig erscheinen, ja. Aber *vielleicht* hat ein Mensch auch Bedürfnisse, die *vielleicht* nicht jedem Polizisten bekannt sind. Und *vielleicht* sind wir da an einem Punkt angelangt, den ihr *vielleicht* noch ein zweites Mal überdenken solltet." Ronja versuchte so deutlich zu werden, als wären es die letzten Worte ihres Lebens. Als sie jedoch sah, dass auch Jákup mit sich rang, etwas zu sagen, gab sie ihrem langjährigen Freund um des lieben Friedens willen Gelegenheit dazu.

„Lass mich dir nur noch eine Frage stellen, Ronja. Ich bitte dich, ganz ehrlich darauf zu antworten. Es wäre schön, wenn du dabei deine Hand auf dein Herz legen würdest. Ist dir irgendetwas bekannt, das uns bei der Suche nach den Hintergründen, die dem Unfall heute früh am Tunneleingang zugrunde liegen, weiterhelfen könnte?"

„Nein, ich weiß überhaupt gar nichts. Ich weiß nur, dass ich meine Tür so bald wie möglich repariert haben möchte, Jákup. Wenn ihr wirklich der Meinung seid, dass Beinir ermordet worden ist, so traue ich mich nicht, hinter einer Tür zu schlafen, die sich nicht abschließen lässt. Vielleicht bin ich ja die Nächste, die auf der Liste des Mörders steht."

JÓNAS, DER ÄRMSTE, war nicht weit gekommen. Grímur Gullaksen hatte durch das Esszimmerfenster beobachtet, wie der Junge das Weite suchte. Sofort war er aufgesprungen und hinter ihm her gespurtet. Für Aufgaben, die kein großes Nachdenken erforderten, war Grímur wie geschaffen. Sein gesunder Lebenswandel, seine Touren draußen in der Natur und seine Begeisterung für Hallenfußball kamen ihm dabei zugute. Sein Körper war bestens trainiert, wahrscheinlich besser, als es heute bei vielen Jugendlichen der Fall war. Jónas war durch die Kellertür entwischt. Er hatte sich einen Parka übergeworfen und war mit offenen Schnürsenkeln davongestolpert, ohne sich auch nur einmal umzuschauen. Aber wie sollte er auch? Er war zu schwer, um wirklich Fahrt aufnehmen zu können. Die seltene Bewegung, die er auf seinen Gängen zwischen seinem Kellerloch und dem Pizzaladen bekam, war nicht ausreichend, um einem gut gebauten Polizisten davonzulaufen. Nur 100 Meter vom Haus entfernt bekam Grímur den Jungen am Kragen zu fassen und zog ihn bis zum Polizeiwagen hinter sich her. Jónas schien keinerlei Widerstand zu leisten. Ihm war offenbar klar, dass das nutzlos gewesen wäre. Es war wohl besser, mit dem Polizisten zusammenzuarbeiten, als sich in Handschellen abführen zu lassen.

Jórun stand an der Haustür und sah dem traurigen Schauspiel zu. Sie hatte nichts ausrichten können. Einige Autos blieben mitten auf der Straße stehen, neugierige Nachbarn tuschelten miteinander und schüttelten den Kopf. Was war denn hier los? Was mochte Jónas ausgefressen haben? Bestimmt hatte er sich etwas zuschulden kommen lassen. Irgendwie war ihnen der Junge suspekt, auch wenn bestimmt nicht alles an ihm schlecht war. Vielleicht hatte er auch nur einen dummen Jungenstreich begangen. Hoffentlich hatte das nichts Schlimmeres zu bedeuten! Aber irgendetwas Böses musste doch dahinterstecken? Man sollte dem Hund nicht nur auf den Pelz schauen. Jónas, der Ärmste, hatte es nicht leicht. Er war meistens allein. Das konnte doch nicht angenehm sein, oder? Und wo war sein Vater hin? Sicherlich hatte er seine Alte nicht mehr ertragen können. Es gab gewiss Leute, mit denen es einfacher war, zusammenzuleben. Die Gerüchteküche brodelte.

Sie wollte nicht, dass sie jemand weinen sah. Mit den unterschiedlichsten Gedanken im Kopf schloss sie die Tür hinter sich. Sie hatte das Gefühl, als würde ihre Welt zusammenbrechen. Was hatte Jónas nur angestellt? Und was hätte sie als Mutter besser machen können? Sie machte sich Vorwürfe und bemitleidete sich selbst. Plötzlich spürte sie Zorn in sich aufsteigen. Nein, es war doch nicht Jónas, der etwas verbrochen hatte. Sie hatte die Polizei verständigt, da *er* in der Stadt angegriffen worden war und eine Verletzung im Gesicht davongetragen hatte. Aber jetzt war *er* festgenommen worden, als wäre *er* der Bösewicht. Ihr Schwächegefühl verwandelte sich plötzlich in rasende Wut. Nein, sie musste sich nicht alles gefallen lassen. Sie nahm ihr Handy und wählte eine ihr sehr vertraute Nummer ...

AUCH LOUIS BORGARSON, der oberste Chef der färöischen Kriminalpolizei, war nach Norðvík gekommen. Er saß mit mit Jákup á Trom und Birita Suðurnes an einem Tisch und versuchte, sich ein genaues Bild von dem Unfall zu machen, der den 37 Jahre alten Beinir Kalsfjall das Leben gekostet hatte.

„Dieser Fall wäre ungleich einfacher, wenn der Mann erschossen oder erstochen worden und die Mordwaffe ein Revolver oder ein Messer gewesen wäre. Aber in einem runden Stein etwas Furchteinflößendes zu sehen, fällt selbst einer alten Spottdrossel wie mir schwer."

„Spottdrossel?"

Jákup schaute Louis Borgarson an, der während seiner ganzen Amtszeit gut damit gefahren war, Tiere in seine Ausdrucksweise mit einzubeziehen und manchmal ziemlich ungewohnte und ungestüme Begriffe zu verwenden.

Louis lachte und reckte sich stolz auf in seinem Sessel, der sofort nachgab und unter seinem Gewicht zu knarren begann.

„Nein, niemand möchte zum Beispiel als herzloser oder spöttischer Mensch bezeichnet werden. Aber im Zusammenhang mit einer Drossel – Spottdrosseln gibt es im Übrigen wirklich als Sammelbegriff für eine bestimmte Gattung von Singvögeln – klingt das gleich viel besser. Wenn man jahrzehntelang auf der Schattenseite der Gesellschaft gearbeitet hat, denkt man abends zu Hause über manche Dinge gar nicht mehr nach. Dennoch muss dieser Fall mit größter Professionalität bearbeitet werden. Der Stein, der auf der Straße gelegen haben soll, macht die Sache sehr bedenklich. Wer in aller Welt schleppt schon morgens um halb sieben einen solchen Stein zu einer unserer Hauptverkehrsstraßen hinauf? Gibt es tatsächlich jemanden unter uns, der so sehr von Wut und Mordlust getrieben wird? Oder geht es vielleicht um etwas ganz anderes? Vielleicht eine Mutprobe oder auch nur ein unbegreifliches Missgeschick? Die Geschichte weist zahlreiche Beispiele auf, in denen Menschen zu Tode gesteinigt worden sind. Aber das, was heute Morgen vor der Tunneleinfahrt passiert ist, ist mir ein einziges Rätsel."

Sowohl Birita als auch Jákup nickten nachdenklich. Es würde ihnen wohl nichts anderes übrigbleiben, als äußerst zielstrebig zu Werke zu gehen.

Jede Einzelheit wurde gründlich diskutiert. Sollte der Stein absichtlich vor Beinirs Auto gerollt worden sein, dann konnte es sich nur um ein bösartiges Attentat handeln. In diesem Fall musste der Täter schon früh auf den Beinen gewesen sein. Es wäre seltsam, wenn in ganz Norðvík niemand etwas Verdächtiges beobachtet oder zumindest einen nächtlichen Besucher bemerkt hätte. Die Vorstellung, dass Ronja Róksdóttir die Schuldige sein sollte, fiel Louis schwer. Auch wenn es bei der Wahl nicht so gut für sie gelaufen war, führte diese Frau doch ein anständiges Leben. Warum also hätte sie alles daransetzen sollen, Beinir aus dem Weg zu räumen? Um Ronja von jeglichem Verdacht freizusprechen, war es aber noch zu früh.

„Glaubst du nicht, dass es ratsam wäre, Ronja Róksdóttir in Gewahrsam zu nehmen, während wir sie in den nächsten Tagen verhören und den Fall näher untersuchen?", fragte Birita.

„Um Himmels willen, nein. Ohne dass wir konkretes Beweismaterial gegen sie in der Hand haben und Anklage erheben können, geht das auf gar keinen Fall. Wenn ihr Ronja festnehmen würdet, würde das innerhalb von kürzester Zeit durch die Presse gehen. Und hier bei uns auf den Färöern wäre der Teufel los. Wenn die Polizei einen vom Volk gewählten Politiker ins Gefängnis steckt, könnte das als Staatsstreich aufgefasst werden oder sogar als direkter Angriff auf die Demokratie. So etwas kann möglicherweise in Russland, in der Türkei oder der arabischen Welt geschehen, nicht aber auf unserem Staatsgebiet. Wenn ich richtig verstanden habe, war Ronjas Joggingtour am frühen Morgen nicht ihre erste. Im Gegenteil, seitdem sie sich für die „Grünen Färöer" hat aufstellen lassen, ist das gesunde Leben ein Teil ihres Images geworden. Also bitte, ihr Lieben, sorgt nicht noch für ein zweites Unglück heute ..."

Borgarson streckte die Hand nach seinem Wasserglas aus. Es sah aus, als wolle er das, was er zuletzt gesagt hatte, unwiderruflich hinunterspülen.

„Unser großes Problem ist, dass wir unserer Arbeit zu keiner Zeit in Ruhe nachgehen können. Noch bevor der Hahn heute früh zum dritten Mal gekräht hat, war überall auf den Inseln die Rede davon, dass der Verkehrsunfall am Norðoyatunnel einen äußerst suspekten Beigeschmack habe. Auf Facebook sind sogar schon Bilder von dem schwer beschädigten Auto und diesem grässlichen Stein veröffentlicht worden. Die Leute machen sich ihre Gedanken. Handelt es sich hier um ein vorsätzliches Verbrechen oder nicht? Unsere Arbeitsweise wird ausschlaggebend dafür sein, ob die färöische Polizei tatsächlich imstande ist, eine Sache solchen Ausmaßes zu klären. Selbstverständlich haben die Bürger ein Recht darauf, von uns auf dem Laufenden gehalten zu werden. Unsere Arbeit wird allerdings bedeutend schwieriger, wenn das ganze Land in Aufruhr ist. Mir ist klar, dass dieser Fall keineswegs einfach ist. Das Opfer ist schließlich nicht irgendwer. Beinir Kalsfjall war ein Politiker, der vom Volk ins Parlament gewählt wurde. Er war eine bedeutende Persönlichkeit unserer Gesellschaft. Machen wir uns doch nichts vor, es geht um eine politische Krise in unserem Land. Und um ein Ereignis, zu dem jeder einzelne Färinger seine eigene Meinung haben wird."

Birita kochte innerlich und auch Jákup kam sich vor wie ein geprügelter Hund. Aber keiner von ihnen wagte es, Louis zu widersprechen. Denn er würde wohl wissen, was er tat.

Jákup grübelte. Ihr Einbruch bei Ronja Róksdóttir würde im schlimmsten Fall für unglückliche Schlagzeilen sorgen. Und Villy

Nesmann mit seiner Kamera am Tatort war nichts anderes, als sich in aller Öffentlichkeit zu entblößen. Mag sein, dass die Polizei bisher etwas überstürzt agiert hatte, dachte er. Um einem solchen Geschehen auf die Spur zu kommen, sollte wohl etwas organisierter vorgegangen werden. Sie mussten mit Autofahrern und Frühaufstehern sprechen. Mögliche Gegner ausfindig machen und überprüfen. Untersuchen, ob Beinir sich im Wahlkampf Feinde gemacht hatte. Wenn Louis Borgarson mit seiner Aussage, dass dieser tödliche Verkehrsunfall zu einem politischen Chaos führen und vielleicht sogar einen Machtwechsel heraufbeschwören könne, Recht hatte, dann gab es sicherlich auch noch andere Personen als Ronja, die ein Motiv hatten.

Jákup hatte den Ernst der Lage erkannt. Vielleicht kamen sie nicht umhin, Hilfe aus Tórshavn oder sogar von der Einsatzpolizei aus Kopenhagen anzufordern. Birita war zu sehr von ihren Gefühlen überwältigt. Das war wohl auch der Grund dafür gewesen, warum sie sich so unbedacht Zutritt zu Ronjas Wohnung verschafft hatten. Jákup selbst konnte nicht vergessen, dass seine Frau zu Hause saß und jeden Tag ein Kind zur Welt bringen konnte.

„Ja, und da ist noch etwas", sagte Louis Borgarson, als könne er die Gedanken seiner beiden Kollegen lesen. „Dieser Fall betrifft unser ganzes Land. Ihr werdet bei Bedarf vielleicht Hilfe in Anspruch nehmen müssen. Zum Beispiel, um Fingerabdrücke zu überprüfen, Spuren auf der Straße zu sichern, mögliche Augenzeugen zu verhören und ein bisschen tiefer in der Vergangenheit dieses Herrn Kalsfjall zu graben."

Birita Suðurnes' starrer Gesichtsausdruck zeigte klar und deutlich, für wie übertrieben sie dieses ganze Prozedere hielt. War dieser früher einmal so scharfsinnige Kriminalbeamte möglicherweise dabei, den Verstand zu verlieren?

„Nein, wir müssen nun die besten Kräfte einsetzen, die uns zur Verfügung stehen. Ich persönlich werde mir ein Zimmer im Seemannsheim nehmen. Und dort werde ich bleiben, bis die Sache aufgeklärt ist", beendete Louis die Besprechung.

Er klappte seinen Laptop zu, stand auf und nickte seinen Kollegen freundlich zu, als wolle er keinen Zweifel daran aufkommen lassen, wer hier der Chef sei.

„Wir sehen uns morgen. Und vergiss bitte nicht deine Frau, Jákup."

RONJA KLICKTE SICH DURCH die Vielzahl unbeantworteter Anrufe. Auf den ersten Blick waren es nicht irgendwelche Leute, die versucht hatten, sie zu erreichen. Der Eindruck verstärkte sich, als sie ihre E-Mails und ihr Facebook-Profil checkte. Bei näherem Hinschauen schien es jedoch, als hätten neben einer Reihe von Vertretern der Ober- auch einige Mitglieder der Unterschicht Kontakt zu ihr aufnehmen wollen. Dass sie Namen wie Jógvan Nev oder Janus Vesturfoss sah, überraschte sie nicht, aber dass beispielsweise auch ihre Mutter angerufen und ihr sogar geschrieben hatte, kam schon etwas unerwartet für sie. Für einen kurzen Moment hatte sie größte Lust, sich gleich wieder hinzulegen und ihre Stellungnahme noch eine Weile aufzuschieben. Sie überlegte, ob es Sinn machte, mit Nanna Antinesen zu sprechen. Und was sollte sie dem Ministerpräsidenten höchstpersönlich sagen? Auch Døgg Damm würde sicher wissen wollen, was nun geschehen würde.

Sie zog die Gardinen auf. Dann scrollte sie schnell durch die neuesten Nachrichten, die sie in den digitalen Medien ausfindig machen konnte. Endlich hatten die Journalisten etwas zu schreiben und die Leute neuen Gesprächsstoff bekommen. Jeder fragte sich, wie Ronja reagieren würde.

Das Bild des verstorbenen Beinir war überall gegenwärtig. Es reichte aus, nur seinen Vornamen einzugeben. In der Netzausgabe von „VIKAN“ fand sie einen langen Artikel unter der Schlagzeile „Rätselhafter Unfall“. Momentan war es ihr unmöglich, die richtige Entscheidung zu treffen. Ronja konnte das allseitige Rätselraten gut nachvollziehen. Sie hatte die politischen Konsequenzen, die jede ihrer Entscheidungen mit sich bringen würde, fest im Blick. Aber warum sollte sie jetzt kopflose Kurzschlusshandlungen begehen? Nein, fürs Erste würde sie den Medien nur eine kurze Mitteilung schicken, in der sie den Unglücksfall zutiefst bedauerte. Sie musste dafür allerdings mit Bedacht die richtigen Worte wählen. Und diese sollten zumindest die

Botschaft beinhalten, dass sich die „Grünen Färöer“ ihrer politischen Verantwortung sehr wohl bewusst waren. Sie als die Zweite auf der Liste war glücklicherweise ebenfalls vom Volk gewählt worden. Dieses Privileg konnte ihr niemand nehmen. Doch sie musste sich nun zunächst Gedanken darüber machen, ob sie diese Chance tatsächlich wahrnehmen wollte.

Sie war in eine Schlüsselposition geraten. Die Frage war nur, welche Tür sie nun öffnen sollte. Villy Nesmann hatte versucht, ihr ein paar gute Ratschläge zu erteilen.

„Tu nichts Unüberlegtes, Ronja, und pass gut darauf auf, wohin du deine Unterschrift setzt“, hatte er gesagt. „Die Politik ist das Werk des Teufels oder bestenfalls eine Art zivilisierter Bürgerkrieg, bitte lass das nie außer Acht. Jeder denkt nur an seinen eigenen Vorteil und überlegt, wie er dem anderen eins auswischen kann. Vesturfoss ist ein Super-Taktiker. Es gibt immer Wege, die für die Mehrheit erforderlichen 17 Köpfe zu vereinen. Denk daran, dass jeder Einzelne im Parlament im Grunde unglaubwürdig ist. Und dazu noch unfähig, dem anderen ein nettes Wort zu gönnen. Das gilt übrigens auch für Nanna Antinesen, die nur davon träumt, die erste weibliche Ministerpräsidentin seit 25 Jahren zu werden.“

Nesmann war bestens informiert und kannte das Spiel genau. Falls Ronja vorhabe, die politische Bühne zu betreten, ohne sich auf Kompromisse einlassen zu wollen, läge ihre Chance vielleicht in einer Minderheitskoalition, hatte er ihr mit auf den Weg gegeben. Solange Janus Vesturfoss keine Mehrheit gegen sich hätte, würde er wohl Ministerpräsident bleiben. Im schlimmsten Fall könnte er jedoch gezwungen werden, bei der liberalsten aller Oppositionsparteien gut Wetter zu machen, um so seine Koalition zu stärken. Oder mit Neuwahlen drohen.

Ronja setzte sich an ihren Laptop. Das Land wartete auf sie. Aber es bestand keine Veranlassung, gleich am ersten Tag in den Krieg zu ziehen.

Die Partei, die sie vertrat, zählte auf dem Papier zur aktuellen Koalition, es gab jedoch Verträge, auf deren Grundlage sie auch auf die Seite der Opposition wechseln konnte. Aber eine so große Chance abzulehnen, wäre wirklich dumm. Oder etwas leichtsinnig. Die Vorstellung, Teil einer bürgerlichen Regierung zu sein und in vielen Situationen gegen ihre eigene Überzeugung stimmen zu müssen, fiel ihr allerdings schwer. Diese Rolle entspräche wahrlich nicht dem, wie sie sich ihr Leben als Politikerin vorgestellt hatte. Was würden nur ihre Wähler sagen, wenn sie und Gestur Gillason politisch gesehen auf einmal im gleichen Boot säßen? Ihr wurde übel, als sie nur darüber nachdachte. Ob dieser Mann auch in Wahrheit so fürchterlich war wie sein Ruf, war dabei im Moment nebensächlich.

Aber alle gut gemeinten Ratschläge liefen daraus hinaus, dass sie auf keinen Fall etwas überstürzen sollte. Vielleicht würde ihr die Teilnahme an einer Parlamentsversammlung ein besseres Bild von den dortigen Arbeitsverhältnissen geben und sie erkennen lassen, wem sie unter Umständen vertrauen konnte bzw. mit wem ihr eine Zusammenarbeit möglich erschien. Sie kam wohl nicht umhin, ihre Pressemitteilung vorerst wieder zur Seite zu legen. Vielleicht würde sie später Døgg Dam anrufen, ihre erste Stellvertreterin.

JÁKUP UMARMTE ANITA und zog ihren runden Bauch dicht an sich heran. Demütig schaute er ihr in die Augen. Sein Leben war derzeit großartig und rührselig zugleich. Und wieder spürte er einen Tritt des Kindes. Der Bauch seiner Frau war größer als jemals zuvor. So gewaltig hatte er ihn noch nie erlebt. Weder als sie mit Bárður noch mit Bjørk schwanger war.

„Nein, liebe Anita", lächelte er, „du bist nicht zu dick. Und du sollst wissen, dass ich jedes einzelne Gramm an dir liebe."

Anita stöhnte auf eine Art, wie es nur Schwangere tun. Sie hatte das Gefühl, als hätten die Wehen bereits eingesetzt. Er legte seine Hand auf ihre schweißnasse Stirn, dann schob er sie hinunter Richtung Bauchnabel, wo jemand den Versuch unternahm, mit geballter Faust seinen Papa zu begrüßen. Ein unfassbares Wunder der Natur. Ein größeres Geschenk gab es nicht. Jákup küsste seine Frau auf den Mund. Sie brauchte nicht viel zu sagen. Er verstand sie so gut und freute sich darauf, wenn alles überstanden sein würde. Es war völlig in Ordnung für ihn, dass sie zurzeit oft müde und emotional labil war. Jákup hatte zuletzt viel Geduld aufgebracht und alles getan, was in seiner Macht stand. Hoffentlich würde sie mit der Geburt nicht wieder zu sehr über die ausgerechnete Zeit hinausgehen, so wie es bei den ersten beiden Kindern der Fall gewesen war. Es gab Anita ein Gefühl von Sicherheit, mit einem Polizisten verheiratet zu sein, der sie notfalls auch mit Blaulicht und Martinshorn nach Tórshavn bringen könnte, wenn sich das Kind zu plötzlich dazu entschließen würde, das Licht der Welt erblicken zu wollen ...

Ja, sie konnte wirklich beruhigt sein. Jákups Gedanken waren bei ihr und der Familie. Er würde sich nicht weiter von zu Hause entfernen, als dass er innerhalb von zwei Minuten bei ihr wäre, wenn sie ihn anriefe. Das hatte er ihr versprochen. So gesehen passte es perfekt, dass Louis Borgarson mehr und mehr das Ruder übernahm, gerade jetzt, wo die Polizei in Norðvík allem Anschein nach einen neuen Kriminalfall zu lösen hatte. Aber mit alledem durfte er Anita jetzt nicht belasten. Er wollte ihr nur Sicherheit geben und ihr beweisen, dass er ihr und ihrem Wohlbefinden oberste Priorität einräumte. Sie solle es sich nun bequem machen, während er ihnen beiden etwas Warmes zu trinken holte, sagte er. Die Schwangerschaft hatte den Alltag zu Hause verändert. Er selbst war häuslicher geworden und bemühte sich, so gut er konnte, in seiner arbeitsfreien Zeit präsent zu sein. Die Familie bedeutete ihm alles. Seine Frau und die Kinder hatten ihn noch nie so gebraucht wie heute.

Als Jákup kurz darauf mit einem Brotkorb in der Hand pfeifend die Treppe heraufkam, wurde ihm übel. Ihm war sofort aufgefallen, dass Anita leichenblass war und schlaff zusammengerollt in ihrem Sessel hing.

„Ruf den Krankenwagen, Jákup. Ich glaube, es sind die Wehen, und das Fruchtwasser ist ... auuu ... ohh ... Ich denke, es geht los."

Mehr konnte sie nicht sagen. Er wusste nicht, was er glauben sollte. Unter dem Sessel, in dem Anita saß, war eine große Lache. Sie hielt sich den Bauch und schaute ihn mit unsicheren, angsterfüllten Augen an. Als lägen ihr und das Leben ihres Kindes nun in seinen Händen. Sie hatten keine Zeit zu verlieren.

GRÍMUR GULLAKSEN BEKAM nicht viel aus Jónas heraus. Er hatte es sowohl im Guten als auch im Bösen versucht. Schließlich war ihm der Kragen geplatzt. Da hatte er Jónas gedroht und ihn angebrüllt, dass er durchaus fähig sei, einen Affen wie ihn auch in die Einzelzelle zu stecken, und zwar so lange, bis seine Unschuld eindeutig bewiesen sei. Darüber solle Jónas sich im Klaren sein. Grímur habe nämlich längst durchschaut, wer der Hacker war, von dem kürzlich alle gesprochen hatten. Vermutlich sei dieser Terrorist sogar identisch mit dem, der auch den Stein vor Beinir Kalsfjalls Auto gerollt habe.

Mit dem jungen Mann war allerdings nicht gut Kirschen essen, hatte er schnell feststellen müssen. Jónas vermied es, dem ekligen Polizisten in die Augen zu schauen. Seine Antworten auf dessen Fragen fielen so knapp wie eben möglich aus.

„Ich würde gerne mit meiner Mutter oder Ronja sprechen“, fügte er nun leise hinzu. „Oder habe ich nicht auch das Recht auf einen Anwalt?“

„Ich glaube nicht, dass das deine Situation großartig verändern würde. Während wir hier sitzen und warten, könntest du mir allerdings genauer erklären, warum du die Flucht ergriffen hast, nachdem deine Mutter die Polizei gerufen hatte. Dein Innenleben ist wohl genauso schluderig wie dein Äußeres, junger Mann?“

Grímur erlaubte es sich, über jede Grenze hinauszuschießen. Es war keiner da, der ihn bremsen konnte. Als er mit dem jungen Mann im Schlepptau die Polizeiwache erreichte, hatte er niemanden stören wollen. Er würde schon allein mit ihm fertig werden. Er war schließlich selbst losgeschickt worden, um mit dem Jungen zu sprechen. Seine Mutter hatte die Polizei gerufen und erklärt, dass sie sich Sorgen um Jónas mache. Er sei in irgendwelche Tumulte geraten. Nein, daran zweifelte Grímur keineswegs. Aber der Junge sollte wenigstens dazu stehen, wenn er etwas auf dem Kerbholz hatte. Es war ohnehin nur eine Frage der Zeit, wann er sich dem Druck beugen würde. Damit würde Grímur Gullaksen höchstpersönlich eine entscheidende und nahezu heldenhafte Vorarbeit im Dienste seines Vaterlandes geleistet haben. In Eigenregie war es ihm gelungen, den Jungen festzunehmen. Jetzt musste nur noch das Verhör erfolgreich zum Abschluss gebracht werden. Er hatte ein gutes Gefühl. Es würde keinen Anlass geben, den sogenannten professionellen Kriminalbeamten Lob und Ehre für einen Erfolg zu überlassen, zu dem sie nichts beigetragen hatten.

Aber Jónas war sturer und starrköpfiger, als ihm lieb war. Nach der ersten Phase, in der er nur vor sich auf den Tisch gestarrt, gestottert und ein eher untertäniges Verhalten an den Tag gelegt hatte, schien der Junge nun Mut gefasst zu haben und strahlte ein größeres Selbstvertrauen aus. Er erlaubte es sich jetzt sogar, ihm direkt in die Augen zu schauen. Und ihm an den Kopf zu werfen, dass er weder die Polizei noch diese Saubande um Gestur Gillason fürchte.

„Einen Scheißdreck verstehst du! Du bist der einzige *fucking reason* dafür, dass ich mich hier und jetzt weigere, mit der Polizei zu sprechen. Ich weiß nämlich verdammt genau, dass du mit diesem geldgeilen Arschloch unter einer Decke steckst. Nenn es von mir aus auch Freundschaft. Das ist mir total egal. Aber sag mir, wer bitte schön sitzt schon gern bereitwillig bei der Polizei und dann auch noch ganz allein in einem Raum mit einem Pervers..."

Grímur sprang von seinem Stuhl auf und schlug direkt vor Jónas hart mit der Faust auf den Tisch. Aber der Junge hatte nichts mehr zu verlieren. Er war sogar bereit, sich zu prügeln. Vorausgesetzt, er traute sich. Im schlimmsten Fall würde seine Mutter schon wissen, wo sie ihn zu suchen hätte. Angriff ist oft die beste Verteidigung, überlegte er. Gestern Abend hatte er einen Zahn verloren und im Gesicht heftig geblutet. Und das, obwohl er völlig unschuldig war.

„Hol doch deine Gillabande! Aber das wirst du dich natürlich nicht trauen. Und zwar aus gutem Grund. Denn du gehörst doch selbst zu diesem Pack ..."

Grímur schlug die Tür hinter sich zu. Er zitterte vor Wut, als er den Flur entlang ging. Er hätte allergrößte Lust gehabt, diesen Halunken zu verdreschen. Niemals zuvor hatte jemand so herablassend mit ihm gesprochen. Der Junge hatte ihm alle möglichen Schimpfwörter an den Kopf geworfen. Schon allein dafür hätte er ihn anzeigen können. Aber das wäre wohl auf Aussage gegen Aussage hinausgelaufen. Was für ein verfluchter Teufel. Diesem ungepflegten Äffchen war es doch tatsächlich gelungen, einen Gorilla zum Schäumen zu bringen. Vielleicht hätte er dieses Weichei doch nicht allein verhören sollen. Ja, natürlich, alle wussten, dass er und Gillason gut befreundet waren. Gestur hatte ihm gegenüber einmal geäußert, dass Jónas für Ronja und „diese grünen Abenteurer", wie er sich auszudrücken pflegte, ein nützlicher Vollidiot sei, mit dessen Hilfe sie hofften, ihre Ziele, die nur darin bestanden, den Fortschritt der färöischen Gesellschaft zum Stillstand zu bringen, verwirklichen zu können.

Mit hochrotem Kopf ging Grímur hinaus auf die Treppe, um frische Luft zu tanken. Er brauchte dringend eine kleine Abkühlung. Während er dastand und versuchte, wieder herunterzukommen, sah er, wie Louis Borgarson mit großen Schritten auf die Polizeiwache zusteuerte. Er sah alles andere als freundlich aus. Was zum Teufel sollte aus dieser Gesellschaft nur werden, wenn es nicht einmal mehr dem obersten Chef im Land gelang, die Leistungen ehrlicher Beamter zu würdigen und die notwendigen Schlüsse daraus zu ziehen? Grímur übte seinen Job lange genug aus, um zu erkennen, dass die Zweifel im Gesicht von Borgarson wohl diesem inhaftierten Banditen zugutekommen würden. Im Geiste hörte er schon dessen Worte. Ein Land müsse auf seine Gesetze bauen ... Herr, erbarme dich!

Mittwochmorgen, 4. Juli 2018

SCHON SEIT DER Jahrtausendwende war er einer der Einflussreichsten seiner Partei. Sein unermüdlicher Einsatz für das Erwerbsleben hatte ihm in der Bevölkerung Ansehen und Vertrauen geschenkt. Das Unternehmen Gillason, das nun schon in dritter Generation am Markt war, besaß Anteile an einer Reihe von Schiffen, Firmen und Gebäuden, die es sowohl für private als auch gewerbliche Zwecke vermietete. Gestur Gillason war bei allem, was er tat, mit Leib und Seele dabei. Er galt als tüchtiger Firmenchef und war in den verschiedensten Ausschüssen vertreten. Er war es gewohnt, Entscheidungen zu treffen. Seitdem er im Parlament vertreten war, hatte er das immer wieder unter Beweis gestellt. Neben seiner aktiven Funktion auf politischer und gewerblicher Ebene hatte Gestur auch ein spirituelles Leben. Bei religiösen Veranstaltungen war er eine Institution. Es fanden nur wenige Treffen statt, ohne dass er unter den Zuhörern saß oder auch selbst das Wort ergriff. Gestur war sehr beliebt und stets gern gesehen. Und seine große Familie stand voll hinter ihm. Es sprach daher vieles dafür, dass ihm ein äußerst schöner Tag bevorstehen würde.

Das Haus der Gillasons war an Wahltagen eine Hochburg der Christlichen Arbeiterpartei. Im Wohnzimmer roch es nach Politik und frisch gemahlenem Kaffee. Schon vom frühen Morgen an kamen gut aufgelegte, kommunikative Leute vorbei, die sich herzlich begrüßten und gegenseitig eine erfolgreiche Wahl wünschten. Die Spannung, die in der Luft lag, war so groß wie selten zuvor. Alles war möglich. Die Leute diskutierten, welcher der Wahlumfragen man wohl am meisten Glauben schenken dürfe. Oder ob die Siegesstimmung, die bis tief in die Nacht hinein unübersehbar gewesen war, vielleicht sogar das bessere Barometer sei. Norðvík würde für die Partei wohl weiterhin eine ehrwürdige Festung bleiben. Viele rechneten fest mit einem klaren Zugewinn bei den Wählerstimmen. Die Parteimitglieder freuten sich an der optimistischen Jugend. Eine vielversprechende Generation fortschrittlicher Färinger, die an Gott, die Zukunft und die Unabhängigkeit glaubte. Aber würde es in der Hauptstadt genauso aussehen? Einige hatten im Vorfeld versucht, auch auf diese Frage eine Antwort zu finden. Im ganzen Land zeichnete sich ein Ruck nach rechts ab. Aber das allein hatte nicht unbedingt etwas zu bedeuten. Es war gut möglich, dass den kleinen Parteien eine Schlüsselrolle zufallen würde. Die endgültige Antwort konnte jedoch nur das Volk selbst geben. Lange lebe die Demokratie. Die Partei der konservativ eingestellten Nordinsulaner war jedenfalls gut im Geschäft. Sie alle hatten ihr Bestes gegeben und bis zuletzt erbittert gerungen und gekämpft. Und auch jetzt standen noch einige Telefongespräche und Autofahrten aus. Jede einzige Stimme zählte. Es drehte sich alles um die Partei.

Die Stimmung in der Klaksvíksbreyt war gut. Es wurde gefragt, diskutiert und versucht, die neuen Koalitionsoptionen einzuschätzen. Es waren vor allem die älteren Generationen, die glaubten, den besten Weitblick zu haben. Egal, ob es darum ging, wo das Land derzeit stand, wie viele Stimmen Tórshavns Bürgermeister für seine Partei gewinnen konnte usw. Aber niemand wagte es, seine Erwartungshaltung zu hochzuschrauben oder sich zu weit aus dem Fenster zu lehnen. Das landesweite Ergebnis ließ sich nun einmal nicht berechnen. Besonders, seitdem die Färöer als *ein* Wahlbezirk galten, war es unmöglich, vorausschauend zu sagen, wie sich die Stimmen genau verteilen würden. Sicherlich waren die Nordinseln eine Hochburg der Christlichen Arbeiterpartei, aber das allein würde nicht ausreichen. Außerdem war es fraglich, ob die alte Koalition bestehen bliebe oder die Opposition an die Macht käme. Es war aber auch thematisiert worden, dass die „Grünen Färöer“ das Zünglein an der Waage werden könnten. Und so, wie es sich anhörte, war es keineswegs sicher, wer, welche und wie viele Personen die Partei letztendlich im Parlament vertreten würden.

„Ronja wird wohl nicht die ganz große Menge an Stimmen für sich verbuchen können. Dazu steht die Jugend nicht genügend hinter ihr. Die Menschen hier in der Stadt haben kein Vertrauen in sie."

Es spielte keine Rolle, wer im Hause von Gestur Gillason etwas sagte. Sie alle gehörten zur selben Partei, waren in fast allen Punkten einer Meinung und verfolgten die gleichen Ziele für ihr Land.

„Nein, aber man weiß ja nie, vielleicht könnte sie heute Abend doch die Nase vorn haben, aber ich glaube auch nicht daran. Sie mag vielleicht tüchtig sein, der Durchschnittsbürger dürfte allerdings kaum mit ihr auf einer Wellenlänge liegen. Denn es ist nicht unbedingt der gebildete Teil der Bevölkerung, der hinter ihr steht. Denkt nur an all den Mist, den sie in so kurzer Zeit veranstaltet oder von sich gegeben hat. Die Geschichte mit diesem Hacker war ja nun völlig daneben. So etwas nimmt der Färinger nicht hin. Das könnte ihr einen gewaltigen Rückschlag versetzt haben. Man sollte von einer Politikerin doch wenigstens ein Mindestmaß an Anstand erwarten können. Auch während eines Wahlkampfs."

Gestur Gillason und Miriam Sylvadóttir traten einen Schritt beiseite. Sie konnten ihre Freunde und Parteikollegen guten Gewissens für einen Moment allein lassen. Alle wussten, auf wem heute Abend der größte Teil der Verantwortung lasten würde. Doch nur die wenigsten waren sich der tatsächlichen Herausforderungen bewusst oder beherrschten gar das komplizierte Schachspiel in Sachen Koalitionsbildung und Verteilung der Parlamentssitze, das exakt in dem Augenblick begann, in dem die letzte Stimme ausgezählt war.

Miriam nahm ihre Kaffeetasse mit und folgte Gestur in dessen Büro. Dort ließ sie sich auf einem schwarzen Ledersofa nieder. Gestur zog es vor, stehenzubleiben und im Raum auf und abzugehen. Es war schwierig, an einem solchen Tag die Ruhe zu bewahren.

„Ja, ich habe mit Beinir Kalsfjall gesprochen“, sagte Miriam. „Wir beide haben im Frühsommer am Berliner Halbmarathon teilgenommen. Ich kann nur sagen, dass Beinir ein intelligenter Mann mit vernünftigen Ansichten ist. Während unseres Aufenthalts hatten wir auch die Möglichkeit, uns über die aktuelle politische Lage zu unterhalten. Ich hatte nicht den Eindruck, dass er ein Interesse daran hat, sich auf eine linksgerichtete Regierung einzulassen. Das ist mir schnell klar geworden. Natürlich muss er erst einmal gewählt werden. Aber Beinir hat mir durch die Blume zu verstehen gegeben, dass ihm die Arbeitsweise seiner eigenen Partei nicht ganz behagt. Das Parteiprogramm beinhalte viele gute Ansätze, aber in der Politik ginge es auch darum, Lösungen zu finden und Übereinkommen zu treffen. Im Parlament würde man jedoch nicht viel erreichen, wenn man sich die Wirtschaft zum Gegner mache. Ja, so hatte er sich ausgedrückt. In diesem Punkt seien er und Ronja Róksdóttir grundverschieden. Ich glaube, dass er an jenem Wochenende die Absicht hatte, ein bisschen mit mir zu flirten. In der Politik ist es ja nicht unbedingt verkehrt, jemanden an seiner Seite zu wissen.“

Miriam lächelte und stellte ihre Kaffeetasse auf das runde Glastischchen, das vor ihr stand.

„Wenn du mich fragst, hatte Beinir Ronja und Døgg in meinem Beisein einfach nur ein bisschen lächerlich machen wollen, auch wenn er politisch mit ihnen liiert ist. Vermutlich hat er ziemlich dick aufgetragen, aber es war durchaus interessant, von ihm zu erfahren, welche Strategie die „Grünen Färöer“ im Parlament verfolgen wollen. Die Wiederverwertung von Reststoffen und der Kampf um eine möglichst saubere Umwelt mögen ja ganz nette Ansätze sein, aber wie man das alles finanzieren wolle, hätten ihm die Damen natürlich nicht erklären können. Das Ziel der beiden sei es, die Färöer komplett auf Windkraft und Sonnenenergie umzustellen. Im Jahr 2030 würde unser Land kein einziges Tröpfchen Öl mehr benötigen, hätten sie ihm vor Augen geführt. Schon in zehn Jahren würden auf den Färöern nur noch Elektroautos verkehren. Und damit noch nicht genug. Ein speziell entwickeltes Unterstützungskonzept solle die Leute dazu anspornen, sich vermehrt wieder in den kleinen Dörfern niederzulassen. Ja, auch das wäre wirtschaftlich gesehen vertretbar. Zudem solle kein Fisch mehr zu viel getötet werden. Auch die Jagd auf Delfine solle verboten werden, ja, sie zögen sogar in Erwägung, jeden Hasen draußen auf dem Feld überwachen zu lassen. Und der Anspruch der Frau, über den eigenen Körper bestimmen zu dürfen und ihr demzufolge ein freies Abtreibungsrecht einzuräumen, sei natürlich eine Selbstverständlichkeit ..."

Gestur und Miriam konnten nicht anders, als diese naiven Idealisten, die offensichtlich keine Ahnung hatten, wie man die Räder einer Gesellschaft am Laufen hielt, mitleidig zu belächeln.

„Beinir Kalsfjall dagegen scheint mit beiden Beinen auf der Erde zu stehen. Er könnte so gesehen durchaus auch Mitglied der Christlichen Arbeiterpartei sein. Abschließend hat er mir ganz im Vertrauen gesagt, dass sich die „Grünen Färöer" bereits mehr oder weniger gespalten hätten", beendete Miriam ihren Lagebericht.

„Wir sollten uns im Moment nur auf uns selbst konzentrieren", entgegnete Gestur Gillason. „Sollten wir es nicht schaffen, jede vierte oder fünfte Stimme hier im Land auf uns zu beziehen, dann ist sowieso vieles egal. Hoffen wir das Beste. In der färöischen Politik dreht sich nach wie vor alles um die Zahl siebzehn. Für die Leute, die hier leben, wird es von entscheidender Bedeutung sein, dass wir wieder mit an die Macht kommen. Die Schäden nach vier Jahren sozialistischer Unabhängigkeitspolitik sind enorm. Diese Art von Politik untergräbt langsam die Grundlagen der Gesellschaft. Das beste Beispiel sind die Neugestaltung der Fischereiindustrie und die erschwerten Bedingungen, die der Wirtschaft heute auferlegt werden. Und was wird aus unseren färöischen Bräuchen? Nein, es ist traurig, diesen Verfall miterleben zu müssen. Die Ehe zwischen Mann und Frau scheint keine Selbstverständlichkeit mehr zu sein. Das erinnert mich an die Zeiten Noahs. Wir müssen unbedingt versuchen, diese Sündenfluten wieder eindämmen. Und unsere eigene Flotte grundlegend erneuern ... Hier auf unseren Inseln sind wir mit großen Naturreichtümern gesegnet, aber ich glaube nicht, dass es der Plan des Herrn ist, das Feld diesen undankbaren Humanistenkindern zu überlassen, die Gott am liebsten aus der Volksschule verbannen, im Gegenzug aber gleichgeschlechtliche Paare in die Volkskirche aufnehmen würden."

Miriam Sylvadóttir nickte zustimmend. Oft verzichtete sie darauf, ihre Gedanken auszusprechen, sondern begnügte sich vielmehr damit, Gestur einfach nur Recht zu geben. Irgendwann würde der Zeitpunkt kommen, an dem dieser Mann auch die jüngeren Kräfte der Partei zum Zuge kommen lassen musste. Gestur Gillason litt zweifellos unter einer Krankheit, die vor allem ältere Männer mit einer langen Vergangenheit in der Politik befällt. Diese schrecklichen Bazillen schlagen vor allem dann zu, wenn eine neue Wahl ansteht. Der Mann, der vor ihr stand, war mittlerweile 68 Jahre alt und hatte sieben Enkelkinder. Aber nichts war ihm wichtiger, als die Färöer-Inseln zu regieren.

Als er vor ein paar Jahren seine Parteikollegen darauf hingewiesen hatte, dass vielleicht der Moment gekommen sei, an dem er sich von der Landespolitik zurückziehen sollte, war er von vielen gebeten worden, noch eine Weile dranzuhängen. Miriam Sylvadóttir selbst hatte bei jener Sitzung nicht viel gesagt. Aus gutem Grund, denn sie ging davon aus, dass sie einen ansehnlichen Teil der vielen Stimmen, die Gestur schon seit seiner ersten Kandidatur im Jahr 1998 auf sich hatte vereinen können, von ihm übernehmen könne. Das tatsächliche Fundament der Christlichen Arbeiterpartei war allerdings ein politischer

Zusammenhalt, der außerordentlich tief verwurzelt und über viele Generationen gut und würdig gedüngt worden war. Hatten der Vater und der Opa schon dieser Partei angehört, so traten die Nachkommen in der Regel in deren Fußstapfen. Ohne dabei ernsthaft nach religiöser Überzeugung oder politischen Idealen zu fragen.

In Gesturs Haus saßen heute Reeder, Fischer, Bänker, Putzfrauen und ein ehemaliger Priester. Einige von ihnen waren eher liberal, andere eher christlich. Aber es war kein Problem, in ein und demselben Wohnzimmer zusammenzukommen. Die Idee der Christlichen Arbeiterpartei bot genug Platz für alle. Ihre Mitglieder waren einmal mit einer emsigen Geschwisterschar verglichen worden. Es blieb nicht aus, dass sie sich stritten und garstig miteinander umgingen. Aber niemandem gelang es, einen Keil in diese verschworene „Familie" zu treiben. Wenn der Druck von außen am größten war, hielten sie wie Brüder und Schwestern zusammen.

Gillason hatte sich alles reiflich überlegt und war zu dem Entschluss gekommen, dass es für ihn zu früh gewesen wäre, sich aus der färöischen Politik zurückzuziehen. Es gab nach wie vor zu viele Dinge, die ihm am Herzen lagen und geregelt werden mussten. Er liebte dieses Land und wollte für seine Enkelkinder eine gute und sichere Zukunft schaffen.

Miriam Sylvadóttir stand vom Sofa auf. Sie hatte vor, noch ein letztes Mal die Stadt zu durchkämmen. Dabei wollte sie am Seniorenheim „Kvøldlot" vorbeifahren. Dort lebte ihre alte Tante, die schlecht zu Fuß war und ein Auto benötigte, um zum Wahllokal zu kommen. Sie und Gestur hatten vereinbart, im weiteren Verlauf des Tages in Kontakt zu bleiben. Da unter ihnen allen ein gewisser Konkurrenzkampf herrschte und jeder am Ende möglichst weit oben auf der Liste stehen wollte, wurden die Leinen an allen Fangplätzen ausgeworfen und überall nach Stimmen gefischt. Ihre und Gesturs Wege kreuzten sich glücklicherweise nicht täglich, sodass es keinen Anlass gab, bewusst in die Hoheitsgebiete des anderen einzudringen und dort selbst auf Stimmenfang zu gehen. Er war der Konservative und sie die Gemäßigte. Er vertrat das Religiöse und sie eher das Weltliche. Es sollte also Platz für beide sein. Die Christliche Arbeiterpartei war breit aufgestellt und somit auf vielerlei Art die richtige Wahl. Die Färöer sollten negativen Einflüssen und Kulturen, die in ihr Land strömten, etwas entgegenzusetzen haben, lautete die einhellige Meinung. Die moderne Wohlfahrtspolitik sei von fortschrittlichen Männern und Frauen geschaffen worden. Aber auch die Zukunft solle in den Händen vertrauensvoller Färinger liegen, die ihr Leben auf christlichen Werten und persönlicher Freiheit aufbauten.

Miriam drehte noch eine kurze Runde durch Gesturs Wohnzimmer, lächelte allen zu und wünschte allseits eine gute Wahl. Inzwischen war auch Grímur Gullaksen, der Polizeibeamte, hereingekommen. Er hatte bereits gewählt.

„Glaubt mir, unter einer Voraussetzung würde sogar ich Ronja Róksdóttir wählen", scherzte er und legte sich ein paar Brotscheiben auf den Teller, „nämlich dann, wenn sie sich aufstellen ließe, Bürgermeisterin von *Lítla Dímun* zu werden." (Anm. des Übersetzers: Lítla Dímun ist die einzige unbewohnte Insel der Färöer).

Die Leute lachten. Miriam gab Frau Gillason die Hand und bedankte sich für die Einladung. Eva Debora wirkte blass und müde. Das war wenig verwunderlich. Sie hatte in all den Jahren mit Gestur Gillason zusammengelebt. Niemand wusste daher besser als sie, wie dieser Mann wirklich war …

Miriam fuhr gut gelaunt davon. Jetzt blieb nur noch zu hoffen, dass die färöische Bevölkerung die richtige Wahl treffen würde. Janus Vesturfoss, der Parteivorsitzende, hatte genau die passenden Worte gefunden. Politik könne auch unterhaltsam sein. Nach der Wahl wäre es wieder angenehmer, Färinger zu sein.

Mittwochabend, 4. Juli 2018

RONJA HATTE SICH dazu entschlossen, am Wahlabend zu Hause zu bleiben und für alle, die sie mochten, ein „Haus der offenen Tür“ zu bieten. Schon am Nachmittag strömten die ersten Freunde und Bekannten herbei. Legte man dieses Interesse zugrunde, war es keineswegs undenkbar, dass ihr eine neue Karriere als Politikerin bevorstand. Aber noch war nichts entschieden.

Die letzten Wochen waren ein harter und anstrengender Kampf gewesen, der ihr wirklich alles abverlangt hatte. Den Lehrsatz, dass man sich in der Politik nicht in erster Linie vor den Gegnern, sondern vielmehr vor den „Parteifreunden“ in Acht nehmen sollte, konnte sie mittlerweile gut nachempfinden.

Aber jetzt musste sie möglichst cool sein und durfte sich nicht davon beeinflussen lassen, was die Leute dachten oder sagten. Vor allen Dingen durfte sie den Wahlumfragen nicht zu viel Bedeutung beimessen. Doch das war leichter gesagt als getan. Glaubte sie dem Meinungsforschungsinstitut Gallup, dann wäre sie am Ende des Tages eine der 33 Parlamentsabgeordneten. Ein altes Sprichwort besagte allerdings, dass man einen Bissen nicht zu sehr unter die Lupe nehmen sollte, bevor man ihn hinunterschluckt.

Den ganzen Tag hatte sie am Telefon gehangen oder sich unter das Volk gemischt, um auch die letzten Wähler zu mobilisieren. Jetzt galt nur noch das Motto „entweder oder“. Sie hatte viel Rückenwind bekommen, nicht selten aber auch Gegenwind. Am schlimmsten war zweifellos die irrsinnige Anschuldigung, dass sie oder ihre Leute hinter dem Hackerangriff auf das Computersystem des großen Stimmenschluckers von Norðvík gestanden haben sollten. Nachdem Gestur Gillason bei Gott geschworen hatte, dass sich definitiv keine anstößigen Bilder auf seinem Computer befanden, hatte sich die Bevölkerung schwer damit getan, korrekt einzuordnen, was tatsächlich vorgefallen war. Gestur hatte jedenfalls darauf verzichtet, Anzeige zu erstatten, und so ließ das Interesse langsam wieder nach. Wie die Leute die Sache letztendlich auslegten, hatte Ronja selbst nicht weiter beeinflussen können. Doch zum Glück vergessen die meisten schnell. Mit dem Verlauf des Wahlkampfendspurts war sie einigermaßen zufrieden. Es dürfte allerdings niemandem geholfen haben, dass ein gewisser Herr in den letzten Wochen eigene Wege gegangen war. Aber tatsächlich war seine Vorgehensweise nichts Neues. Sie selbst sah ihre Ziele jedoch ausschließlich in der färöischen Politik. Und so war sie dankbar, dass sie am selben Morgen eine SMS von einem Wähler aus Sandur bekommen hatte, der ihr noch einmal Mut machen wollte: „Liebe Ronja! Du hast das Herz am rechten Fleck. Auf eine gute und gerechte Politik für die Färöer. Vier Stimmen aus unserem Haus!“

Salar lief aufgeregt zwischen Küche und Wohnzimmer hin und her. Endlich war es auch ihm vergönnt, eine demokratische Wahl mitzuerleben, bei der freidenkende Politiker kandidierten, um ein Land zu regieren. So etwas kannte er aus der arabischen Welt nicht. Er fand das unglaublich spannend. Während Bjørg zum Wahllokal gegangen war, durfte er hier kochen und Ronjas hoffnungsvoll gestimmte Gäste bei Laune halten. Es tat ihm gut, eine Aufgabe zu haben. Salar strahlte über das ganze Gesicht, als er den Topf umrührte und die Leute bat, sich zu bedienen. Leider hatte er kein Wahlrecht auf den Färöern. Statt Bjørg zu begleiten und ein Kreuzchen hinter Ronjas Namen zu setzen, brachte er nun eine Schüssel mit ägyptischen Bratlingen auf den Tisch. „Falafel“ nenne sich dieses Gericht, erklärte er. Und im Ofen läge aufgewärmtes Pitabrot. Doch die Leute seien selbstverständlich auch eingeladen, sich mit färöischer Fischsuppe oder Sushi zu versorgen.

„Wenn wir bedenken, welche Person aus unserer Mitte das Land regieren soll, dann muss es hier schon ein bisschen international zugehen“, lachte Salar hocherfreut, als er sah, dass die Leute neugierig nach den Leckerbissen griffen, die der Wirt ihnen vorsetzte.

Ronja fühlte sich wie eine Fliege in der Flasche. In ihrem Kopf wirbelten die Gedanken herum. Es war ihr unmöglich, einen Moment innezuhalten und sich zu entspannen. Sie spürte, wie das Herz in ihrer Brust schlug und das Adrenalin durch ihren Körper schoss. War es wirklich so schwer, die Gunst der Bevölkerung zu erobern? Sobald in einigen der größeren Wahlkreise die Stimmen ausgezählt sein würden, wollte „VIKAN" ein Interview mit ihr streamen. Sie hatte auch eine Verabredung mit dem färöischen Fernsehen, das eine Direktschaltung über Skype mit ihr senden wollte. Sie hatte für sich beschlossen, am Wahlabend in ihrer Heimatstadt zu bleiben. Sowohl Døgg Damm wie auch Beinir Kalsfjall waren nach Tórshavn gefahren, aber sie selbst hielt es für besser, ihre Stellung in der zweitgrößten Stadt des Landes zu behaupten.

Sie hoffte, dass zwei Mitglieder der „Grünen Färöer" ins Parlament gewählt werden würden, so, wie man es zuletzt vorausgesagt hatte. Sollte man sich dagegen innerhalb der Partei um nur einen Sitz streiten müssen, wäre es für sie und Dogg gemeinsam vielleicht leichter, Beinir Kalsfjall, diesen Hampelmann, an der kurzen Leine zu halten. Ronja hatte kein besonderes Vertrauen in ihn. Zweifellos war er auf vielen Gebieten ein versierter Mann, aber seine Denkweise erschien ihr zu oberflächlich und eigensinnig. Es war nicht einfach, ihn in politischen Diskussionen mit Worten niederzuringen, aber sie hatte ständig das Gefühl, als dächte Beinir dabei mehr an sich selbst als an das Wohl der Partei. Sie hatte wesentlich mehr Vertrauen zu Døgg Damm, einer großartigen Frau, die allerdings Haare auf den Zähnen hatte. Aber sie war zielstrebig, pfiffig und hatte Prinzipien. Von ihren politischen Gegnern war sie zwar als grau und langweilig eingestuft worden, aber das machte ihr nichts aus. Døgg sagte das, was sie dachte, und sie meinte das, was sie sagte. Die „Grünen Färöer" hatten zwar auch weitere interessante Kandidaten, aber es galt als unwahrscheinlich, dass irgendjemand von ihnen die Chance bekäme, ganz oben mitzumischen. Infolge einer Wahlumfrage, bei der 550 Leute aus dem ganzen Land befragt worden waren, wem sie ihre Stimme geben würden, hatte Ronja innerhalb ihrer Partei die größte Zustimmung erhalten. Aber ihr Vorsprung vor Beinir war nicht groß. Und dahinter gab es niemanden, der Døgg den dritten Platz streitig machen konnte.

Im Radio lief der Song *„Hugsa teg um"* („Denk darüber nach"), anschließend wurden Leute auf der Straße interviewt. Die färöische Bevölkerung verfolgte diesen Wahlabend mit großem Interesse. In vielen Häusern wurden Wahlpartys gefeiert. Die Leute besuchten einander und überall kam gutes Essen auf den Tisch. Nach einem Gespräch mit einem Ethnologen darüber, wie früher auf den Färöern das Thing abgehalten wurde und welche Esskulturen und Wahlbräuche sich im Laufe des 20. Jahrhundert entwickelt hatten, kam erneut Musik, und zwar das Lied *„Skúmbananir til Føroya fólk"* („Schaumbananen für das färöische Volk").

Es war 20.00 Uhr. Im Fernsehen hatte soeben der bekannte und erfahrene Wahlforscher Jóhannus Nesberg Platz genommen. An seiner Seite saß Marita Huus Hansen, eine junge Gesellschaftswissenschaftlerin, die erst kürzlich ihre Ausbildung abgeschlossen hatte. Beide sollten gemeinsam die eingehenden Wahlergebnisse analysieren und – jeweils aus ihrer Sicht – einschätzen, welche Koalitionen sich nach dem aktuellen Stand anböten.

„Psst. Kommen da schon die ersten Zahlen?"

Maria und Poul í Geilarhorni hatten sich Sushi und ein Glas Weißwein geholt und sich bemüht, auf dem gut besetzten Ecksofa noch zwei Plätze zu ergattern. Das färöische Fernsehen hatte alles gegeben, um die Erwartungen der Leute zu erfüllen. Die Journalisten des Senders waren überall im Land vertreten und standen auch in den entlegensten Orten zur Berichterstattung bereit. Kaum hatten die beiden Experten im Fernsehstudio das Wort ergriffen, da wurde ihre Diskussion auch schon wieder unterbrochen. Alle Augen richteten sich auf Eysturdalur ganz im Norden, wo ein Fernsehteam zu Besuch im alten Dorfladen war. Dort traf sich die Landbevölkerung zu einem Plausch über die aktuellen politischen Verhältnisse. Im Licht der Scheinwerfer sah man zwei ältere Männer auf einer Holzbank sitzen. Der eine trug eine weite, mehrfach geflickte Hose, einen braunen Strickpullover, Gummischuhe mit weißer Sohle und eine Kappe. Der andere einen Dufflecoat, ein kariertes Hemd und eine graue Polyesterhose.

„Nein, hier bei uns im Ort ist alles beim Alten. Vor den Wahlen wird uns immer viel versprochen. Schon seit etlichen Jahrzehnten ist von einer neuen Anlegebrücke die Rede. Ja, und unsere Dorfstraße sollte verbreitert und asphaltiert werden. Aber sobald die Wahl überstanden ist, wird alles wieder vergessen. Hier im Ort sind wir so wenige, dass es keine große Rolle spielt, wer unsere Stimmen bekommt. Einige Politiker haben sich tatsächlich die Mühe gemacht, unser Dorf zu besuchen. So mutig waren sie immerhin. Aber das geschieht eben nur einmal in vier Jahren. Ja, ganz im Ernst, so ist das. Aber wenn du dein ganzes Leben lang die Unionisten gewählt hast, dann änderst du deine Meinung nicht mehr, auch wenn man dir immer wieder einen Bären aufgebunden hat ..."

Jóhannus Nesberg musste herzlich lachen.

„Ja, die älteren Färinger bleiben ihren Ansichten treu. Die Unionisten sind schon seit vielen Jahren die stärkste Partei in Eysturdalur. Anders dagegen ist es im Nachbarort Gjógvará. Dort hat immer die Unabhängigkeitspartei eine zentrale Rolle gespielt. So war es schon bei der Volksabstimmung im Jahr 1946. Das Thema „Loslösung von Dänemark" hat die färöische Nation in zwei nahezu gleich große Teile gespalten. In vielen Familien wurde die jeweilige Haltung über Generationen vererbt. Vieles deutet aber darauf hin, dass sich das nun ändern wird. Heute ist es den jungen Leuten egal, was Papa und Mama wählen. Oder Opa und Oma. Und darin liegt die Chance für die neuen Parteien. Daher ist es nun besonders interessant, zu sehen, wie sich die „Grünen Färöer" schlagen werden, auch wenn die Partei von diesen kleinen Orten nicht allzu viele Stimmen zu erwarten hat. Aber auch das lässt sich nicht wirklich vorhersagen, denn selbst das traditionelle Dorfmodell verändert sich gerade stark, da es heute auch wieder junge Familien hinaus aufs Land zieht, wo es leichter und preiswerter ist, ein Haus oder Grundstück zu erwerben ..."

„Wir sind nun auf der Insel Eysturoy. Runavík ... Runavík."

Auf dem Bildschirm erschien das Auszählungsergebnis des drittgrößten Ballungszentrums der Färöer. Niki hielt Ronjas Hand. Die Unionisten waren auch diesmal die stärkste Partei mit fast 500 Stimmen, gefolgt von der Christlichen Arbeiterpartei mit 325. Aber die „Grünen Färöer" hatten aus einem Wahlkreis, der keinen einzigen Ortsansässigen auf der Parteiliste stehen hatte, sage und schreibe 142 Stimmen erhalten. Ronja sprang hocherfreut von ihrem Stuhl auf. Sie persönlich hatte 55 Stimmen zu verzeichnen, Døgg 22 und Beinir 18.

Die Stimmung war gut, alle stießen auf das bislang ausgezeichnete Ergebnis an. Aber es wäre verfrüht, Ronja schon jetzt zu gratulieren. In ihrer Wohnung klingelte ein Handy nach dem anderen und weitere Leute strömten herein. In Ronja Róksdóttirs Heim war Platz für jeden, der sein Kreuzchen an die richtige Stelle gesetzt hatte. Weißwein, Bier und Kaffee standen immerzu parat und Falafel, Sushi oder warme Fischsuppe gab es auch noch genug. Bjørg war soeben vom Wahllokal in Norðvík zurückgekehrt, wo sie die Auszählung der Stimmzettel, die mittlerweile sauber geordnet in gleich großen Stapeln auf den Tischen lagen, hatte verfolgen können. Vieles deutete darauf hin, dass die

„Grünen Färöer" und nicht zuletzt Ronja Róksdóttir in der zweitgrößten Stadt des Landes gut im Rennen lagen.

Im Fernsehen waren Jóhannus Nesberg und Marita Huus Hansen der gleichen Meinung, dass die „Grünen Färöer" möglicherweise selbst bestimmen könnten, ob die bisherige Koalition an der Macht bliebe oder nicht. Noch habe sich die Partei nicht eindeutig zu einer der beiden Seiten bekannt. Im Wahlprogramm sei vor allem von Umweltschutz und Gesundheit die Rede gewesen. Vielleicht hätten sich die „Grünen Färöer" alle Möglichkeiten offenhalten wollen, mutmaßten sie. Auf der parteiinternen Liste gebe es Leute, die ziemlich unterschiedliche Richtungen des politischen Kompasses vertraten. Es sei wohl nicht übertrieben, Beinir als den Konservativen und Ronja eher als die Radikale zu bezeichnen.

Ronja hatte sich Mühe gegeben, zumindest einige der Fragen zu beantworten, die Villy Nesmann live gestreamt hatte. Aber allzu viel hatte sie noch nicht sagen können. Die größten Wahlkreise des Landes stünden noch aus. Alles müsse also nach wie vor unter Vorbehalt gesehen werden, hatte sie erklärt.

Ein paar Minuten später erschien das Ergebnis aus Norðvík auf dem Bildschirm. Es war nicht direkt schlecht, aber vielleicht hatte sich Ronja etwas mehr erhofft? 156 der 274 Stimmen, die die Partei in ihrer Heimatstadt bekommen hatte, hatte sie für sich verbuchen können. Mit dieser Quote lag sie zwar noch gut in der Spur, aber es wunderte sie, dass ihr interner Konkurrent auf ihrem Terrain immerhin 67 Stimmen errungen hatte. Vielleicht machten seine Art und sein selbstbewusstes Auftreten im Fernsehen den gewissen Unterschied. Ronja selbst konnte zwar nicht behaupten, dass Beinirs Stil Jubelstürme in ihr hervorrief, aber wenn man tatsächlich überall im Land auf diesen Typen stehen sollte, dann bliebe ihr wohl nichts anderes übrig, als ihm Respekt zu zollen und sich damit abzufinden. Sie begann zu hoffen, dass dieser Mann auch in der Hauptstadt das große Los zöge, sodass die Partei am Ende vielleicht zwei Parlamentsmitglieder benennen konnte.

Während alle auf die Zahlen aus Tórshavn warteten – und das würde sicherlich noch eine Weile dauern –, hatte sie Gelegenheit, hinaus auf die Terrasse zu gehen und eine Zigarette zu rauchen. Oft lag das endgültige Ergebnis erst gegen Mitternacht vor. Es tat gut, ein bisschen an der frischen Luft zu sein, vor allem da sie anstrebte, mit ihrer neu gegründeten grünen Partei ins Parlament einzuziehen. Jórun stand bei ihr und sprach ihr Mut zu.

„Zum Teufel auch, Ronja! Du hast schon fast 300 Stimmen bekommen. Das sind doppelt so viele wie Beinir. Und im Fernsehen sagte dieser Nesberg, dass es so gut wie klar sei, dass die neue Umweltpartei im Parlament vertreten sein würde, jetzt, nachdem schon zwei Drittel der Stimmen ausgezählt sind. Die Frage sei nur, ob mit einer oder zwei Personen."

Jórun inhalierte tief und blies die vielen Tausend Giftstoffe in ihrer Lunge hinaus in den hellen Sommerabend.

„Das wird noch verdammt spannend", fuhr sie fort. „Wollten Anita und Jákup heute Abend nicht auch hier sein?"

Unmittelbar bevor in der Sporthalle Tórshavns die Ergebnisse der Hauptstadt verkündet werden sollten, war es mucksmäuschenstill im Wohnzimmer. Zur Einstimmung zeigte das Fernsehen Bilder aus dem Saal der Rundfunkstation, wo einige Politiker mit angespannten Gesichtern die Entwicklung des Abends verfolgten. Wie so oft würde die Hauptstadt die Sache entscheiden. Seitdem die Färöer zu einem Wahlkreis zusammengefasst worden waren, war es stets schwer gewesen, noch vor dem Auszählen der stapelweise eingegangenen Wahlzettel abzuschätzen, wer am Ende die Regierung bilden würde. Als Erstes wurde das Ergebnis der Christlichen Arbeiterpartei vorgelesen, die im Verhältnis zur Wahl vor vier Jahren deutlich zugelegt hatte. Den meisten in Ronjas Wohnzimmer fiel es schwer, den färöischen Wähler zu verstehen. Waren die Leute nach wie vor derartig konservative Gewohnheitstiere? Wollten die „Grünen Färöer“ tatsächlich mit zwei Repräsentanten ins Parlament einziehen, mussten sie nach Möglichkeit Stimmen von allen Parteien gewinnen.

„Pssssst!“

Sowohl die Unionisten als auch die Sozialdemokraten hatten in der Hauptstadt leicht verloren. Die Anhänger der Selbstverwaltung behielten aber halbwegs ihre Vormachtstellung, da auch die Unabhängigkeitspartei Verluste zu verzeichnen hatte. Dagegen hatten sowohl die Fortschritts- als auch die Christusbewegungen dazugewonnen. Der Vorsitzende des Wahlkomitees ließ sich viel Zeit, als er die Stimmenanzahl aller Parteien und deren Kandidaten vorlas. Erst ganz zum Schluss kam die neue Partei an die Reihe, die „Grünen Färöer“, die es in Süd-Streymoy auf insgesamt 589 Stimmen gebracht hatten.

„Und diese verteilen sich im Einzelnen wie folgt …“ Es herrschte Totenstille, während dieser Mann die einzelnen Zahlen durchgab. „Døgg Damm hat 136 Stimmen bekommen, Beinir Kalsfjall 308 und Ronja Róksdóttir ist in Tórshavn von insgesamt 73 Personen gewählt worden...“

Jóhannus Nesberg betrachtete die letzten Zahlen mit einem skeptischen Gesichtsausdruck.

„Das ist ja unglaublich und belegt einmal mehr den Wahrheitsgehalt der Worte eines ehemaligen Ministerpräsidenten aus Viðareiði: ‚Solange noch nicht alles entschieden ist, ist noch nichts entschieden.‘ Zwischen der alten Koalition und ihrer Opposition herrscht jetzt tatsächlich Gleichstand. Es steht 16 zu 16. Ja, aber es gibt nun eben auch die „Grünen Färöer“ ... Wenn ich das Ergebnis richtig lese, dürfte also auch einer der Repräsentanten dieser neuen Partei einen Sitz im Parlament bekommen ... Aber das sollte vorerst unter Vorbehalt gesehen werden, denn es sind nur einige wenige Stimmen, die darüber entscheiden, ob Ronja Róksdóttir den Platz von Hanus Ólason übernehmen wird, dem auf Platz 8 gewählten Mann der Christlichen Arbeiterpartei. Eine bittere Pille für Ronja dürfte allerdings die Erkenntnis sein, dass sie praktisch auf der Ziellinie von dem bekannten Sportsmann Beinir Kalsfjall, dem früheren Goldmedaillengewinner im Rudern – wenn ich mich nicht irre, war das über 1.000 Meter bei den Island Games auf Man in 2001 – überholt worden ist. Beinir hat laut meiner Berechnung ..." Jóhannus blickte mit großen, vertrauensvollen Augen erst den Moderator und dann Marita Huus Hansen an, die auch damit beschäftigt waren, alle Zahlen zu addieren und dabei bis siebzehn hochzurechnen. „Ja, Beinir könnte daher mit seinen 417 Stimmen, das sind übrigens nur 5 mehr, als Ronja bekommen hat, als einziger Repräsentant seiner Partei in der färöischen Politik zum Zünglein an der Waage werden. Somit dürfte nun in den nächsten Stunden kolossal um seine Gunst geworben werden. Die große Frage wird also sein, wie teuer er sich verkaufen wird. Oder ob er auf seinen Regierungssitz verzichtet und stattdessen Ronja ins Parlament einziehen lässt. Es wird also unglaublich spannend sein, in den nächsten Tagen das politische Geschehen hier auf den Färöern zu verfolgen ..."

In einer Wohnung des Gebäudes mit der Anschrift „Sandin 25" war die Ausgelassenheit des bisherigen Abends in eine Stimmung umgeschlagen, die eher an eine Beerdigung erinnerte. Verdammter Mist! Ronja musste sich schwer zusammenreißen, als sie den Anruf des Fernsehsenders entgegennahm. Man erwartete einen kurzen Kommentar von ihr, wobei sie auch die Gelegenheit bekommen sollte, ihrem Parteikollegen ihren Glückwunsch auszusprechen. Die „Grünen Färöer" waren tatsächlich in eine Schlüsselrolle geraten. Ronja schaltete die Kamera ihres Laptops an und versuchte zu lächeln. Sie musste das so schnell wie möglich hinter sich bringen. Obwohl es ein Hauptbestandteil ihres Berufs war, Neuigkeiten kurz und bündig zu vermitteln, hatte sie das Gefühl, dass alles, was gerade aus ihrem Mund herausströmte, nichts als Unsinn und dummes Geschwätz war. Es fiel ihr schwer, klar zu denken. Ihr Geisteszustand war zu sehr vom Wahlergebnis beeinträchtigt. Sie wusste besser als jeder andere, dass sie selbst einen echten Joker oder gar die entscheidende Karte für dieses politische Spiel hätte in der Hand haben können, wenn sie nur einige wenige Stimmen mehr bekommen hätte. Dann hätte sie jetzt im Auto gesessen und wäre auf dem Weg nach Tórshavn gewesen. Zumindest aber wäre sie online der Fernsehrunde mit den Parteivorsitzenden zugeschaltet, auf die die färöische Bevölkerung jetzt wartete. Aber nun würde nicht sie es sein, die die Forderungen und Bedingungen für die neue Koalition stellte. Sondern dieser politische Schmarotzer Beinir Kalsfjall.

Kopenhagen, 20. August 2018

VIELE VON IHNEN saßen mit einem Getränk auf der gefliesten Außenterrasse. Das gute Wetter hielt weiterhin an. Der schöne Sommer in Dänemark schien kein Ende nehmen zu wollen. Es wurde fast über nichts anderes geredet. Die Meteorologen des Fernsehens hatten mit breitem Lächeln noch mehr Sonne und Wärme angekündigt. Das sei sicherlich gut für den Tourismus und alle, die momentan Urlaub hatten, jedoch weniger erfreulich für die Bauern und all jene, die bei dieser stickigen Hitze zur Arbeit gehen mussten. Die Leute konnten sich nicht erinnern, jemals zuvor einen solch heißen Sommer erlebt zu haben. In den Nachrichtensendungen warnten Ärzte immer wieder davor, welche Gefahren Flüssigkeitsmangel und zu hohe Sonneneinstrahlung mit sich bringen konnten. Es sei wichtig, daran zu denken, den Körper mit Hilfe von Sonnencreme zu schützen. Fachleute hatten sogar empfohlen, einige Wände im Haus weiß zu streichen und die Betten ein wenig von den Fenstern abzurücken, um besser schlafen und eine erholsamere Nachtruhe genießen zu können. Eine andere Möglichkeit sei, tagsüber die Türen zu verschließen und die Gardinen vor die Fenster zu ziehen. Ja, es war ein großartiger Sommer, aber dieses Wetter war schon fast zu viel des Guten.

Die Hitzewelle drückte auch dem Stadtbild der dänischen Hauptstadt ihren Stempel auf. Auf den Straßen sah man viele leichtbekleidete Leute mit Wasserflaschen oder einem Eis in der Hand. Die Cafés entlang der Bürgersteige erlebten goldene Zeiten. Unter den Sonnenschirmen, geschützt vor der stickigen Hitze, wimmelte es von Menschen, die sich ein kühles Getränk bestellten oder eine andere Erfrischung genossen.

Wie immer hatte Kopenhagen seinen Besuchern und Bewohnern eine Menge zu bieten. Viele Leute schwammen in den Kanälen, während andere sich mit überhitzten Körpern und von Schweißperlen gezeichneten Gesichtern entlang der Küste aufhielten oder sich an den überfüllten Sandstränden auf Decken und Liegestühlen wälzten.

Lina Válará hatte versucht, aus ihrer Reise nach Dänemark, die ursprünglich ihrer letzten Nachuntersuchung hatte dienen sollen, das Beste zu machen. Heute hatte sie zusammen mit einer Freundin einen Ausflug in die Innenstadt gemacht, um über die weltbekannte Fußgängerzone *Strøget* zu schlendern. Es hatte ihr gutgetan, das Patientenhotel einmal zu verlassen und die letzten Tests und Blutproben für eine Weile aus dem Kopf zu bekommen. Als ihre Untersuchung in der onkologischen Abteilung des Reichskrankenhauses abgeschlossen war, hatte ihr der zuständige Oberarzt leider nicht die guten Neuigkeiten geben können, die sie sich so sehnsüchtig erhofft hatte. Der Krebs war nicht ganz verschwunden. Die Bilder der Untersuchung hatten gezeigt, dass an einer der beiden Nieren noch ein kleiner Fleck zu sehen war. Es war also noch ein langer Weg. Auch wenn es alles andere als angenehm werden würde, würde sie sich einer weiteren Chemotherapie unterziehen müssen.

Lina setzte sich seufzend an einen Tisch. Es war nicht so sehr die Sonne, die ihr zu schaffen machte. Es war vielmehr die Aussicht auf eine erneute Chemotherapie, die ihr bevorstand. Andernfalls würden sich die kranken Zellen in ihrem wehrlosen Körper wie ein Feuer ausbreiten, hatte ihr der Oberarzt vorsichtig beigebracht. Sie dachte an die verheerenden Waldbrände, von denen in den letzten Nachrichtensendungen berichtet worden war. Die glühende Hitze hatte alles vertrocknen und große Flächen in Skandinavien abbrennen lassen. Die Feuerwehr bemühte sich, die Waldbrände, die vor allem in Schweden wüteten, in den Griff zu bekommen, aber es gelang ihnen nicht. Norwegen und Dänemark galten als ähnlich leicht entzündliche Brandherde. Es gab keine Waffe gegen die Übermacht des Feuers. Weder die herbeigeschaffte Ausrüstung noch vorausschauende Gegenmaßnahmen waren dauerhaft erfolgreich. Große Giftwolken stiegen zum Himmel auf. Das Feuer, schon zu Urzeiten als „guter Diener“ bezeichnet, war nun tatsächlich zum schlimmen Herrn geworden, dem es nichts ausmachte, Büsche, Bäume, Gebäude sowie Tier- und Menschenleben zu vernichten.

Die Sonne schien in den freundlichen Hinterhof hinein, in dem viele Patienten mit ihren Angehörigen zusammensaßen und den Moment genossen. Was blieb ihnen anderes übrig, als das Beste aus dem Leben zu machen? Niemand konnte das Schicksal und die Zukunft vorherbestimmen. Dankbar und demütig blickten die meisten nur auf den nächsten Tag. Aber die Hoffnung auf Genesung und viele weitere gute Jahre hatten sie alle gemein. Es wurde gesprochen, gesungen und gelacht. Nein, es lohnte sich nicht, nur dazusitzen und sich zu grämen. Das allein machte die Leute weder gesund noch reich. Lina trank einen Schluck aus ihrer Tasse. Sie hatte hier neue Freunde gefunden und kannte die meisten mit Namen. Aber einige von denen, die sie während ihrer ersten Therapie im November kennengelernt hatte, waren nicht mehr da. Sie war jedes Mal schockiert, wenn sie hörte, dass jemand von ihnen verstorben war. Ja, was wissen wir schon vom Leben und vom Tod? Sie hatte sich nie Gedanken darüber gemacht, geschweige denn Verdacht geschöpft, dass sie hier in einem der Aufenthaltsräume mit einem Mörder zusammengesessen und eine Mahlzeit eingenommen hatte.

RONJA UND DØGG DAMM hatten sich zu einem Gespräch in der neu eröffneten Gaststätte „Rogn“ verabredet. Sie lag nur wenige Minuten vom Regierungsgebäude entfernt, in dem die Volksvertreter täglich ein und aus gingen. Sie beide waren sich ihrer Chance bewusst, möglicherweise großen Einfluss auf die färöische Politik nehmen zu können. Vor allem Ronja hatte einen starken Trumpf in der Hand. Aber der erste Schritt müsse von Janus Vesturfoss kommen, darin waren sie sich einig gewesen.

Ronja hatte ihren Ausflug nach Tórshavn auch mit einem Besuch bei ihrer Mutter verbinden wollen, die eine neue Wohnung im Stadtteil Argir bezogen hatte.

Sie beide trafen sich viel zu selten. Ihre Beziehung hatte sich in all den Jahren als nicht so gut und eng erwiesen, wie Ronja es sich gewünscht hätte. Das lag insbesondere daran, dass sich ihre Mutter ihr ganzes Leben lang mit großen Problemen herumgequält hatte. Oder sollte man besser „Herausforderungen“ sagen? Ronja fühlte sich jedenfalls immer genötigt, ihre Worte sorgfältig zu wählen, wenn sie beide in ein und demselben Raum zusammensaßen.

Dissan, wie sie von ihren Bekannten gerufen wurde, hatte Zeit ihres Erwachsenenlebens gegen Alkoholismus und Einsamkeit gekämpft. Als sie jung und naiv gewesen war, war sie aufgrund ihres Aussehens von vielen verehrt worden, hatte so aber nie herausfinden können, wer es mit der Liebe wirklich ernst gemeint hatte. Sie war damals eine blauäugige Frau gewesen, die sich äußerst leicht verführen ließ, aber immer nur für wenige Tage und Nächte im Voraus plante. Viel zu oft hatte sie sich von windigen Männern locken lassen, die nur mit ihr ins Bett wollten, jedoch weder Wert auf ihre Gefühle noch ihre Ansichten gelegt hatten.

An die Zeit, als sie ein kleines Kind gewesen war, konnte Ronja sich kaum erinnern. In ihren Augen hatte ihre Mutter weder schwach noch primitiv gewirkt. Ihr Vater hatte größtenteils in Dänemark gelebt, während ihre Mutter sie eher an einen Zugvogel erinnert hatte, der kam und wieder verschwand. Sie fühle sich in der Kälte und Dunkelheit nicht wohl, war damals über sie gesagt worden. Und darum war Ronja bei ihren Großeltern in Norðvík geblieben. Diese hatten ihr Geborgenheit und ein Zuhause geschenkt. Hier hatte sie ihr eigenes Zimmer gehabt. Als sie in die erste Klasse kam, hatte ihr Opa sie zur Schule gebracht. Aber Ronja hatte ihren Eltern nie vorgeworfen, während ihrer Kindheit etwas falsch gemacht zu haben. Sie war weder schlecht behandelt worden noch hatte sie miterleben müssen, dass sich ihre Eltern stritten oder gegenseitig beschimpften. Sie hatte sich jederzeit unterstützt und geliebt gefühlt. Nur das Familienleben war etwas anders gewesen als bei anderen. Aber Liebe lässt sich schlecht in Kategorien einteilen oder an Systemen festmachen. Irgendwie hatte die Familie Ronja gegenüber immer ein schlechtes Gewissen gehabt und sich entsprechend ihren Möglichkeiten bemüht, sie nicht zu vernachlässigen, zu enttäuschen oder zu beschwindeln. Dissan war froh darüber, dass ihrer eigenen Tochter zumindest einige Glücksmomente mit ihrem Vater vergönnt gewesen waren, ehe dieser leider viel zu früh verstorben war.

Aus ihrem eigenen Leben hatte Dissan nicht viel gemacht. Zunächst hatte sie als Verkäuferin in einem Kiosk und anschließend einige Jahre in der Fischfabrik gearbeitet. Gegen Ende der Sechzigerjahre hatte sie zu den Mädchen gezählt, die die Meinung vertraten, dass die Färöer kein Land seien, in dem es sich zu leben lohnte. Nachdem sie die Inseln verlassen hatte, hatte sie Arbeit in einem Bekleidungsgeschäft in Kopenhagen gefunden. Und später einige Jahre lang in einem feineren Restaurant im Gammel Kongevej ausgeholfen. Doch danach hatte sie nur noch als Putzfrau gearbeitet. Auch später, nachdem sie wieder zurück auf die Färöer-Inseln gezogen war. Ihre Einsatzorte waren vor allem die Schule und das Krankenhaus gewesen. Jetzt fühlte sie sich abgearbeitet und verbraucht. Sie konnte nicht mehr. Aber was sollte man von einer siebzigjährigen Frau auch anderes erwarten?

Nach einem harten Kampf mit der Gemeinde und dem Sozialamt lebte sie nun in einer Wohnung unter dem Argjaberg. Und den größten Teil der Zeit sogar vollkommen nüchtern. Mit Hilfe ihrer Zigaretten und Schmerztabletten kam sie einigermaßen zurecht. Und wenn sie nachts einmal nicht schlafen konnte, bestand nach wie vor die Möglichkeit, aufzustehen und sich einen Drink einzuschenken. Es machte ihr nichts aus, wenn sie in Ausnahmefällen die Nacht zum Tag machte. Sie war schließlich niemandem Rechenschaft schuldig. Niemand wartete auf sie. Und doch schaffte sie es ganz gut, die Zeit herumzubekommen. Ab und zu versuchte sie, etwas zu lesen. Und Radio zu hören oder sich vor den Fernseher zu setzen. Interessante Sendungen gab es genug. Irgendetwas musste sie ja tun.

Dissan stand auf, um den Kessel aufzusetzen. Sie hatte es nicht geschafft, sich angemessen herzurichten, ehe ihre Tochter kam. Auch jetzt trug sie noch ihr Nachthemd, während ihr das Haar ungekämmt über die Schultern hing. Ronja wollte ihre Mutter etwas fordern. Alltägliche Kleinigkeiten, und wenn es nur das Aufkochen von Wasser war, musste sie selbst können, auch wenn sie etwas schwankte und ihr der Weg zur Spüle sichtlich schwerfiel. Küche und Wohnzimmer waren in ein und demselben Raum untergebracht. Für eine Frau, die größtenteils allein war, war das gar nicht schlecht.

„Warum immer ich?“, fragte Dissan wiederholt in solchen Situationen. Sie hatte gehofft, dass Ronja ihr ein oder vielleicht auch mehrere Enkelkinder schenken würde, verlor aber langsam den Glauben daran. Ronja hatte schon immer ihre eigenen Entscheidungen getroffen. Sie hatte nie auf ihre Mutter gehört und es stets vorgezogen, ihrer eigenen Wege zu gehen. Trotzdem konnte Dissan nicht anders, als stolz auf ihre Tochter zu sein. Denn das, was Ronja sich vornahm, wurde nahezu immer in die Tat umgesetzt.

„Du hättest wenigstens mal mit mir sprechen sollen, ehe du auf die Idee kamst, in die Politik zu gehen“, warf sie ihr jetzt vor. „Dann hätte ich dir zumindest ein paar mütterliche Ratschläge erteilen können. Von diesem Beinir Kalsfjall hättest du dich unbedingt fernhalten müssen. Ich habe nämlich seinen Vater gekannt, und das reicht mir. Stell dir nur vor, damals hatte sich herumgesprochen, dass dessen unverschämter Sohn ein Auto gestohlen hatte und nackt durch den Park gelaufen war. Da hatte sogar die Polizei eingreifen müssen. Doch ich habe sehr wohl mitbekommen, was Sache war. Beinir ist halt nicht nur auf Sportplätzen und als Sportler in Erscheinung getreten. Oh nein, es war keine gute Idee, dass meine kleine Ronja gemeinsam mit diesem Kalsfjall Junior den färöischen Staat verändern wollte.“

Ronja hatte nicht die Kraft, ihrer Mutter zu widersprechen. Denn das brachte meist wenig. Dissan redete, fragte und antwortete, am liebsten alles auf einmal. Natürlich durfte dabei auch ihre persönliche Meinung über die politische Lage des Landes nicht zu kurz kommen.

„Es ist wirklich eine Schande, dass Beinir diesem Janus Vesturfoss unter den Hemdzipfel gekrochen ist. Nein, ich kann diese Christliche Arbeiterpartei einfach nicht ab. Und ich habe nicht die Absicht, mit meiner Meinung hinter dem Berg zu halten. War es nicht Gillasons PC, der voller Pornobilder war? Das sieht ihm ähnlich. Diesem scheinheiligen Heuchler. Und so etwas predigt Erlösung und Moral. Gott, erbarme dich!“

Ihre Hände zitterten, doch die Finger der ehemaligen Putzfrau tasteten langsam zurück zu ihrer Zigarette, die noch einen allerletzten Zug hergeben würde. Der Mentholgeruch im Tabak sorgte dafür, dass der Qualm, den sie in ihre Lungen zog, einen frischen Duft verbreitete, ehe er wieder in die vergilbte Stube hinausgeblasen wurde. Ronja selbst hatte kein Verlangen danach, sich eine Zigarette anzuzünden, während sie mit ihrer Mutter zusammensaß. Ganz im Gegenteil.

Nein, es war nicht viel, das Dissan ihrer Tochter anzubieten hatte. Sie fragte sie aber, ob sie nicht ein paar Kekse mit Butter und Marmelade essen wolle. Auch wenn Ronja immer sehr beschäftigt sei, solle sie sich doch wenigstens Zeit für ein Heißgetränk nehmen, ehe sie weiterzöge, meinte sie.

Ronja stand auf und half ihrer Mutter, Tassen und Untertassen aus dem Schrank zu holen. In einem Land, in dem alle die gleichen Rechte hatten, sollte jeder bemüht sein, mit anzupacken und sein Bestes zu geben. Zumindest in diesem Punkt waren Mutter und Tochter sich einig. Die Menschen nahmen sich viel zu wenig Zeit füreinander. Die Gesellschaft jagte nur noch mit Höchstgeschwindigkeit durchs Leben.

Und genau das tat auch der Rettungswagen, der sich in rasender Fahrt dem Krankenhaus näherte. Die Krankenschwester konnte den Kopf des Kindes schon fühlen. Jákup betete inständig dafür, dass alles gutging. Der Fahrer hatte die Entbindungsstation bereits informiert. Es ging um Leben und Tod. Jetzt lag das Schicksal in den Händen des Herrgotts persönlich, der mitten im Nirgendwo regierte. Ein schwaches Stoßgebet war auf dem Weg ins Niemandsland.

LOUIS SASS IM bescheidenen Speiseraum seiner Unterkunft und nahm das Frühstück ein. Eigentlich hatte er mit seinen Gedanken allein sein wollen, aber eine Gruppe ausländischer Arbeiter gestikulierte, lachte und redete so laut, dass man den Eindruck bekam, als würden Ruhe und Umgangsformen während der Mahlzeiten in ihren Heimatländern keine Rolle spielen.

Schade, dass ich kein Russisch verstehe und auch keiner der slawischen Sprachen mächtig bin, dachte Louis, als er in einem rostfreien Behälter auf einer der angewärmten Stahlplatten herumstocherte, in der Hoffnung, noch Würstchen- und Spiegeleierreste zu finden. Worüber mochten die Männer sprechen? Er ging davon aus, dass es nichts von Bedeutung war, hätte aber doch gerne gewusst, wie die vielen Ausländer, die von den hiesigen Bauunternehmen ins Land gelockt wurden, die Färöer erlebten. Sie gossen Beton, zimmerten, schweißten und setzten einzelne Bauelemente zu gewaltigen Gebäuden zusammen. Louis hatte jedoch keinen Schimmer davon, dass diese fremden Arbeitskräfte auch Probleme machten.

Seine Gedanken verharrten beim Namen der Stadt, in der er gerade weilte. Ja, heute hieß sie Norðvík. Er musste zugeben, dass ihm diese Bezeichnung nicht sonderlich gefiel. Ursprünglich hatte man den nördlichen Teil Vágur und das Zentrum Bøur getauft. Der Berg auf der Westseite der Stadt hieß Klakkur und die kleine Bucht, an der die Handelsstation lag, Klakksvík. Mit Doppel-k wohlgemerkt. Die Sprachwissenschaftler des Landes hatten es allerdings nicht ertragen können, dass bei dieser Schreibweise mehrere Konsonanten direkt aufeinander folgten. Und so hatte die Stadt den Namen Klaksvík bekommen. Eine solche Entwicklung war gewiss kein Einzelfall. Immer wieder nagte an guten und schönen Begriffen der Zahn der Zeit und so verschwanden sie. Die Werbe- und Publicitybranche musste schließlich auch von etwas leben. Es schien, als hätten die Färöer zur Jahrtausendwende ihre gesamte Identität neu erfinden wollen. Bezeichnungen, die sich über Hunderte von Jahren bewährt hatten, waren durch kurze und leicht aussprechbare Wörter ersetzt worden. *Dugni. Posta. Liva. Eta. Reisa.* Zugegeben, alle Unternehmen und Vereine brauchen Perspektiven, die ihnen Respekt und Anerkennung verschaffen und für die es sich lohnt, zu arbeiten, doch in Anbetracht solcher Maßnahmen schüttelten viele nur noch den Kopf. Was würde wohl das Nächste sein, fragten sie sich. Aber gewöhnliche Leute wurden gar nicht erst um ihre Meinung gebeten. Na ja, vielleicht mochte auch der aufwendige und komplizierte Prozess, mehrere Klein- zu Großgemeinden zusammenzulegen, der Grund für die eine oder andere Namensänderung gewesen sein. Viele Nordinsulaner hatten die Bezeichnung Klaksvík jedenfalls nie wirklich akzeptiert. Inzwischen ging man davon aus, dass das der Auslöser dafür gewesen war, warum der wohlklingende Ortsname Klaksvík auf einmal in Norðvík geändert worden war.

Louis Borgarson leerte seine Kaffeetasse und schaute aus dem Fenster. Verglichen mit früher, als er regelmäßig seine Familie in Gerður besucht hatte, hatte sich die Stadt extrem verändert. Manche Ortsteile erkannte er gar nicht wieder. Die hübschen Viertel mit ihren kleinen Gärtchen gab es nicht mehr. Es hatte nicht den Anschein, als ob die modernen Politiker gesteigerten Wert darauf legten, besondere Schmuckstücke aus der damaligen Zeit erhalten zu wollen. Die Geschichte der Stadt wurde sozusagen ins Meer geworfen. Die Blicke seien nach vorn gerichtet, hieß es. Der Mensch lebe nicht nur von Luft und Liebe. Nur ein blühendes Erwerbsleben sorge für Entwicklung und Wachstum und garantiere die Errichtung neuer Industrieanlagen sowie den Bau von Geschäftshäusern entlang des Küstenstreifens.

Er war fasziniert von den neuen Schiffen und Booten, die hier beheimatet waren. Der Hafen, der eine Menge tüchtiger Seeleute hervorgebracht hatte, war phänomenal. Norðvík wurde auch als die „färöische

Fischereihauptstadt“ bezeichnet. Im Lauf der Jahre waren hier riesige Fangmengen an Land gebracht worden. Bei schlechtem Wetter wiederum legten reihenweise Schiffe an, deren Besatzungen inmitten der schützenden Berge Zuflucht suchten. Eines Abends hatte Louis einen Spaziergang entlang der hübschen neuen Anlegebrücken gemacht. Wenn das Wetter und die Strömung seinen Vorstellungen entsprachen, fuhr er gerne auch selbst auf den Fjord hinaus. Aber das war nur äußerst selten der Fall. Ja, die Zeiten veränderten sich. An der Brücke hatten Fischkutter, Langleinenboote und Trawler gelegen. Draußen in der Bucht schwammen zwei Kästen, die ihn an verrostete Fabriken erinnerten. Louis hatte über das Leben der fremden Weltenbummler nachgedacht. Wer kannte schon die Lebensumstände dieser Männer, die fernab ihrer Heimat, getrennt von ihren Familien, unterwegs waren? Nein, ihr Dasein konnte nicht wirklich schön sein! Russische Seeleute gingen nur selten an Land. Sie blieben meist unter sich und traten mit der Lokalbevölkerung kaum in Kontakt. Auch er kam so gut wie nie mit ihnen ins Gespräch. Doch wie man hörte, waren auf diesen russischen Schiffen viele der hier ansässigen osteuropäischen Bauarbeiter zu Gast. Was dort unter den Ausländern im Einzelnen vor sich ging, nahmen die Nordinsulaner kaum wahr und fragten auch nicht danach. Die Leute hatten zu sehr mit sich selbst zu tun.

Schon seit Jahren gab es genügend Arbeit auf den Färöern. Arbeitslosigkeit war ein Fremdwort geworden. Sowohl das Land als auch die Kommunen verdienten gut dabei. Und dennoch waren Wirtschaftsexperten bemüht, die Bevölkerung zu warnen und ihnen – so gut sie konnten – Ratschläge zu erteilen. Aber der durchschnittliche Färinger sah den Nebel am Horizont nicht. Warum glaubten Leute, die morgens nicht einmal erkannten, was dieser Tag bringen würde, unsere Zukunft vorhersehen zu können?, fragten sie sich. Aus welchem Grund sollte man Wissenschaftlern vertrauen, die im Prinzip nicht mehr wussten als der Traumdeuter Joseph zur Zeit der Pharaonen? Nach fetten Jahren kommen irgendwann auch wieder magere Jahre. Alles zu seiner Zeit.

Eine freundliche Frau mit roten Wangen räumte den Frühstückstisch ab und riss ihn aus seinen Gedanken. Louis saß jetzt allein im Speiseraum und schaute weiter zum Fenster hinaus. Ja, die Stadt hatte ein anderes Gesicht bekommen. Geschäftshäuser, Restaurants, Wohnungen, Schulen und Bürogebäude. Dazu ein neugestalteter Strand mit sauberem Sand und einer kleinen, frisch angelegten Vogelinsel. Aber noch war nicht alles fertiggestellt. Einige ungepflegte, dunkelbraune Schuppen stachen ihm ins Auge. Okay, irgendwo mussten diese fremden Arbeitskräfte ja leben und schlafen. Ja, ja, alle diese Ausländer. Russen, Polen, Litauer und Rumänen. Ein Gedanke traf ihn wie ein Blitz aus heiterem Himmel. Louis überlegte, ob er es wert war, ihn zu Ende zu denken, oder ob er ihn schleunigst wieder aus dem Kopf bekommen sollte. Irgendetwas in dieser Richtung war ihm schon früher zu Ohren gekommen, auch wenn es dabei wohl kaum um schwerwiegende Probleme gegangen war. Nein, es war nicht erlaubt, die für diese Gegend so typischen naturgeschliffenen Steine vom Strand zu entfernen und mitzunehmen, dachte er. Doch einige Leute hatten immer wieder den Drang, sich an ihnen zu bereichern. Aus diesen schönen färöischen Gesteinen ließe sich eine Menge machen, spann er seinen Gedanken weiter. Man konnte sie beispielsweise als Ziersteine benutzen oder diverse Küchenutensilien aus ihnen anfertigen. Aber vielleicht hätten sich ja auch die Fremden im Dämmerlicht zum Strand aufmachen können, um zu sehen, ob sie nicht ein paar dieser schmucken Steine mit zu ihren Familien nach Hause nehmen könnten, quasi als eine Art Souvenir von den Färöer-Inseln. Hätte man einen solchen Stein auf dem Rückweg nicht auch leicht einmal verlieren können? Und wenn er dabei auch noch auf die Straße gerollt wäre ... Nein, das klang nicht sehr wahrscheinlich. Aber als Kriminalbeamter war es seine Aufgabe, auch die unmöglichsten Gedanken durchzuspielen.

Auf dem Weg zum Auto wusste Louis Borgarson, wozu er den Vormittag nutzen wollte. Zufrieden summte er vor sich hin. Alles, was man sich etwas näher anschaut, macht einen ein kleines Stückchen klüger. Und hinter allem, was getan ist, kann man zumindest einen Haken setzen.

ER WAR ALLEIN zu Hause. Wo seine bessere Hälfte abgeblieben war, konnte er Ronja nicht sagen. Es habe eigentlich schon immer in der Natur der Frau gelegen, irgendwo herumzustreifen, meinte er.

Ronja behielt ihre Schuhe an und folgte ihm in sein großes Wohnzimmer. Die Häuser in dieser Gegend stammten vermutlich aus den 70er-Jahren. Mitten in einem großen, hübschen Garten, dessen gut gewachsene Bäume sofort ins Auge fielen, stand dagegen ein Neubau aus Glas. Vielleicht waren es das Klavier, die Gemälde und seine Bücher, vielleicht aber auch seine Persönlichkeit, die all dem eine besondere Perspektive verliehen.

Sein Gesicht wirkte etwas müde und niedergeschlagen. Aber dennoch konnte sie auf ihm ein schwaches Lächeln ausmachen. Die vielen guten Erinnerungen. An sein Leben. Den Kreislauf, von dem auch er ein Teil war. An den Bach, der sich oben aus den Bergen hinunterwindet und irgendwo ins Meer der Zeit mündet. Zuerst der Wasserfall und dann das langsam plätschernde Bächlein. Das Gefühl, der Strömung anzugehören. Und später zu einem Tropfen des Meeres zu werden. Seine starken Ansichten und großartigen Pläne. Die Aussicht, als kleine Laubblätter zu enden und mit dem Wind davonzufliegen. Sich in einem ewigen Mahlstrom zu befinden. Der Gedanke an die begrenzte Anzahl von Jahren auf dieser Welt. Dass nur eine irdische Kunstsammlung von ihm zurückbleiben würde. Mit Weisheit und Poesie gefüllte Regale. Die starken Gedanken seiner Zeit. Sein unfassbares Lebenswerk. Selbst Geschaffenes und Erdichtetes. Und sein schönes, unvollendetes Lebensbild.

Die Ratschläge der Alten können jederzeit wertvoll sein. Ronja hatte sich daher nicht ohne Grund vorgenommen, auf ihrem Ausflug nach Tórshavn auch Dorian Dun einen Besuch abzustatten. Einem Mann, der ihren Vater gut gekannt hatte. Doch an diesem Tag sollte sich ihr Gespräch nicht um ihn, sondern um ganz andere Dinge drehen.

Er fragte sie, ob sie zum Kaffee etwas essen wolle, aber Ronja lehnte dankend ab. Sie wollte diesem Schriftsteller, der vermutlich auch so genug zu tun hatte, nicht unnötig Umstände machen.

„Ja, ich muss zugeben, dass ich dein letztes Buch nur schwer zur Seite legen konnte", begann sie das Gespräch. „Ich habe ‚Die Sprachlosen' als äußerst eindrucksvolle, ehrliche und unerschrockene Beschreibung der Gesellschaft empfunden, die nicht nur von mir, sondern von allen Färingern, die sich für Kulturgeschichte und Anthropologie interessieren, gelesen werden sollte. Und nicht zuletzt von sämtlichen Politikern des Landes."

Dorian Dun stellte die Kaffeekanne auf die geblümte Wachsdecke. Dann legte er seine Hände auf den Tisch und schaute Ronja demütig in die Augen.

„Vielen Dank, junge Frau. Dann habe ich in all den Jahren zumindest nicht umsonst am Schreibtisch gesessen und geschrieben. Es ist immer nett, die Meinung von Leuten zu hören, die das, was man zu Papier gebracht hat, mit großer Aufnahmebereitschaft lesen. Die größten Kritiker lehnen ein Werk oft schon ab, bevor es überhaupt im Buchhandel zu kaufen ist."

Gleich in mehreren Kapiteln seines Buches hatte sie ihre Eltern wiedererkannt. Eine neue Strömung hatte seinerzeit auch die färöische Bevölkerung verändert. Sie dachte an die unbekümmerte Hippiezeit. Den Aufstand der unbedarften Jugend. Diese wunderbare Idee. Die Emanzipation der Frau. Den vielversprechenden Befreiungskampf. Die Friedensbewegung. Ronja lächelte vor sich hin. Ja, es war ihr wirklich schwergefallen, dieses Buch aus der Hand zu legen. Diesen Rückblick auf eine Zeit, in der die Leute die Antworten und Wahrheit schon kannten, bevor die Fragen überhaupt formuliert worden waren. Aber heute standen jene Ideale und Leitbilder vor dem Verfall. Alles war nunmehr Geschichte.

Inzwischen war sie selbst in eine aufregende und keineswegs minder verworrene Situation geraten. Was würde sie allein im Parlament ausrichten können? Würde sie überhaupt die Chance bekommen, etwas zu verändern? Dorian stammte aus einer anderen Generation. Einer Zeit, in der die Leute vor allem dem Sozialismus, der für sie fast wie ein Glaube gewesen war, ihr Vertrauen geschenkt hatten. Es kam ihr vor, als sei das Geschehen eine Art politische Evolution. Die Erde besäße ihre Bevölkerung nur auf Leihbasis. Ronja wusste nicht, welches Erbe sie einmal hinterlassen würde. Weder auf politischer noch auf persönlicher Ebene.

„Ja, gerade in den letzten Jahren hat sich auf den Färöer-Inseln viel verändert. Du hast die Zeiten, in denen noch offene Kloaken durch die Stadt verliefen und die Leute ihre dreckige Wäsche im Meer wuschen, nicht mehr kennengelernt. Als die septischen Wassertanks aufkamen, haben wir diese als Luxusartikel angesehen. Heute sind die meisten Haushalte an größere Kläranlagen angebunden. Früher war alles so anders. Die meisten Dinge haben wir mehrfach gebraucht oder gar vergraben, einige sind aber auch von den Gezeitenströmen mitgenommen worden. Jahrhundertelang haben wir Menschen uns tagtäglich schmutzig gemacht. Das hielt vermutlich an, bis die Industrialisierung einsetzte. Aber der Wohlstand bringt auch Gefahren mit sich. Die Konsumgesellschaft zahlt ihren Preis. Es ist beispielsweise alles andere als schön, draußen in der Natur vermehrt auf verrostete Bagger oder ausgemusterte Fischzuchtringe zu stoßen, für die sich niemand mehr interessiert. Obwohl hier auf den Inseln häufig von Wohnungsnot die Rede ist, gibt es viele leerstehende Häuser, die keiner haben, geschweige denn pflegen will. Du bist 1978 geboren. Das müsste das Jahr sein, in dem hierzulande die ersten Müllverbrennungsanlagen gebaut worden sind. Dennoch haben wir es bis heute nicht gelernt, hinter uns aufzuräumen und das Müllproblem ernst zu nehmen. Wir sprechen zwar von Wiederverwertung, aber diese steht doch in keinem Verhältnis zu dem gewaltigen Verbrauch, den wir nun einmal haben. Wenn wir ehrlich sind, dann geht es doch nur um unsere Einstellung und vor allem unser Gewohnheitsdenken. Jetzt ist es die Aufgabe deiner Generation, eine grüne Zukunft zu schaffen, Ronja. Irgendwann wird auch das Öl eine Rolle spielen. Es ist dringend notwendig, über dauerhafte Energiequellen nachzudenken. Die Erdwärme zu nutzen. Oder die Sonne, den Wind und die Strömungsverhältnisse."

Ja, aber was konnte sie tun? Die junge Generation setzt in der Regel auf das, was die Alten ihr vorgemacht haben. Es war von jeher eine große Herausforderung gewesen, ein Land aufzubauen und weiterzuentwickeln. Viele wollten, dass sich die moderne Politik nicht zu sehr von der unterschied, die die ersten Parteien nach ihrer Gründung ins Leben gerufen hatten. Einen Kampf um Ideale und persönliche Interessen würde es natürlich immer geben. Im Vergleich zu früher gab es aber einen großen Unterschied. Die vierte Staatsgewalt. Ronja selbst fürchtete die Presse zwar nicht, denn wie sie aus eigener Erfahrung wusste, taten auch Journalisten nur ihre Arbeit. Viel schlimmer war jedoch, dass es im Land auch Lobbyisten gab, die alles daransetzten, ihre eigenen Vorstellungen durchzubringen. Und nicht zuletzt kranke und verschmähte Menschen, die sich nicht scheuten, selbst die schmutzigsten Waffen einzusetzen. Zu allen Zeiten hatte sich die Menschheit eigene Götter geschnitzt und Feindbilder geschaffen.

„Ich verstehe, dass du dich von diesem Pátrik Raskason, Beinir Kalsfjalls namhaftem Freund, ein bisschen verfolgt fühlst. Willkommen im Club, Ronja."

Dorian Duns Miene verdunkelte sich.

„Ach, ich kenne diesen Mann nur allzu gut. Er hatte eine sehr schwierige Kindheit und das hat ihn zweifellos auch als Erwachsenen geprägt. Sein Vater war gewalttätig und voller Hass. Vielleicht war er auch nur enttäuscht darüber, dass die Deutschen den Krieg verloren hatten, wer weiß? Trotzdem glaube ich nicht, dass Pátrik ihm ähnlich ist. Er hat wohl nur versucht, die Vergangenheit auf seine Art zu verarbeiten. Seinerzeit war er einer der besten Schüler der gymnasialen Oberstufe. Aber sozial gesehen war er als Junge schwer zurückgeblieben und verloren in seiner eigenen Gedankenwelt. Auch wenn ich sein Lehrer war, so bin ich mir doch keiner Schuld bewusst, ihm Unrecht zugefügt zu haben. Vielleicht habe ich ja einmal etwas geschrieben, das ihn auf die Barrikaden gebracht hat. Pátrik kennt keine natürlichen Grenzen. Er ist wie ein ungezähmtes Tier, dem es jederzeit in den Sinn kommen kann, anzugreifen. Der Grund dafür sind wohl vor allem seine Minderwertigkeitskomplexe. Aber du darfst dich von diesem Mann niemals ausbremsen lassen. Versprich mir das bitte, Ronja. Die färöische Bevölkerung und allen voran du selbst haben etwas Besseres verdient."

Gab es irgendeinen Grund, Dorians Worten nicht zu trauen? Es zu unterlassen, auf die Ansichten dieses klugen, alternden Mannes zu hören, der Gedichte verfasste, Zeitungsartikel schrieb und Bücher herausgab? Auch wenn sein Lebenswerk etwas verblasste – für sie war er genauso interessant wie früher. Es schien fast so, als könne er ihre Gedanken lesen.

„Ich weiß nicht, ob dir der Name Vladimir Vysotsjij ein Begriff ist. Er hat viele Lieder komponiert, ist aber auch ein herausragender Schauspieler gewesen. Heute gilt er in Russland als einer der angesehensten Künstler überhaupt. Doch zu Lebzeiten war es ihm nicht gelungen, die ganz große Akzeptanz zu erlangen. Man könnte ihn fast als russischen Bob Dylan bezeichnen. Leider ist er schon 1980 gestorben, er wurde nur 42 Jahre alt. Obwohl der heute so geschätzte Vladimir in den Zeiten des Kommunismus lebte, hat er sich getraut, mit gesellschaftskritischen Liedern auf die Bühne zu gehen und die Machthaber öffentlich lächerlich zu machen. In einem seiner Texte erzählt er von

Menschen, die aufgrund ihrer politischen Gesinnung inhaftiert wurden. Das hatte zur Folge, dass im Gefängnis zwangsläufig armselige Diebe auf intellektuelle Oppositionelle trafen. Die Kriminalität bekäme in solchen Fällen eine eigene Sprache, meinte er. Das Gefängnis könne praktisch zu einer selten guten Verbrecherschule werden. In der richtigen Umgebung könne der arme Schlucker, der beim Essenstehlen von der Straße geholt worden war, zu einem gerissenen Gangster mit großem Netzwerk und exakten Kenntnissen über die Einrichtungen und Gedanken der Gesellschaft ausgebildet werden. Umgekehrt könne aber auch der friedlichste Freiheitskämpfer seine Gesinnung ändern und zu einem armseligen Bettler oder Banditen werden ... Ich erinnere mich nicht genau, wie seine Geschichte ausgegangen ist, aber wir könnten ihre Moral diskutieren und uns fragen, was unser Gewissen dazu sagt. Wir alle zählen zu ein und derselben Gesellschaft und werden täglich durch die Menschen beeinflusst, mit denen wir zusammentreffen. Ronja, verstehst du diese Parabel?"

„Doch, ja, die Gefährlichsten können theoretisch auch zu den Klügsten werden. Es kommt nur darauf an, wie der Einzelne seine Fähigkeiten einsetzt. Möglichkeiten zu hinterhältigen Handlungen gibt es zuhauf."

Dorian war im Laufe der Zeit zu einer Art Mentor für Ronja geworden. Sie war fasziniert von seinem Scharfsinn und seinen Gesellschaftsstudien. Er hatte keine Angst, seine Gedanken in Worte zu fassen, auch wenn sich die Begeisterung über das, was er schrieb, im Land eher in Grenzen hielt. Vielleicht war er vielen zu offenherzig und unverhohlen, besonders jetzt, mit zunehmendem Alter. Unter Literaturwissenschaftlern zählte Dorian nicht zu den ganz großen Schriftstellern des Landes. Ihrer einhelligen Meinung nach würde er wohl eher als taschenphilosophischer Nörgler in die Geschichtsbücher eingehen. Selbst seine Memoiren, die er kürzlich unter dem Titel „Die Sprachlosen" herausgegeben hatte, hatten nur ein mäßiges Echo gefunden. Sein neues Buch dürfte aber ohnehin nur bei wenigen auf Interesse stoßen, denn wie so viele andere Werke auch hatte es schon vor der Geburt den Todesstoß versetzt bekommen. Pátrik Raskason hatte eine Rezension darüber geschrieben, in der er sogar behauptet hatte, Dorian sei nicht mehr ganz bei Trost. Der Wahrheitsgehalt seiner Erinnerungen müsse daher wohl angezweifelt werden. Das sei ihm allerdings verziehen, denn er setze seinen famosen Kopf nun schon seit Jahren ein, um über alte Sünden zu schreiben. Er sei noch nie über seinen rosenroten Garten hinausgekommen. Statt den Balken im eigenen Auge zu erkennen, sehe er immer nur die Splitter im Auge der anderen. Es sei daher angebracht, sich einmal zu fragen, wie relevant die Worte seien, die dieser Mann verbreite. Dorian Dun sei mit seinen 75 Jahren schließlich kein junger Mann mehr.

„Die politischen Parteien, die es heute gibt, unterscheiden sich nur noch wenig oder auch gar nicht mehr voneinander. Die Leute sind müde geworden und glauben nicht mehr, dass das sozialistische Märchen ein gutes Ende nehmen wird. Ich persönlich denke, dass der Färinger die eigentliche Bedeutung des Wortes ‚Solidarität' vergessen hat. Unser ganzes Leben dreht sich nur noch um die eigene Person. Wir nehmen uns zu wenig Zeit füreinander. Ab und zu vergehen Wochen, ohne dass ich meine Enkelkinder zu sehen bekomme. Ja, auch sie sind immer viel zu beschäftigt. Oder ihnen fehlt ganz einfach die Geduld, mal eine Pause einzulegen. Wir sind zu richtigen Narzissten geworden. Jeder meint, auf seine Art ein tüchtiger und interessanter Mensch zu sein. Statt zu lesen, schreiben wir lieber eigene Bücher. Musiker hören am liebsten ihre selbstproduzierten Lieder und auch unsere Künstler sind nur noch mit ihren eigenen Werken beschäftigt. Ja, und du hast nun deine eigene Partei gegründet. Wem können wir tatsächlich noch vertrauen? Die Antwort ist ganz einfach. *Moi!* Nur noch uns selbst."

Er dachte einen Moment über seine Worte nach, ehe er fortfuhr:

„Jetzt habe ich die ganze Zeit nur selbst geredet. So sind wir alten Männer. Die letzten Idealisten sind langsam auf dem Weg ins Grab. Aber ich möchte den Teufel nicht an die Wand malen. Ich stelle nur immer wieder fest, wie sehr sich die Gesellschaft verändert hat. Niemals zuvor ist so viel Neues geschaffen worden wie in diesen Tagen. Okay, aber oft erschüttert mich die Oberflächlichkeit, die mittlerweile das menschliche Zusammenleben bestimmt. Selbst die Intellektuellen sind nicht mehr in der Lage, sich einen Moment Zeit für die guten, aktuellen Geschichten zu nehmen, die das Leben schreibt. Sie zu verdauen. Oder sie in eine Perspektive zu setzen. Nein, heute wollen alle eine schnelle, oft unausgereifte Meinung haben. Über alles."

Ronja hatte Dorian Dun sprechen lassen, ohne ihn zu unterbrechen. Plötzlich ging er hinüber zu seinem Bücherregal. Sie folgte ihm mit ihren Blicken. Er schien augenblicklich das zu finden, wonach er gesucht hatte. Zufrieden blätterte er in einer seiner Gedichtsammlungen, setzte eine ausdrucksvolle Miene auf und begann zu lesen.

Schon bevor es hier Erde und Vegetation gab,
schwammen die Jahrhunderte mit dir dahin.
Wasser und Wind sangen dir Grußlieder zu.
Weder scheue ich die Zeit, das Schweigen, die Ruhe noch das Alter,
nie habe ich vergessen, dort zuzuhören, wo geschwiegen wird.
Grabesstille und mausetotes Schweigen machen mir keine Angst,
denn ich spüre eine Seele in deiner Stille,
ich weiß, dass auch in dir sich Leben und Sehnsüchte regen,
dass auch du nicht allein unterwegs bist,
dich allmählich veränderst und verwandelst.
Zu schweigendem Staub, der Erde ist.
Lebendigem Staub, der Erde ist.

Dorian Dun lächelte glücklich. Es sah aus, als wolle er sich bei ihr bedanken, dass sie sich Zeit genommen hatte, ihn reden zu lassen und ihm zuzuhören.

„Jetzt haben Karsten Hoydal und ich das Wort geführt. Ja, aber gerade die letzten Zeilen hätten auch ein Gruß an dich sein können, Ronja. *Ich weiß, dass auch in dir sich Leben und Sehnsüchte regen.* Es ist eine besondere Situation, in die die Färöer geraten sind. Aber was sagst du selbst zu all dem, was passiert ist? Vielleicht war dein größter Fehler, diesem Beinir Kalsfjall zu stark vertraut zu haben. Besonders, wenn man darüber nachdenkt, welcher Freund ihm bei seiner politischen Schlacht zur Seite gestanden hat. Aber hinterher ist es natürlich immer leicht, den Klügeren zu spielen."

Ronja trank ihren lauwarmen Kaffee aus und spürte einen bitteren Geschmack auf ihrer Zunge. Sie atmete tief ein. Dann stieß sie einen Seufzer aus. Dorian würde sich nun auch einen Teil ihrer Geschichte anhören müssen, wenn er ihr einen guten Rat erteilen wollte.

Montagabend, 16. April 2018

SIE HATTEN BEWUSST weder Tórshavn noch Norðvík als Veranstaltungsort gewählt und damit gleich ein Zeichen setzen wollen. Die neue Partei sollte von Beginn an die Chance bekommen, in der gesamten Gesellschaft Wurzeln zu schlagen. Aus diesem Grund hatten sie das „Bakkalon", das nahe der Brücke zwischen den beiden Hauptinseln, also ungefähr in der Mitte zwischen den beiden größten Städten des Landes, gelegen ist, als Treffpunkt vereinbart. Alle Interessenten seien herzlich eingeladen, hatte auf der Bekanntmachung gestanden. Und so hatten sich tatsächlich mehrere Hundert Leute eingefunden. Die meisten von ihnen vertraten die unterschiedlichsten Gruppierungen, aber auch Medienvertreter und andere kritische Stimmen hatten sich unter die Zuhörer gemischt. Ronja wusste nicht, ob es sie freuen oder ärgern sollte, als sie den selbstgefälligen und immerzu lachenden Pátrik Raskason an der Seite Beinir Kalsfjalls erblickte.

Pátrik, der sowohl als talentiert als auch sehr gebildet galt, rechtfertigte seine Anwesenheit schon allein dadurch, dass er eine Kamera um den Hals trug. Er hatte eine feste Rubrik in der Onlinezeitung „VAPO", für die er über Kultur, Schule und andere Gesellschaftsthemen schrieb. Dem Grunde nach war es kein Fehler, mit ihm zu ein und derselben Partei zu gehören. Doch hundertprozentig sicher fühlen sollte sich niemand vor ihm, denn aus den verschiedensten Gründen konnte jeder schneller auf seiner schwarzen Liste landen, als ihm lieb war.

Als sie oben auf der Bühne saß und die Versammlung eröffnet wurde, zweifelte Ronja einen kurzen Moment daran, ob ihr politisches Konzept tatsächlich das Richtige war. Aber sie wusste Døgg Damm an ihrer Seite und erkannte schnell, dass es in der Menschenmenge auch viele vernünftige Leute gab, die sich für das Land und seine Bewohner in allen Belangen das Beste wünschten. Nein, es brachte jetzt nichts, kalte Füße zu bekommen. Sie hatte beinahe jedes Detail durchdacht und fühlte sich für die große Aufgabe, die plötzlich vor ihr lag und vielleicht viel Ausdauer erfordern würde, gut gerüstet. Darüber hinaus war es aufregend und motivierend, den großen Enthusiasmus, der den Raum füllte, auf sich wirken zu lassen.

Es gab nicht viel, das Ronja noch erschüttern konnte. Viele Jahre lang hatten Unvermögen und eine Vielzahl planloser Spontanlösungen die färöische Demokratie charakterisiert. Die linksgerichtete rote Koalition hatte sich wahrlich nicht mit Ruhm bekleckert. Genau das wurde auf der Versammlung deutlich zum Ausdruck gebracht. Viele Ansichten und Standpunkte waren von Frustration geprägt. Weitere zentrale Themen waren das fehlende Umweltbewusstsein und die Frage, was getan werden könne, um eine tragfähige Wirtschaft zu schaffen. Auch der Begriff Dezentralisierung wurde mehrfach diskutiert. Ferner wurde gefragt, ob die Einheitssteuer gekommen sei, um zu bleiben, der Klassenunterschied auf den Färöern sich weiter verschlimmere und was aus den Politikern werden solle, die seit der letzten Wahl im Parlament saßen, aber nahezu allesamt beschuldigt wurden, ihre Versprechen nicht eingehalten zu haben. Viele waren der Meinung, dass die Neugestaltung der Fischereiwirtschaft nicht ausgereift sei. Diese Regelung sei zu aufwendig zu verwalten und räume den Ministern und ihren Familien Vorteile ein. Warum seien ein zusätzlicher Überbau und weitere Gremien erforderlich, die jede Maßnahme unnötig in die Länge zogen und denjenigen, die befähigt und couragiert genug waren, einem Gewerbe – egal ob auf dem Meer oder an Land – nachzugehen, auch noch Schlingen um die Füße legten?

Trotzdem wollte man auf der heutigen Großveranstaltung nicht *alle* Entscheidungen und Gesetze, die vom Parlament beschlossen worden waren, in Grund und Boden reden. Nein, zumindest für ihren Überschuss im Haushaltsplan und die Priorisierung von Schulen und Krankenhäusern sollte die Regierung Lob und Anerkennung bekommen. Aber es gab es auch vieles, das man hätte anders und besser machen können.

Selbstverständlich war auch das Thema „Koalitionsmöglichkeiten“ diskutiert worden, vor allem die Frage, mit welchen Parteien die „Grünen Färöer“ zur Zusammenarbeit bereit wären. Man war jedoch der Ansicht, dass ein Versprechen schon während des Wahlkampfes wohl keine Früchte tragen würde, egal, ob es dabei nun in Richtung rechts oder links ginge.

Viele ergriffen das Wort und sagten ihre Meinung. Auch Pátrik Raskason, der anführte, dass eine solche neue Partei in einer Zeit, in der viele Menschen Gefahr liefen, sich selbst und ihre eigene Kultur zu verlieren, dringend notwendig sei. Ronja machte sich ihre eigenen Gedanken und ließ ihn reden. Sie war froh darüber, dass die Versammlung so harmonisch verlief. Der Ton war nicht zu persönlich, aber auch nicht abwertend. Die Leute versuchten vielmehr, sich gegenseitig aufzubauen und zu unterstützen. Gegen Ende bekamen die wichtigsten Kandidaten die Gelegenheit, sich kurz vorzustellen. Ronja war davon überzeugt, dass die Leute viele gute Ideen und ein bisschen Optimismus mit nach Hause nehmen würden. Vieles deutete darauf hin, dass es der Partei an diesem Abend gelungen war, sich fürs Erste Respekt und Vertrauen zu verschaffen.

Ronja hätte glücklich und zufrieden zurück nach Norðvík fahren können, wäre sie nach der Veranstaltung nicht auf Pátrik gestoßen, der sozusagen hinter ihr hergelaufen war und etwas Wichtiges auf dem Herzen zu haben schien.

Ja, ob sie ihm nicht noch irgendein Statement mit auf den Weg geben könne, jetzt, nachdem sie ihren Job als Journalistin mehr oder weniger zugunsten eines politischen Engagements aufgegeben habe, hatte er sie gefragt.

Was hätte sie ihm sagen sollen? Nein, es sei noch ein weiter Weg bis zum Ziel, hatte sie ihm zu erklären versucht. Zunächst müsse die Voraussetzung dazu geschaffen werden, dass die „Grünen Färöer" tatsächlich genug Stimmen bekamen, um demnächst im Parlament vertreten zu sein. Ihre eigene Person sei dabei nicht von Bedeutung. Viel wichtiger sei es, die färöische Bevölkerung dazu zu bringen, mehr an die Umwelt zu denken. Lokal zu denken und global zu handeln.

Der großgewachsene Mann lächelte bis über beide Ohren, während er immer wieder vor sich hin brummte: „… ausgezeichnet ..., hmmm ..., ausgezeichnet ..., hmmm ..., ausgezeichnet ..."

Aber plötzlich wurde sein Gesicht wieder ernster und seine Augen bekamen einen starren Blick.

„Es gibt einige, die sich fragen, was der tatsächliche Grund dafür ist, dass du deine Arbeit als Journalistin an den Nagel gehängt hast. Kann es sein, dass du damit ein bestimmtes Ziel verfolgst? Oder gibt es da vielleicht eine Story, über die du nicht schreiben willst oder kannst?"

Ronja hatte das Gefühl, als würde ihr jemand ein Messer in die Brust rammen. Wusste Pátrik irgendwas, das nicht an die Öffentlichkeit gehörte? Schon als sie diesen großmäuligen Mann im Publikum sitzen gesehen hatte, hatte sie sich nicht so recht wohlgefühlt. War er nur gekommen, um herumzuspionieren? Über Pátrik wurde gesagt, dass er einer der treuesten Anhänger des Separatisten Jógvan Nev gewesen war. Da es ihm jedoch nicht gelungen war, einen Listenplatz bei ihm zu bekommen oder in dessen Partei Karriere zu machen, war es ungemütlich zwischen den beiden geworden. Pátrik selbst hatte in den 55 Jahren seines Lebens oft genug seine ekligen Seiten aufblitzen lassen. Er war aalglatt und galt als absoluter Fachmann, wenn es darum ging, sich bei den für seine Belange richtigen Leuten einzuschleimen. Er liebte es, Leute auszufragen, zu beobachten und auszuspionieren. Nach außen hin war er der interessierte und nette Gesprächspartner, der stets lächelte und allen nach dem Mund redete. Aber niemand durfte ihm auf die Füße treten. So nett und fröhlich er auch sein konnte, so hasserfüllt und gefährlich konnte Pátrik werden, sobald er sich auf irgendeine Art vorgeführt oder beleidigt fühlte.

Sie musste rasch wieder aufschauen, um ja nicht den Augenkontakt zu verlieren und sich dadurch klein und angreifbar zu machen.

„Nein, wie du weißt, sollten Journalisten nur über Dinge schreiben, die gut recherchiert sind und nicht nur auf bloßem Geschwätz basieren. Findest du es tatsächlich überraschend und ungewöhnlich, wenn eine Journalistin nach so vielen Jahren den Drang verspürt, einmal etwas anderes machen und sich politisch engagieren zu wollen?“

Sie hatte sich bemüht, gerade die letzten Worte mit einem Lächeln zu äußern. Aber es schien nicht so, als würde Pátrik sie besonders lustig finden und beabsichtigen, ihre Frage zu beantworten. Stattdessen schaute er sie nur verächtlich an, drehte sich um und zog den Reißverschluss seiner Jacke bis zu den Ohren hinauf.

„Die Wahrheit wird schon irgendwann ans Licht kommen“, murmelte er leise vor sich hin, jedoch laut genug, dass Ronja seine rätselhafte Andeutung hören konnte.

JÁKUP HIELT ANITAS Hand, nachdem diese das Neugeborene behutsam an ihre Brust gelegt hatte. Wie von der Natur gewollt suchte der Mund des kleinen Mädchens die Brustwarze seiner Mutter, die lebendige Quelle, die Nahrung, Trinken, Trost und Liebe für es bereithielt.

Anita verspürte einen leichten Schmerz in ihrer Brust. Glücklich und erschöpft lächelte sie ihren Mann an, nachdem sich ihre kleine Tochter satt und zufrieden gesaugt hatte und wohlbehütet an ihrem Busen eingeschlafen war. Anita war dankbar, dass alles so gut verlaufen war. Und dass Jákup die ganze Zeit bei ihr geblieben war. Vor allem während der dramatischen Fahrt nach Tórshavn. Sie konnte sich nahezu an nichts mehr erinnern. Erst als sie im Krankenhaus auf die Entbindungsstation gerollt wurde, war sie wieder bei klarem Verstand gewesen. In den Händen der Hebamme hatte sie sich endlich sicher gefühlt. Alles war so schnell gegangen. Aber an die allerletzte Anstrengung, nämlich als der Kopf durch ihren Gebärmutterhals nach draußen gepresst und ihr das Kind auf den Bauch gelegt wurde, meinte sie, sich nur verschwommen erinnern zu können.

Doch dann, als das Schreien des Kindes nachgelassen hatte, hatte Anita ihr neugeborenes Mädchen zum ersten Mal richtig anschauen und seinen Geruch wahrnehmen können. Es war ein unglaubliches Gefühl gewesen. So schön und so unwirklich. Die ersten Tage eines neuen Lebens. Nach neun Monaten im Bauch ihrer Mutter war es endlich auf die Welt gekommen.

Herzlich willkommen, kleines Mädchen! Diese kleinen Finger und seine niedliche Nase! Alles war perfekt. Sie war wunderbar, auch wenn sie erst 2.200 Gramm wog und nur 48 Zentimeter groß war. Aber warum war das Mädchen so viel kleiner als die anderen beiden Kinder, die sie bekommen hatte? Ein Gedanke ließ sie kurz erschrecken. Sie fegte ihn im gleichen Moment wieder fort. Jedes Kind ist halt anders. Bárður und Bjørk waren beide groß gewesen, hatten dunkles Haar gehabt und fast 8 Pfund gewogen. In den Gesichtszügen des Mädchens dagegen erkannte sie ihre eigene Familie wieder. Auf alten Bildern ihres Bruders hatte sie gesehen, dass Dennis nahezu keine Haare hatte, als er geboren wurde. Später, als kleiner Junge, war er blond gewesen, aber im Lauf der Zeit waren seine Haare dunkler geworden.

„Ich bin so stolz auf euch", stieß Jákup lächelnd hervor, während ihm eine Träne über die Wange lief. „Meine Liebste ..., das hast du großartig gemacht. Plötzlich ging alles so schnell. In rasender Fahrt haben sie dich von Norðvík nach Tórshavn gebracht. Das kleine Mädchen drängte bereits hinaus, als wir draußen vor dem Krankenhaus waren."

Jákup war sichtlich gerührt. Es hatte viel Verantwortung auf ihm gelastet. Mehr als einen Tag lang hatte er kaum geschlafen, und dennoch war er voller Adrenalin. Er war glücklich und dankbar zugleich. Die Situation erschien ihm so unwirklich. Alles war so plötzlich gekommen. Ihm war, als sei er noch nicht bereit gewesen, dieses neue, fremde Wesen entgegenzunehmen. Ob es eine Ironie des Schicksals war, dass Anita so kurz nach der größten Ehekrise ihres Lebens schwanger geworden war? Das Mädchen war das Glückskind, das das Leben der Familie im Hause „undir Garðavatni 10" bereichern sollte. Ein wärmender Sonnenstrahl, selbst jetzt, wo der Sommer sich dem Ende zuneigte. Er war zum dritten Mal Vater geworden! Bárður und Bjørk hatten eine kleine Schwester bekommen. Schon allein die Vorstellung erschien ihm unglaublich und fast eine Nummer zu groß. Und trotzdem verspürte er ein leichtes Schwächegefühl. War es die Verantwortung, die auf ihm lastete? Oder der Gedanke an die unbekannte Zukunft, die er noch nicht so recht unter Kontrolle hatte? Das erschütternde Schicksal von Beinir Kalsfjall hing ihm immer noch nach. Der Anblick war grauenvoll gewesen. Beinir hatte sich das Genick gebrochen.

Sein Kopf hatte in unnatürlichem Winkel auf der Schulter gelegen, sein Gesicht starr und tot in den Morgen geblickt. Armer Kerl.

Vorsichtig hob er den kleinen Körper hoch, der in ein warmes Tuch gewickelt bei Anita lag. Die Blicke seiner Frau folgten ihm aufmerksam. Ihre Tochter war so klitzeklein – und noch so hilflos. Er legte sie zurück in ihr Bettchen, damit sie schlafen konnte. Langsam ließ er ihre unschuldigen Händchen los, fuhr mit seinem Finger behutsam über ihre süße Wange und streichelte ihren rundlichen Nacken. Was für ein unglaubliches Wunder! Dieses Wunschkind, das am liebsten jeden Tag unter der Sonne tanzen und abends dem Mond ein Liedchen singen sollte. Diese Erleuchtung, die eine neue Welt für sie eröffnen würde. Er strich ihr durch ihr daunenweiches, helles Haar. Dann schaute er erneut Anita an. Vielleicht war es die Anstrengung in ihrem Gesicht, die plötzlich ein fürchterliches Bild in ihm hervorrief. Er hatte das Gefühl, als würde eine schwarze Wolke in den eben noch so rosarot gefärbten Himmel hineintreiben. Die die wunderschönen Sonnenstrahlen in ihrem Schatten verschwinden ließ. Jákup schämte sich. Er weigerte sich, zu seinen Gedanken zu stehen, schaffte es aber auch nicht, sie beiseitezuschieben. Plötzlich war er nicht mehr der demütige, dankbare Papa, sondern vielmehr der skeptische, Verdacht schöpfende Kriminalbeamte. Der die größte Lüge aufdecken wollte, die ihm je untergekommen war. Und Klarheit über den schlimmsten Irrtum erlangen musste, den er sich überhaupt nur vorstellen konnte. Wie gut kannte er seine Frau eigentlich? Wie hatte er nur so naiv sein können? Er hatte die Antwort nun selbst in der Hand. Ein einziges Haar dieses noch kaum bewachsenen Köpfchens würde ausreichen, um das große Rätsel zu lüften.

NIEMAND KONNTE SICH erinnern, jemals ein solches Wochenende erlebt zu haben. Die Leute hatten in der Tat eine Menge Gesprächsstoff bekommen. Es war keine Überraschung, dass Beinir auf den „Seemannstagen" plötzlich zum Dauerthema geworden war, doch auch unter den Zuschauern beim Fußball sowie unter Männern, die in irgendwelchen Kellern versammelt waren, um ihre auf dem Fjord gefangenen Eissturmvögel zu häuten, trug er zur allgemeinen Unterhaltung bei; und wo immer bei schönem Wetter Wanderer unterwegs waren, waren sie auf ihren Pfaden über Berg und Tal in Gedanken bei Beinir und hatten ihn, sobald eine Pause eingelegt und der Proviant ausgepackt wurde, schlagartig auch auf der Zunge. Es war, als würde sich der tote Politiker in jedes Haus und auf jede Feierlichkeit hineinschleichen. Sein Kopf war der färöischen Bevölkerung buchstäblich auf dem Silbertablett serviert worden. Doch jetzt wurde auch sein übriger Körper gedreht und gewendet, denn ein derartig zäher Sensationsbissen musste gut und genussvoll zerkaut werden. Es wurden viele Lobeshymnen auf ihn gesungen, vieles aber auch unter den Tisch gekehrt. In der Nacht zum Sonntag wurde er zum Diskussionsstoff derer, die in den Kneipen einen über den Durst tranken und am Vormittag darauf sogar in der Kirche, wo der Pfarrer dafür betete, dass Gott den Politikern helfen möge, das Land würdig zu regieren. Nur Beinir selbst hatte nichts mehr zu melden. Inzwischen war er nichts anderes mehr als nur noch ein Gesprächsthema.

Überall in der Bevölkerung wurde gerätselt und spekuliert. Es war von politischer Hinterlist die Rede. Die Färöer seien im Ausnahmezustand, wurde gesagt, denn einer der Sitze im Parlament bliebe nun leer. Ob Janus Vesturfoss sein Amt als Ministerpräsident fortführen könne? Oder würde er zur Neuwahl aufrufen? Und welche Rolle bekleidete Ronja Róksdóttir in diesem Spiel? Es erschien allen so unwirklich, dass Beinir Kalsfjall tot war. Er sei wie ein Geisteskranker gefahren, hieß es.

Doch niemand wusste genau, ob es sich nun um einen Unfall oder tatsächlich ein Verbrechen handelte. Jemand mutmaßte, dass die Politiker angehalten seien, einander Respekt und Feingefühl zu erweisen und so wenig preiszugeben wie nur eben möglich. In der Nachrichtensendung am Freitagabend hatte der Ministerpräsident angekündigt, dass er Ronja Róksdóttirs Bedenkzeit akzeptiere.

Doch die Menschen versuchten, sich ihre eigenen Geschichten zusammenzureimen. Die Polizei habe Ronja einen Besuch abgestattet, war auf „VAPO" zu lesen gewesen. Allem Anschein nach habe sie am fraglichen Morgen eine lange Joggingtour unternommen. Verdammt seltsam, meinten viele. Denn vielleicht würde diese Frau, die nichts mit Beinir hatte zu tun haben wollen, nun auch noch seinen Platz einnehmen. Was für eine Schande für die Demokratie! Das müsse verboten werden. Ja, aber verstehe das, wer will. Die Medien versuchten, klarzustellen, welche Möglichkeiten es nun gäbe. Vielleicht würde es noch einige Tage dauern, ehe die Bevölkerung erfuhr, wie das Parlament künftig besetzt sein würde. Alle politischen Parteien hielten Sitzungen ab und diskutierten die weitere Vorgehensweise. Insider gingen nicht davon aus, dass der Ministerpräsident zur Neuwahl aufrufen würde. Die große Frage war allerdings, ob er auch weiterhin mit einer Mehrheit rechnen könne. Ronja Róksdóttir hatte bisher so gut wie nichts gesagt. Sie musste sowohl auf ihre Wähler Rücksicht nehmen als auch auf die Ideale, die sie vertrat.

Am darauffolgenden Dienstag sollte sie jedoch auf allen Nachrichtenportalen für Schlagzeilen sorgen und abends in einer Livesendung des Fernsehens zu Gast sein.

Man konnte ihr ansehen, dass sie in den letzten Nächten nicht gut geschlafen hatte. Für den Bildschirm hatte sie sich aber feingemacht. Sie trug eine dunkelgrüne Bluse und hatte ihr langes schwarzes Haar sorgfältig auf die Schultern hinuntergekämmt. Sie hatte sich bewusst nicht mehr geschminkt als unbedingt notwendig. Es sah aus, als hätte sie eine Entscheidung getroffen, die sie endlich wieder zur Ruhe kommen ließ. Sie sprach langsam und schaute dem Moderator dabei entschlossen und vertrauensvoll in die Augen.

„Zunächst möchte ich sagen, dass die letzten Tage auch für mich nicht einfach gewesen sind. Beinirs Tod hat mich genauso erschüttert wie die übrige Bevölkerung. Aber dann habe ich versucht, mich mit der augenblicklichen Situation auseinanderzusetzen. Trotz der bedauerlichen Ereignisse sollte der Staat bemüht sein, nach vorne zu schauen und weiterzukommen. Nachdem ich mich zunächst mit meinen eigenen Leuten beratschlagt, dann aber auch sämtliche Möglichkeiten mit dem Ministerpräsidenten wie auch den obersten Repräsentanten der Opposition erörtert habe, habe ich entschieden, dass die ‚Grünen Färöer' die bürgerliche Koalition unter der Führung von Janus Vesturfoss weiterhin unterstützen werden. Selbstverständlich mache ich das nicht, ohne gewisse Bedingungen zu stellen. Darauf möchte ich ganz klar hinweisen. Es ist sicherlich kein Geheimnis, dass Beinir Kalsfjall und ich nicht bei allen Gesellschaftsthemen einer Meinung waren, aber da auch ich vom Volk gewählt worden bin, ist es meine Pflicht, meinen Einfluss geltend zu machen und alles zu geben, um möglichst viele meiner Ideale durchzusetzen. Es wird immer Aufgabe der Politik sein, Prioritäten zu setzen und Übereinkommen zu erzielen. Im Wege unserer Verhandlungen sind wir zu dem Entschluss gekommen, dass wir das momentane Ministerium dahingehend umgestalten, dass ich nun Umweltministerin werde und Døgg Damm den freigewordenen Sitz im Parlament übernehmen wird."

„Ronja", unterbrach sie der überraschte Fernsehmoderator, „ist es korrekt, wenn ich behaupte, dass du plötzlich zu einem Handelsgut geworden bist und man deine Bereitschaft, die bürgerliche Koalition zu unterstützen, als Preis für den Erwerb des Ministeramts ansehen darf? Inwieweit ist denn das mit deiner politischen Überzeugung und der Ausübung deines journalistischen Unabhängigkeitsrechts vereinbar?"

„Unabhängigkeitsrecht?"

Ronja versuchte, sich ein paar Sekunden Zeit zu verschaffen.

„Ja, ich denke an deine Integrität. Und deine vielen kategorischen Ansichten zu Umweltfragen."

„Nein, ich habe die Situation genau überdacht. Ich habe vor, die Dinge so anzugehen, wie ich meine, dass sie für das Land und die färöische Bevölkerung am besten sind. Sicherlich lassen sich Kompromisslösungen in der Politik nicht immer vermeiden. Aber es geht doch in erster Linie darum, die eigenen Standpunkte zu vertreten und etwas zu bewegen. Die ‚Grünen Färöer' sind eine Partei, deren Ziel es ist, Lösungen zu finden, die nicht zwingend an rechts- oder linksgerichtete Denkstrukturen gebunden sind."

Ronja räumte ein, dass sie zu denjenigen zähle, die die Vertrauens- und Glaubwürdigkeit des derzeitigen politischen Geschehens schon lange beobachtet und kritisch hinterfragt hätten. Aber jetzt müsse sie ja gehört und ernst genommen werden, wenn wichtige Entscheidungen auf dem Programm stünden. Zu einem solch ungünstigen Zeitpunkt würde es dem Land nichts bringen, wenn seine Bewohner gleich in ein neues Wahlabenteuer gestürzt würden. Es sei ohnehin eine unglückliche Situation, mit der das Volk gerade konfrontiert sei. Sie habe großen Respekt vor dem Einsatz und Enthusiasmus, den Beinir Kalsfjall ausgestrahlt habe. Eine Gesellschaft, die einen bekannten Landsmann verloren habe und deren Fundament in ihren Grundfesten erschüttert worden sei, brauche nun Leute, die bereit seien, Verantwortung zu übernehmen und den Blick nach vorne zu richten. Sie persönlich versichere, ihr Bestes geben und dabei sowohl ihrem Kopf als auch ihrem Herzen folgen zu wollen.

Gegen Ende des Interviews hatte Ronja sichtlich gerührt gewirkt. Inwieweit es sich dabei jedoch um ein perfekt inszeniertes Schauspiel gehandelt haben mochte, dürfte von ihrem Publikum wohl eher unterschiedlich ausgelegt werden.

ANITA WAR AUS dem Krankenhaus entlassen worden und mit ihrer kleinen Tochter nach Hause zurückgekehrt. Jákup hatte ein bisschen müde gewirkt, als er sich telefonisch bei Louis gemeldet hatte. Nein, das sei nur der Stress, hatte er erklärt, aber glücklicherweise sei ja alles gut gegangen. Seine Familie nehme nun seine ganze Zeit in Anspruch. Statt bei der Suche auf der Schattenseite der Gesellschaft im Dunkeln zu tappen, würde er im Moment lieber seiner Frau beistehen und seiner Vaterrolle gerecht werden ...

Ja, sie hatten Jákups Botschaft verstanden. Sie brauchten in den nächsten Wochen also nicht mit ihm zu rechnen. Louis lächelte nachsichtig und blickte über den Tisch. Ihm gegenüber saßen Grímur Gullaksen und Birita Suðurnes. Drei Menschen und drei Meinungen, was die Beurteilung der Ereignisse von vor fünf Tagen betraf. Die Wellen schlugen hoch. Grímur war fest davon überzeugt, dass den Stein niemand anderes als Jónas, diese verlauste Kellerratte, vor Beinirs Auto gerollt haben könne. Es könne doch nicht so schwer sein, das nachzuvollziehen, hatte er seiner Meinung Nachdruck verliehen. Jórun habe die Polizei angerufen, da sie sich Sorgen um ihren Sohn gemacht hatte. Der Junge sei an jenem Donnerstagmorgen gerupft und gehäutet wie eine Wildkatze nach Hause gekommen. Wäre es ihm doch nur gelungen, die Wahrheit aus diesem Kerl herauszuprügeln, so wäre der Fall schon längst gelöst, dachte er im Stillen.

Birita war gewillt, Grímur Recht zu geben, zumindest insoweit, dass zwischen Jónas' Verhalten und dem sogenannten Autounfall definitiv ein Zusammenhang bestehen müsse. Sie wies zudem darauf hin, dass die Mutter des Jungen und Ronja beste Freundinnen seien. Jeder auf den Färöer-Inseln wisse, dass die beiden dem gleichen Strickclub angehörten. Sie alle hätten wie ein Mann hinter ihr gestanden und alles dafür gegeben, dass Ronja ins Parlament gewählt wurde. Die Tatsache, dass ein Hacker Gillasons Computer mit pornografischen Bildern verseucht habe, die sich von dort eigenständig verbreiten sollten, erkläre mehr als eindeutig, was für Ideen diesem Pack im Kopf herumschwirrten. Nein, ihrer Meinung nach bestünde kein Zweifel, dass auch Ronja ihre Finger mit im Spiel gehabt haben müsse. Falls jemand ihre persönliche Einschätzung hören wolle, sagte sie und schaute fragend in die Runde, so handele es sich bei dieser Politikerin um eine äußerst abgebrühte Frau. Als sie am Vorabend im Fernsehen erlebt habe, wie Ronja Róksdóttir sich gebrüstet, ihre Lobeshymnen gesungen und mit zum Himmel gewandten Augen angekündigt habe, Verantwortung für die Zukunft und unser Mutterland nehmen zu wollen, habe sie nur noch den Kopf schütteln und das Programm abschalten können. Nein, sie gebe nur wenig auf ihre Worte. Aber auch sie müsse natürlich einräumen, dass der Polizei Beweise fehlten, sagte sie, fügte dann aber hinzu, dass man schon ziemlich dumm und naiv sein müsse, wenn man tatsächlich davon ausginge, dass es purer Zufall sei, dass sowohl Ronja als auch Jónas an ein und demselben Morgen still und heimlich durch die Stadt gelaufen seien.

Louis Borgarson wurde es heiß. Sowohl Grímur als auch Birita bewegten sich jenseits aller erlaubten Grenzen. Es mochte zwar sein, dass in den Ausführungen seiner Kollegen ein Funken Wahrheit steckte, dennoch war es in seinen Augen unsachlich und beschämend zugleich, einzelne Bürger des Landes auf eine solche Weise niederzumachen und zu verurteilen. Sie hatten nicht einen einzigen Beweis in der Hand, ihre Theorien beruhten allenfalls auf bloßen Behauptungen. Zudem waren Grímur und Gestur befreundet, wie er gehört hatte. Und wie sah es eigentlich mit Biritas Unbefangenheit aus? War sie nicht noch in der Unglücksnacht mit Beinir zusammen gewesen? Bei der Aufklärung eines möglichen Mordes hatten persönlicher Hass und Vorurteile jedenfalls nichts verloren. Das sollten die beiden nun wirklich wissen! Eine unsaubere Vorgehensweise und nicht zuletzt eine so extreme

Form von Machtmissbrauch würden die Glaubwürdigkeit der Polizei zweifellos ruinieren. Vielleicht war es gut, dass ihm auch in der Hauptstadt Personal zur Seite stand. Die dortigen Mitarbeiter waren bereits dabei, Beinir Kalsfjalls Vergangenheit zu durchforsten. Es war wichtig, herauszufinden, welche Schuld möglicherweise auf ihm lastete oder ob es gar alte Sünden gab, die herumzuspuken begonnen hatten.

Louis fiel die Vorstellung, dass Ronja Róksdóttir ihrem politischen Kontrahenten nach dem Leben getrachtet haben sollte, überaus schwer. Natürlich konnte auch das nicht ausgeschlossen werden. Der Mensch ist und bleibt ein unberechenbares Wesen. Sollte Jónas allerdings den ganzen Sommer über von primitiven Schurken, die von einem gewissen Herrn Gillason beauftragt gewesen sein könnten, verfolgt und belästigt worden sein, dann wäre das nicht mehr und nicht weniger strafbar. Doch auch hier reichten einfache, unbelegte Schuldzuweisungen nicht aus.

Louis hatte verschiedene Möglichkeiten durchdacht. Dabei war er zu dem Schluss gekommen, dass es genauso gut fremde, unbekannte Hände hätten sein können, die diesen ominösen Stein verloren hatten. Vielleicht war jemand leichtsinnig geworden und hatte zu viele dieser naturgeschliffenen Objekte vom Strand mitgenommen. Louis hatte mit diversen Angestellten der Gemeinde gesprochen und sogar die Schuppen, in denen die Bauarbeiter untergebracht waren, in Augenschein genommen. Dort war er mit einigen polnischen Gastarbeitern ins Gespräch gekommen. Diese hatten immerhin zugegeben, dass seine Theorie nicht ganz auszuschließen sei. Wenn ihnen für das Steine Sammeln jedoch eine Anzeige drohe, würden sie dies selbstverständlich unterlassen, hatten sie ihm zu verstehen gegeben. Am Donnerstagmorgen hätten alle Bauarbeiter geschlafen. Ihr Vorarbeiter hatte berichtet, dass in der Nacht zuvor ein russischer Trawler in den Hafen von Norðvík eingelaufen sei, um Vorräte zu bunkern. Ob dessen

Besatzungsmitglieder jedoch an Land gegangen seien, hatte ihm niemand sagen können. Aber das war eher unwahrscheinlich.

Louis Borgarson schüttelte den Kopf.

„Wir können nichts anderes tun, als den Spuren zu folgen, die wir haben. Lasst mich bitte noch einmal klarstellen, dass ich auf keinen Fall willkürliche Verhaftungen dulden oder weitere Einbrüche zulassen werde. Eine erfolgreiche Kriminalarbeit resultiert in erster Linie aus systematischer Planung. Überhastetes Handeln führt nur dazu, dass man den Halt verliert. Und das kann sowohl die Polizei, den einzelnen Bürger als auch die gesamte Gesellschaft in eine unglückliche Lage bringen. Ich hoffe, dass das hiermit geklärt ist."

Norðvík, 20. November 1999

ER WARTETE NUN *schon eine ganze Weile auf sie. Während all die jungen Leute über den Parkplatz zu ihren Autos geströmt waren, war er vor dem Tanzlokal stehen geblieben und hatte um sich geschaut. Wo mochte sie hingegangen sein? Sie hatten einen Großteil des Abends zusammen verbracht. Sich unterhalten und miteinander getanzt. Er kannte sie aus der Schule und hatte sich in letzter Zeit in sie verliebt. Sie hatte stets ein Lächeln auf den Lippen und war nicht so albern wie so viele andere Mädchen in ihrem Alter.*

Als die Band eine Pause einlegt hatte, war er hinaus zum Auto gegangen, um ein paar Bier zu trinken. Dort war sie plötzlich aufgetaucht. Er hatte sich erleichtert gefühlt. Sie beide würden zusammenkommen. Er hatte das gespürt. Sie bewegte sich so schön und ausdrucksstark. Sie hatte echtes Interesse gezeigt, war redselig gewesen und hatte ihn nach allem Möglichen gefragt. Sie hatten über die beliebte Band gesprochen, die an diesem Abend die ganze Palette ihrer guten und bekannten Lieder gespielt hatte. Es war eine Menge los gewesen. Die Musik hatte überall für gute Laune gesorgt. Was er ihr zu trinken holen dürfe, hatte er sie gefragt. Nein, sie tränke nicht so gerne Bier, lieber einen Mix mit Wodka. Er hatte sie angeschaut, während sie ihre Flasche zum Mund geführt hatte. Einen Moment hatte sie ihre Miene verzogen, hatte aber unendlich hübsch ausgesehen, als sie die Augen und den Mund zusammengekniffen hatte. Dann hatte sie wieder über das ganze Gesicht gelacht. Draußen war es etwas kalt gewesen. Er hatte sie umarmen und ihr einen Kuss geben wollen. Sie hätte sicher kaum Gegenwehr geleistet. Aber plötzlich waren ein paar ungestüme Jungs an ihnen vorbeigekommen. Sie hatten sich an die Wand gestellt und gepinkelt. Es wäre alles andere als romantisch gewesen, bei seinem Kuss von diesen dummen Jugendlichen angepöbelt zu werden. Aber glücklicherweise hatten sie sich entschlossen, gleich wieder hinein ins Geschehen zu gehen. Die Nacht war zu dieser Zeit noch jung und wunderschön gewesen. Er hatte ihre Hand genommen, und sie hatten getanzt. Sie hatte so gut gerochen. So wie junge Mädchen es oft tun. Nach dem letzten Tanz hatte sie vorgehabt, die Toilette aufzusuchen. Die

Menschenmenge hatte sich rasch aufgelöst. Er hatte sich ein weiteres Bier gekauft und war hinaus vor die Tür gegangen, um auf sie zu warten.

Plötzlich hörte er zwei kurze Pfiffe und eine Stimme, die seinen Namen rief. Das Geräusch des Motors war ihm wohlbekannt. Der Fahrer rollte die Scheibe herunter und bat ihn, sich zu beeilen. Er trat kurz die Kupplung und dann auf das Gaspedal. Leicht erregt und ungeduldig. Nein, es sei wohl an der Zeit, sich davonzumachen, sagte der Fahrer. Als er die Tür öffnete und sah, dass Vónbjørt schon im Auto saß, allerdings zusammen mit zwei anderen auf der Rückbank, war er sich nicht sicher, ob er glücklich oder enttäuscht sein sollte. Es blieb ihm nichts anderes übrig, als vorne Platz zu nehmen. Ein fremder Kerl war vor ihm ins Auto gestiegen und hatte es sich hinten bequem gemacht. Hoffentlich würden sie ihn irgendwo absetzen können. Schweren Herzens schloss er die Tür und ließ die Nacht den Rest entscheiden. Er hatte gespürt, dass auch Vónbjørt Lust gehabt hatte. Aber jetzt war dieser Typ hinzugekommen und hatte alles zerstört. Neben ihm am Steuer saß sein Freund Mikkjal. Er war den größten Teil des Abends nüchtern geblieben, hatte jetzt aber ein Bier zwischen den Beinen stehen.

„Ihr könnt euch mit mir als Fahrer hundertprozentig sicher fühlen“, grinste Mikkjal und reckte sich zum Handschuhfach, um eine CD von „New 98“ herauszuholen, die er anschließend in den Player schob.

Gegen seinen Willen drehte er den Kopf und blickte nach hinten. Es schien, als würde der Junge in der Mitte die ganze Rückbank einnehmen. Vónbjørt, die hinter Mikkjal saß, wurde buchstäblich gegen die Tür gedrängt, Martha auf der anderen Seite dagegen hatte Platz genug. Wie ein König breitete sich dieser Typ zwischen ihnen beiden aus. Als gehöre ihm die ganze Welt.

Der Fremde rückte ein Stückchen nach vorn zu den Vordersitzen, um einen näheren Blick darauf zu werfen, wer da gerade ins Auto gestiegen war.

„Hallo du“, sagte er dann. „Ich weiß nicht, ob du mich kennst. Ich und Martha sind Vetter und Cousine. Ich rudere auch und spiele Fußball. Du kannst mir gerne gratulieren. Ich bin nämlich doppelter färöischer Meister. Mikkjal kenne ich selbstverständlich durch den Fußball. Er ist ein verdammt netter Kerl. Und ein

ausgezeichneter Verteidiger. Aber gegen einen schnellen Stürmer ist es schwer, zu verteidigen. Ja, übrigens, man nennt mich ‚Beinir Tormaschine'."

So, wie es seine Art war, verzichtete Mikkjal darauf, die selbstgefälligen Worte seines Freundes näher zu kommentieren. Er schüttelte nur den Kopf und versuchte, sich auf das Fahren zu konzentrieren. Beinir dagegen lachte herzhaft über sich selbst. An Selbstvertrauen fehlte es ihm keineswegs. Er redete viel und versuchte, stets lustig herüberzukommen. Und in allen Situationen eine eigene Meinung zu haben und diese zu vertreten. Auch jetzt, als es darum ging, welche Musik sie auf ihrer Fahrt hören wollten und welches Ziel vielleicht das Interessanteste sei.

„Wäre es nicht möglich, nach Viðareiði zu fahren?", fragte Beinir. „meine Familie hat da oben ein Sommerhaus. Ich weiß sogar, wo der Schlüssel hängt. Zum Teufel auch, wir leben doch nur einmal. Prost, Jungs. Und prost … meine ‚leuchtende Hoffnung' …! Ich möchte, dass du weißt, dass Vónbjørt ein unglaublich schöner Name ist. Genauso schön, wie die Frauen hier im Norden nun einmal sind. Bekomme ich einen kleinen Kuss auf die Wange?"

Die Straße führte durch einen alten Tunnel. Er selbst saß vorne wie auf heißen Kohlen. Er verspürte größte Lust, Mikkjal dazu aufzufordern, anzuhalten und diesen eingebildeten Hauptstadtjungen rauszuschmeißen. Er wollte seine Gefühle aber auch nicht zu offen zur Schau stellen. Warum sagte denn sonst niemand einen Ton? Warum protestierte keiner der anderen? Ja, vielleicht wäre es am besten, diesen Schwätzer nach Viðareiði zu fahren und ihn dort abzusetzen. Er persönlich würde seine Füße jedenfalls nicht in das Sommerhaus eines solchen Gastgebers setzen. Nein, zum Donnerwetter nochmal!

Aus den hochwertigen Boxen ertönte Musik. Mikkjal hatte die CD gewechselt und eine Auswahl der neuesten Hits aus 1999 eingelegt. Angenehmer, beliebter Mädchenpop. „Baby one more time", „Savage Garden" und „My heart will go on". Celine Dion. Er wollte damit wohl ein Zeichen setzen. Und natürlich Martha imponieren, auf die er zweifellos scharf war. Zeigen, dass er einen guten Geschmack besaß. Der Kerl auf der Rückbank begann prompt, sich über den Film „Titanic" auszulassen. Über die große Schiffskatastrophe damals auf der

Abenteuerreise über den Atlantik. Wie geistig beschränkt sich einige reiche Leute doch erweisen können, wenn es hart auf hart kommt, meinte er. Er selbst nahm sich vor, die Faszination dieses Films auch zu ergründen. Die Rollen von Leonardo DiCaprio und Kate Winslet ... Stell dir nur vor, wie es wäre, wenn man den, den man liebt oder den, der für ein Zusammenleben mit dir wie geschaffen ist, nie bekommen könnte, überlegte er im Stillen ... Nein, das wäre nicht gut. Ach ja, wenn die Liebe doch nur keine Grenzen kennen würde ...

Der Fremde war mit Vónbjørt tiefer in den Sitz hineingerutscht. Möglicherweise hatte er sogar seinen Arm um sie gelegt. Er selbst war verloren in seinen eigenen Gedanken. Er bekam immer schlechtere Laune, konnte sich aber nicht einmal richtig umdrehen. Ob sie miteinander flirteten? Er erwog, seinen Blick zumindest so weit nach hinten zu wenden, dass er erkennen konnte, was dort vor sich ging. Aber es war pechschwarz mitten in diesem gewaltigen Berg. Er meinte, auf der Rückbank einen Schmatzer zu hören. Hatte sie sich von diesem besserwisserischen Arschloch tatsächlich verführen lassen?

Als das Auto aus dem Tunnel herauskam, hatte Beinir sich wieder aufrecht hingesetzt. Als wolle er es sich mit den Jungs auf den vorderen Sitzen nicht verderben.

„Du hast echt ein fettes Auto, Mikkjal. Ist ein BMW, oder? Hast du Schiss, schneller als 100 zu fahren, oder was? Ich persönlich würde gerne einmal an einem Formel-1-Rennen teilnehmen. Was für ein teuflisches Fahrerlebnis für jeden echten Mann! Ach, Unsinn. Aber auf jeden Fall für mich. Geschwindigkeit bedeutet für mich Nervenkitzel am ganzen Körper. Ja, genauso meine ich das. Schau mal, es ist nicht einmal glatt auf den Straßen. Und du hast freie Sicht. Null Gegenverkehr. Come on, baby!“

Mikkjal fühlte sich leicht provoziert. Während er den Damm über den Hvannasund passierte, erhöhte er langsam das Tempo. Dann blickte er nach links. Es gab tatsächlich keinen Gegenverkehr. Er trat auf das Gaspedal. Die Mädchen waren drauf und dran zu protestieren. Aber das Auto glitt ruhig über die Straße, die Hände des Fahrers waren mit dem Steuer fest verwachsen. Die Tachonadel passierte 100 km/h. Näherte sich 120. Beinir lehnte sich zufrieden zurück.

„Hier gibt es keine Polizisten. Komm, noch ein bisschen schneller ...“

Und noch einmal bekam er seinen Willen. Vónbjørt solle nicht bange sein und aufhören, so zu kreischen. Er sei schließlich bei ihr. Sie solle etwas näher an ihn heranrutschen, sodass er sie besser festhalten könne, falls ...

Aber es war zu spät. Es war dunkel. Mikkjal hatte den Felsrutsch nicht bemerkt. Der Stein war im Scheinwerferlicht nicht erkennbar gewesen. Er selbst erinnerte sich nur noch an seinen Schreck und das Quietschen der Reifen, als der Wagen umkippte und in die Felswand krachte. Und die grauenvollen Schreie. Danach war alles um ihn herum nur noch schwarz.

RONJA STELLTE DEN Blumenstrauß in eine Vase und platzierte sie auf der Fensterbank. Sie kam nicht umhin, die handgeschriebene Karte noch einmal zu lesen. *Liebe Ronja! Schön ist die Blume, die auf den Pfaden Wurzeln schlägt. Möge sie in der Welt des Parlaments wieder aufblühen.*
Gruß Dorian.

Sie musste lachen. Als es an ihrer Haustür geklingelt und ein junger Mann ihr diesen schmucken Blumenstrauß überreicht hatte, hatte sie zunächst überlegt, ob sie es überhaupt wagen sollte, ihn anzunehmen. Sie hatte ja nicht ausschließen können, dass sie jemand vergiften wollte. Noch war nicht geklärt, ob auf den Färöer-Inseln ein Mörder herumlief, der es auf Politiker abgesehen hatte. Beinir hätte theoretisch sein erstes Opfer gewesen sein können, vielleicht wäre sie das Zweite? Er hatte durch einen Stein sterben müssen – und sie durch eine Blume? Sollte die grüne Hoffnung gleich wieder ausgerottet werden? Schon ein bakterieller Angriff würde ausreichen, um sie aus dem Weg zu räumen. Oder ein Nervengas. Ein Mikromord. Man brauchte nicht viel davon. Er hätte sein Mittel nur auf die hübschen Lilien zu streuen brauchen, die sie dankbar an ihre Nase gehalten hätte. Denn wer sagt schon nein zu einem duftenden Blumenstrauß? Zu jeglicher Form sprießenden Lebens? Sie hatte sich unsicher und paranoid gefühlt, als sie den Strauß auf den Tisch gelegt hatte. Aber dann hatte sie den weißen Umschlag gesehen, der in den Plastikstreifen gesteckt worden war, der die Blumen zusammenhielt. Glücklich und erleichtert hatte sie schließlich die schönen Worte ihres alten Freundes Dorian Dun gelesen.

Am Dienstagabend war sie lange aufgeblieben. Viele Leute hatten bei ihr vorbeigeschaut und ständig hatte das Telefon geklingelt. Auf einen solchen Trubel war sie nicht vorbereitet gewesen. Ab jetzt würde sie wohl weitgehend nicht mehr allein über ihr Leben bestimmen können, dachte sie. Sie hielt einen Moment inne. Mit blauer Tinte hatte sie ihre Unterschrift unter dieses verpflichtende Dokument gesetzt. Vielleicht war gerade alles eine Nummer zu groß für sie. Sie spürte, dass sie einen hohen Preis dafür bezahlen würde, Ministerin geworden zu sein. Es gab Momente, in denen sie sich darüber freute, aber auch welche, in denen sie alles bereute. Ronja fühlte sich nach wie vor verunsichert. Sie hatte versucht, alle Vor- und Nachteile abzuwägen. Das Angebot war zweifellos die Chance ihres Lebens. Natürlich war sie sich aller Konsequenzen bewusst gewesen. Im Prinzip hatte sie nun ihre eigene Person verpfändet. Doch jetzt gab es keinen Weg mehr zurück. In den letzten Tagen hatte sie weder aus noch ein gewusst. Die augenblickliche Situation war nicht einfach für sie. Die Öffentlichkeit hatte sie von den bisher vorgebrachten Verdachtsmomenten keineswegs freigesprochen. Und das konnte sie noch teuer zu stehen kommen.

Ihr Beschluss, die aktuelle Koalition weiterhin zu unterstützen, war natürlich nicht bei allen auf fruchtbaren Boden gefallen. Nicht einmal Jórun hatte ihr anfangs glauben wollen. Die Erkenntnis, dass Ronja aufgrund ihrer Entscheidung nun von heute auf morgen unter Gestur Gillasons Pantoffel stand, machte ihr zu schaffen. Er war immerhin der Mann, der Jónas verteufelt und seine Bluthunde auf ihn angesetzt hatte. Ronja hatte versucht, ihre Wahl zu rechtfertigen. Sie käme nicht umhin, sich auf die politische Realität einzulassen, hatte sie Jórun erklärt. Ansonsten sei ihr Einfluss schon dahin, bevor er überhaupt begonnen hätte. Im Kampf um die Macht im Land sei jedes einzelne Parlamentsmitglied käuflich. Vieles deute darauf hin, dass selbst die „Färöische Fortschrittspartei“ still und heimlich bei Janus Vesturfoss angeklopft habe.

Das hatte Jórun einigermaßen besänftigt. Ja, so gesehen könne sie Ronja verstehen. Sie selbst hätte wohl auch 70.000 Kronen im Monat plus Fahrtkosten plus eine fette Pension gutgeheißen, wenn man sie gefragt hätte. Dennoch sei sie der Meinung, dass man Gestur zunächst dort hätte piesacken müssen, wo er am Verwundbarsten war, ehe man sich bereit erkläre, der aktuellen Regierung beizutreten. Sie hatte ihren Gedanken freien Lauf gelassen und Ronja abschließend gefragt, warum die Politik ein so hässliches und dreckiges Spiel sein müsse. Sie wisse hoffentlich, was sie tue. Auch andere Leute hatten sie gewarnt und ihr gut gemeinte Ratschläge erteilt. Es nütze nichts, zu naiv und blauäugig zu sein. Sie sei doch eine intelligente und vernünftige Frau. Aber wenn jemand die Färöer verändern könne, dann sei es Ronja.

Ihr war klar, dass sie fürs Erste im Schatten dieses erloschenen Stars des politischen Sternenhimmels stehen würde. Das konnten auch die vielen aufmunternden Worte nicht ausgleichen. Sie überlegte, wie wahrscheinlich es war, dass Beinir tatsächlich ermordet worden war. Und sogleich kamen ihr die nächsten Fragen in den Sinn: Wer mochte einen Grund gehabt haben, diesen Mann umzubringen? Gab es Beweise dafür, dass der Stein absichtlich vor sein Auto gerollt worden war? Nachdem jetzt klar war, dass auch Ronja die bürgerliche Koalition billigte, würde sich das Gerücht über eine hinterlistige politische Attacke, die das Ziel verfolgt hatte, Janus Vesturfoss zu stürzen, wohl bald in Luft auflösen, so hoffte sie. Vielleicht war sie auch nur die Dame, die in einem abgekarteten politischen Spiel geopfert werden sollte? Es gab nicht wenige, die glaubten, dass Birita Suðurnes sich die Geschichte von der rechthaberischen Politikerin mit dem Steinherzen nur zusammengesponnen hatte. Birita könnte, so wie einige andere auch, immerhin selbst ein Motiv gehabt haben, Beinir aus dem Weg zu schaffen. Sinngemäß ist einmal gesagt worden, dass Liebe und Hass sich schon immer gegenseitig am Leben gehalten haben.

In der folgenden Nacht hatte Ronja schlecht geschlafen. Ein Albtraum, in dem Beinir Kalsfjall die Hauptrolle spielte, hatte sie gequält. Sie war auf seiner Beerdigung gewesen. Døgg Damm und sie hatten den Sarg von der Domkirche hinunter zum Parlament tragen müssen.

Doggs Gesicht war hinter einer Burka versteckt gewesen, während sie selbst einen verschwitzten Jogginganzug getragen hatte, den oberhalb ihrer Brust eine färöische Flagge zierte. Sie hatte sich unwohl gefühlt, denn weder sie noch ihre Parteikollegin waren dem Anlass entsprechend gekleidet gewesen. Aber Dogg hatte ihr zugeflüstert, dass Frauen beim Kirchbesuch keineswegs Sexobjekte seien. Auch die diesjährige Ólavsøka-Rede sowie ihre Vereidigung als Umweltministerin waren Teil der eigenartigen Beerdigungsmesse gewesen. Nach der feierlichen Predigt hatte der Bischof, der niemand anderes war als Pátrik Raskason, Ronja vorwurfsvoll in die Augen geschaut. Gott sähe alles und wisse, wer die Schuldige sei. Sveinur, der ebenfalls in einem Priestergewand steckte, sowie Jónas und Anita hatten vorne im Chorraum an Pátriks Seite gestanden und ein langgezogenes A-a-a-a-men gesungen. Plötzlich war Gestur Gillason vom Altar hinuntergekommen. Zusammen mit Donald Trump und Königin Margarethe, die die Prozession vom Váglið im Herzen Tórshavns zur Domkirche angeführt hatten, hatte eine Hardrock-Band auf der Bühne gestanden, mit Salar als Frontmann. Dieser hatte ein rotes Partisanentuch um den Kopf gewickelt und wie von Sinnen das Kirchenlied „*Harra Gud títt dýra navn og æra*" („Herr Gott, dein werter Name und deine Ehre") gegrölt.

Ronja wachte auf und dachte über ihren Traum nach. Sie kam kaum noch zur Ruhe. Ja, sie war pausenlos bei der Arbeit, stellte sie fest. Selbst nachts versuchte ihr Unterbewusstsein, jedes einzelne Puzzlestück an den richtigen Platz zu setzen. Der Mensch ist und bleibt ein seltsames Geschöpf. Wie spät war es überhaupt? Sie streckte sich nach ihrem Handy, dessen Klingelton sie plötzlich aufschrecken ließ. Wer wollte schon so früh am Morgen Kontakt zu ihr aufnehmen?

ANITA LEGTE BJØRK das Baby vorsichtig in die Arme. Das Mädchen strahlte wie die Sonne, als es seine kleine Schwester auf dem Schoß schaukeln durfte. Stolz und selbstbewusst stand Bjørk auf und ging mit der Kleinen, die in eine dicke Decke gewickelt war, im Wohnzimmer auf und ab. Sie alle waren hellauf begeistert, auch ihre Oma, die bereitstand, zu übernehmen, falls irgendetwas schiefgehen sollte. Aber Bjørk war sehr umsichtig. Es schien, als sei ihr die Mutterrolle in die Wiege gelegt worden. Sie summte und sang der lebenden Puppe, die ihnen nun allen gehöre, wie sie sagte, ein Liedchen vor.

„Wie geschickt du bist und wie schön du das machst, meine Liebe", sagte Anita. „Irgendwann bist du auch einmal so klein gewesen. Aber würdest du sie jetzt mal an deine Oma weitergeben?"

„Schau nur, wie klein ihre Finger sind", stellte diese entzückt fest. „Wem sie wohl ähneln mag? Hm, diesmal hat sich ausnahmsweise einmal nicht der Papa durchgesetzt. Das helle Haar und die Augen erinnern mich an ihre Urgroßmutter. Nein, ich würde nicht sagen, dass sie deinem Bruder Dennis ähnlich sieht, Anita. Vielleicht stammen Mund und Nase von unserer Seite, ja. Aber das ist ja auch völlig egal. Hauptsache, sie ist wohlproportioniert und niedlich. Unser aller kleiner, liebenswerter Sonnenschein."

Jákup stand vom Sofa auf. Er nahm sein Handy und tat so, als hätte er ein Gespräch zu führen, das nicht länger aufgeschoben werden konnte. Es gäbe etwas Wichtiges, das unbedingt geklärt werden müsse, entschuldigte er sich. Hastig verließ er das Wohnzimmer und ging hinauf ins Dachgeschoss. Er hatte die allgemeine Freude nicht länger ertragen können. Die Gedanken wirbelten ihm im Kopf herum. Da war etwas, dass ihm fast das Herz brach. Warum wollte es ihm nicht gelingen, sein Misstrauen diesem Baby gegenüber zu verbergen? Er hatte sich redlich bemüht, fühlte sich aber nicht in der Lage dazu. Vielleicht waren ihm die Möglichkeiten der Kriminalpolizei mehr wert als seine

Frau und die Kinder? Zumindest befürchtete er, dass er einem eventuellen DNA-Test eher trauen würde als Anitas Worten. Ja, die Wahrheit schien ihm wichtiger als die Liebe, die sie beide verband. Für ihn als Kriminalbeamten war es so einfach, sich Gewissheit zu verschaffen. Er brauchte nicht einmal anzugeben, zu welchem Zweck er diese Auskünfte benötigte. Jákup wusste, dass allein ein kurzes, blondes Haar vom Kopf des Babys ausreichen würde, Licht ins Dunkel zu bringen. Die Telefonnummer des Laboratoriums der Reichspolizei hatte er gespeichert. Es war nur dieser eine Anruf. Aber würde er es ertragen, die Antwort zu hören?

Er schloss die Toilettentür hinter sich. Blieb stehen und schaute in den Spiegel. Er fürchtete sich vor sich selbst und dem, was er vorhatte. War er dabei, verrückt zu werden? Offensichtlich fehlte ihm die Kraft dazu, in Ungewissheit zu leben. Er fühlte sich als der größte Dummkopf der Färöer. Wollte er tatsächlich jeden Tag daran erinnert werden, dass seine Frau ihn betrogen hatte und der Vater nicht er, sondern ein gewisser Sveinur Skel wäre? Und dass es nicht sein, sondern dessen Nachkomme sei, den *er* im Kinderwagen schieben, später auf dem Fahrrad mitnehmen, in den Kindergarten bringen und zur Schule oder zum Sport fahren würde?

Würde er es überhaupt verkraften, diese Demütigung sein Leben lang auszuhalten? Wohin er auch käme, überall würde er bissige Kommentare über sich ergehen lassen müssen. ‚Lass mal schauen, wem von euch dieses nette, blonde Mädchen ähnlich sieht.' Er mochte sich gar nicht vorstellen, wie ihn diese Frage immer wieder zur Weißglut bringen würde. Und wie sollte er Anita weiterhin lieben können, wenn sie ihn jeden Tag und jede Nacht an diesen schleimigen Sänger erinnerte, der mit ihr im Bett gewesen war und sie gefickt hatte, während er ...?

Jákup atmete tief durch. Nein, er wollte die Antwort vorläufig nicht wissen. Er fühlte sich nicht in der Lage, eine solche Nachricht zu erhalten, ohne sich gründlich darauf vorbereitet zu haben. Er wollte es vermeiden, in rasende Wut zu verfallen und etwas zu tun, das ihm später leidtäte. Ja, die Türen im Haus sollten lieber schonend behandelt werden. Niemand sollte etwas bemerken oder gar Verdacht schöpfen. Aber er würde mit einer solchen Schmach nicht leben können. Er dachte an Bárður und Bjørk. Seine beiden Kinder himmelten ihn an. Sie verstanden sich prächtig mit ihm. Schon allein deswegen musste er fürs Erste so tun, als wäre nichts gewesen. Er verfluchte seine Gedanken. Hatte Angst vor seinen kranken Plänen. Vor dem Entsetzlichen, das er meinte, tun zu müssen.

ER HATTE AM Telefon aufgekratzt geklungen. Ronja hatte den Eindruck gehabt, dass er sehnsüchtig darauf wartete, ein Vier-Augen-Gespräch mit ihr führen zu können. Sie sei nun Ministerin und müsse die Wahrheit erfahren, hatte er gesagt. Ja, hatte sie geantwortet, er sei willkommen, aber sie müsse erst in Ruhe aufstehen. Sie hatte zunächst ein heißes Bad nehmen und sämtliche Albträume der Nacht wegspülen wollen. Es dürfe allerdings auch nicht zu spät werden, hatte sie ihm zu verstehen gegeben, denn sie müsse bereits um 9.00 Uhr in Tórshavn sein. Aber wenn er gegen sieben käme, dann hätten sie noch eine Weile, ehe sie sich in die Hauptstadt aufmachen müsse.

Ronja kannte den Jungen und die Probleme, die er Jórun bereitet hatte. Vor der Wahl war jedoch alles etwas anders gewesen. Jórun hatte sich unter die Leute gemischt und Plakate aufgehängt. Am Arbeitsplatz hatte sie die verschiedensten Gesellschaftsthemen diskutiert, in der Hoffnung, die gesamte Belegschaft der Fischverarbeitungsfabrik „Deiggj“ dazu zu bringen, Ronja ihre Stimme zu geben. Selbst Jónas war durch den Wahlkampf aus seiner Lethargie erwacht. Geschickt, wie er auf seinem Gebiet war, hatte er für ihre Partei eine attraktive Homepage entwickelt und Anzeigen gestaltet, die ins Auge fielen. Sie hatte das Gefühl gehabt, dass die „Grünen Färöer“ zu einer Art Rettungsanker für ihn geworden waren. Jónas hatte plötzlich eine andere Seite von sich gezeigt. Doch sein großes Engagement war nur von kurzer Dauer gewesen. Der Junge besaß einfach keine Ausdauer.

Ronja mochte Jórun sehr. Sie wusste, was sie an ihr hatte. Ihre Freundin war jederzeit so herrlich offen und ehrlich. Man konnte sich darauf verlassen, dass sie das, was sie sagte, auch wirklich meinte. Auch wenn es hart auf hart kam, hatte sie sich stets von ihrer besten Seite gezeigt. Wahre Freunde lernt man eben erst dann kennen, wenn die Not am größten ist. Genauso, wie sich nur bei politischem Gegenwind erkennen lässt, wer tatsächlich zu einem hält.

Vor allem in diesem Punkt war Ronja in letzter Zeit klüger geworden. Sie war Zeit ihres Lebens selbstbewusst gewesen und hatte zu jedem Thema ihre eigene starke Meinung vertreten. Gelegentlich war sie sich ihrer Sache aber auch zu sicher gewesen. Immerhin hatte sie dadurch gelernt, selbst die Verantwortung für ihr Ego zu übernehmen. Schon von Kindesbeinen an hatte sie sich für gesellschaftliche Anliegen interessiert. Und über Lösungen nachgedacht. Heute musste sie der Bevölkerung jedoch Antworten liefern, statt weiterhin nur Fragen zu stellen.

Jedem, der sich für ihr Privatleben interessierte, konnte sie nichts anderes sagen, als dass es ihr persönlicher Wunsch gewesen sei, sich beruflich neu zu orientieren. Sie hatte sich längst eingestanden, dass auch sie im Leben nicht alles bekommen konnte. Vielleicht war es gar nicht so entscheidend, ob sie jemals Mama werden würde oder nicht. Ihre biologische Uhr konnte sie ohnehin nicht aufhalten. Möglicherweise war es sogar gut, dass es so war. Wozu sollte sie sich selbst erneuern? Und was hätte sie einem Kind schon zu bieten? Ihre eigene Familie würde dadurch natürlich aussterben. Außer ihrer manisch-depressiven Mutter hatte sie keine Verwandten mehr. Ronja hatte alle düsteren Gedanken durchgespielt. Irgendwann würde sie allein in einem Altersheim sitzen. Und dennoch lebt der Mensch vor allem hier und jetzt. Es lag ihr fern, sich schon heute um ihre Versorgung im Alter zu ängstigen. Vielleicht steckte sogar ein Plan dahinter, wenn sie kinderlos blieb. Denn dann konnte sie mit voller Kraft für eine bessere Gesellschaft kämpfen. Schon die gute alte Bibel hatte dazu aufgefordert, sich für seine Mitmenschen einzusetzen. Dieses Motto war in der Seele vieler Färinger zutiefst verankert. Sie erinnerte sich an ihre Oma und ihren Opa, die überall als tolerante, gutmütige Menschen bekannt waren. Ihre Tür hatte jedem offen gestanden, jeder sollte sich bei ihnen wie zu Hause zu fühlen. Auch wenn ihr Wohnzimmer klein und eng gewesen war, so war doch immer etwas zu trinken auf den Tisch gekommen.

Dabei wurde gelacht und über alle möglichen aktuellen Themen gesprochen. Doch es waren nicht nur schöne Worte, sondern vor allem auch Taten, woran sie sich erinnerte. Sie alle hatten einander gegenseitig geholfen und unterstützt, soweit die Kraft und die Umstände es zuließen. Dabei hatte es keine Rolle gespielt, ob gemeinsam für hungernde Menschen in Afrika gesammelt wurde oder Lose verkauft wurden, die einem neuen Pfadfinderhaus zugutekommen sollten. Irgendwo hatte ihre Oma immer ein paar Öre gefunden. Auch später, als Ronja größer war und selbst ein bisschen Geld gebrauchen konnte.

Ronja hatte einige Bilder aus dem Familienalbum auf ihrem Laptop abgespeichert. Es machte sie ein bisschen wehmütig, darüber nachzudenken, wie schnell die Zeit vergangen war. Nun stand sie selbst schon in der Mitte ihres Lebens. Mit all ihren Plänen und Gedanken. Irgendwann würden vielleicht Fächer wie „Naturschutz“ oder „Kampf für eine bessere Umwelt“ auf dem Lehrplan färöischer Schulen stehen. Dieser Gedanke war für sie Vision und Antriebskraft zugleich. Sie malte sich aus, wie kommende Generationen in spannenden digitalen Bilderbüchern blätterten und sähen, wie sehr das Meer um die Färöer-Inseln einmal mit Plastik und Chemikalien verseucht gewesen war. Oder wie aufgewühlt der Meeresboden und kaputt die Korallen damals waren. Doch in den zwanziger Jahren seien große Anstrengungen unternommen worden, um dem entgegenzuwirken. Und so könne das färöische Volk nun wieder singen: „Aus einem reinen und reichen Meer erheben sich Berge und Gipfel frei …“ (Anm. des Übersetzers: Diese Zeile stammt aus dem Song „*Mitt land*“ von „Frændur“, einer färöischen Band, der auch der Autor dieses Buches angehört).

Auf einer Wahlveranstaltung in Tórshavn hatte sie erläutert, welche Aufgaben im internationalen Politikgeschehen möglicherweise einmal auf die „Grünen Färöer“ zukämen. Die Erderwärmung und das Schmelzen des Inlandseises seien ein Problem, das auch ihr Land beträfe. Daher würde sie gern ein internationales Umwelttreffen arrangieren. Die Färöer-Inseln sollten sich das Ziel setzen, ein Vorreiter für den Umweltschutz zu werden. Warum sollte ein kleiner, bevölkerungsarmer Inselstaat nicht in der Lage sein, den großen Ländern zu zeigen, wie wichtig es ist, im Einklang mit der Natur zu leben. Vielleicht war sie auf eine Art etwas naiv. Aber sie wollte niemals aufhören, sich Gedanken zu machen und mit eigenen frischen Ideen an die Öffentlichkeit zu treten. Denn ohne Ideale machte Politik keinen Sinn.

Die Erwähnung ihres eigenen Namens in der Morgensendung des färöischen Rundfunks riss sie jäh aus ihren Grübeleien. Ein Politologe beleuchtete gerade die aktuelle Lage des Landes. Nein, eine solche Entwicklung hätten die Leute nicht erwartet, erklärte er. Vielen erscheine es befremdlich, dass Ronja Róksdóttir, die politisch gesehen eher links einzuordnen sei, sich in den aktuellen Verhandlungen so schnell entschieden habe, die bürgerliche Regierung unter der Führung von Janus Vesturfoss zu stabilisieren. Sie hätte sich genauso gut dazu durchringen können, die amtierende Koalition zu stürzen. Daher stelle sich nun die Frage, ob sie aus einer Zusammenarbeit mit Nanna Antinesen und Jógvan Nev zur Durchsetzung ihrer eigenen Interessen langfristig nicht größeren Nutzen hätte ziehen können. Aber so, wie es aussehe, sei auf der politischen Bühne alles möglich. Ronja Róksdóttir habe sich zweifellos von der einmaligen Chance, nun selbst ein Ministeramt bekleiden zu dürfen, beflügeln lassen. Es falle ihm jedoch schwer, daran zu glauben, dass die Koalition den Zielen, die ihr am Herzen lägen, die oberste Priorität einräume. Die Christliche Arbeiterpartei habe bereits während des Wahlkampfs klargestellt, dass sie es ablehne, dass das Land seine Bürger durch Abgaben und Einfuhrverbote dazu zwinge, auf grüne Energiequellen umzustellen ...

Ja, dachte Ronja, nun musste sich zeigen, *wer* seine Ansprüche durchsetzen konnte. Sie selbst war mit dem Verlauf ihrer Verhandlungen mit

Janus Vesturfoss sehr zufrieden gewesen. Er hatte sich freundlich gegeben und aufrichtig gewirkt. Selbstverständlich waren ihre Gespräche auch davon geprägt gewesen, dass ihr Parteikollege Beinir Kalsfjall so plötzlich aus dem Leben gerissen worden war. Keiner von ihnen hatte sich darauf festlegen wollen, inwieweit es für Ronja möglicherweise eine moralische Verpflichtung war, die politische Leere nach Beinirs Tod mit neuem Leben zu füllen. Die durch das tragische Unglück entstandene Situation des Landes jedoch zu unnötigen Neuverteilungen und Konspirationen nutzen zu wollen, hatte gar nicht erst zur Debatte gestanden. Janus hatte ihr den Vorschlag unterbreitet, den „Grünen Färöern" das Umweltministerium zu überlassen, sodass Ronja eigenständig darüber bestimmen könne, welche Projekte sie letztendlich auf den Weg bringen wolle. Vorausgesetzt, sie bekäme im Parlament die Mehrheit dafür. Diesen letzten Punkt hatte Janus mit einem breiten, allerdings nicht ganz überzeugten Lächeln vorgebracht.

*

Als sie die Tür öffnete und Jónas' mitgenommenen Gesichtsausdruck sah, wusste sie nicht, ob sie sich über seinen Besuch freuen sollte oder nicht. Jóruns kleiner Junge ist mittlerweile ein erwachsener Mann geworden, dachte sie kurz. Er war fast einen Kopf größer als sie. Ronja begrüßte ihn mit einer herzlichen Umarmung. In seiner Lederjacke war er so voluminös, dass ihre Arme nicht ganz ausreichten, seinen stattlichen Oberkörper vollständig zu umschlingen.

Immerhin sah Jónas an diesem Morgen sauber und manierlich aus. Abgesehen von einem Kratzer auf der Stirn und einer geschwollenen Oberlippe wirkte er wie ein ganz normaler färöischer junger Mann, der verlegen hinunter auf seine weißen, löchrigen Socken schaute, während er in ihr Wohnzimmer trat.

Jónas wollte weder Tee noch Kaffee trinken. Höchstens ein Glas Wasser, sagte er. Ronja schaute dem Jungen mit ernster Miene ins Gesicht. Nein, offenbar ging es ihm nicht gut. Kleine Schweißperlen bedeckten seine picklige Haut. Es sah aus, als hadere er mit etwas, das ihm äußerst schwer auf dem Herzen lastete. Als hielte er dort eine Bombe versteckt, die ihm jeden Moment zwischen den Rippen hindurchschießen und in die Luft gehen könnte.

„Ronja, weißt du eigentlich, dass ich letzte Woche von der Polizei verhört worden bin? Ja, dass ich fast zwei Stunden lang allein mit diesem falschen Teufel von Grímur in ein und demselben Raum verbringen musste? Er wollte mich mit allen Mitteln unter Druck setzen und dazu bringen, mich schuldig zu bekennen, dass ich ..."

Sie wollte ihn nicht unterbrechen, sondern ihm Zeit geben, sich in Ruhe zu sammeln und auszusprechen. Ganz wie eine Mutter, die dazu neigte, alles gutzuheißen, was ihr Sohn ihr zu sagen hatte. Was immer er auch ausgefressen haben mochte.

Jónas kämpfte mit den Tränen, während er seine Unschuld beteuerte. Doch schon im nächsten Augenblick begann er, Ronja seine Sünden zu beichten.

„Ich habe ganz bestimmt niemanden verletzen und schon gar nicht umbringen wollen. Im Gegenteil, ich war mir sicher, dass sich Gestur für die heftigen Filme und gesetzeswidrigen Bilder, die ich auf dem PC der Firma P/F Gillason gefunden habe, strafrechtlich zu verantworten haben würde. Vielleicht hätte ich ihn anzeigen sollen. Doch dann hätte ich Probleme an meinem Arbeitsplatz bekommen. Nein, es war so dumm von mir. Wirklich unfassbar dämlich, dieses Material an alle möglichen Leute zu verschicken. Dabei habe ich den Menschen nur die Augen öffnen und ihnen zeigen wollen, was für ein ekelhafter Heuchler dieser Mann ist. Er ist ein echtes Pornoschwein. Sein PC war mit Bildern verseucht, die bei einem Politiker, der sich sowohl im Parlament als auch in seiner Gemeinde bemüht, die Menschheit zu erlösen, nichts verloren haben."

Es wäre nutzlos gewesen, Ronja um Entschuldigung zu bitten. Das wusste er genau. Schon allein deswegen, weil er erst jetzt den Mut aufbrachte, ihr zu gestehen, was er getan hatte.

„Ich bin durch die Werkstatt an Gesturs Passwort gekommen", fuhr er fort. „Somit hatte ich plötzlich uneingeschränkten Zugang zu seinem PC. Der Wahlkampf hatte gerade seinen Höhepunkt erreicht. Es wurde viel über Moral und aktuelle färöische Anstandsregeln gesprochen. Ja, und genau das hat mich dazu verleitet, Gillason endlich zu entlarven. Aber die Granate ist schon in meiner Hand explodiert. Und wenn ich damit jemandem geschadet habe, dann nicht ihm, sondern nur dir und deiner grünen Partei."

Ronja kochte vor Wut. Am liebsten hätte sie Jónas ihren lauwarmen Tee ins Gesicht geschüttet. Doch mindestens genauso gerne hätte sie diesen ehrlichen Jungen, der aufrichtiger und warmherziger auf sie wirkte als fast jeder andere, einfach in den Arm genommen. Bis heute hatte sie es vermieden, Jónas über diesen Vorfall zu befragen, und sich damit begnügt, mit ihrer ernüchternden Vermutung vorlieb zu nehmen. Gestur Gillason dagegen war es hervorragend gelungen, das Blatt zu seinen Gunsten zu wenden. Die Leute hatten ihm geglaubt, während sie dem allem nur hilflos gegenübergestanden hatte. Selbst Beinir hatte für den Wahlkampf seinen Nutzen daraus gezogen. Überall ging es nur um Macht. Diese Regeln galten in besonderem Maße auch für die Politik. Angriff ist die beste Art der Verteidigung. Sollte sie sich allerdings selbst einmal bedroht fühlen, dann würde auch sie Gebrauch von dieser Weisheit machen, nahm sie sich vor.

22. November 1999

ER VERSUCHTE, ETWAS *zu erkennen, doch alles erschien ihm dunkel. Zudem war er unfähig, sich zu bewegen. Er lag in einem Bett und hörte, wie jemand im Raum etwas sagte. Mehr nahm er nicht wahr. Dann spürte er einen heftigen Schmerz und war kurz davor, wieder ohnmächtig zu werden. Die Wirkung des Morphins in seinem Körper ließ langsam nach. Der Rausch und sein Bewusstsein kämpften darum, die Macht über ihn zu gewinnen. Die Herrschaft über einen schwer verletzten jungen Mann. Dann hörte er erneut Stimmen. Ein Mann stieß ein paar kurze, ernst klingende Sätze hervor. Er registrierte auch eine Frau, die dem Mann Fragen stellte. Mehr und mehr nahm er Notiz von den Leuten im Raum. Er erkannte die Stimme seiner Mutter. Ihren emotionalen, empörten Tonfall. Er wollte sie sehen. Seine Augen waren weit geöffnet. Doch sie war für ihn nur ein verschwommener Schatten, der sich über sein Bett beugte. Ihre Konturen erschienen ihm unheimlich schwach und wirklichkeitsfern. Sie hätte genauso gut ein nächtliches Gespenst sein können. Oder eine unsauber auf die Zimmerdecke gekrakelte menschliche Gestalt. Er wollte sich aufrichten und sie etwas fragen. Aber es war ihm nicht möglich, den Arm zu bewegen. Und seine Lippen waren wie zusammengeklebt. Dennoch spürte er ihren Atem. Wie sie liebevoll und zärtlich seine Hand streichelte. Und vorsichtig ihren Kopf an seinen lehnte.*

Die nächsten Tage brachten ihm ausschließlich Antworten, die er nicht hören wollte. Er hatte einen hohen Preis zu zahlen. Es wäre wohl besser gewesen, wenn er gestorben wäre, dachte er. Er lag in einem isolierten Krankenzimmer und hatte reichlich Gelegenheit, still und heimlich seine finstere Zukunft zu beweinen. Immer wieder fragte er sich, warum und hoffte, dass alles nur ein böser Traum sei. Aber sein schlimmster Albtraum war die brutale Realität. Er war Teil einer Tragödie. Eine irrsinnige Autofahrt hatte ihre Opfer gefordert. Er selbst hatte nicht nur zwei seiner besten Freunde, sondern auch sein Augenlicht verloren. Sein Leben würde nie wieder wie früher sein. Er fühlte sich elend und war unfassbar deprimiert.

Er war in einer dunklen, quälenden Hölle gelandet. Oh Gott, hilf mir hier heraus, sagte er zu sich selbst. Aber er konnte beten und fluchen, so viel er wollte. Es gab niemanden, der ihn erhörte.

Und dabei war er gerade noch so guter Dinge gewesen. Er hatte sich darauf gefreut, die Schule abzuschließen. Vielleicht hätte er weitergelernt oder sich eine Lehrstelle gesucht. Ihm hatten alle Türen offen gestanden. Er lebte in einem Land der vielen Möglichkeiten. Die Zukunft hatte so rosig ausgesehen. Ein neues Jahrhundert wartete auf sie. Ja, es war sogar eine Jahrtausendwende, die ihnen unmittelbar bevorstand. Alles war ihm nun genommen worden. Seine ganze Zukunft war zerstört. Alle Träume zerbrochen. Er versuchte, Vónbjørt vor sich zu sehen. An jenem Abend hatten sie so schöne Stunden zusammen verbracht und eng umschlungen miteinander getanzt. Er hatte ein gutes Gefühl gehabt. Aus ihnen beiden hätte etwas werden können. Warum, warum und warum?, konnte er nur immer wieder fragen. Wenn er darüber nachdachte, was geschehen war, war ihm, als würde ihm jemand mit aller Kraft ein Messer ins Herz stoßen. Diese verfluchte Autofahrt! Nein, er wollte gar nicht wissen, was im Einzelnen passiert war. Mikkjal, sein bester Freund, war auf der Stelle tot gewesen. Vónbjørt hatte noch einige Stunden leiden müssen, ehe ihre Beatmungsgeräte abgeschaltet wurden. Der fremde Kerl dagegen war bei dem Unfall ganz gut weggekommen. Er selbst spürte Wut und einen tiefen Hass in sich auflodern. Das Gefühl der Ohnmacht überwältigte ihn.

JÁKUP BEMÜHTE SICH, seine düsteren Gedanken zu verdrängen. Aber die Weichen in seinem Kopf standen längst auf Angriff. Immer häufiger und mit zunehmender Härte. Der Hass begann, Besitz von ihm zu ergreifen. Er war kurz davor, die Kontrolle über sich zu verlieren. Trotzdem versuchte er, ein Lächeln aus sich herauszuzwingen und den Eindruck zu erwecken, als sei alles in Ordnung. Wie immer gab er den Kindern einen Gute-Nacht-Kuss. Und selbstverständlich tat er so, als habe er volles Verständnis, als Anita sich zusammen mit der Kleinen hinlegte. Ja, natürlich, ihre Tochter sei schließlich ihr eigen Fleisch und Blut, fügte er zustimmend hinzu. Er blieb noch einen Moment stehen und schaute auf die beiden herunter. Sie sollten spüren, wie viel sie ihm bedeuteten. Langsam ließ er die Hand der Kleinen los und küsste seine Frau auf die Wange. Dann verließ er den Raum. Nachdem er im Wohnzimmer eine Weile gedankenverloren auf und ab gelaufen war, ging er zum Fenster und schaute hinaus. Vielleicht sollte er noch einen kleinen Spaziergang machen. Er würde bald wieder zurück sein. Kurz entschlossen zog er sich feste Schuhe an und streifte eine Jacke über, die er im Flur fand. Draußen war es kühl und es wehte ein leichter Wind. Bedächtig zog er die Haustür hinter sich zu. Hier war er 13 Jahre lang glücklich gewesen. Doch jetzt hatte er das Gefühl, als bräche seine ganze Welt zusammen. Er würde sich wohl von einem schönen, umfangreichen Kapitel seines Lebens verabschieden müssen. Von all den lebhaften Geschichten, die er niemals missen wollte. Und nicht zuletzt von einem Trauerspiel, auf das er gut hätte verzichten können. In der Ferne flackerte ein Stern am Himmel. Oh, lieber Gott, zeige mir doch bitte den Weg aus der Finsternis hinaus, bat er.

Seine Schritte waren schwer. Alles erschien ihm gleichgültig. Was sollte er tun und wo sollte er hin? In sich spürte er nur noch Verachtung und den Drang nach Vergeltung. War das nicht Ironie des Schicksals? Oder ein Balanceakt des Verbrechens? Dieser Kampf zweier höherer Mächte, dem Betrug, der gerächt werden musste, und einer Realität, die es zu verstecken galt? Er war nicht in der Lage, klar zu denken. Seine Sinne waren gespalten. Ihm war, als würde ein Henker neben ihm herlaufen. Oder war er vielleicht ein leibhaftiger, gerechter Richter? Wäre Jákup wirklich dazu fähig, eine solche Tat zu verüben? Warum konnte er die Situation nicht einfach hinnehmen, wie sie war? Niemand ist perfekt. Immer wieder haben Menschen die Grenzen des Erlaubten überschritten. Selbst die Anständigen unter ihnen machen Fehler, sogar bei den Saubersten kommt es vor, dass sie sich besudeln. Doch er lebte in einer kleinen Gesellschaft. In der jeder jeden kannte. Er würde ausgelacht werden. Und seine Würde verlieren. Sogar in seiner Polizeiuniform würde er sich nackt und wehrlos fühlen. Seine Frau war ihm untreu gewesen. Wahrscheinlich hatte sich niemand vorstellen können, dass auch ihm einmal so etwas passierte. Aber das scheinbar Unmögliche hatte sich nun bestätigt.

Was würden die Leute dazu sagen? Seine Arbeitskollegen oder auch nur der einfache Mann auf der Straße? Er hatte die Antworten bereits vor Augen. Diese Frau habe sich vermutlich mehr Spannung im Leben gewünscht. Das sei kein unbekanntes Phänomen bei Frauen um die 40! Vielleicht habe diesem Polizisten auch das nötige Feuer gefehlt. Wer weiß, vielleicht habe er lieber seinen Knüppel geschwungen, als Dinge zu tun, die gewöhnliche Frauen eindeutig unterhaltsamer finden. Ha, ha, ha. Sie beide würden schon bald in aller Munde sein. Und ihre Geschichte immer wieder aufgewärmt werden. „Schau doch nur, wem das Mädchen ähnlich sieht! Ihr *wahrer* Unterhaltungskünstler ist ganz bestimmt Sveinur Skel gewesen", hörte er sie im Geiste reden. „Genau, dann passt ja auch das, was immer gesagt worden ist, nämlich dass sie und der Sänger sich auf dem Strickclubfest ausgiebig miteinander amüsiert haben. Dort muss es mit dem Teufel zugegangen sein. Das war doch die gleiche Nacht, in der Inga Einarsdóttir starb!? In der sie ermooo..."

Schweren Herzens entfernte er sich von ihrem gemeinsamen Haus. Oben im Schlafzimmer brannte Licht. Anita war sicher eingeschlafen, nachdem sie das Baby gestillt hatte. Jákup biss die Zähne zusammen, während er weiterging und vor sich hin grübelte. Ihm lag ein Satz auf der Zunge, den er lieber nicht aussprechen sollte. Eine Hurentochter sei das, die da bei seiner Frau läge! Würde er dieses Mädchen jemals lieben können? Das diesen schleimigen Sänger zum Vater hatte ...

Bisher hatte er seine Rolle gut gespielt. Sowohl im Krankenhaus als auch danach zu Hause. Weder Anita noch die Kinder durften misstrauisch werden und Verdacht schöpfen, dass er etwas im Schilde führte. Aber es wäre das Beste für sie alle. Er täte es aus wahrer Liebe zu seiner Familie. Für ihre Zukunft. Er selbst war schließlich kein böser Mensch. Den Seitensprung allein hätte er Anita wohl vergeben. Aber durch dieses Kind war nicht nur er, sondern auch der ganze färöische Rechtsstaat in eine brenzlige Situation geraten. Wenn herauskäme, dass Sveinur Skel der Vater des Mädchens war, hätte das zweifellos zur Folge, dass der Fall „Inga Einarsdóttir" neu aufgerollt werden müsste. Die Medien würden hungrig werden und sofort beginnen, selbst nach der Wahrheit zu suchen. Könnte es sein, dass Sveinur die Polizei belogen hatte und die Frau des leitenden Kriminalbeamten versuchte, einen Mörder zu decken, mit dem sie in jener Nacht geschlafen hatte? Das wäre ein Skandal, wie ihn hierzulande noch niemand erlebt hatte.

Er hatte seiner Frau die ganze Zeit geglaubt. Ihr abgenommen, dass zwischen ihr und Sveinur nichts passiert war. Er hatte gute Gründe gehabt, sie nicht zu sehr unter Druck zu setzen. Ihr Zusammenleben war durch dieses eine ominöse Wochenende nicht beeinträchtigt worden. Es war ihnen nie besser gegangen als in der Zeit danach. Doch jetzt, neun Monate später, war es zur großen Abrechnung gekommen. Sie hatte das verräterische Ergebnis einer Romanze ans Tageslicht gebracht. Eines Schwindels, der tiefergehenden Nachforschungen niemals standgehalten hätte, egal, ob er sich mit seinem Anfangsverdacht an eine außenstehende Person oder einen Sachverständigen gewandt hätte. Das ganze Jahr über hatte er sich in falscher Sicherheit gewiegt und geglaubt, dass alles gut sei. Zu Hause hatten monatelang Friede, Freude, Eierkuchen geherrscht. An Heiligabend hatte Anita den Kindern mit geheimnisvollem Gesichtsausdruck erzählt, dass sie das größte Geschenk erst im Sommer auspacken können würden. Die Freude zu Hause war groß gewesen. Sie hatten zusammen gelacht und geweint und jede Chance genutzt, sich gegenseitig zu versichern, welch aufregenden und schönen Zeiten sie entgegengingen. Anita und er standen mitten im Leben und waren fest davon überzeugt gewesen, dass das Beste noch vor ihnen liege. Ihr Weihnachtsfest war wunderschön und harmonisch verlaufen. Er hatte alle Tage frei gehabt. Auch sein Teil der Familie hatte sie besucht. Zu Neujahr hatte die ganze Nachbarschaft Feuer gemacht und Raketen gezündet. Voller Glück und Zufriedenheit hatte er Sekt getrunken und allen ein frohes neues Jahr gewünscht. Im Stillen war er einfach nur dankbar gewesen, dass sich alles zum Guten gewendet hatte. Sein eigener Fehltritt, zu dem er sich in Kopenhagen hatte hinreißen lassen, war ihm verziehen worden. Er würde zum dritten Mal Papa werden. Nein, schöner hätte es kaum sein können, hatte er damals gedacht. Zwischen den Bergen hatte er es buchstäblich Perlen regnen sehen und der Himmel hatte im Schein aller Fackeln und Raketen eine rote Farbe angenommen. In diesem Moment hatte er Anita und sich selbst versprochen, dass dieses Jahr das schönste ihres Lebens werden würde.

Verbissen trottete er oberhalb der Häuser umher. Er brauchte dringend mehr frische Luft. Wieder versuchte er, klar zu denken. Dabei beschlich ihn das Gefühl, es säße ihm der Teufel persönlich auf der Schulter, um ihm die Antworten auf seine Fragen ins Ohr zu flüstern. Sollte es dieses kleine Mädchen tatsächlich schaffen, seine Welt zu zerstören? Ja, welche Lehren aus der Geschichte ließen sich hier zu Rate ziehen? Der herrschsüchtige große Herodes hatte, aus Hochmut und aus Angst, dass irgendwo ein wahrer König geboren worden sei, der ihm den Rang ablaufen könne, den Befehl erteilt, in der gesamten Gegend alle neugeborenen Jungen zu töten. Hätte dieser Mann ein solches Mädchen überleben lassen?

Jákup hatte das Bedürfnis, den Himmel um Hilfe zu rufen. Und jeden Fluch zur Hölle zu schicken. Was hatte er eigentlich getan, für das er so hart bestraft werden sollte? In den letzten Monaten war er nur noch für Anita da gewesen und hatte sich rührend um die Kinder gekümmert. Er hatte im Schlafzimmer die Wände gestrichen und einen neuen Fußboden verlegt. Jedes einzelne Brett und jede Leiste hatte er sorgfältig gehobelt. Und während er das neue Kinderbett zusammenbaute, hatte er die ganze Zeit fröhlich vor sich hin gepfiffen. Warum war er so dumm und gutgläubig gewesen? Und was hatte sich Anita bei all dem gedacht? Hatte sie tatsächlich geglaubt, dass es *sein* Kind war, das sie im Leib trug? Oder hatte sie nur gehofft, dass es so war? Zweifellos steckte auch sie in einer entsetzlichen Zwangslage. Die Wahrheit dürfe nie zutage treten, lautete offenbar das Motto, nach dem sie handelte. Eine Abtreibung hatte für sie beide nie zur Debatte gestanden. Hätte sie einen Schwangerschaftsabbruch in Erwägung gezogen, hätte sie ihren Seitensprung allein damit enthüllt. Doch das, was jetzt passiert war, war weitaus schlimmer als alles andere.

17. Februar 2000

SIE ZOG IHM das Hemd aus und anschließend die Hose herunter. Er hatte keine Chance, etwas zu sagen oder ihr zu widersprechen, als sie seine Windel öffnete und ihn von seiner schmierigen Notdurft befreite. Ein Waschlappen wurde durch den nächsten ersetzt. Das fühlte sich gut an. Er bemerkte den Geruch von Alkohol und den Duft der Seife. Eine weiche Frauenhand wusch ihm das Gesicht und hob seinen lahmen Arm hoch, um auch seine Schultern und seinen Oberkörper reinigen zu können.

„Wir müssen versuchen, dich bei Laune zu halten. Du bist verdammt zäh. Es geht kontinuierlich aufwärts mit dir", machte sie ihm Mut.

Ihre Stimme klang ein bisschen fern und doch war sie so nah. Sie sprach nicht über ihn, sondern mit ihm. Das Mädchen wirkte noch so jung. Vielleicht war sie nur wenige Jahre älter als er. Wie mochte sie aussehen? Er würde sie gerne fragen, wer sie sei. Und sie bitten, ihn wenigstens mit einem Handtuch zu bedecken, denn das hier sei zu entwürdigend. Aber er stand unter Tabletten und fühlte sich außerstande, nur ein einziges Wort herauszubringen. Immer noch lebte er vollkommen im Dunkeln. Er sah nichts außer einem trollartigen Schatten, der nur von dieser Krankenschwester stammen konnte. Oder waren sie zu mehreren in seinem Zimmer? Nein, hoffentlich betrachteten ihn nicht auch noch andere. Doch das hätte er sicherlich bemerkt. Letztendlich konnte es ihm aber auch egal sein. Er war nicht mehr in der Lage, seine Grenzen selbst zu setzen, und hatte somit seinen menschlichen Stolz verloren. Er war nichts anderes als ein hilfloser Körper in einem Krankenbett. Mit dem sie machen konnten, was sie wollten.

„Jetzt bist du wieder so schön und sauber wie an deinem ersten Tag."

Sollte er darüber lachen oder weinen? Ihm gelang weder das eine noch das andere. Sein ganzes Gefühlsleben war ihm abhanden gekommen. Obwohl er erst neunzehn Jahre alt war, hatte er alles verloren. Warum ließen sie ihn nicht einfach sterben? Er würde sich nicht dagegen wehren. Die Gedanken in seinem Gehirn arbeiteten. Und trotz allem gab es da etwas, für das es sich lohnte, zu kämpfen. Ja, er wollte leben für Momente wie diesen. Einfach die Pflege und Fürsorge genießen, die ihm diese junge Frau schenkte. Trotz aller Medikamente war er einigermaßen klar bei Verstand. Zumindest konnte er wieder denken und fühlen. Er stellte sich vor, dass er von Vónbjørt geschrubbt und gewaschen wurde. Die weder Widerwillen kannte noch Abstand hielt. Und ungeniert seinen Penis anfasste, während sie mit dem Waschlappen zwischen seinen Beinen herumwischte. Er hörte, wie die Krankenschwester irgendetwas vor sich hin murmelte. Vielleicht lächelte sie aber auch nur und gab dabei einen Ton von sich. Ihm war klar, dass sie hier nichts anderes als ihre Arbeit verrichtete. Möglicherweise hatte sie schon Schlimmeres erlebt. Oder war er etwa der trostloseste Fall, der ihr je untergekommen war? Der absolute Tiefpunkt, den ein Mensch erreichen konnte? Er war gefangen in einem zerbrochenen Körper. Und dazu noch blind und nicht in der Lage, etwas zu sagen oder zu tun. Vielleicht sollte er dankbar sein, dass ihn überhaupt jemand berührte. Und es genießen, dass ihre Hände auch die Körperteile sorgfältig bearbeiten, die bei ihm noch am besten funktionierten. Es fühlte sich großartig an, wenn sie seine Vorhaut zurückschob und mit dem Lappen über sein wachsendes Geschlechtsteil fuhr. Er spürte, wie sein Unterkörper von Leben erfüllt wurde. Sie schien ihn nicht gleich wieder loslassen zu wollen, sondern weitete ihren Griff und gestaltete ihn großflächiger. Sie sagte, dass er keine Scham empfinden solle und das alles ganz normal sei. Er unterließ es, sie darum zu bitten, damit aufzuhören. Für jemanden, der jede Ehre und jegliches Schamgefühl verloren hatte, gab es nichts mehr, das man als peinlich oder unwürdig bezeichnen konnte. Im nächsten Moment stellte er sich wieder vor, dass es Vónbjørt wäre, die ihn so zärtlich streichelte. Dass es ihr Gesicht und ihr Oberkörper seien, die sich über seine Bettkante beugten. Dieser verbotene Gedanke versetzte ihm einen Stoß. Und brachte seinen Körper in Wallung. Sein pochendes Kraftwerk ließ sich durch nichts aufhalten. Aus seinem tiefsten Inneren heulte er auf und spie seine Befriedigung und all seine Sehnsüchte hinaus. Vielleicht hatte sie ihm nur helfen wollen. Oder war sie mit ihrer Arbeit noch nicht am Ende? Sie ließ ihn erst los, als sich sein Penis restlos entleert hatte und er in ihrer Hand langsam wieder zusammenschrumpfte. Behutsam fuhr sie mit ihrem Lappen über seinen

Bauch und seine Brust, um sein Sperma wegzuwischen. Und noch einmal sah er Vónbjørt vor sich. Ihr langes Haar, ihr Gesicht, ihre Brüste. Ihm war, als sei ein lebendiger Engel zu ihm gekommen. Er wusste nicht, ob er sich bei ihr bedankt oder entschuldigt hätte, wenn er hätte sprechen können. Vielleicht war es auch egal. Sie sagte, sie müsse nun ein frisches Unterhemd und eine neue Windel für ihn finden.

„Es ist nur eine Frage der Zeit, bis du das eine oder andere auch wieder selbst kannst", ermunterte sie ihn. „Du machst von Tag zu Tag Fortschritte. Vielleicht sollte ich dir mal ein Kissen unter den Kopf stecken, um auszuprobieren, ob du aufrecht sitzen kannst. Aber denk daran, ohne zu essen und zu trinken taugt selbst der größte Held nichts."

ES WAR SCHON dunkel geworden. Draußen war es kalt, Regen lag in der Luft. War der Sommer nun vorüber? Und die Sonne mit ihrer Kraft am Ende? Er blickte von oben auf das Haus hinab, in das sie vor fast dreizehn Jahren eingezogen waren. Seine Frau und die Kinder waren sicher längst eingeschlafen. Das ganze Frühjahr über war er so optimistisch gewesen, doch die Saat hatte keine gute Frucht gebracht. Im Gegenteil. Der Samen hatte die Gestalt einer gefährlichen Pflanze angenommen, die nun weggesperrt gehörte. Jákup hatte wieder Sveinur Skel, diesen singenden Hassvogel, vor Augen. Ob er es wagen würde, sich jemals wieder auf den Färöern blicken zu lassen?

Ja, jeder hat seine eigene Art, mit den Unwägbarkeiten des Lebens zurechtzukommen. Er würde die Konsequenzen für sein Vorhaben selbst tragen müssen. Natürlich würde er auch weiterhin Kriminalbeamter und Vater von zwei Kindern bleiben. Niemand sollte unter Schuld- oder Verlustgefühlen leiden müssen. Unter ihnen gab es Familien, die ernsthafte Krankheiten oder einen plötzlichen Kindstod zu verarbeiten hatten. Doch auch in der größten Trauer geben die meisten sich alle Mühe, den Blick nach vorne zu richten. Es ist nichts Ungewöhnliches, dass eine Frau, die gerade ein Kind verloren hat, kurze Zeit später erneut schwanger wird. Der Mensch hat oft sein Päckchen zu tragen, aber bläst ihm der Wind ins Gesicht, dann zeigt er sich gern von seiner stärksten Seite.

Er dachte an seine eigene Kindheit. Damals hatte er eine schöne, kluge Hündin namens Katla besessen. Er hatte sie wahnsinnig geliebt. Doch immer, wenn sie läufig gewesen war und Welpen bekommen hatte, war seine Familie in Not geraten. Nur einmal hatte er einen der Welpen vorübergehend behalten dürfen, am Ende sogar länger, als es gut für ihn gewesen war. In den ersten Wochen hatte Pinkus nur gespielt und war seiner Mutter gefolgt. Er hatte schnell gelernt, zu trinken und stubenrein zu werden. Der Welpe war mehr oder weniger Teil der

Familie geworden. Putzmunter und verspielt war er über die Fußböden gerannt, zum Schlafen hatte er sich am liebsten auf den dicken Teppich im Esszimmer gelegt. Aber am Ende hatten sie zu lange darauf warten müssen, dass ein Hundefreund vorbeikäme, um ihn mitzunehmen. Pinkus' Leben und Schicksal hatten einzig und allein in den Händen eines künftigen Besitzers gelegen. Selbst als es langsam ernst wurde, hatte sich niemand gefunden, der ihn wirklich haben wollte. Eines Tages, als Jákup aus der Schule kam, bemerkte er, dass Katla völlig außer sich war und nach dem Welpen suchte. Sie hatte gewinselt, sich unwohl gefühlt und weder essen noch trinken wollen. Jákup hatte sofort gewusst, was die Stunde geschlagen hatte. Sein Vater hatte nicht mehr als unbedingt nötig gesagt. Er hatte sich lediglich mit einer Notlüge beholfen und erklärt, dass ein Mann aus Tórshavn bei ihnen gewesen sei, um den Welpen abzuholen und ihm ein neues Zuhause zu geben. An den Augen seiner Mutter, die sich eine Aufgabe in der Küche gesucht hatte, um weiteren Fragen aus dem Weg zu gehen, hatte er jedoch leicht ablesen können, dass Pinkus getötet worden war. Es hatte kein Zweifel daran bestanden, wer der Täter war. Jákup hatte sich fest vorgenommen, dem erbarmungslosen Mörder, der dem armen Tier entweder einen Stein auf den Kopf geschlagen oder es ertränkt haben musste, niemals zu verzeihen. Und so hatte er seinen Vater mehrere Tage lang weder angeschaut noch mit ihm gesprochen. Aber als eine gewisse Zeit vergangen war, hatte sich alles wieder gelegt. Katla war auch weiterhin seine allerbeste Freundin gewesen und tief in seinem Innersten wusste er, dass es für sie nicht möglich gewesen war, auf Dauer mehrere Hunde im Haus zu halten. Das Verhältnis zu seinem Vater hatte sich schnell wieder gebessert. Noch im gleichen Sommer hatten sie alle zusammen eine Auslandsreise nach Dänemark gemacht, danach war so gut wie alles vergessen gewesen.

Jákup ging eine Straße entlang, in der man nur selten auf Menschen traf. Inzwischen hatte es angefangen zu regnen. Er hätte einfach nach Hause gehen sollen. Stattdessen begann er, seine Jacke zuzuknöpfen. Anita hatte sie vor einigen Jahren für ihn gekauft, damals, als alles noch gut war und ihm die Tage heller erschienen waren. Während er die runden, glänzenden Knöpfe in die dafür vorgesehenen Löcher gleiten ließ, flüsterte er, ohne seine Emotionen dabei auch nur ansatzweise unter Kontrolle zu haben, leise vor sich hin:

„Soll ich ..., soll ich nicht ..., soll ich ..., soll ich nicht ...?"

Plötzlich hatte er das Gefühl, dass dieses schon so oft benutzte Kleidungsstück darüber entscheiden musste, welches Schicksal ihn und seine Familie ereilen sollte. Er legte die Hand auf sein Herz.

„Soll ich ..., soll ich nicht ...?"

Als er beim letzten Knopfloch angelangt war, konnte er kurzfristig durchatmen. Doch dann ertastete er oben am Kragenrand einen weiteren Verschluss, an den er vorher nicht gedacht hatte.

„Soll ich ...?"

NEIN, DER SOMMER hatte sich wahrlich nicht mit Ruhm bekleckert. Es hatte einige Tage mit Sonne und Aufheiterungen gegeben, dann aber übernahmen wieder Wind und Regenschauer die Oberhand. Inzwischen hatte ein neues Tiefdruckgebiet, dessen Ursprung westlich von Irland lag, Kurs auf die Färöer genommen. Alles, was aus südöstlicher Richtung kam, war für das Wetter in Norðvík nicht gut. Doch genau das charakterisierte das Klima dieser Gegend. Regen und Aufheiterungen. Nie erstickende Hitze. Und erst recht keine Probleme mit Dürre und Trockenheit. Aber unter dem Strich war das vielleicht das Beste an diesem Land. Wer einen dicken Pullover, eine Jacke und feste Schuhe besaß, kam eigentlich überall zurecht. Und das zu allen Jahreszeiten. Die Leute stiegen auf die Berge oder rannten um die Dörfer herum wie niemals zuvor. Obwohl die Bedeutung von Gesundheit und körperlicher Fitness immer häufiger thematisiert wurde, wurden unentwegt neue Autos ins Land geholt. Die Leute fuhren mit dem Auto zur Arbeit und wieder nach Hause. Abends joggten sie oder übten einen anderen Sport aus. So war der Färinger von heute. Das war der moderne Lebensstil, den sich Jung und Alt mehr und mehr zu eigen machten.

Louis Borgarson dagegen hatte seine traditionellen Gewohnheiten. Er besaß zwar ein eigenes Auto, ging aber lieber zu Fuß, wenn es das Wetter zuließ. Und wenn er einen leichten Rausch hatte, pflegte er ein Taxi zu nehmen. Vielleicht wog er ein paar Kilo zu viel, aber er fühlte sich wohl in seinem Körper. In seiner Aufgabe als Polizeichef ging er voll und ganz auf. Schon von Kindheit an hatte es ihm Spaß gemacht, Kriminalrätsel zu lösen. Er brauchte nur eine Räubergeschichte oder eine spannende Comicserie in die Finger zu bekommen, und schon war er wie besessen davon, die richtigen Fragen zu stellen und die Lösung zu finden. Was bringt einen Menschen dazu, sich jenseits der Grenzen des Erlaubten zu bewegen? Was führt der Täter dabei im Schilde? Was hat er zu verbergen und wo liegt die tatsächliche Ursache?

Fast immer gibt es im Leben des Täters einen Auslöser. Dieser kann in schlimmen Ungerechtigkeiten, Wut oder auch Rachegelüsten begründet liegen. Als Kriminalkommissar sollte man sich in die Hirngespinste auch der verrücktesten Menschen hineinversetzen können und sich Gedanken machen, wie man selbst an deren Stelle gehandelt hätte. Eine Ausnahme bilden unberechenbare Psychopaten, denen alles Mögliche zuzutrauen ist. Jene völlig abgestumpften Zeitgenossen, die für niemand anderen außer sich selbst Empathie aufbringen und nicht die geringsten Schuldgefühle kennen, was auch immer sie getan haben mögen. Doch es reicht nicht, nur nur an der Oberfläche zu kratzen, will man ihnen beikommen. Solche Bestien gibt es überall in der Gesellschaft. Unter großen und kleinen Menschen. Selbst der schlimmste Teufel fragt weder nach politischen Farben noch nach Status oder Religion. Er braucht nur sein hässliches Gesicht aufzusetzen. Die gesamte Geschichte der Menschheit ist von tödlicher Gewalt geprägt. Die Leute sind heute genauso göttlich oder teuflisch, wie sie es schon immer gewesen sind. Von Anfang an. Das Schema ist überall das Gleiche. Auf der ganzen Welt. Unter Schwarzen und Weißen. Selbst unsere eigenen Kinder können vom Teufel besessen sein. Wir ziehen ihn groß. In der Familie, in der Schule und in der Gesellschaft. Später nimmt er in unseren Jungen und Mädchen Gestalt an. Eines Tages wird er erwachsen. Lebt sein eigenes Leben. Zwischen Armen und Reichen. Wird zum Separatisten oder Royalisten. Bleibt ein Dummkopf oder ist klug und genießt eine gute Ausbildung. Er verkehrt zwischen Primitiven und Intellektuellen. Fragt weder nach der Zeit noch dem Ort.

Sollte Beinir Kalsfjall tatsächlich ermordet worden sein, so musste sein Mörder unbedingt gefunden werden. Louis Borgarson konnte sich jedoch kaum vorstellen, dass es sich hier um einen politisch motivierten Mord handelte. Und erst recht nicht, dass dieser von Ronja oder einem ihrer Anhänger verübt worden war. Doch angenommen, dieser

Mann hätte unter allen Umständen beseitigt werden sollen, so konnte man nur zu der Erkenntnis gelangen, dass der Täter eine äußerst ungewöhnliche Vorgehensweise gewählt hatte. Wer mochte gewusst haben, dass Beinir an jenem Morgen so früh von Norðvík aufbrechen würde, um den ersten Flug nach Kopenhagen zu erreichen? Zumindest Birita, bei der er die Nacht verbracht hatte. Louis hatte tatsächlich auch kurz über sie nachgedacht, den Gedanken aber gleich wieder verworfen. Wäre Beinir wirklich von Birita ermordet worden, dann wäre diese Frau eine verdammt gute Schauspielerin.

Louis schmierte einen dicken Streifen Butter auf seine Weißbrotscheibe und nahm einen Schluck aus seiner großen Teetasse. Die Auswertung der technischen Proben deutete darauf hin, dass der Stein am Donnerstagmorgen absichtlich vor Beinir Kalsfjalls Auto gerollt worden war. Der junge Jónas hatte um sechs Uhr morgens noch unter seiner Bettdecke gelegen, sodass er für dieses Verbrechen nicht in Frage kam. Ebenso unrealistisch klang es, dass zu so früher Stunde einer der Ausländer unten am Ufer war, Steine gesammelt und einen davon beim Überqueren der Straße verloren hatte. Dennoch konnte das nicht ganz ausgeschlossen werden. Louis persönlich glaubte jedoch vielmehr, dass der Auslöser zu diesem Verbrechen ganz woanders zu finden war. Daher hatte er seine Kollegen in Tórshavn gebeten, einen genaueren Blick auf Beinir Kalsfjalls Vergangenheit zu werfen. Die Polizei musste endlich systematisch an die Sache herangehen. Vielleicht sollte er auch ein weiteres Gespräch mit diesem frischgebackenen Vater führen, der ihm sicherlich eine detaillierte Auflistung der schlimmsten Verbrechen, die in den letzten Jahren auf den Färöern verübt worden waren, erstellen konnte. Jákup á Trom kannte die lokalen Verhältnisse wie kaum ein anderer.

Ein weiterer Gedanke traf ihn wie der Blitz aus heiterem Himmel. Theoretisch konnten auch Jákup und Ronja noch eine Rechnung miteinander offen gehabt haben! Oder war es reiner Zufall, dass Jákup mit Birita nur wenige Stunden nach dem tödlichen Unfall Ronjas Wohnung aufgebrochen hatte? Nein, es erschien ihm nicht ratsam, noch länger auf seinem Stuhl sitzen zu bleiben. Er durfte den richtigen Zeitpunkt nicht verpassen. Hier stimmte etwas nicht. Falls wirklich ein geisteskranker Mörder sein Unwesen trieb, war es vielleicht nur eine Frage der Zeit, wann er erneut zuschlug. Ohne seinen Tee auszutrinken, begab sich Louis auf den Weg zum Auto.

BIRITA ZEIGTE LOUIS die Liste der Leute, die entweder morgens zwischen 5.45 und 6.45 Uhr gesehen worden waren oder sich selbst gemeldet und erklärt hatten, zu diesem Zeitpunkt in Norðvík oder der näheren Umgebung unterwegs gewesen zu sein, egal, ob mit dem Auto, zu Fuß oder im Jogginganzug.

Louis warf einen forschenden Blick auf das Blatt. Einige Personen darauf waren besonders hervorgehoben. Die Polizei habe bereits zu jedem Einzelnen Kontakt aufgenommen, erklärte Birita. Es sei jedoch schwer, unter allen diesen Namen jemanden ausfindig zu machen, der einen besonderen Grund gehabt haben könnte, Beinir Kalsfjall nach dem Leben zu trachten. Während sie die Übersicht und ihre Aufzeichnungen auf den Tisch legte, um sie mit Louis durchzugehen, hielt sie partout an ihrer Meinung fest, dass natürlich auch Ronja Róksdóttir als Täterin in Frage käme.

„Hmmm ... Lass mal sehen. Vielleicht sollten wir das Ganze mal aus einer anderen Perspektive betrachten. Insgesamt siebzehn Leute. Da sollte es schnell gehen, sich einen Überblick zu verschaffen. Hmmm ... Sehr interessant. Ronja Róksdóttir joggte also den Borðoyanesvegur entlang. Und hier sind drei Polen, die von ihrer Unterkunft im Stadtzentrum gemeinsam zur Arbeit gegangen sind. Wie ich sehe, habt ihr auf eurer Liste auch die Autofahrer aufgeführt, die in der maßgeblichen Zeitspanne den Tunnel passiert haben. Hmmm ... ihr habt also mit allen gesprochen ... Ja, ich sehe, dass die entsprechenden Erklärungen beiliegen. Aber diese Haushaltshilfe, warum steht sie nicht unter Verdacht? Und Pól Sundsnes, das ist doch der bekannte Läufer. Er ist in der Regel mit offenen Augen unterwegs. Aber ja, ich sehe ... Okay ... Er hat eine lange Tour entlang des nördlichen Fjordarms gemacht und so von dem Unfall nichts mitbekommen haben können ... Hier ist auch noch ein Herr Knudsen aufgeführt. Ein Däne, der in jener Nacht im Seemannsheim untergebracht war und die Morgenstunde zu einem

Spaziergang genutzt hat ... Ach ja, und der Frühaufsteher Hans Hanson, der den Kiosk im Zentrum betreibt. Und Bjarki Birk Olesen. Der blinde Fußgänger. Er kann ja nicht besonders viel gesehen haben … Zu guter Letzt sind da noch zwei Langleinenbestücker und eine Putzfrau. Habt ihr euch auch mit denen in Verbindung gesetzt?"

„Ja. Ich habe natürlich nicht mit jedem persönlich gesprochen, doch sie alle sind von uns verhört worden. Es tut mir leid, aber niemand hat auf irgendeine Art unser Misstrauen hervorgerufen. Eine Taxifahrerin, die um 6.40 Uhr in den Unterwassertunnel hineingefahren ist, meint, am Straßenrand auf der Südseite des Tunnels einen Mann mit Stock gesehen zu haben. Das hätte gut Bjarki gewesen sein können, dieser arme Kerl, der ohne seinen Blindenstock kaum in der Lage wäre, das Haus zu verlassen. Dieser Mann hat erklärt, dass er auf seinen allmorgendlichen Spaziergängen vorzugsweise entlang des Ufers ginge, oft sogar die volle Strecke bis nach Tanganes."

Louis setzte eine nachdenkliche Miene auf und hielt einen Moment inne. Seine beiden Vorderzähne fielen langsam auf die dicke Unterlippe herab. Als wolle er auf Nummer sicher gehen, jetzt auf keinen Fall etwas Dummes von sich zu geben. Birita saß nur da und wartete darauf, zu welcher Schlussfolgerung ihr Gegenüber käme.

„Hätte ein Blinder unabsichtlich gegen einen Stein getreten und ihn dadurch auf die Straße befördert, so hätte er das sicher erwähnt. Nein, aber wir sprechen hier nicht von einem rein zufällig vorbeikommenden Auto. Wir sind vielmehr geneigt, von der Theorie auszugehen, dass der Unfall niemand anderen als Beinir Kalsfjall hatte treffen sollen. Trotzdem sollten wir uns jetzt nicht ausschließlich auf die Suche nach dem färöischen Meister im Bowlen konzentrieren. Dazu gibt es einfach auch zu viele andere Möglichkeiten. Es könnte sich beispielsweise um eine spontane, völlig sinnlose Tat handeln. Oder einen desperaten Protest gegen den zunehmenden Autoverkehr in unserem Land. Ich kenne diesen Bjarki Birk Olesen zwar nicht, aber wenn ich euer Vernehmungsprotokoll richtig verstehe, ist dieser Mann weder geisteskrank noch kriminell oder jemals in irgendeiner Form als Aktivist in Erscheinung getreten. Aber sag mal, ist er schon von Geburt an blind gewesen?“

Hjálpirótin, 16. Juni 2002

ER HUMPELTE DEN *Flur entlang. Von einem Ende zum anderen. Es ging ihm jetzt bedeutend besser. Er zählte alle Schritte, die er machte. Manchmal waren es mehr, manchmal weniger. Heute war er auf 72 gekommen. Das war nicht schlecht. Er drückte auf einen Knopf an seiner Uhr. Eine eingebaute weibliche Roboterstimme sagte in englischer Sprache „Eighty-one seconds.“. Demnach hatte er die Strecke in einer Minute und 21 Sekunden geschafft. Er rechnete schnell aus, dass er im Durchschnitt alle neun Sekunden acht Schritte gemacht hatte. Das war sehr gut für jemanden, der so lange nur im Bett gelegen hatte. Er war eine Sekunde besser als am Tag zuvor gewesen. Die Steigerung betrug mehr als ein Prozent. Er war wesentlich schneller als noch vor wenigen Monaten. Diesen gewaltigen Fortschritt hatte er seinem Aufbautraining zu verdanken. Auch wenn es hart und anstrengend gewesen war und er oft keine Lust dazu gehabt hatte, aber zwei tägliche Trainingseinheiten mit seinem Physiotherapeuten vollbrachten wahre Wunder. Er war stolz auf sich. Seine Entwicklung war enorm. Inzwischen konnte er auch ohne Hilfe und Rollator wieder einigermaßen gut und sicher gehen. Doch das galt ausschließlich für ebene Strecken und auch nur dann, wenn ihm nicht zu viele Blumentöpfe oder Essenswagen im Weg standen. Aber das Personal der Einrichtung nahm Rücksicht auf ihn. Mittlerweile kannte er alle Hindernisse in den Gängen des „Hjálpirótin“. Ja, und wohl auch jede Ecke seiner neuen Welt. Der Flur war 42,75 Meter lang. Seine Breite betrug 4,26 Meter, die Höhe 2,68 Meter, die Grundfläche ca. 182 Quadratmeter und der Rauminhalt 488 Kubikmeter. Das hatte er längst ausgerechnet. Alles im Kopf. Sein Gehirn funktionierte langsam wieder ganz normal. Wenn er ging, lag sein Tempo bei etwa 2 Stundenkilometern. Insgesamt gesehen machte es keinen großen Unterschied für ihn, ob es draußen hell oder dunkel war. Doch das Tageslicht half ihm, zumindest die Wände zu erkennen, wenn auch nur undeutlich. Ansonsten war nach wie vor alles pechschwarz. Er war blind. Und trotzdem war es ein gewisser Trost, dass er langsam wieder lernte, sich fortzubewegen.*

Seit dem Verkehrsunfall waren 938 Tage vergangen. Oder 22.512 Stunden. In mehr als 99 Prozent dieser Zeit hatte er das Leben gehasst. Er wäre lieber gestorben, als alles das durchstehen zu müssen, was man von ihm verlangte. Eine weinende Seele hauste in seinem schwer verwundeten Körper, den die Ärzte und das Pflegepersonal wiederherzustellen versuchten. In der ersten Zeit hatte er nur in seinem Krankenbett gelegen, aber nach und nach war er immer häufiger in einen Rollstuhl gesetzt und vom Personal je nach Arbeitsaufkommen so oft wie möglich zwischen den Gebäuden der einzelnen Spezialeinrichtungen umhergeschoben worden. Darüber hinaus hatte er das Land verlassen und in der Augenabteilung des Reichskrankenhauses weitere Untersuchungen über sich ergehen lassen müssen. In der ersten Zeit war er nichts anderes als ein Körper gewesen, der weder imstande war zu widersprechen noch zu erklären, was er wollte. Er hatte sich wie ein riesengroßes Baby gefühlt, das gefüttert, umgezogen und gewaschen werden musste. Diese unerträgliche Lage war nun mehr oder weniger überstanden. Immerhin schaffte er es wieder, einigermaßen selbständig zu essen, auf die Toilette zu gehen und sich anzuziehen. Vielleicht waren die Rückenbeschwerden von den Lenden aufwärts nicht mehr ganz so stark wie früher. Und was seine Nerven und Muskeln betraf, wurden die Zeiträume zwischen den gewaltigen Schmerzschüben immer länger. Aber bis zum Ende seiner Tage würde er mit starken Medikamenten leben müssen. In erdrückender Einsamkeit und isoliert aufgrund der ewigen Finsternis, in der er sich befand. Sein Leben lang würde er sich beim Einschlafen fühlen wie im Kohlenkeller. Und auch beim Aufwachen nur ins Schwarze schauen. Suchend und mit schweren Gedanken. Verfolgt von Hassgefühlen, die immer wiederkehrten. Wegen seiner tiefen Trauer und der entsetzlichen Verluste. Und der schicksalhaften Frage nach dem „Warum“.

Hier und da empfand er es als netten Zeitvertreib, ein wenig Radio zu hören. Sendungen und Nachrichten von daheim und aus der großen, weiten Welt. Doch manchmal blieb ihm nichts anderes übrig, als gleich wieder abzuschalten. Vor allem, wenn er seine *vom Glück gekrönte, wichtigtuerische Stimme hörte. Dann wurde ihm kotzübel, und zwar am ganzen Körper. Er würde diesen Mann bis in alle Ewigkeit hassen. Beinir war für die Island Games nominiert worden. Im Sport verzeichnete er große Erfolge. Er lebte weiter, als sei nie etwas passiert. Zweifellos war sein Dasein dadurch unbeschwerter, als wenn er die Wahrheit gesagt und erzählt hätte, wie es zu dem Verkehrsunfall gekommen war. Was sich vorher im Auto abgespielt hatte. Aber vielleicht war es ihm auch zu unwichtig, darüber zu sprechen. Sich zu erinnern. Zumindest für jemanden, der durch den Vorfall weder körperliche noch psychische Schäden davongetragen hatte.*

Wenn er allein war, weinte er auch heute noch. Der Verlust von Vónbjørt, seiner guten Freundin, die bei dem Unfall ums Leben gekommen war, wog immer noch schwer. Das Gleiche galt für seinen Freund Mikkjal, mit dem er schon gemeinsam zur Volksschule gegangen war. Auch Martha, die einen Beinbruch und ernsthafte Kopfverletzungen erlitten hatte, würde nie wieder die Alte sein. War das tatsächlich alles schon vergessen? Draußen sangen die Vögel und die Leute, die das „Hjálpirótin“ besuchten, lachten und redeten, als sei nie etwas geschehen.

Ihm selbst dagegen blieb nichts anderes übrig, als sich von allen seinen Lebensträumen zu verabschieden. Ihm fehlte der Antrieb, sich mit anderen Menschen zu treffen. Und so blieb er meist für sich allein. Aber immerhin bemühte er sich, zu trainieren und wieder zu Kräften zu kommen. Seine Eltern besuchten ihn regelmäßig. Sie berichteten ihm, was in der Gesellschaft passierte. Und fragten ihn, wie es ihm ginge. Ob er langsam Fortschritte mache. Er gab ihnen meist nur kurze Antworten. An manchen Tagen verstanden sie nicht einmal, was er ihnen sagen wollte. Dann konnte es sein, dass sich seine Mutter eine Weile neben ihn setzte und seine Hand hielt. Es sah nicht so aus, als würden sich seine Eltern mit dem Gedanken, dass er nicht nur blind war, sondern von dem Unfall auch Hirnschäden davongetragen hatte, langsam anfreunden können. Aber zumindest war er wieder auf die Beine gekommen. Er war wohl der Einzige, der wirklich wusste, wie sein Gehirn arbeitete und funktionierte. Woran er dachte und sich erinnerte. Welche Muskeln und Bewegungsabläufe er unter Kontrolle hatte. Was er imstande war, wieder selbst zu erledigen. Welche Gefühle er weder steuern noch zum Ausdruck bringen konnte. Oder was er mit den Worten und Sätzen, die er hinausstotterte, tatsächlich sagen wollte. Seinen Traum, Ingenieur zu werden oder Mathematik zu studieren, hatte er begraben müssen. Nur er selbst kannte die vielen Geheimgänge, die sich in seinem stark angegriffenen Schädel verbargen. An manchen Tagen hatte er das Gefühl, verrückt zu werden. Doch das wunderte ihn nicht, nachdem er das Opfer eines so sinnlosen Wahnsinns geworden war.

Er hielt sich am Geländer fest und stieg vorsichtig die Treppe hinunter. Es waren nur acht Stufen. Sie waren breiter, als seine Schuhe lang waren, und daher relativ leicht für ihn zu begehen. Aber es war wichtig, nicht zu stolpern und sich etwas zu brechen.

Er war blind, hatte aber genau vor Augen, was später einmal geschehen sollte. Bis dahin musste er noch eine Menge Geduld aufbringen. Und dazu die Kraft, sich durch sein hartes Trainingsprogramm zu kämpfen. Er musste es schaffen, bis zum Ende seines Lebens auszuhalten. Und wieder spielte er den Plan durch, den er sich zum Ziel gesetzt hatte. Die süße Rache, die seine Seele vielleicht irgendwann zur Ruhe kommen lassen würde. Und ihm das Recht gäbe, zu sterben.

RONJA DREHTE AN einem Knopf ihres geräuschlosen, kleinen E-Autos, das sie sich zunächst für einen Monat auf Leihbasis angeschafft hatte. Obwohl sie bereits in jungen Jahren ihren Führerschein gemacht hatte, hatte sie noch nie ein eigenes Auto besessen. Sie hatte es immer vorgezogen, zu Fuß zu gehen, mit dem Fahrrad zu fahren oder den Bus zu nehmen. Heute war sie froh darüber, denn das passte definitiv besser zu ihrem neuen Lebensstil und den Idealen, für die sie sich im Parlament stark machen wollte. Vor allem jetzt, nachdem sie Umweltministerin geworden war. Doch die begrenzte Zeit, die ihr nun blieb, erforderte eine gewisse Mobilität sowie die Option, schnell und einfach jeden Ort des Landes erreichen zu können. Darüber hinaus gab ihr das Auto die Möglichkeit, zu telefonieren, ohne dass sie dauernd gestört wurde. Ebenso war sie bestrebt, die Fahrten zur und von der Arbeit dazu zu nutzen, über die Situation nachzudenken, in die sie selbst und im Grunde auch die gesamte färöische Bevölkerung geraten war. Sie war froh, endlich die Wahrheit über die Skandalbilder zu kennen, die während des Wahlkampfs verbreitet worden waren, auch wenn sie schon lange einen entsprechenden Verdacht gehegt hatte. Jónas hatte Gillason also dazu bringen wollen, sich für seine elende Doppelmoral und Perversität zu verantworten. Doch sein Hackerangriff auf dessen PC hatte seinen Zweck nicht erfüllt. Im Gegenteil. Die Attacke war nicht ihm, sondern den „Grünen Färöern" zur Last gelegt worden und hatte ihr persönlich nur geschadet. Die Leute hatten das geglaubt, was sie glauben wollten. Es würde ihr jedoch nichts bringen, den Vorfall im Nachhinein noch weiter auszuschlachten. Denn sollte die Geschichte wieder aufgewärmt werden, könnte sie sich von den Möglichkeiten, die sich ihr nun boten, gleich wieder verabschieden. Im Moment hatte sie nur das eine Ziel, die Färöer-Inseln nach ihren Vorstellungen umzugestalten und eine neue Umweltpolitik in die Wege zu leiten. Da sie nun Teil einer Regierung war, die in vielen Gesellschaftsfragen völlig anders dachte als sie selbst, war das möglicherweise leichter gesagt als getan. Sie war jedoch nicht gewählt worden, um Rechte zu besitzen. Sondern vielmehr, um Lösungen zu finden.

Ronja fuhr über die Brücke, die die beiden größten Inseln des Landes miteinander verband. Sie hatte davon gehört und gelesen, dass hier ein großer Naturpark entstehen sollte. Die ersten Anzeichen waren bereits zu erkennen. Entlang des Ufers sollten mehrere Tausend Bäume gepflanzt werden. Die gesamte Gegend würde in Zukunft ein schönes Naherholungsgebiet werden, mit einem vielfältigen Tier- und Vogelleben und hoffentlich zahlreichen Besuchern. Ihr wurde warm ums Herz, wenn sie nur daran dachte. Sie hoffte, dass auch ihre Bemühungen allen Färingern zugutekämen. Sowohl der Dorf- als auch der Stadtbevölkerung. Es war wichtig, auf jeder einzelnen Insel für hohe Lebensqualität zu sorgen. Im Grunde hatte der grüne Gedanke längst begonnen, auch parteiübergreifend Fuß zu fassen. Jeder, der im Parlament saß, wollte für seine Kinder und die färöische Zukunft nur das Beste. Aber Politik erforderte Geduld. Es würde viel Zeit in Anspruch nehmen, die Denkweise der Menschen zu verändern.

Die Sicht war gut. Während Ronja über die flachen Streckenabschnitte rauschte, hatte sie das Bedürfnis, für einen Moment abzuschalten. Sie drehte die Musik auf und bekam sofort Lust, lauthals mitzusingen. Plötzlich bemerkte sie, dass ihr Tempo auf ca. 100 km/h angestiegen war. Vielleicht war es nicht besonders geschickt, gleich am ersten Tag als Ministerin den Führerschein zu verlieren. Nein, zum Glück war ihr kein Polizeiwagen auf den Fersen. Aber sie musste sich natürlich vorsehen. Schon der Gedanke daran, was unterwegs alles passieren könnte, jagte ihr einen gehörigen Schrecken ein. Ihr wurde schwindlig und sie reduzierte schlagartig die Geschwindigkeit. Sie stellte sich vor, dass sie das gleiche Schicksal wie Beinir erleiden könnte. Dass ihr irgendwo am Straßenrand ein Mörder auflauerte. Der nur eine passende Gelegenheit abwartete, um auch ihr einen Stein vor das Auto zu werfen.

Ronja spürte ihren Herzschlag und den Schweiß auf ihrer Stirn. Sie hielt ihr Lenkrad mit beiden Händen fest umklammert und versuchte, sich nur auf das Fahren zu konzentrieren. Furcht und Schrecken zu verbreiten, galt weltweit als eine bekannte und häufig angewendete Waffe. Würde sie jetzt Angst bekommen, Auto zu fahren, wäre sie bereits das nächste Opfer. Verdammt, wenn das so wäre! Doch ihre persönliche Meinung zu dem, was an jenem Morgen passiert sein mochte, erleichterte sie. Es fiel ihr schwer, daran zu glauben, dass auf den Färöern ein Mörder herumlief und sein Unwesen trieb.

Beinir war ganz bestimmt kein Musterknabe gewesen. Aber wen sollte dieser Mann so sehr verletzt oder in den Abgrund gestoßen haben, dass er dafür mit seinem Leben bezahlen musste? Hatte sich die Polizei die ganze Geschichte vielleicht selbst zusammen gesponnen? Handelte es sich womöglich um einen geschickten Versuch, Druck auf die Politik auszuüben? Noch am gleichen Vormittag war sie zu Hause buchstäblich aus dem Bett gezerrt worden. Diese Vorgehensweise der Polizei hatte die Realität jedenfalls weit verfehlt. Hätte der rundgeschliffene Stein nicht genauso gut von einem Lastwagen heruntergefallen sein können? Oder schon monatelang am Straßenrand gelegen haben und aus irgendeinem Grund ein paar Meter auf die Fahrbahn gerollt sein können? Was wusste sie denn schon? Hoffentlich fand die Kriminalpolizei sehr bald eine Antwort. Und zwar, bevor die Leute begännen, sich unsicher zu fühlen oder jemanden für etwas zu verdächtigen, das weder Hand noch Fuß hatte. Nachdem sie Jónas tief in die Augen geschaut hatte, war sie fest davon überzeugt, dass er nichts mit dem zu tun hatte, was am Donnerstagmorgen passiert war. Der Junge war ein schlechter Lügner. Aber es musste jemanden geben, der diese Kunst perfekt beherrschte. Fake News und beschönigende Wahrheiten zählten vielleicht zu den größten Herausforderungen, auf die sie sich in ihrem neuen Amt einstellen musste. Das hatte sie inzwischen gelernt. Sowohl während des Wahlkampfs als auch aufgrund der jahrelangen Berufserfahrung, die sie als Journalistin gesammelt hatte. Aber jetzt war sie auf dem Weg zu ihrer neuen Tätigkeit als Politikerin. Polizei und Presse sollten sich vielleicht auf andere, ernsthaftere Verbrechen konzentrieren, lautete das Fazit ihrer Überlegungen.

„EURE KINDER SIND Söhne und Töchter des Lebens, die ihre eigenen Träume haben. Ihren Körpern können wir ein Zuhause geben, nicht aber ihren Seelen.“

Anita gab Jákup das Buch zurück. Sie schaute ihn mit fragendem Blick an.

„Ich weiß nicht, ob ich das richtig verstanden habe. Aber es hört sich schön an. Ich glaube allerdings nicht, dass das für Mütter und Kinder geschrieben ist. Der Verfasser war ganz bestimmt keine Frau. Habe ich Recht, Jákup?“

Er lachte, stand von seinem Stuhl auf und umarmte sie herzlich. Er blieb bei ihr stehen und wollte sie gar nicht wieder loslassen. Ihm war, als würde sie in seinen Armen dahinschmelzen. Als wäre sie glücklich darüber, dass er wieder bei ihr war. Fühlen, dass er nach wie vor auf ihrer Seite stand. Dass er in allen Belangen zu ihr hielt. Sie so liebte, wie sie war. Mit ihrem Bauch und ihren prall mit Muttermilch gefüllten Brüsten. Und dass sie einen Mann hatte, der sich seiner Frau trotz ihres weiten Nachthemds, das nach dem Erbrochenen eines Neugeborenen roch, nicht schämte.

„Nein, es ist oft nicht leicht für einen Mann, große Gefühle und das Wesen einer Frau in Worte zu fassen“, antwortete er. „Aber du sollst wissen, dass ich dich noch nie so sehr geliebt habe wie heute.“

Jákup gab seiner Frau einen Kuss. Als er sie losließ, sah er, wie ihr eine Träne über die Wange lief. Sie wirkte gerührt. Vielleicht war es diese Art von Nähe, die sie zuletzt bei ihm vermisst hatte.

„Ich bemühe mich, dir zur Hand zu gehen und dir im Haushalt zu helfen, wo immer ich kann“, erklärte er ihr. „Aber solange ein Kind so klein ist, kann man sich als Mann leider nicht allzu sehr einbringen. Und du willst ja nicht ...“

Anita versuchte, seine schwerwiegende Andeutung gleich im Keim zu ersticken.

„Im Moment möchte ich mit Hilfe meiner Koselaute und Wiegenlieder vor allem der Kleinen meine Aufmerksamkeit schenken. Und umgekehrt natürlich lernen, ihre Babysprache zu verstehen“, antwortete sie ihm.

Die beiden Damen konnten nicht genug voneinander bekommen. Anita hörte nicht auf, die kleinen Fingerchen und das süße Mündchen zu beobachten, der sich immer wieder an ihrer Brust festsaugte. Auch wenn die Kleine kaum Haare auf dem Kopf hatte und ihr Gesicht ein paar Flecken und Pickelchen aufwies, hätte sie nicht schöner sein können. Ihre weit aufgerissenen Kinderaugen starrten in eine für sie völlig fremde Welt. Vorsichtig, als sei sie auf der Suche. Mit den verschiedenen Geräuschen und Gerüchen des Hauses war sie bereits vertraut. Sie war satt und sauber und hatte allen Grund, sich geliebt zu fühlen. Zärtlich hob Anita die Kleine vom Wickeltisch. Sie sprach freundlich auf sie ein und legte sie auf ihren Körper.

„Ist es nicht wahnsinnig aufregend?“

Anita bemühte sich, erneut Kontakt zu Jákup aufzunehmen, der den größten Teil des Abends mit seinem Handy beschäftigt war. Er vertrieb sich die Zeit mit einem Polizeispiel, bei dem es darum ging, Bomben ausfindig zu machen, die Terroristen an verschiedenen Bushaltestellen und Bahnhöfen einer Großstadt versteckt hatten. Ansonsten saß er da und scrollte sich durch eine Vielzahl bedeutungsloser Schlagzeilen im Internet.

„Gibt es irgendetwas, das ich für dich tun kann, Liebste?“

Nein, sie wollte nicht, dass er für sie sein Spiel unterbrach. Warum sollte sie Jákup nicht auch mal einen Moment Ruhe gönnen? Das würde auch ihr ein gutes Gefühl geben. Er war ihr in den letzten Monaten eine unglaubliche Hilfe gewesen. Es tat ihr so gut, wenn Jákup am frühen Abend zu ihr kam und sie in den Arm nahm. Das war es, was sie jetzt am meisten brauchte. Das bedeutete ihr viel mehr, als wenn er sich bemühte, ihr irgendwelche Wünsche zu erfüllen.

„Nein, ich möchte dich nicht stressen. Du bist doch ohnehin gerade beschäftigt. Es gibt im Moment nichts, das eilt und nicht warten könnte."

Sie hatte ihm bei ihrer Antwort eindringlich ins Gesicht geschaut. Das Glühen in seinen Augen war verblasst. Seitdem sie aus dem Krankenhaus zurückgekommen waren, fiel es ihm eindeutig schwerer, sie in den Arm zu nehmen und so liebevoll zu sein, wie sie es von ihm gewohnt war. Irgendetwas bedrückte ihn. Aber sie traute sich nicht, ihn zu fragen. Vielleicht wollte sie seine Antwort auch nicht hören. Was mochte er denken? Ihre Tochter war doch ihr gemeinsames Kind, oder? Nein, einen anderen Gedanken ließ sie gar nicht erst zu. Sie hatten sich vorgenommen, über diese eine Nacht, in der er in Kopenhagen festgesessen hatte, kein Wort mehr zu verlieren. Aus gutem Grund war sie auf das Wochenende, das sie zur gleichen Zeit im Hotel Atlantis verbracht hatte, nicht in allen Einzelheiten eingegangen. Sie hatten sich vorher geliebt – und taten es auch danach. Und er hatte sich so sehr darauf gefreut, noch einmal Vater zu werden.

Er erschien ihr ein wenig rastlos. Jákup fiel es sicher schwer, nicht an seine Arbeit zu denken. Gerade jetzt, wo vielleicht ein Mörder frei auf den Färöer-Inseln herumlief. Sie selbst dagegen lebte in ihrer „Mama-Blase". Alles drehte sich nur noch um die Kleine. Ja, man stumpfte im Lauf der Jahre etwas ab. Als die Frage aufgekommen war, ob sie möglicherweise nicht schon zu alt seien, um noch einmal ganz von vorn anzufangen, hatte er kategorisch jeden Zweifel beiseitegeschoben. Das Wort „Abtreibung" wolle er gar nicht erst hören, hatte er damals gesagt.

Jákup hatte sich gefreut wie ein Kind und war stolz wie ein König. Die ganze Zeit war er nur noch in Bewegung gewesen. Er hatte das gesamte Dachgeschoss neu gestrichen. Sie hatte das Zusammenleben mit ihm als sehr angenehm und unterhaltsam empfunden. Hier und da hatten sie vor dem Fernseher gesessen und sich einen guten Film angeschaut. Oder sich alle am Tisch versammelt, um zusammen etwas zu spielen. Und wenn die Kinder eingeschlafen waren, hatten sie sich geliebt und die Nähe des anderen genossen. Auch, als sie schon im achten Monat war.

„Meinst du, ich könnte am Freitagabend mal losziehen?", fragte Anita.

„Natürlich, warum denn nicht, meine Liebe? Warte, zwei Sekunden ..." Jákup schaute nicht einmal von seinem Handy auf.

„Glaubst du nicht, dass es zu früh ist, mich mit den anderen zum Strickclubabend zu treffen? Ich überlege, ob ich die Kleine mit zu Jórun nehmen soll. Es wäre fast ein bisschen schade, wenn ich mich still und heimlich aus dem Staub machen würde. Aber sie schläft abends so fest. Warum sollte ich es nicht wagen, wenigstens mal für ein paar Stunden von ihr wegzugehen? Für solche Zwecke hat man ja das Telefon erfunden ..."

DER SCHWARZBRAUNE SCHÄFERHUND, der auf dem Hof lag, schenkte dem Fremden kaum Beachtung. Bis auf ein leises Bellen gab er keinen Laut von sich. Als habe er den Hausherrn nur kurz warnen wollen, dass jemand vor der Tür stand. Dann streckte er seine Vorderbeine und die Schnauze wieder dem Wind entgegen. Vermutlich hatte der Hund längst erschnüffelt, wer der Besucher war. Die Polizeiuniform und der Geruch der Wache stellten auch für einen alternden Polizeihund keine Herausforderung dar.

Karl kam heraus, um ihn in Empfang zu nehmen. Er trug Jeans und ein hochgekrempeltes, kariertes Hemd. Es schien, als wirke er etwas überrascht, Louis in voller Montur anzutreffen.

„Guten Tag. Oh je, daran muss ich mich erst einmal gewöhnen. Es sieht ja fast so aus, als hätte *ich* jemanden umgebracht. Hoffentlich werde ich jetzt nicht festgenommen."

Immer zu einem Scherz aufgelegt, bat der inzwischen pensionierte Chef der Kriminalabteilung Norðvíks seinen ehemaligen Kollegen herein. Sie durchschritten einen langen, dunklen Flur, von dem verschiedene Türen in kleine Kinderzimmer führten, die heute aber den größten Teil des Jahres leer standen. Auf dem Weg ins Wohnzimmer bekam Louis kurz Gelegenheit, Eydna zu begrüßen, Karls Frau, die in der Küche saß und ein Kreuzworträtsel löste, während sie darauf wartete, dass sie die Milchbrötchen aus dem Ofen holen konnte. Die Fußböden waren warm und hell. Stilvolle Gardinen zierten die Fenster, von denen aus man die ganze Stadt überblicken konnte. An den Wänden hingen einige Gemälde, doch er nahm vor allem Notiz von den vielen unter Glas gerahmten Familienbildern. Louis war, als spiegelten die Wände des Raumes ein ganzes Zeitalter wider. Rund um das prachtvolle Brautpaar sah er Kinder mit Lachgrübchen und fehlenden Vorderzähnen am Tag ihrer Einschulung. Weitere Fotos zeigten sie als Konfirmanden bzw. langhaarige Jugendliche in färöischen Trachten und mit Studentenmützen auf dem Kopf. Früher war dieses Haus offenbar von Leben und Chaos geprägt gewesen. Doch heutzutage ging es hier still und friedlich zu. Draußen hatte der Wind nachgelassen und sogar die Sonne machte Anstalten, sich in Kürze zeigen zu wollen.

„Ja, zurzeit herrschen schreckliche Zustände hier in unserem Land“, eröffnete Karl das Gespräch. „Ich bin gespannt, ob sich die Lage wieder beruhigen wird, jetzt, nachdem Ronja das Steuer der „Grünen Färöer“ übernommen hat. Nein, wir alle sind geschockt. Man fühlt sich fast wie eine Figur aus diesen Kriminalromanen, die heute so populär sind. Jedes Jahr zur Weihnachtszeit und jeden Sommer ereignet sich eine neue Horrorgeschichte. Ich muss gestehen, dass ich mir in den letzten Tagen das Hirn zermartert habe, was hier im Argen liegen könnte. Ja, und ob ich mir wirklich vorstellen kann, dass es jemanden gibt, der Beinir Kalsfjall etwas so Böses antun wollte.“

Louis nickte mit ernster Miene, wollte Karl aber nicht unterbrechen.

„Ich gehe davon aus, dass ihr Kriminalbeamten in diesen Tagen kaum Zeit dafür findet, Radio zu hören. Heute Morgen hat der Rundfunk eine etwa einstündige Sendung über Beinir gebracht. Ich glaube, der Titel des Beitrags lautete ‚Der Mann, dem es nicht vergönnt war, zu leben‘. Likkustein höchstpersönlich führte durch das Programm. Ich finde es befremdlich, wenn Leute das Schicksal anderer dermaßen ausschlachten, und bezweifele, dass der Verstorbene eine solche Form von Publicity tatsächlich gutgeheißen hätte. Die Sendung sollte angeblich die Geschichte eines beliebten Mannes skizzieren, der sich eine Reihe großer, attraktiver Ziele gesetzt hatte. Es wurden Artikel über seine sportlichen Erfolge vorgelesen und Ausschnitte anderer früherer Highlights eingespielt, alles untermalt mit Musik. Wie gesagt, ich fand diesen Bericht ziemlich unpassend. Wem sollte ein solcher Nachruf von Nutzen sein? Beinir selbst ist nun von der Bildfläche verschwunden und ein Engel ist er meines Wissens auch nicht gewesen. Das Einzige, das man offenbar mit Gewissheit festhalten kann, ist, dass Beinir Kalsfjall an jenem Donnerstagmorgen, als das Unglück geschah, wie der letzte Henker gefahren ist. Und dass er die Nacht davor bei Birita verbracht hat. Obwohl sie mit ihren beiden Kindern allein zu Hause war, hat sie ihm ein Bett angeboten. Ja, und wo bleibt hier die Moral? Gibt es heutzutage denn niemanden mehr, der auch einmal an Recht und Sitte denkt? Natürlich soll jeder in seinem Privatleben tun und lassen können, was er will, aber ich meine doch, dass ..."

Karl á Støð seufzte resigniert.

„Aber glücklicherweise ist das nicht mehr meine Baustelle. Wahrscheinlich bin ich ohnehin zu alt, um wirklich zu verstehen, was in unserer Gesellschaft heute vor sich geht. Trotzdem verfolge ich das Geschehen auch weiterhin und kann es manchmal nicht lassen, mich zu Wort zu melden. Vielleicht ist das ein Langzeitschaden, den ich meinem aktiven Arbeitsverhältnis zu verdanken habe. Ich hätte vielleicht schon vor einigen Jahren aufhören sollen."

„Nein, ganz im Gegenteil", hielt Louis entschieden dagegen. „Niemand sollte den reichen Erfahrungsschatz, den du im Lauf deiner Karriere gewonnen hast, unterschätzen. Denn dort liegt doch das Fundament, auf das wir bauen. Viele junge Polizeibeamte von heute sind zwar gut ausgebildet und gehen voll in ihrer Arbeit auf, manchmal fehlt es ihnen aber einfach an Wissen und Verständnis und nicht zuletzt an der Bereitschaft, sich die Finger schmutzig zu machen. Voreilige Schlüsse zu ziehen und es kaum erwarten zu können, die Presse zu informieren, nein, diese Vorgehensweise hat sich bisher nur selten bewährt."

Louis brauchte nicht weiter auszuführen, was er damit sagen wollte. Karl á Støð und er kannten sich schon seit Jahren und hatten stets auf einer Wellenlänge gelegen. So gesehen war es schade, dass sie sich immer nur bei schwerwiegenden Verbrechen getroffen hatten. Keine Frage, Karl wurde auf der ganzen Linie schmerzlich vermisst, denn er war dem Leitbild des korrekten, aber bescheidenen Polizeibeamten ziemlich nahegekommen. Aber alles hat seine Zeit, und das galt auch für seine lange Laufbahn bei der „Dänischen Polizei auf den Färöer-Inseln". Er war mittlerweile 68 Jahre alt und hatte kürzlich seinen aktiven Dienst quittiert.

Im Großen und Ganzen hatte ihm seine Arbeit Spaß gemacht, es hatte aber auch Momente gegeben, auf die er hätte verzichten können. Schon in jungen Jahren hatte er gelernt, dass nicht alle Menschen zwangsläufig gut miteinander auskommen mussten. Warum manche von ihnen allerdings so garstig und widerwärtig waren, hatte sich ihm nie erschlossen und würde es wohl auch nicht tun, solange er lebte. Glücklicherweise waren die schönen Augenblicke aber eindeutig in der Mehrzahl gewesen. Die Arbeit bei der Polizei unterscheidet sich vielleicht gar nicht so sehr von jedem anderen Job, hatte er oft gedacht. Man weiß, welche Pflichten man zu erfüllen hat und welche Verantwortung auf einem lastet. Vieles wird zur Routine. Und dennoch sind nicht alle Tage gleich. Jeder ist im Arbeitsleben angehalten, das Beste zu geben. Gewissenhaft und gerecht zu sein. Jedem Staat liegen Gesetze zugrunde. Verbrechen sind angemessen zu bestrafen. Wenn eine Straftat verübt wurde, ist der Schuldige zu finden und dem Haftrichter vorzuführen. Und dieser wiederum hat ein Urteil zu fällen. Punkt.

Heutzutage warf man der Polizei gelegentlich vor, dass bei Schlägereien unter angetrunkenen Männern zu viel Zeit verging, ehe eine Streife geschickt wurde, um die Parteien zu trennen. Unbemerkt ausgeführte, aber wesentlich schlimmere Taten dagegen hatten mittlerweile einen weitaus stärkeren Anstieg zu verzeichnen. In den letzten Jahren hatte es eine Reihe von erschütternden Fällen gegeben. Totschlag, Schmuggel starker Rauschmittel, Steuerhinterziehung in Höhe von mehr als 20 Millionen Kronen sowie die skrupellose Verbreitung kinderpornografischen Materials hatten immer wieder für Schlagzeilen gesorgt und die färöische Bevölkerung in Angst und Schrecken versetzt. Aber wo sollte er diesen suspekten Verkehrsunfall einordnen? Nein, Karl wusste es nicht so recht, war aber dennoch um eine Stellungnahme nicht verlegen.

„Hass und Verbitterung sind vermutlich erblich. Aber es gehört schon eine Menge dazu, einen anderen Menschen umzubringen. Vor allen Dingen, wenn man dabei heimtückisch agiert und versucht, das Geschehene zu vertuschen. Ich hoffe wirklich, dass in diesem Land kein Mörder frei herumläuft."

Louis konnte ihm nicht widersprechen. Seine Arbeit bei der Polizei war im Lauf der Zeit keineswegs einfacher geworden. Selbst auf den Färöer-Inseln galt die Verteidigung von Recht und Gesetz heute als ein Job mit besonders hohem Konfliktpotenzial. Darüber hinaus war es schwer geworden, den Überblick zu bewahren, denn viele Leute kamen und gingen, ohne dass man genau wusste, wer sie überhaupt waren. Die neuen EU-Regeln hatten es Gastarbeitern erleichtert, ins Land einzureisen. Nebenbei stieg Jahr für Jahr die Zahl der Touristen. Die erfolgreichsten Verbrecher und gefürchtetsten Psychopathen waren die, denen es am besten gelang, ihre Hände in Unschuld zu waschen. Denen es egal war, was die Leute sagten, die Presse schrieb und die Polizei unternahm. Man konnte selbst Gott oder wen auch immer verdächtigen, ein Verbrechen verübt zu haben, aber ohne stichhaltige Beweise war jede Theorie bedeutungslos. Das charakterisierte den Rechtsstaat. Ja, und auch das Gerüst der Demokratie.

„Mir persönlich kommen Zweifel, wenn ich darüber nachdenke, was an diesem elenden Donnerstagmorgen passiert sein mag", gab Louis kleinlaut zu. „Daher wäre ich dir außerordentlich dankbar, wenn du mir vielleicht deine Meinung zu dieser Sache verraten würdest, Karl. Glaubst du, dass Beinir umgebracht wurde, weil er einer bestimmten, möglicherweise anerkannteren Frau politisch im Weg stand? Oder meinst du, dass die Polizei nach ganz anderen Motiven suchen sollte?"

Der Gesichtsausdruck seines Gegenübers sprach Bände. Seine großen Ohren schienen sich langsam auf seine runzlige Wange zuzubewegen. Der Mund blieb vorerst geschlossen. Als wolle er sich selbst Zeit geben, diese Frage zu verinnerlichen. Ja, wo könnte das Motiv liegen? Die Gedanken strömten durch seinen nur noch spärlich mit Haaren bedeckten Schädel. Er kannte Ronja bereits, seitdem sie ein kleines Mädchen war. Plötzlich erschien ein leichtes Lächeln auf seinen Lippen. Karl schüttelte den Kopf. Als wäre er zu einer Überzeugung gelangt. Dann schaute er Louis strahlend an.

„Nein, ganz ehrlich, ich glaube nicht, dass Ronja Róksdóttir sich auf ein so hinterhältiges Spielchen eingelassen hätte. Und ich erlaube mir, nahezu ebenso sicher auszuschließen, dass ihre Anhänger auf eine so fatale Idee gekommen sein könnten. Wenn ich mit meiner Meinung jedoch falsch liege, wäre es ein harter Schlag für uns alle. Auf den Färöern sind wir es gewohnt, die Spielregeln der Demokratie einzuhalten. Genauso, wie wir es akzeptieren, dass die Politik ein äußerst schmutziges und abstoßendes Spiel sein kann. Aber auch wenn wir in vielen Punkten unterschiedlicher Meinung sind, bringen wir deswegen noch lange keine Menschen um."

Eydna wirbelte emsig um sie herum. Sie stellte Milchbrötchen und Butter auf den Tisch und füllte ihre Tassen mit Tee. Doch Karl ließ sich davon nicht aus der Ruhe bringen und setzte seinen Gedankengang fort.

„Wir sollten gerade im Falle eines so schwerwiegenden Verbrechens äußerst achtsam sein, eher wir uns darauf einlassen, jemandem die Schuld zuzuweisen."

Er sagte das nicht, weil er der Meinung war, bestimmte Dinge besser zu wissen als andere. Aber er konnte es nicht lassen, immer wieder seine langjährige Erfahrung einzubringen.

„Ja", räumte Karl ein, „es hat Fälle gegeben, bei denen ich wirklich daran gezweifelt habe, ob unsere Vorgehensweise die richtige war. Auch unter meiner Führung. Es hat durchaus auch die eine oder andere Straftat gegeben, für die am Ende niemand angeklagt wurde. Entweder aus Mangel an Beweisen oder weil es keinen zuverlässigen Zeugen gab." Diese bittere Erkenntnis hatte das Gespräch am Tisch kurz verstummen lassen.

„Nein, nicht alles, was man bei der Polizei geleistet hat, erfüllt einen im Nachhinein mit Stolz."

Louis sprach Eydna ein dickes Lob für ihre guten Milchbrötchen aus. Ja, er solle sich nur bedienen, antwortete sie ihm. Es seien genug da. Sie habe sie gebacken, um einen kleinen Vorrat anzulegen. Es seien ja nur noch sie und ihr Mann im Haus. Aber für das Wochenende plane ihre Tochter, mit den beiden Enkeln in den Norden zu kommen, um sie zu besuchen. Eydna zeigte strahlend auf eines der Bilder an der Wand, auf dem zwei fröhliche kleine Jungs zu sehen waren. Nein, aber sie wolle die beiden Männer bei ihrem wichtigen Gespräch nicht weiter stören. Sie habe selbst noch einiges zu tun. Die Geschichte mit dem Politiker sei abartig und widerwärtig. Er sei so intelligent und anständig gewesen, zumindest habe sie diesen Eindruck gehabt, wenn sie ihn hatte sprechen hören. Hoffentlich würde die Polizei schnell herausfinden, was tatsächlich geschehen war ...

Karl nickte ihr zu und bedankte sich für die ausgezeichnete Verpflegung. Dann wurde er jedoch etwas ungeduldig und fragte Eydna, ob sie die Tür zwischen Wohnzimmer und Küche nicht schließen könne. Er und Louis hätten noch etwas unter vier Augen zu besprechen.

Louis brannte eine Frage unter den Nägeln, die er unbedingt beantwortet haben wollte. Karl á Stoð hatte während seiner Karriere als Polizeibeamter ausschließlich auf den Nordinseln gearbeitet und kannte die lokalen Verhältnisse ganz genau. Zudem war Karl jahrelang Chef der Kollegen gewesen, mit denen Louis nun zusammenarbeitete. Wenn überhaupt jemand, dann war nur er imstande, die persönlichen Eigenarten sowie die Objektivität der einzelnen Mitarbeiter des Distrikts Nord einzuschätzen. Er war ein Mann der alten Schule, in der es noch geheißen hatte: „Ein Mann ist ein Mann und ein Polizist ist ein Polizist. Niemand in der Gesellschaft darf eine Ungleichbehandlung erfahren. Vor dem Gesetz ist jeder gleich. Eigene Interessen und persönliche Beziehungen sollten guter, seriöser Polizeiarbeit auf keinen Fall im Wege stehen." Doch nach alledem, was in letzter Zeit geschehen war, war Louis nicht wirklich überzeugt davon, inwieweit diese Grundsätze noch befolgt wurden. Mehr als einmal hatte er beobachtet, dass seine Kollegen zu überstürzten Handlungen neigten. Nicht ohne Grund hatte er den Fall nun selbst in die Hand genommen und angeordnet, dass niemand verhört oder festgenommen werden dürfe, ohne dass er als oberste Instanz dazu seine Genehmigung erteilt hatte. Die Tatsache, dass Birita und Jákup bei Ronja eingebrochen waren und sowohl ihren PC als auch ihr Handy beschlagnahmen wollten, hätte die Polizei sehr leicht in ein schlechtes Licht rücken können. Und die herabwürdigende Behandlung, die Grímur Gullaksen beim Verhör von Jónas an den Tag gelegt hatte, war nicht nur beschämend, sondern auch jenseits der Grenzen des Erlaubten gewesen.

„Ja, wir haben uns bemüht, herauszufinden, ob und welche alten Sünden Beinir Kalsfjall möglicherweise zu verbergen hatte", begann Louis, Karl an seine Frage heranzuführen. „Oberflächlich gesehen könnte man den Eindruck gewinnen, dass sein Leben höchst harmonisch verlaufen ist. Vor der Wahl ist vor allem sein Arbeitseifer in den Vordergrund gestellt worden – und natürlich sein Engagement für den Sport. Beinir hat im Handels- und Dienstleistungsgewerbe gearbeitet, eine Zeitlang ist er auch Trainer einer Rudermannschaft gewesen. Über seine Schwächen und dunklen Seiten ist dagegen kaum gesprochen worden. Genauso wenig wie von der Unbeständigkeit, die diesen Mann gekennzeichnet hat. Hakt man aber einmal etwas tiefer nach, so stellt man fest, dass Beinir nicht überall gleichermaßen beliebt war. Im Großen und Ganzen haben sich die Leute jedoch bemüht, nachsichtig mit ihm umzugehen, vielleicht auch, weil er ihnen leidgetan hat. Als Kind ist er total verwöhnt worden. Finanziell gesehen haben seine Eltern allem Anschein nach lange auf der Sonnenseite des Lebens gestanden. Bogi Kalsfjall, sein Vater, war Inhaber eines Autohandels, der in den 80er-Jahren als einer der größten des Landes galt. Doch in den Krisenzeiten der 90er ging das Unternehmen Konkurs. Und wenn eine Lawine erst ins Rollen kommt, dann wartet auch gleich die nächste. Bogi und seine Frau beschlossen, getrennte Wege zu gehen. Und bei einer Trennung stehen bekanntlich immer die Kinder als Verlierer da. Glücklicherweise hatte Beinir aber schon damals gesunde und vernünftige Interessen. Das war wohl seine Rettung. In seiner Jugend zählte er in gleich mehreren Sportarten zu den besten. Unter anderem ist er ein ziemlich guter Fußballspieler gewesen. Mit 19 Jahren war er allerdings in einen schlimmen Verkehrsunfall verwickelt. Nach einer Tanzveranstaltung in der Gemeinschaftshalle von Norðvík ist er in ein Auto gestiegen, dessen Fahrer nicht ganz nüchtern gewesen war. Es sieht so aus, als seien sie mit überhöhter Geschwindigkeit über eine Straße mit hohem Gefahrenpotenzial gerast. Als die Polizei die fünf Jugendlichen in dem völlig zerstörten Auto erreichte, saß der Fahrer tot am Steuer. Bei dem Mädchen, das neben Beinir gekauert hatte, wurden am Tag darauf die Beatmungsgeräte abgestellt. Bjarki Birk Olesen, der Junge, der auf dem Beifahrersitz gesessen und keinen Sicherheitsgurt getragen hatte, hat sich bei dem Aufprall schlimme Brüche zugezogen und zudem sein Augenlicht verloren. Das zweite Mädchen im Auto hat zwar keine dauerhaften körperlichen Verletzungen davongetragen, doch wie ich verstanden habe, leidet es auch heute noch unter den psychischen Schäden, die es von diesem Unglück zurückbehalten hat. Alten Zeitungsausschnitten zufolge, die ich gefunden habe, hat Beinir den Unfall erstaunlich gut überstanden. Es hat ihm und seiner Psyche wohl gutgetan, offen und ehrlich über den Unfall zu sprechen. In einer Jugendsendung des färöischen Rundfunks hat er sein Empfinden mit den Worten, er sei „Zeuge eines furchtbaren Trauerspiels" gewesen, zum Ausdruck gebracht. Es sei ein bedrückendes Gefühl, sich vorwerfen zu müssen, es nicht geschafft zu haben, den unvernünftigen Fahrstil des Fahrers zu stoppen. Nein, er sage das nicht, um jemand anderem die Schuld für diese Tragödie zu geben. Oder um sich selbst zum Engel zu machen. Doch dieser Autounfall sei einfach nur sinnlos gewesen. Die traurige Gewissheit, dass zwei färöische Jugendliche auf diese Weise ums Leben gekommen sind, sei nicht in Worte zu fassen. Die Behörden sollten endlich mehr dafür tun, um diese verantwortungslose Raserei bei Nacht zu verhindern und die gefährliche Autokultur dieses Landes ein für alle Mal zu beenden. Vielleicht brauche man generell eine andere Einstellung dazu. Es würde wohl noch lange dauern, ehe er sich wieder in ein Auto setze, an dessen Steuer kein erfahrener und gewissenhafter Fahrer säße.

Beinir war ehrgeizig und ließ sich nicht unterkriegen. In den vielen Sportarten, die er ausübte, ging er voll und ganz auf. Vor allem aber war es Balsam für seine Seele, wieder mit dem Rudern zu beginnen. Den ganzen Sommer hindurch zählte er zur Stammbesetzung des Bootes ‚Tórshamar', das auf der Ólavsøka Gold gewann. Und so landete er erneut am Mikrofon des Rundfunks, wo er überglücklich seine Siegermentalität und seinen guten Sportsgeist rühmte."

„Du lieber Himmel! Manche kommen einfach leichter über so etwas hinweg als andere. Einige Familien haben vermutlich zur gleichen Zeit zu Hause gesessen und um ihre Lieben geweint“, wandte Karl ein.

Louis nickte zustimmend.

„Aber das kann man Beinir kaum vorhalten. Es war ja nicht er, der in dieser Unglücksnacht aufs Gaspedal getreten ist. Er hat hinten gesessen und somit nichts weiter tun können, als den Fahrer zu bitten, das Tempo zu drosseln. Doch für alle, die in großer Trauer zurückgeblieben sind, mögen seine Lobeshymnen rücksichtslos und ungerecht geklungen haben.“

Allmählich näherte er sich dem Punkt, über den er mit Karl sprechen wollte. Er fragte sich, inwieweit es denkbar sei, dass ein solches Ereignis auch nach zwanzig Jahren noch zu spuken begann. Diese furchtbare Geschichte dürfte den meisten bis heute nicht aus dem Gedächtnis gewichen sein. Zwei der jungen Leute im Auto waren bei dem Unfall zu Tode gekommen. Martha, das zweite Mädchen, war zwischenzeitlich nach Dänemark gezogen. Und Bjarki lebte seit vielen Jahren in einer betreuten Wohneinrichtung, rief er sich die Fakten erneut in Erinnerung, ehe er seinen Gedankengang fortsetzte. Waghalsiges Autofahren hatte immer wieder eine große Zahl von Opfern gefordert. Es war also kein Wunder, dass Beinir Kalsfjall vor der Wahl mehrfach davon gesprochen hatte, das Verkehrsaufkommen im Land zu verringern und gewisse Gebiete der Hauptstadt sogar komplett autofrei machen zu wollen. Sowohl, um eine saubere und attraktivere Stadt zu schaffen, als auch, um ihren Bewohnern mehr Sicherheit zu bieten. Das alles hatte sich gut angehört. Niemand hatte gegen diese großartigen Pläne etwas einzuwenden gehabt. Aber vor diesem Hintergrund stellte sich doch die Frage, warum Beinir an jenem Morgen beim Verlassen von Norðvík nachweislich selbst mit viel zu hohem Tempo unterwegs gewesen war. Wie vorbildlich und vertrauenswürdig war dieser unergründliche grüne Politiker also wirklich gewesen? War er vielleicht ein Typ, der etwas sagte, aber ganz anders handelte? Musste man seine Glaubwürdigkeit möglicherweise in Frage stellen? Auch wenn die Leute ihn kürzlich ins Parlament gewählt hatten, gab es dennoch durchaus Anhaltspunkte, die darauf hindeuteten, dass er es in seiner Jugend mit der Wahrheit nicht so genau genommen hatte.

„Es ist vielleicht nicht die Regel, Verkehrsunfälle, die sich im vergangenen Jahrhundert ereignet haben, noch einmal untersuchen zu lassen. Aber warst du nicht einer der Polizisten, die in jener Nacht am Unfallort waren, Karl?"

„Ja, ja, diese gefährliche Gebirgsstraße. Es war nur eine Frage der Zeit, wann es zu einem solchen Unglück kommen würde. Schon damals war von einem Tunnel die Rede gewesen, aber es sollten noch viele Jahre vergehen, ehe man endlich mit den Sprengungen in Dalar begann. Nein, ich habe in dieser Nacht keinen Dienst gehabt. Aber ich kann mich an die Geschehnisse gut erinnern. Später war der Polizei vorgeworfen worden, dass sie viel zu zögerlich gehandelt hätte. Der wachhabende Kollege hätte sofort einen Krankenwagen an den Unfallort schicken müssen, also schon lange, bevor die ersten Beamten dort eintrafen und feststellten, wie ernst die Lage war. Vermutlich ist im Protokoll nicht alles festgehalten worden. Aber es ist nur selten von Erfolg gekrönt, solche Dinge von Neuem aufzurollen. Ich finde es höchst bedauerlich, um nicht zu sagen unverzeihlich, wenn junge Leute sterben müssen oder schwer verletzt werden. Ganz besonders tragisch ist die Vorstellung, dass das Mädchen hätte gerettet werden können und auch der erblindete Junge das Unglück besser überstanden hätte, wenn sich damals nicht so viele Nachlässigkeiten aneinandergereiht hätten."

„Nachlässigkeiten?"

Louis schaute den ehemaligen Wachleiter misstrauisch an. Er persönlich wusste von dem Unfall nicht mehr als das, woran er sich selbst erinnern konnte und was er in den letzten Tagen dazu gelesen hatte. Zwei junge Menschen waren gestorben, während Beinir erstaunlicherweise ohne größere Schäden davongekommen war, rief er sich noch einmal ins Bewusstsein.

„Sag mal, wer hat denn in dieser Nacht Dienst gehabt? Wer sind die Polizisten, die es nicht geschafft haben, einen Krankenwagen anzufordern? Und scheinbar auch selbst viel zu lange gebraucht haben, um an den Unfallort zu gelangen?"

„Ein Däne namens Mads Møller hat damals Nachtschicht gehabt. Er hat einige Jahre lang bei uns ausgeholfen. Aber er ist bis zu einem gewissen Maß entschuldigt, denn er war weder ortskundig noch beherrschte er die färöische Sprache."

„Aber er war sicher nicht allein?"

„Nein, an seiner Seite hatte er einen jungen Polizisten, der aus Norðvík stammte und zu jener Zeit auf den Färöern war, um seine praktische Ausbildung zu absolvieren. Du wirst ihn ganz bestimmt kennen, wenn ich dir seinen Namen sage."

ER HATTE DEN Mann aus guten Gründen nie zu Gesicht bekommen. Die ganzen letzten 20 Jahre nicht. Und doch wusste er, dass er in einem großen Haus am Garðavatn wohnte. Und verheiratet war und zwei Kinder hatte. Wenn er im Dienst war, fuhr er einen Polizeiwagen der Marke Mercedes C220, privat hatte er schon lange einen Opel Rekord. Automarken hatten ihn immer interessiert. Schon bevor er blind wurde. Er erkannte die meisten Autos an den Geräuschen, die sie von sich gaben. Seine Ohren waren wie die eines Hundes. Seitdem er sein Augenlicht verloren hatte, war sein Gehör immer besser geworden. Heute geschah es, dass er in seinem Zimmer saß und den Bediensteten oder Besuchern des „Hjálpirótin“ zwangsläufig auch dann zuhörte, wenn sie sich in einem anderen Raum aufhielten und über ihn sprachen. Und so bekam er vieles mit, das man ihm besser hätte ersparen sollen.

Dieser verdammte Polizist! Nicht ein einziges Mal war er bei ihm vorbeigekommen. Ganz offensichtlich hatte er nicht mit ihm sprechen wollen. Vielleicht hatte man als Kriminalpolizist kein Interesse daran, mit Fakten konfrontiert zu werden? Insbesondere wenn man es selbst zu verantworten hatte, dass ein Einsatz so gründlich schiefgelaufen war? Hatte er vielleicht ein so schlechtes Gewissen, dass er sich nicht einmal traute, die Wahrheit zu ergründen?

In den ersten Monaten oder Jahren danach hätte er wohl keine Chance gehabt, seine eigene Version des Unfalls zu erzählen, doch jetzt, nachdem er wieder einigermaßen zu sich gefunden hatte, hätte er am liebsten jedes Detail preisgegeben, würde ihm doch nur jemand ein ehrliches Interesse entgegenbringen. Denn seine Darstellung hätte bei Weitem nicht zu dem Bild gepasst, das sich die Polizei damals gemacht hatte. Sie hatte sich damit begnügt, allein mit diesem Unschuldsengel aus Tórshavn zu sprechen, der ja so verbittert darüber gewesen war, dass er Mikkjal nicht davon hatte abhalten können, sich ans Steuer zu setzen und so verantwortungslos durch die Nacht zu rasen. Was für ein teuflischer Heuchler!

Er hatte überlegt, seine Geschichte vielleicht einer Zeitung zur Verfügung zu stellen oder sie sogar im Fernsehen zu erzählen. Aber wer hätte einem blinden

Mann, der von dem Unfall schwere körperliche Verletzungen und auch größere Hirnschäden davongetragen hatte, schon geglaubt?

Hätte er damals nicht sein Augenlicht verloren, hätte er die Sache längst selbst in die Hand genommen. Das Strafmaß für einen Mord erschien ihm, der ohnehin zu einem Leben in Dunkelheit und Einsamkeit verurteilt worden war, geradezu lächerlich. Ach, würde sich doch eines Tages die Möglichkeit ergeben ...

Seine Hassgefühle saßen tief. Jeden Morgen und jeden Abend wurde er von einer nicht zu unterschätzenden Rachsucht gequält. Sein Drang, etwas zu tun, wurde immer stärker. Allein die Geräusche gewisser Automotoren sorgten dafür, die Wut wieder in ihm aufsteigen zu lassen.

DEN ERSTEN ARBEITSTAG als Umweltministerin hatte Ronja dazu genutzt, an drei kurzen Sitzungen teilzunehmen und sich vor allem mit ihren neuen Kollegen bekannt zu machen. Ihre rechte Hand und ranghöchster Bevollmächtigter war der 34 Jahre alte Jurist Igor Saksun, dessen Mutter aus Russland und dessen Vater aus dem nördlichen Teil der Insel Streymoy stammte. Ronja war zunächst etwas skeptisch gewesen, als sie den jungen Mann begrüßt hatte. Aber alle eventuellen Vorurteile waren schnell beseitigt gewesen. Sie hatten an einem dunklen Mahagonitisch Platz genommen und ein sehr vertrauensvolles Gespräch geführt, bei dem Igor Saksun Ronja auf ruhige und sachliche Art in die Arbeitsweise ihres Ministeriums eingeführt und sie unterrichtet hatte, welche Gesetze und Richtlinien in nächster Zukunft auf den Weg zu bringen waren. Sie war ziemlich beeindruckt gewesen, wie bewandert dieser junge Ministerialrat sich auf nahezu allen Gebieten gezeigt hatte. Zurückhaltend, aber mit viel Sachverstand hatte er zum Ausdruck gebracht, dass auch die Färöer-Inseln ihre Umweltpolitik, zumindest, was den Kohlendioxid-Ausstoß und die Verwendung umweltfreundlicher Energien beträfe, den Maßgaben der Vereinten Nationen anzupassen hätten, wie sie auf dem Klimagipfel in New York beschlossen worden waren. Obwohl es immer wieder Schwierigkeiten gegeben habe, geopolitische Einigungen zu erzielen, seien die neuen, strengen Auflagen, die für den Umweltschutz und eine nachhaltige Zukunft zwingend erforderlich sind, nun auch von den EU-Ländern akzeptiert worden. Der Klimawandel stelle für die Menschheit eine große Bedrohung dar. In den ärmsten Teilen der Welt mangele es an Trinkwasser, aber auch der fehlende Zugriff auf kultivierbare Flächen und die Knappheit an Rohstoffen bereite der Bevölkerung täglich große Schwierigkeiten. Wenn Europa in Umweltfragen nicht mit effektiven, energiesparenden Maßnahmen vorausginge, auch, um eine globalere und gerechtere Verteilung der Reichtümer zu schaffen, wäre die Zukunft kommender Generationen von Hungersnot, Krieg, Flüchtlingsströmen und kulturellem Chaos gezeichnet. Und daher seien auch die Färöer-Inseln verpflichtet, Verantwortung zu übernehmen und gerade auf der internationalen Bühne ein gutes Vorbild für eine solide Umweltpolitik abzugeben.

Ronja war ihrem rhetorisch sehr beschlagenen Bevollmächtigten dankbar dafür, dass er sie nicht mit Fakten überfrachtete oder sich um Kopf und Kragen redete. Sie hatten ruhig zusammengesessen und sich über die komplizierten und starren Methoden verschiedener politischer Systeme unterhalten. Erörtert, wie einzelne Konflikte gelöst werden könnten und welche Rechte man Journalisten und dem einzelnen Bürger einräumen sollte, in öffentliche Abläufe Einblick zu nehmen. Die Gefahr, den gängigen Verwaltungsgesetzen zuwiderzuhandeln, sei vielleicht ein Grund dafür, dass einige Politiker in ihrem Job ins Straucheln gerieten. Je weitläufiger und aufsehenerregender ein Vorhaben sei, desto größer sei die Wahrscheinlichkeit, sowohl bei Laien als auch Fachleuten kritische Fragen hervorzurufen und auf vehementen Widerstand zu stoßen.

Ronja und Igor hatten auf Anhieb den richtigen Ton miteinander gefunden. Sie hatten intensiv und lange über ihre bevorstehenden Arbeitsaufgaben gesprochen, aber es hatte sich auch die Gelegenheit ergeben, sich über ihren Alltag und jenes Ereignis zu unterhalten, das sowohl das politische als auch das gesellschaftliche Leben des Landes in seinen Grundfesten erschüttert hatte.

„Ja“, meinte er, „wie man von den Arbeitsplätzen und Essenstischen hier in der Hauptstadt hört, sind die Leute bestürzt und lassen nichts unversucht, um in Erfahrung zu bringen, was zum Teufel hier passiert sein mag. Beinir Kalsfjall ist ja nicht irgendwer, alle sind natürlich geneigt, zu denken, dass etwas Politisches dahinterstecken müsse. Irgendjemand behauptet sogar frei heraus, dass dieses Verbrechen niemand anders als Ronja Róksdóttir zuzuordnen sei. Ein „wahrer Brudermord“, hat es ein anderer ähnlich freimütig formuliert. Sorry, aber es ist kaum möglich, sich vor dem Gerede der Leute zu schützen. Wenn du mich aber nach meiner Meinung fragst, so kann ich dir nur sagen, dass ich es für völlig richtig halte, dass du dich so spontan dazu entschlossen hast, Ministerin zu werden und seine Nachfolge anzutreten. Denn das ist ein klares Zeichen, deine Unschuld zu beteuern, dich von diesem Verbrechen zu distanzieren und stattdessen die Polizei und die Journalisten ihre Arbeit machen zu lassen. Ich persönlich hoffe, zum einen für die Gerechtigkeit in diesem Land, vor allem aber auch zur Realisierung deiner guten Pläne für unsere Gesellschaft, dass die Wahrheit über den tödlichen Verkehrsunfall sehr bald zutage treten wird. Ja, lieber heute als morgen.“

Ronja hätte den klugen jungen Mann am liebsten in den Arm genommen. Es machte ihr Hoffnung für die Zukunft, so gebildete und fähige Leute an der Spitze des Landes zu wissen. Sie hatte den Eindruck, sich in ihrem neuen, herausfordernden Amt willkommen fühlen zu können. Und dennoch erschien ihr alles so unwirklich und ja, auch ein bisschen befremdlich. Das alte Sprichwort „Dem einen sein Tod ist dem anderen sein Brot“ hatte zweifellos einen wahren Kern. Es zeigte sich einmal mehr, in was für einer erbarmungslosen Welt sie lebten. Die Gesellschaft war im Prinzip nichts anderes als ein großer Selbstbedienungsladen, aus dem jeder so viel wie möglich mitzunehmen versuchte. Sie selbst vertrat eine zerrissene Partei. Sie war die radikale Einzelkämpferin in einer ansonsten konservativen Regierung und fragte sich zu Recht, was sie als Eine-Frau-Armee in diesem Machtspiel überhaupt auszurichten vermochte. Ihr Handeln würde von der Bevölkerung stets auf die Goldwaage gelegt werden. Ihre persönliche Glaubwürdigkeit hing am seidenen Faden. Es würden jederzeit Bedingungen an sie gestellt werden. „Aber scheiß auf diesen persönlichen und politischen Wahnsinn", sagte sie sich, um sich Mut zu machen. *Take it or leave it.* Sie war derzeit vielleicht *das* Gesprächsthema des Landes. Aber hätte sie ihren Sitz im Parlament abgelehnt, dann hätten die Leute auch daraus ihre Rückschlüsse gezogen.

Ihr Handy klingelte. Im Moment war sie allerdings der Ansicht, dass es nichts gab, das problemlos nicht auch noch einen Tag warten konnte. So viel Freiheit nahm sie sich. Sie war jetzt schon im Fernsehen und Radio aufgetreten und hatte nicht die Energie, alle Fragen gleich noch einmal zu beantworten. Heute galt es, die Zeit zu nutzen, um sich mit dem Parlament vertraut zu machen. Und gemeinsam mit ihren Mitarbeitern im Umweltministerium und vor allem ihrem Bevollmächtigten Igor Saksun einen Plan für den laufenden Tag festzulegen. Schon um 13.30 Uhr stand eine erste Regierungssitzung auf dem Programm. Es war also nur noch eine halbe Stunde Zeit. Bis dahin würde sie eine Tasse Kaffee trinken und es vielleicht noch schaffen, Jórun anzurufen. Sie hatte vor, gegen Abend wieder in Norðvík zu sein. Den Strickclubabend wollte sie unter keinen Umständen verpassen.

SIE RÜHRTE DEN Eintopf gründlich um. Das leckere Curryaroma stieg ihr in die Nase. Sie ließ das Essen weiter köcheln, während sie ein paar Zwiebelscheiben und etwas Porree hineinschnippelte. Es würde ganz bestimmt gut schmecken. Das Schellfischfilet bekam sie preiswert und ohne großen Aufwand aus der Fischfabrik, in der sie arbeitete. Dieses Eintopfgericht hatte sie schon unzählige Male zubereitet. Anschließend sollte es noch etwas Süßes zum Nachtisch geben. Ein Stück Rhabarberkuchen mit färöischer Schlagsahne wäre genau das Richtige, überlegte sie.

Jórun genoss den Augenblick in ihrer Küche. Es war schon so lange her, dass sie ein Essen für mehrere Personen zubereitet hatte. Seitdem sie und Ulrik sich getrennt hatten, waren nur noch sie und Jónas im Haus. Aber es war schwierig, ihren Sohn dazu zu bringen, regelmäßige Mahlzeiten mit ihr einzunehmen. Stattdessen versorgte sich jeder selbst und holte Essen von außerhalb, sobald sich der große Hunger meldete.

Sie freute sich darauf, ihre Strickclubfreundinnen wiederzusehen. Seit dem letzten Treffen waren etliche Wochen vergangen, unter anderem, weil die Sommerferien und so vieles andere dazwischengekommen waren. Schade, dass Lina nicht dabei sein konnte. Wie Jórun verstanden hatte, würde sie noch einige Tage in Dänemark bleiben, um sich einer weiteren Krebstherapie zu unterziehen. Doch alle anderen würden kommen. Maria hatte seit dem Schulbeginn zwar jede Menge zu tun, aber auch als Lehrerin hatte man ja ein Wochenende. Bjørg hatte sofort zugestimmt, als sie sie anrief. Es verging mittlerweile viel zu viel Zeit zwischen ihren gemeinsamen Abenden, dachte sie. Jetzt, nachdem der Strickclub sein eigenes Regierungsmitglied bekommen hatte, stellte sich die Frage, ob es ihnen überhaupt noch gelingen würde, sich regelmäßig zu treffen. Man durfte auch nicht vergessen, dass Anita noch einmal ganz von vorn begonnen hatte. Sie hatte am Telefon mit ihr gelacht. Ja, es wäre wirklich nett, heute Abend alle zusammen ein paar unbeschwerte Stunden verleben zu können. Es sei viel geschehen seit dem letzten Mal, für reichlich Gesprächsstoff sei also gesorgt, hatten sie übereinstimmend festgestellt.

Hjálpirótin, am Flaggentag 2015

ER SASS GEMEINSAM mit einigen Mitbewohnern im Aufenthaltsraum. Sie hatten zu Mittag gegessen und anschließend Kaffee serviert bekommen. Es war Samstag. Aber das spielte eigentlich keine Rolle. Alle Tage verliefen gleich für ihn. Schon seit fünfzehn Jahren starrte er in die unendliche Finsternis. Aber dafür kannte er nun alle Geräusche und Gerüche dieser Welt. Er spürte, wie sehr sich diese Sinne verstärkt hatten, seitdem er erblindet war. Doch mit seinen empfindsamen Ohren und seiner zarten Nase konnte er hier nicht viel anfangen. Im Gegenteil, er hasste das Geschmatze und den üblen Geruch der alten Menschen, die mit ihm am Tisch saßen. Aber er hatte gelernt, damit zurechtzukommen. Und ebenso mit den seltsamen Eigenarten, die die meisten an den Tag legten. Von denen er sich als verbitterter blinder Mann natürlich auch nicht freisprechen konnte.

Als er hörte, dass Beinir Kalsfjall die Rede zum heutigen Flaggentag halten würde, verspürte er den Drang, das Personal darum zu bitten, das Radio auszuschalten. Er wollte augenblicklich vom Tisch aufstehen, seinen Apfelkuchen mitnehmen und sich auf sein Zimmer zurückziehen. Doch es war wie verhext. Aus irgendeinem Grund schaffte er es nicht, rechtzeitig auf die Beine zu kommen, und war somit gezwungen, sitzen zu bleiben. Allein Beinirs hochnäsige Stimme sorgte dafür, dass seine Seele wieder zu bluten begann.

„Liebe Zuhörer!
Es sind unsere Sprache und unsere Flagge, die uns Färinger vereinen, zu einem kultivierten Volk machen und zu Symbolen unserer Nation geworden sind. Wir singen unsere Hymne, nehmen an Sportveranstaltungen teil, fördern unsere Wirtschaft und betreiben Handel mit anderen Ländern. All diese Dinge bauen auf unsere eigene Identität. Und wenn wir zusammen unter unserer Flagge stehen, ja, dann sind wir alle Färinger. Dann fragt niemand nach politischen Parteien, nach religiö-

sen Gesinnungen, dem persönlichem Gesellschaftsstatus, unserem Familienstand oder, wie es mit unserer Fitness bestellt ist –"

Beinir unterbrach seine Rede kurz, wahrscheinlich, um einen Blick auf sein Blatt zu werfen und selbstgefällig in die Menge zu strahlen, die begeistert vor ihm stand und seinen Worten lauschte.

Ja, dann halten wir zusammen wie Mann und Frau. Sitzen alle zusammen im gleichen Boot. Haben alle ein und denselben Kurs. Zählen allesamt zur gleichen Mannschaft."

Du verdammter Heuchler! Wer ist hier zusammen unterwegs und zählt zur gleichen Mannschaft? Wann wirst du endlich darüber sprechen, wer damals zusammen im gleichen Auto saß?

„Heute vor genau 75 Jahren gab die britische Regierung über die BBC öffentlich bekannt, dass färöische Schiffe von nun an unter eigener Flagge fahren dürfen, der sogenannten *Merkið*. Es ist schon heftig, sich vorzustellen, dass zunächst ein Weltkrieg, die deutsche Okkupation Dänemarks und die Stationierung englischer Verteidigungstruppen hier auf den Färöern erforderlich waren, damit unsere *Merkið* endlich auf den Weltmeeren wehen und in der Folge einen so bedeutenden Teil unserer Geschichte schreiben konnte. Als Jens Olivur Lisberg und einige andere im Jahr 1919 unsere färöische Flagge entwarfen, hatten sie damit zweifellos die Hoffnung verbunden, dass sie uns Färinger einmal vereinen würde. Seitdem haben sich die Rechte des Volkes immer weiter verbessert, zumindest hier auf den Färöern, zumal wir uns auch auf wirtschaftlichem und kulturellem Gebiet enorm weiterentwickelt haben. Der Beginn der isländischen Unabhängigkeit im Jahr 1918 sowie die Anerkennung, die die isländische Flagge zu dieser Zeit bereits genoss, hatten vor allem auf färöische Studenten in Kopenhagen einen großen Einfluss ausgeübt."

Er spielt sich als Klugscheißer auf und tut so, als wüsste er alles über unsere Geschichte. Erzähl dem färöischen Volk doch lieber, was du auf der Todesfahrt oben in den Bergen gesagt und getan hast!

„Sie fanden es armselig, dass es keine offizielle Flagge gab, die das färöische Volk hissen konnte, beispielsweise zum Zeichen der Freude oder auch der Trauer. Man scheute sich, fremden Menschen zu erzählen, dass hier auf unseren Inseln das kleinste Volk des Nordens lebt, das sogar seine eigene Sprache und seine eigene Geschichte hat, dass aber die Nationalflagge, die über uns wehte, nicht färöisch war. Jahrhundertelang wurde auf den Färöer-Inseln der *Dannebrog*, die dänische Nationalflagge, gehisst. Im 19. Jahrhundert bekam das färöische Volk zwar eine inoffizielle eigene Flagge, die einen Widder zeigte, der später durch den Austernfischer, unseren Nationalvogel, ersetzt wurde. Dieser war der Ballade *„Fuglakvæði"* unseres Nationalhelden Nólsoyar Páll entnommen. Doch genau heute vor 75 Jahren ist eine färöische Flagge erstmalig auch offiziell anerkannt worden, nämlich unsere *Merkið*. Aber wozu brauchen wir ein solches nationales Symbol und was soll es darstellen?"

Was für eine dumme Frage! Schon auf jedem Kinderbild ist eine Fahnenstange zu sehen. Trotz seines fehlenden Augenlichts könnte selbst er dieses allseits bekannte Kreuz zeichnen sowie auf das passende Maß bringen und mit den richtigen Farben versehen ...

„Wir sagen, dass ein Name allein niemanden verunreinigt, es andererseits aber leicht ist, einen Namen mit Füßen zu treten und ihn zu ruinieren. Wir Menschen haben das Bedürfnis, zu etwas Großem und Bleibendem aufzuschauen und es zu verehren. Das können unsere Eltern sein, unser gewähltes Parlament, unser Vaterland, ein Gott oder alles, von dem wir denken, dass ihm Lob und Anerkennung gebührt. Auch wir Sportler haben gemeinsam unsere *Merkið* präsentiert, sowohl im Ausland als auch hier zu Hause. Egal ob bei Sonne oder bei Kälte haben wir aus vollem Herzen unser Flaggenlied gesungen: ‚Blau wie der Himmel und rot wie Blut, weiß wie der Wasserfall, die Gischt und der Klang des Winters ...‘ Das Symbol dieses Kreuzes steckt in uns Menschen und in unserer Natur.“

Dieser Teufel sollte mitten auf dem Váglið, dem zentralen Platz Tórshavns, ans Kreuz genagelt werden. Schön wär's, wenn die Menschenmenge dem Verbrecher dabei ins Gesicht spucken würde …

„Unsere Flagge, die *Merkið*, berührt uns und trifft unsere innersten Gefühle. Gleichzeitig ist sie aber auch das größte Zeichen oder Symbol, das wir in die Welt hinaustragen können. Ja, sie ist größer und schöner als jedes Firmenlogo, egal ob Apple, Nike oder Coca-Cola.“

Vielleicht hättest du hinzufügen sollen, dass sie für dich und dein Leben mehr Bedeutung hat als damals dieser völlig zerstörte BMW, der mit lauter entsetzten Jugendlichen besetzt war, die alle um ihr Leben kämpften …

„Jedes nationale Symbol hat eine große Bedeutung für die Identität eines Staates und die Wahrnehmung seiner Kultur draußen in der Welt. Wir haben mehrfach Demonstrationen und aufgebrachte Menschenmengen erlebt, bei deren Kundgebungen die amerikanische Flagge verbrannt wurde. Und nachdem erst vor wenigen Jahren ein dänischer Redakteur in einer heimischen Zeitung ein paar weniger geglückte Mohammed-Karikaturen veröffentlicht hatte, haben wir mit ansehen müssen, wie überall im Mittleren Osten dänische Flaggen angezündet und seine Zeichnungen auch an vielen anderen Orten der Welt verurteilt wurden. Sich an seiner Flagge zu rächen, ist die schlimmste Botschaft, die man einer Nation übermitteln kann. Eine Flagge ist oft eng mit dem Glauben eines Landes verbunden. Aber sie stellt weit mehr dar als nur den Glauben dieses Landes. *Merkið* ist auch unsere Geschichte, unsere Politik, Symbol unseres Fleißes, unsere Gesinnung, ja, alles, was unsere Nation ausmacht und bis heute erreicht hat.“

Ja, und du? Was macht dich denn aus? Bist du eher ein Mohammed oder ein Jesus? Gott, erbarme dich. Hast du wenigstens um Vergebung gebeten für all deine Missetaten?

„Es gibt aber auch Flaggen, die uns Angst machen. Niemand wünscht sich zum Beispiel, dass Piratenschiffe oder feindlich gesinnte Kriegsdivisionen die eigenen Grenzen passieren. Viele fürchten sich vor Hammer und Sichel, andere hassen Stars and Stripes. Aber meistens ist die Flagge ein Anlass, sich zu versammeln. Um uns an ihr zu erfreuen und sie zu verehren. Die Leute haben das Rote Kreuz bejubelt. Und die Amerikaner bewundert, als sie ihre Flagge auf den Mond setzten. Die Geschichte unserer *Merkið* dagegen erreichte ihren Höhepunkt, als unser Landsmann Arni Vatnhamar sein Leben riskierte, um auf den Mount Everest zu gelangen, nur um auf dem höchsten Berg der Welt eine Flagge aus weißem, blauem und rotem Stoff zu hissen …"

Beinir legte eine weitere Pause ein. Vermutlich streckte er gerade seine Hände zum Himmel empor und blickte vielsagend über die Menschenmenge.

„Ja, wir alle stehen zu unserer *Merkið*. Sie ist unsere Identität. Ich persönlich bin auf meinen Auslandsreisen stets stolz darauf gewesen, Färinger zu sein, vor allem, wenn ich bei großen Sportveranstaltungen Fahnenträger sein durfte. Insbesondere bei den Island Games, bei denen wir als Nation in den verschiedensten Arenen dieser Welt Geschick und Stärke bewiesen haben."

Worauf hast du denn Grund, stolz zu sein? Du rennst herum und spielst den Affen, während andere durch dich starben, schwer verletzt wurden oder für den Rest ihres Lebens ihr Augenlicht verloren haben.

„Dort, wo es Fahnen gibt, möge auch meine weh'n,
soll für mein schönes Land und seine Freiheit steh'n;
und schon wird mir warm durch Mark und Bein,

sehe die Brandung umsäumen Strand und Stein.
Hör nur den Winter, den Wilden,
er kündet vom Sommer, dem Milden,
hör doch im Herbst nur die Schwere,
erzählt uns, dass Frühling bald werde.
Reih' in Reih' steh'n wir vor dir,
und das Herz weiß:
Wir marschieren ab hier nur mit dir.

Im Sinne dieser herrlichen Worte des Dichters Hans Andrias Djurhuus wünsche ich euch allen einen schönen Flaggentag."

Oh, wenn das doch nur dein letzter Flaggentag wäre …

ER WAR BESTIMMT kein primitiver Mann, der es nötig hatte, seine Höhle mit Steinen und Holzknüppeln zu verteidigen, hatte jedoch keine Angst davor, sich zu prügeln. Doch er verfügte auch über andere Waffen. Die Zeit hatte alles zum Negativen verändert. Für die Menschheit bestand nur wenig Hoffnung. Die Färöer hatten ihren letzten Helden verloren. Das Leben machte keinen wirklichen Sinn mehr.

Früher hatten die Färinger Gewehre besessen und auf Vögel, Hasen und Wale geschossen. Pátrik Raskason hatte immer seine eigenen Vorbilder gehabt. Als sie Kinder waren, hatten sie zwischen den alten Häusern ihres Ortsteils Reynir Cowboy und Indianer gespielt. Mit seinem Revolver, den er entweder am Gürtel oder Hosenbund befestigt hatte, und Taschen voller Munition war er zum ersten Mal in den Krieg gezogen. Seine Nackenhaare sträubten sich noch immer, wenn er sich an seine Kindheit erinnerte. Fand man jemanden, der sich hinter einem *Hjallur*, einem dieser Schuppen zum Trocknen von Fisch und Fleisch, versteckte, oder sah man einen struppigen Kopf am Bachufer herumspähen, so galt es, ihn zu erschießen und „Tot!" zu rufen. Umgekehrt musste man sich vor diesen ungestümen, eklig aussehenden Indianern aber selbst in Acht nehmen. Es kam auch heute noch vor, dass er nachts erwachte und die Jungs vor sich sah, die mit roter Kriegsbemalung und Hühnerfedern, die sie sich unter ein um den Kopf gebundenes Gummiband gesteckt hatten, brüllend und schreiend aus der Dunkelheit gestürmt kamen und wie die Wahnsinnigen mit Pfeil und Bogen ihren Angriff starteten. Einige der Größeren unter ihnen hatten Seile über der Schulter getragen, damit sie ihre Gefangenen fesseln und ihnen Schafswolle in die Mäuler stopfen konnten, um ihnen jede Chance zu nehmen, um Hilfe zu rufen. Er selbst hatte einmal bis weit nach Mitternacht festgebunden an einem Wäschepfahl in der Stadt Kardamomme gestanden. Sein großer Bruder hatte sich zusammen mit zwei weiteren Jugendlichen auf die Suche nach ihm begeben müssen. Er hatte sich in die Hose gepinkelt und war mehr tot als lebendig gewesen, als sie ihn endlich gefunden hatten. Schluchzend, hungrig und frierend war er durch die Dunkelheit nach Hause gestolpert, aber dennoch mit einem versteckten Lächeln auf den Lippen. Denn eine bedingungslose Kapitulation wäre für ihn nie infrage gekommen. Obwohl er ausgepeitscht und niedergemacht worden war und die wilden Indianer ihm gedroht hatten, ihn für den Rest des Lebens zu brandmarken, hatte er es geschafft, die geheimen Verstecke der Reynir-Jungs nicht zu verraten. Nein, lieber wäre er gestorben wie ein Mann!

Als er mitten in der Nacht endlich wieder zu Hause war, hatte sein Vater ihn so sehr verprügelt, dass er mehrere Tage lang überall blaue Flecken hatte. Er erinnerte sich daran, wie peinlich ihm das gewesen war und dass er seine Enttäuschung kaum in Worte hatte fassen können. Daher hatte er beschlossen, sich zu rächen. Er hatte sich fest vorgenommen, diesen Teufel umzubringen. Sein Opa hatte ihm einmal ein Taschenmesser geschenkt, mit dem man nicht nur schneiden und schnitzen konnte, sondern das auch über eine kleine Schere, eine Pinzette, eine Nagelfeile und einen Korkenzieher verfügte. Mit der scharfen Klinge müsse es doch möglich sein, seinem Vater an einem der Abende, an denen er betrunken zu Hause lag, das Leben auszuhauchen, hatte er überlegt. Doch sein Mordplan hatte sich nie in die Tat umsetzen lassen, denn nur kurz nach diesem einschneidenden Ereignis war das trinkfreudige, brutale Familienoberhaupt tot im eigenen Keller aufgefunden worden. Das Arschloch war im Alter von nur 44 Jahren einem Herzschlag erlegen.

Doch der Verlust des Vaters und das Aufwachsen in diesem ärmlichen Stadtviertel hatten Spuren bei ihm hinterlassen. Seine Mutter war mit ihrem Leben als Witwe nie zurechtgekommen. Sie hatte Trost gefunden, indem sie auf religiöse Veranstaltungen ging und sich fest vornahm, den Alkohol nicht auch zu ihrem ärgsten Feind werden zu lassen. Jeden Tag hatte sie lautstark für ihren Sohn gebetet. Dass er Erlösung finden und seine Seele nicht in der Hölle verbrennen möge. Seitdem er erwachsen war, hatte ihn dieser Albtraum immerzu verfolgt. Das unheimliche Bild dieser Frau, die in der Küche saß, im Ofen glutheiße Kohlestücke wendete und mit zitternder Stimme fragte, wie lange er es in der Bratpfanne des Satans wohl aushalten würde, hatte sich fest in seine Erinnerungen eingebrannt.

Später, als er dreizehn war und auf die Realschule kam, hatte es ihm gereicht. Er hatte einen Opa, dem er wie aus dem Gesicht geschnitten war. Und da auch seine Oma nicht wirklich übel gewesen war, hatte er sich entschieden, zu ihnen in den Osten der Stadt zu ziehen, um endlich den nötigen Abstand zu seiner Mutter und seinem armseligen Elternhaus zu gewinnen. Aber auch bei ihnen hatte er es vermieden, offen und ehrlich darüber zu sprechen, was er alles hatte durchmachen müssen. Wie sehr er seinen alkoholabhängigen Vater gehasst hatte. Aber mindestens genauso auch seine kranke Mutter, die von früh bis spät diese furchtbaren Andersdenkenden nachgeäfft hatte, die es gewagt hatten, mitten in der Nacht zu ihrem ungezogenen Jungen zu kommen und sich mit ihm draußen im Schuppen zu verstecken, um dort gemeinsam zu fluchen, zu rauchen und in obszönen ausländischen Zeitschriften zu blättern.

Er hatte gelernt, auf sich selbst aufzupassen. Wenn er geschlagen wurde, schlug er zurück. Er hatte vor niemandem Angst gehabt und weder Gott noch den Teufel gefürchtet. Statt die Bibel zu wälzen, hatte er sich in der Bibliothek ein Buch über Jens Pauli Heinesen ausgeliehen. Bereits vorher hatte er von diesem Dichter aus Selvík gelesen, jenem Atheisten und weisen Lehrer, der imstande gewesen war, das menschliche Dasein wie auch die primitiven Gedankengänge vieler Leute in Worte zu fassen. Pátrik hatte immer mehr Gefallen an diesem

Buch gefunden und so hatte es nicht lange gedauert, bis er auch etliche der Werke von William Heinesen, Franz Kafka und Janus Djurhuus gelesen hatte.

Durch seine Lektüre hatte er gelernt, wie gewöhnliche Menschen dachten und lebten, wie die Gesellschaft aufgebaut war und welche sozialen Spielregeln einzuhalten waren. Doch insgeheim hatte er gegen seine Minderwertigkeitskomplexe und sein bescheidenes Selbstwertgefühl gekämpft. An Begabung hatte es ihm nicht gefehlt. Er war in der Schule ausgesprochen gut zurechtgekommen, hatte aber auch kein Problem damit gehabt, anderen Schülern aus seiner Klasse Hilfestellung zu leisten.

Als Pátrik sein Abitur ablegte, hatten ihm sowohl Lehrer als auch Mitschüler den Spitznamen „schüchternes Genie" gegeben. Seine Furcht vor Frauen hatte er kaum verbergen können. Generell hatte es ihm ferngelegen, anderen Menschen zu nahe zu kommen, geschweige denn Körperkontakt zu ihnen aufzunehmen. Es hatte eine Menge Barrieren gegeben, gegen die er anzukämpfen hatte. Die Qualen seiner Kindheit belasteten ihn immer noch. Der Rucksack, den er mit sich herumschleppte, war zu sehr mit Dreck gefüllt. Und hatte seine Seele angegriffen, denn in Wahrheit hatte er nie jemanden gehabt, dem er vertraute. Er hatte einen inneren Kampf mit sich selbst geführt, aber nie den Sadisten herausgelassen, der in ihm gefangen war. Viele Jahre lang hatte er sich vor seinen kranken Gedanken gefürchtet, die ihn von morgens bis abends verfolgten. Gerne wäre er ein hartherziger Mann gewesen, der tun und lassen konnte, was er wollte. Der sein Recht einforderte und notfalls bereit war, sich dafür zu schlagen. Aber seine perverse Neigung zu Blut und übel zugerichteten Menschen hatte er für sich behalten. Obgleich er sich durchaus hatte vorstellen können, auch selbst der nackte, wehrlose Junge zu sein, der geschlagen, gefesselt und verprügelt werden wollte, um anschließend geküsst, gestreichelt und geliebt zu werden.

Er hatte begonnen, Psychologie und Literaturgeschichte zu studieren, in der Hoffnung, dass ihm das helfen würde, die schlimmsten bösen Geister zu vertreiben und vielleicht eines Tages einen Menschen zu finden, der trotz seiner speziellen Art eine Beziehung mit ihm einging. Er hatte nicht als Vergewaltiger enden und im Gefängnis landen wollen. Wohl oder übel hatte er sich der Frage stellen müssen, wie lange er es noch schaffen würde, seinen krankhaften Trieb zu unterdrücken.

Mit gemischten Gefühlen hatte er sich mit dem sadomasochistischen Verein in Kopenhagen in Verbindung gesetzt. Er hatte sich gründlich umgeschaut, ehe er dort geklingelt und das Tor eines Eisenzauns passiert hatte. Und anschließend in ein altes, dunkles Gebäude mit Kerzenlicht in den Fenstern hereingelassen worden war.

Dort hatte er sich selbst gefunden. Er hatte es genossen, einen harten Schaft in der Hand zu halten und die Peitsche zu schwingen. Wie viele Schläge er den stöhnenden Körpern in all den Jahren mit seinem Lederriemen versetzt hatte, vermochte er nicht zu schätzen. Genauso wenig, wie es ihm gelang, die Dauer der Schmerzen, die man ihm selbst in den Spanking-Räumen zugefügt hatte, wo er sich – mit Handschellen und Fesseln versehen – an Rücken und Hintern hatte misshandeln lassen, in Stunden auszudrücken. Aber er war dadurch ein neuer und kompletterer Mensch geworden. Und für seine Nächsten war er keine Gefahr und keine tickende Zeitbombe mehr. Nein, die Seele in seinem unverhüllten Körper war geheilt. Er hatte endlich seine sexuelle Befriedigung erfahren und dabei die etwas ältere Yvonne kennengelernt, die seine feste Freundin geworden war. Sie beide verstanden einander. Sein innerer Teufel war ins Abseits gedrängt worden. Nun hatte er sich wieder auf sein Studium konzentrieren und die großen Begabungen einsetzen können, mit denen er gesegnet war. Der auf sozialem Gebiet bislang so armselige Student hatte begonnen, aufzublühen.

Mit Yvonne hatte er eine gemütliche Wohnung in Vesterbro bezogen. Kurz darauf hatte er sich dazu entschlossen, seinen Studienzweig zu wechseln und eine Ausbildung im Bereich Gesellschaftswissenschaften und Kommunikation zu beginnen. Zudem hatte er sich dem Vereinsleben der Färinger in Kopenhagen angeschlossen. Er fing an zu rudern und wollte an den Sommerwettkämpfen teilnehmen, die in Ishøj, Odense und Sorø stattfanden. Einige Jahre lang hatte er sich auch für den Studentenverein engagiert und sich nicht gescheut, auf dessen zahlreichen Veranstaltungen sowohl in Dänemark als auch auf den Färöer-Inseln das Wort zu führen. Ja, er hatte versucht, Einfluss auf die Politiker zu nehmen, aber auch auf die junge Generation, die sich auf den Färöern eine Zukunft aufbauen wollte. Er hatte nie ein Geheimnis daraus gemacht, politisch ambitioniert zu sein und möglicherweise eines Tages selbst kandidieren und das Land regieren zu wollen.

Für diejenigen, die Pátrik in seiner Kindheit und Jugend erlebt hatten, war es kaum zu glauben, dass aus dem ehemals so scheuen Schüler und Studenten mittlerweile eine so interessante und extrovertierte Persönlichkeit geworden war. Inzwischen strotzte dieser Mann vor Selbstvertrauen und hatte keine Angst davor, seine Meinung kundzutun. Heute pochte er in jeglicher Beziehung auf sein Recht, sowohl in seiner Heimat als auch draußen in der Welt. Pátrik räumte allerdings nur selten eigene Fehler ein. Warum sollte er auch? Nach seiner Auffassung hatte er immer Recht. Man hätte durchaus meinen können, dass er Mitglied von „Mensa“ war, dem Verein der besonders Klugen. Aber niemand fragte nach dem Grad seiner sozialen Intelligenz. Leute, die ihn korrigierten oder seine gekünstelte, selbstherrliche Art belächelten, bekamen sehr schnell seine Verachtung zu spüren. Er beherrschte jedoch die Kunst, sich bei den richtigen Leuten einzuschleimen. Er war einer der ganz großen Arschkriecher der Gesellschaft und scheute sich nicht, für sein Bestreben, die Zügel der schnellsten und vordersten Pferde selbst in die Hand zu bekommen, notfalls auch Rosengeschenke oder Peitschenschläge einzusetzen.

Pátrik gab Yvonne einen freundschaftlichen Klaps auf den Po und wünschte ihr einen angenehmen Arbeitstag. Dann blieb er einen Moment am Fenster stehen, um seiner Frau hinterherzusehen, die sich äußerst vorsichtig in ihr Auto setzte, rückwärts die Einfahrt hinunterrollte und langsam losfuhr.

Er selbst hatte heute eigene Pläne. Sein Freund Beinir Kalsfjall war tot, doch Ronja Róksdóttir sollte nicht ungeschoren davonkommen.

BIRITA SUÐURNES ERKANNTE die Nummer, ließ ihr Telefon aber klingeln. Was mochte Pátrik von ihr wollen? Kurz nachdem Beinir Kalsfjall verunglückt war, hatten sie beide ein längeres Gespräch geführt. Auch auf der Beerdigung hatten sie sich getroffen, das letzte Stück zum Friedhof waren sie sogar zusammen gegangen. Vielleicht war es dumm von ihr gewesen, Pátrik ihre Handynummer zu geben. Seitdem Beinir auf der Liste der „Grünen Färöer" kandidierte, war Pátrik eine seiner treuesten Stützen gewesen. In ihren Augen war er wie ein politischer Heerführer gewesen. Er war es, der die meisten Parolen ausgegeben, eine Vielzahl von Zeitungsartikeln geschrieben und das augenfälligste Werbematerial entworfen hatte. Er war genau der richtige Mann, um hinter den Kulissen die Fäden zu ziehen. Man durfte Pátrik nur nicht allzu freie Hand lassen, denn dann konnte er gefährlich werden. Auf dem Gebiet der Kommunikation war er wahrscheinlich einer der Besten des Landes. Pátrik Raskason hatte einen äußerst großen Anteil daran gehabt, dass Beinir bei den Wahlen so gut abschnitt. Ja, dieser hatte tatsächlich mehr Stimmen bekommen als Ronja und war am Ende der große Sieger, der die Partei im Parlament vertrat.

Das Telefon hörte auf zu klingeln. Doch dann begann es von Neuem. Birita wusste, Pátrik würde keine Ruhe geben, ehe er seinen Willen bekam. Sie konnte sich nicht drücken. Als sie zuletzt miteinander gesprochen hatten, war sie das Gefühl nicht losgeworden, dass er ihr irgendetwas verheimlichte. Dieser Mann schnüffelte überall herum und wusste genau, was in der Gesellschaft vor sich ging. Oft war er sogar besser informiert als die Polizei und die Medien.

„Ja, hier ist Birita."

„Guten Tag. Du hast meine Handynummer und meine Stimme sicher erkannt. Hier ist kein Geringerer als Pátrik Raskason, Ratgeber für jede Art von Kommunikation. Und heute Morgen auch Privatdetektiv."

Sein aufgesetztes Lachen hielt nur wenige Sekunden an. Birita war sofort auf der Hut.

„Wenn es um Beinirs Tod geht oder du der Polizei etwas mitzuteilen hast, dann ruf doch bitte direkt auf der Wache an. Mir geht es nicht so gut und ich möchte jetzt nicht lange reden."

Biritas Worte waren knapp und abweisend. Ihr war dieser Mann nicht geheuer. Sie wusste sehr wohl, auf wen Pátrik es abgesehen hatte. „Wie gesagt, ich habe zu tun. Wenn es um Fakten geht, für die die Polizei zuständig ist, dann ruf bitte die 351448 an ... Ich fürchte, ich muss jetzt auflegen."

Er unterbrach sie, ehe sie sich von ihm verabschieden konnte.

„Und was wäre, wenn ich dir jetzt erzähle, dass ich nicht nur weiß, wer unseren lieben Freund Beinir Kalsfjall ermordet hat, sondern auch noch sein Motiv kenne ...?"

Seine Ausdrucksweise wurde von Sekunde zu Sekunde schwammiger.

„Ich habe keine Ahnung, wann du gedenkst, die Handschellen zu gebrauchen oder Jákup vorhat, seinen Knüppel einzusetzen ... Aber ich sage dir, ich bin der Mann, der die Wahrheit aufdecken wird. Entweder im Guten oder im Bösen."

Birita legte auf. Ihr war bei seinen Worten übel geworden. Dieser Mann war offenbar noch unberechenbarer, als es die Leute schon immer behauptet hatten. Sein drohender, rätselhafter Tonfall ähnelte dem eines Psychopathen. Pátrik war so, wie er sich gab, ein einziges Mysterium. Ihm wurde sogar nachgesagt, dass er Yvonne schlug, denn sie war schon mehrfach mit blauen und gelben Flecken am Körper zur Arbeit gekommen. Irgendwann einmal hatte ein Nachbar versucht, ihn wegen seiner Brutalität anzuzeigen, doch als die Polizei bei Pátrik vorfuhr, wurde sie gleich an der Haustür abgefangen. Von Yvonne. In ihrem Haus gebe es nur einen anständigen Mann. Sie könnten sich gleich wieder auf den Weg machen, hatte sie den Beamten unmissverständlich zu verstehen gegeben.

Birita wusste sehr wohl, dass Pátrik und Beinir viele Jahre lang gut miteinander gekonnt hatten. Sie ging davon aus, dass sie der Sport und ihr gemeinsames Interesse für traditionelle färöische Ruderboote zusammengebracht hatte. Pátrik hatte vor ein paar Jahren ein nettes kleines Buch über die Geschichte des färöischen Wettruderns herausgegeben. Sie erinnerte sich, dass er darin das traditionelle Ruderboot, den Bau von Bootshäusern und die Sportart selbst brillant in Wort und Bild zu Papier gebracht hatte. Die Werbeschrift, die an jeden färöischen Haushalt verteilt worden war, war sehr gut aufgenommen worden. Pátriks Aufwand und der Inhalt des schmalen Buches waren mit vielen positiven Worten bedacht worden und hatten ihm in der Bevölkerung großes Ansehen verschafft.

Das Miteinander der beiden war jedoch erst augenscheinlich geworden, als die „Grünen Färöer" gegründet wurden und Beinir sich als einer der Wahlkandidaten hatte aufstellen lassen. Wie Birita verstanden hatte, war es Pátriks Idee gewesen, Beinir dazu zu gewinnen, sich für die Liste zur Verfügung zu stellen. Er hatte zweifellos geahnt, dass es nur eine Frage der Zeit sein würde, bis Ronja über ihre eigenen Füße stolpern würde. Wenn Beinir Interesse habe, etwas Großes für die färöische Nation zu leisten, dann wäre dieser Schritt wie eine zweispurige politische Autobahn, auf der er ein Rennen fahren könne und sämtliche Gegner überhole. Er sei der beste Herausforderer, den man sich vorstellen könne.

Etwa zur gleichen Zeit hatte Birita begonnen, sich häufiger mit Beinir zu treffen. Obwohl sie sich schon seit ihrer Jugend kannten, hatte sie sich niemals vorstellen können, dass aus ihnen einmal etwas Ernstes werden würde. Pátrik dagegen war in ihren Augen ein echter Schmarotzer. Ein falscher Hund und ein gefährliches Plappermaul. Egal, was er sagte, er verlangte immer eine Gegenleistung. Aber warum war er so sehr darauf aus gewesen, dass sich Beinir einen Platz im Parlament erkämpfte? Hatte er sich davon erhofft, irgendwelche für ihn bedeutenden politischen Ziele durchzusetzen, oder hatte er Ronja Róksdóttir nur ein Bein stellen wollen? Birita selbst war es bis heute nicht gelungen, sein Spiel zu durchschauen oder zu erkennen, wer hier möglicherweise die Kontrolle über wen gewinnen wollte. Was mochte dieser unnahbare Mann im Schilde führen, wenn er behauptete, dass die Polizei weitere Verbrechen verheimliche? Nein, es bestand nicht der geringste Grund, diesen Mann zu fürchten. Pátrik Raskason war zwar machtbesessen, andererseits aber voller Minderwertigkeitsgefühle. Sie war fest entschlossen, sich von ihm nicht drohen zu lassen.

DIESES FALSCHE MISTVIEH ging ihm fürchterlich auf die Nerven. Er konnte diese Frau nicht ertragen. Sobald sie in seiner Nähe war, bekam er Pickel oder andere Auswüchse von Unreinheit. Es reichte schon, nur ihren Namen zu hören oder ein Bild von ihr zu sehen. Dennoch verging nur selten ein Tag, ohne dass er Ronja Róksdóttir in irgendeiner Form begegnete.

Nur Gott mochte wissen, ob diese Frau sich darüber bewusst war, wie sehr sie sein Leben und sein gesellschaftliches Ansehen ruiniert hatte. Pátrik war mehr oder weniger eine Stelle bei „VIKAN" zugesagt worden. Zuvor hatte er dem Medienhaus eine perfekt ausgearbeitete Bewerbung geschickt und sich zu einem persönlichen Vorstellungsgespräch einladen lassen. Er hatte lange im Büro von Villy Nesmann gesessen und detailliert von seiner medienwissenschaftlichen Ausbildung und seinem reichhaltigen Erfahrungsschatz als Fotograf und Reporter erzählt. In angenehmer Atmosphäre hatten sie über die Situation der färöischen Medienlandschaft sowie die Bedeutung von sachlichem und kritischem Journalismus diskutiert. Pátrik hatte seinem Gegenüber erklärt, dass er sofort bereitstünde, bei „VIKAN" anzufangen. Er habe ein Gespür für interessante Geschichten, gleichzeitig verfüge er aber auch über gute Nachrichtenquellen und ein weitläufiges Netzwerk, nicht zuletzt, was die Hauptstadt beträfe, in der das politische Machtzentrum sitze und das kulturelle Leben spiele. Nesmann hatte interessiert gewirkt, während ihres Gespräches aber nichts versprechen können. „VIKAN" habe vorläufig nur die Festanstellung *eines* neuen Journalisten vorgesehen, hatte er ihm mitgeteilt, es gebe aber auch noch einen weiteren Bewerber, dem er ein Vorstellungsgespräch versprochen habe. Es würde ihn jedoch überraschen, wenn der zweite Kandidat noch mehr Erfahrung, noch größere Fähigkeiten oder noch bessere Empfehlungen vorzuweisen hätte. Pátrik sei herzlich eingeladen, eine Tasse Kaffee zu trinken und sich ein wenig in den Büros umzuschauen. Er hatte sich wie zu Hause gefühlt. Oh, das würde bestimmt eine spannende Sache werden, hatte er noch gedacht. Beide Bewerber würden am Tag darauf eine schriftliche Antwort erhalten.

Als er am nächsten Tag sein Mailprogramm geöffnet und die Absage von „VIKAN“ gelesen hatte, war er wie vor den Kopf gestoßen. In der Stellungnahme hatte es kurz und knapp geheißen, dass ihm ein anderer qualifizierter Bewerber vorgezogen worden sei, aber dass auch er willkommen sei, der Zeitung künftig Artikel und Fotos zu schicken, die je nach Absprache und den für Journalisten geltenden Bedingungen, wie sie vom Färöischen Journalistenverband festgelegt seien, abgerechnet werden würden.

Das könne nur ein Missverständnis sein, war sein erster Gedanke gewesen. Was zum Teufel war passiert? Hatten sie vor, ihn zum Gespött zu machen? Er hatte sich selbstverständlich nicht zurückhalten können, sondern sofort zum Telefon gegriffen und Villy Nesmann angerufen, der sich ungewohnt wortkarg gegeben hatte.

Ja, wie er bereits im Vorstellungsgespräch angedeutet habe, könne nach jetzigem Stand nur *eine* Vollzeitkraft eingestellt werden, hatte er ihm geantwortet, aber auch bei „VIKAN“ seien Freelancer jederzeit gern gesehen. Was dann später dabei herauskäme, würde sich zeigen.

Nein, er könne darauf schwören, dass es dazu nicht kommen würde. Pátrik hatte dem Chefredakteur eindeutig zu verstehen gegeben, dass er ihn mit seinem Lokalblättchen in Ruhe lassen solle. Nesmann könne sich sicher sein, dass er von ihm nicht ein Foto, ja, nicht mal einen einzigen Buchstaben geliefert bekommen würde. Mit knallrotem Gesicht hatte er den Hörer auf die Gabel geworfen.

In der folgenden Woche war „VIKAN“s neu eingestellte Journalistin in aller Munde gewesen. Nur die Allerwenigsten hatten sie damals gekannt. Sie schien auf den Färöern ein nahezu unbeschriebenes Blatt zu sein. Ronja Róksdóttir war zwar in Norðvík aufgewachsen und hatte in

Kambsdalur ihr Abitur abgelegt, war dann aber in Dänemark auf die Journalistenhochschule gegangen und hatte anschließend für die Tageszeitung ‚Information", die Regionalabteilung des Fernsehsenders „TV2" und für den „Daily Mirror" in London gearbeitet. Vielleicht war gerade der letzte Punkt entscheidend gewesen. Hatte den Unterschied gemacht. „VIKAN" hatte ein Interview gestreamt, in dem die junge Frau über ihre Auslandsjahre erzählt hatte, welche Erfahrungen als Journalistin sie dort gewonnen habe und wie aufregend es sei, nun wieder auf die Färöer-Inseln zurückzukehren, um einen Job in ihrer Heimatstadt anzutreten.

Ob das nicht ein Rückschritt auf ihrer Karriereleiter sei, war sie gefragt worden.

Oh nein, ganz im Gegenteil. Sie sehe ihren neuen Job als spannende Herausforderung. Zeit ihres Lebens habe sie sich für Gesellschaftsthemen interessiert. Soweit sie sich zurückerinnern könne, ja, selbst als kleines Mädchen habe sie schon Spaß daran gehabt, eigene Geschichten zu schreiben und Zeitungen zu produzieren. In ihrem Poesiealbum stünde schwarz auf weiß, dass sie Abenteurerin oder Fernsehmoderatorin werden wolle, wenn sie einmal erwachsen sei. Ja, nun müsse sie selbst lachen. Vielleicht sei es gar nicht so abwegig, dass sie diesen Berufsweg eingeschlagen habe.

Auf die Frage, welche Eigenschaften einen guten Journalisten ausmachen, hatte sie spontan geantwortet, dass eine gewisse Neugier erste Voraussetzung sei. Aber es sei auch wichtig, zuhören zu lernen und sich sowohl schriftlich als auch mündlich klar ausdrücken zu können. Ferner müsse man natürlich in der Lage sein, ein gesundes Gerechtigkeitsgefühl zu bewahren, egal, worum es ginge. Sie wolle sich jetzt aber nicht besser machen, als sie wirklich sei, hatte sie erklärt, ehe sie zu ihren eigentlichen Grundprinzipien gekommen war:

„Wenn man als Journalist eine gute Story schreiben, interessante Gesellschaftsthemen beleuchten oder bestimmte Menschen zitieren möchte, dann ist es unumgänglich, sämtlichen Beteiligten größten Respekt zu zollen. Es geht schließlich um die Rolle, die jemand spielt, und nicht um den Menschen selbst. Wir dürfen nicht vergessen, dass wir vor dem Gesetz alle gleich sind. Genau das ist der Grundgedanke der Demokratie."

Ronja hatte mit leuchtenden Augen in die Kamera geschaut.

„Keine Familie ist zu groß und kein Mensch zu klein, als dass ihnen nicht das Recht zustünde, von den Medien anständig behandelt zu werden. In meinem Job als Journalistin für das Medienunternehmen ‚VIKAN' möchte ich vor allem ehrliche Geschichten über die Frau und den Mann auf der Straße erzählen. Meine Absicht ist es, über das Leben der Färinger der Gegenwart zu schreiben. Und nicht zuletzt möchte ich gern eine Art Sprachrohr für die Bürger unserer Gesellschaft sein, die sich ungerecht oder ungleich behandelt fühlen. Oder auch für die, die einfach nur etwas auf dem Herzen oder eine Geschichte zu erzählen haben."

Er hatte das Gefühl gehabt, als hätte er einer Predigerin zugehört. Dieses verfluchte heimgekehrte Teufelsweib hatte sich buchstäblich als Erlöserin aufgespielt. War sie wirklich der Meinung, dass sie durch ihre Tätigkeit die Färöer-Inseln zu einem besseren und gerechteren Land machen könne? Natürlich nicht. Sie mochte sich vielleicht sachkundig und überlegen geben, war aber naiv und blauäugig wie kaum eine andere.

Pátrik hatte Ronja Róksdóttir vom ersten Tag an nicht ertragen können. Überall war sie präsent gewesen. Nicht eine Pressekonferenz hatte sie ausgelassen, sondern immerzu ihre kurzen, präzisen und aufdringlichen Fragen gestellt.

Hätte er sich damals von diesem Herrn Nesmann tatsächlich verschaukeln lassen, weiß Gott, wie oft er im Lauf der Zeit von dieser selbstherrlichen, sich so verdammt cool aufspielenden Frau gequält worden wäre. Nur um Aufmerksamkeit zu erregen und gesehen zu werden, ging sie unentwegt zu Fuß, kam mit dem Fahrrad oder dem Bus. An einem düsteren Herbsttag hatte er Ronja ganz allein an einer Bushaltestelle in Hoyvík stehen sehen. Es hatte nicht viel gefehlt und er hätte die Kontrolle über sein Auto verloren. Ja, er hätte sie damals aus dem Weg räumen sollen. Aber er war kein primitiver Automörder. Allein der Gedanke daran, ohne Yvonne und körperlichen Leidensdruck in einem humanistischen Gefängnis sitzen zu müssen, war der Grund für ihn gewesen, sich zu beherrschen.

Dass Ronja Róksdóttir aber auch noch begann, kritische Artikel über die Universität der Färöer zu schreiben und deren möglicherweise überhöhte Aufwendungen für Informationszwecke anzuprangern, brachte das Fass zum Überlaufen. Spätestens jetzt hatte ihn der Hass auf diese „VIKAN"-Journalistin fest im Griff. Was würde es ihm für ein Vergnügen bereiten, diese Frau umzubringen! Am liebsten langsam und qualvoll. Immer wieder schossen ihm die brutalsten Ideen durch den Kopf. In Gedanken hatte er der schreienden Journalistin bereits mehrfach die Fingerkuppen abgeschnitten oder drohend mit einer glühenden Zigarre vor ihr gestanden, mit der festen Absicht, sie in sie hineinzustecken.

In solchen Momenten fürchtete er sich vor sich selbst. Seine Persönlichkeit war gespalten. Doch es war ihm bisher gelungen, seine krankhaftesten Seiten in Schach zu halten. Seinen wahren, furchteinflößenden Sadismus konnte er auf den Färöern ohnehin nicht ausleben. Dessen war er sich bewusst. Vielleicht war er ja ein Übermensch? In seinem Innersten dagegen war er ganz normal. Hier und da hielt er sich sogar für emotional. Er war nach wie vor mit Yvonne zusammen und kam auch mit deren erwachsener Tochter, die in Odense verheiratet war und einen netten, intelligenten Sohn hatte, gut zurecht. Für ihn stand jederzeit viel auf dem Spiel. Oft hatte er seine Herkunft verflucht und darüber nachgedacht, seinen Nachnamen ändern zu lassen. Aber insgesamt gesehen gab es nichts, für das er sich hätte schämen müssen. Er hatte eine exzellente Ausbildung genossen und ging einer interessanten, produktiven Arbeit nach. Er und Yvonne hatten Bekannte, mit denen sie sich regelmäßig trafen. Die Universität der Färöer war bestimmt kein schlechter Arbeitsplatz. Er hatte dort gewisse Freiheiten. Es gab immer Leute, die seine zahlreichen Artikel und Berichte auf „VAPO" wie auch die Facebook-Kommentare, die er publizierte, likten oder die sich animiert fühlten, seine Ausführungen zu diskutieren. Nein, er war nicht dumm und wusste ganz genau, wann und wo ein Kampf zu gewinnen war. Seine besten Waffen waren immer noch Kamera und Laptop. Dagegen tat es ihm äußerst weh, seinen politischen Lehrling verloren zu haben, denn Beinir Kalsfjall hätte ihm den Weg an die Macht dieses grünen Gebirgslandes bereiten sollen.

Er hatte alles so gut durchdacht. Geplant, wie er es schaffen konnte, im Fahrwasser dieser aufkeimenden neuen Bewegung selbst nach oben vorzustoßen. Zusammen mit Beinir hatte er die große Versammlung im „Bakkalon" nahe der zentral gelegenen Brücke besucht. Alles in allem war der Abend nach Plan verlaufen. Als er auf dem Weg nach Hause Ronja getroffen hatte, musste er irgendeine rote Linie überschritten haben. Doch das war glücklicherweise ohne Folgen geblieben. Der grüne Weg für seinen Freund und Sportsmann war somit geebnet. Beinir hatte es keineswegs der Tochter des früheren Boxers zu verdanken, in seiner Partei so hoch aufgestiegen zu sein. Nein, Pátrik selbst war es gewesen, der wie ein Marionettenspieler hinter den Kulissen die Fäden in der Hand gehalten hatte. Und auf einmal war auch noch Hilfe von oben gekommen. Er hatte keine Ahnung, wie viele Megabit Trivialpornographie während des Wahlkampfs versandt worden waren. Doch er hatte die Gelegenheit genutzt, Kontakt zu der betroffenen

Firma aufzunehmen und den Chef persönlich zu sprechen. Es war wichtig, Beinir von jedem Verdacht reinzuwaschen. Mindestens genauso entscheidend aber war es gewesen, Gestur Gillason dafür zu sensibilisieren, dass in Ronja Róksdóttirs grünem Hinterhof Parasiten der übelsten Sorte lauerten.

Norðvík, 17. Juni 2018

ER WAR WIE immer früh auf den Beinen. Der Wahltag näherte sich. Er musste sich auf eine Diskussionsrunde vorbereiten, die dazu stattfinden sollte. Darüber hinaus hatte er ein politisches Statement ausgearbeitet, das er gerne unter die Leute bringen wollte.

Der Himmel war strahlend blau. Gott hatte den Färingern ein unglaublich schönes Land geschenkt. Er würde den Leuten, die hier wohnten, ganz bestimmt auch eine bessere Regierung gönnen.

Gestur goss sich einen heißen Tee ein. Er war durchaus in der Lage, ein Ei zu kochen und sich ein Butterbrot zu schmieren. Eva Debora hatte angedeutet, ihren Schönheitsschlaf noch eine Weile fortsetzen zu wollen. Ihm war es recht, morgens genoss er die herrliche Ruhe zum Arbeiten. Er mochte es, das Reich für sich allein zu haben.

Gestur ging in sein Büro, schaltete den Computer an und griff nach seiner großen Teetasse. Er hatte es sich zur Gewohnheit gemacht, zu Beginn des Arbeitstages seine persönlichen Mails zu lesen und gleich zu bearbeiten, sodass das frühzeitig abgehakt werden konnte. Heute fand er nur eine einzige ungelesene Mail in seinem Posteingang. Das ist ja harmlos, dachte er, denn sie war auch noch von der Christlichen Arbeiterpartei versandt worden. Vielleicht hatte die Parteiführung neues Informationsmaterial in Umlauf gebracht. Gestur Gillason dachte nicht weiter nach, als er die Datei öffnete. Aber noch in der gleichen Sekunde erlitt er den Schock seines Lebens. Auf dem Bildschirm erschien Pornomaterial der übelsten Sorte. Er traute seinen Augen nicht. Völlig außer sich versuchte er, diese abscheulichen Bilder umgehend zu löschen. Aber das machte alles nur noch schlimmer. Egal, auf welche Taste er drückte und welchen Inhalt er beseitigen wollte, es erschien sofort wieder neues anstößiges Bildmaterial. In seiner Verzweiflung zog er den Stecker, setzte sich und starrte eine Weile vor sich hin. Er war völlig verwirrt und unfähig, zu entscheiden, was er als Nächstes tun sollte.

Mit zitternden Händen startete er seinen Computer erneut. Als er das ihm wohlbekannte Landschaftsbild sah, war er fast gewillt, Gott zu danken. Sein Computer schien wieder der Alte zu sein. Sollte er es wagen, auf Outlook zu gehen und seine Mails noch einmal zu checken? Oder sollte er es lassen? Doch das Unglück hatte bereits seinen Lauf genommen. Die Datei mit den Abscheu erregenden und wohl auch kriminellen Bildern war soeben automatisch an eine Vielzahl scheinbar willkürlich ausgewählter Adressaten versandt worden.

Gestur versuchte, einen klaren Gedanken zu fassen. Würde er nun die Sittenpolizei am Hals haben? Was sollte er ihnen sagen und was würden die Menschen denken, wenn das herauskäme? Niedergeschlagen und beunruhigt suchte er in seinem Telefonverzeichnis nach dem richtigen Mann, den er anrufen und dem er sich anvertrauen konnte.

„Gott helfe mir, Ísak. Was soll ich machen? Hier hatte der Teufel persönlich seine Finger im Spiel. Es ist etwas Schreckliches passiert ... Ja, als ich mich heute Morgen an meinen Computer setzte ... Nein, ich verstehe das nicht. Und es fällt mir äußerst schwer zu glauben, dass ...“

Gesturs Stimme klang weinerlich. Es schien, als sei für den stolzen Politiker und Geschäftsmann eine Welt zusammengebrochen. Es war gerade erst sieben Uhr, aber der Tag würde wohl der Schlimmste seines Lebens werden. Sein guter Ruf hing in diesem Moment an einem seidenen Faden. War das nun die Strafe dafür, dass er sich dieses eine Mal hatte dazu verleiten lassen, eine dieser verführerischen Internetseiten aufzusuchen? Und dabei auf einer Nebenstrecke gelandet war, der er sich schutzlos ausgeliefert gefühlt hatte? Nein, er konnte nicht abstreiten, dass es so gewesen war. Gott würde ihm schon vergeben, denn sie lebten in einer verdorbenen Welt, in der jeder einmal ins Straucheln geraten konnte. Aber das Urteil der Menschen war meist gnadenlos. Im Zimmer neben ihm schlief Eva Debora. Was würde sie nur dazu sagen? Er durfte sie nicht anlügen. Diese Geschichte würde Schande über die ganze Familie bringen. Und ein großes Unheil für die Christliche Arbeiterpartei bedeuten.

„Guten Morgen!"

Ísak strahlte über das ganze Gesicht, als er eintrat.

„Der Herr lässt über jedem Menschen die Sonne scheinen. Doch der Computer ist das Werk des Teufels. Es gibt aber keinen Grund, besorgt zu sein, mein Freund. Gott hat immer einen guten Rat parat."

Gestur schaute seinem treuen Freund nervös in die Augen. Dieses Gespräch würde unter vier Augen bleiben. Sie waren nicht nur Brüder auf religiöser, sondern auch politischer Ebene. Ísak war ihm früher schon mehrfach eine große Hilfe gewesen.

„Der Mensch wird der Bosheit nie so ganz aus dem Weg gehen können. Jeden Tag versuchen Hacker, in die Computersysteme anständiger Leute einzubrechen. Nein, mein lieber Gestur, es überrascht mich nicht, dass es Leute gibt, die dir auf diese Weise eins auswischen wollen. So sind die Menschen nun einmal. Mein Bruderrat kann daher nur der sein, dass du sämtlichen widerwärtigen Gedanken in Form einer passenden Erklärung zuvorkommen solltest. Sag genau, wie es gewesen ist, lieber Gestur. Dass irgendein Hacker deinen Computer mit abstoßendem Material verseucht hat."

„Ja, aber es geht um Bilder und Filme, die jenseits aller Grenzen des Erlaubten liegen. Kann man das denn einfach so preisgeben?"

„Du hast nur den Stecker gezogen, Gestur, genau, wie es richtig war. Du hattest vorher nichts Verdächtiges feststellen können. Wenn dich jemand fragt, dann solltest du keine größere Sache daraus machen als unbedingt nötig. Alle, die diese Mail bekommen haben, wissen zwar, von welcher Datei die Rede ist. Und dennoch denke ich, dass du

Begriffe wie Sex und Erotik nicht einmal ansatzweise in den Mund nehmen solltest. Glaub mir, Gestur, der Mensch neigt dazu, Dinge falsch zu verstehen. Wenn einen wirklich etwas bedrückt, dann sollte man es lieber vor dem Herrn zur Sprache bringen."

Gestur nickte dankbar. Als sein gleichgesinnter Freund mit seinem PC hinaus zum Auto ging, hatte er das Gefühl, als fiele ihm ein Stein vom Herzen. Nun konnte er nur abwarten und hoffen, dass die färöische Bevölkerung seine Verteidigungsrede verstehen und nicht allzu viel aus diesem Vorfall machen würde. Das Schlimmste war zunächst einmal abgewendet. Jeden Tag bekamen Menschen verunreinigte Mails zugesandt. Aber dass es jemandem gelungen war, ihn nur durch die Angabe der Christlichen Arbeiterpartei als Absenderadresse dazu zu verführen, eine solche Datei zu öffnen, war eine große Sauerei. Hier musste irgendein Dreckschwein die Hände im Spiel gehabt haben. Aber das würde eines Tages herauskommen. Nun konnte er sich zumindest reinen Gewissens zu seiner Frau ins Schlafzimmer hineinwagen und ihr einen Guten-Morgen-Kuss geben.

ER WAR SOEBEN an seinem Arbeitsplatz eingetroffen, als er von dem Unfall hörte. Die Nachricht war für ihn wie ein Schlag in die Magengrube gewesen. Er hatte um Luft gerungen. Dann war er auf die Toilette gerannt und hatte im Spiegel erkannt, wie sehr ihn diese Botschaft belastete. Soweit er sich erinnern konnte, hatte er noch nie geweint. Als sein Vater starb, hatte er still und heimlich gelacht. Aber das mit Beinir war etwas anderes. Ohne diese besonderen Umstände an die große Glocke zu hängen, war er zu seinem Chef gegangen und hatte sich für den Rest der Woche krankgemeldet. Zum Glück war Yvonne zu Hause gewesen. Sie hatte sofort gewusst, wie sie ihren emotional gezeichneten Mann zu behandeln hatte. Ohne dass er sich widersetzen konnte, hatte sie Pátrik hinunter in den dunklen Keller bugsiert.

Anschließend hatte ihm sein Körper von den Oberschenkeln an aufwärts wehgetan. Während ihm die Tränen die Wangen hinunterliefen, hatte er gespürt, wie ihm der ganze Rücken brannte. Hemmungslos hatte er einen guten Freund beweint, den er nie mehr wiedersehen würde. Lange hatte er nackt auf dem Fußboden gelegen und sich gekrümmt. Doch dann hatte er sich einigermaßen gefangen. Yvonne war es gelungen, seinen Schmerz zu lindern. Dankbar und etwas verlegen hatte er zu ihr aufgeschaut. Er hatte sich gefragt, ob er es wagen könne, ihr wieder in die Augen zu blicken. Immerhin war es ihr gelungen, ihn von seinen unterdrückten Gefühlen und seiner eingesperrten Wut zu befreien. Am liebsten hätte er ihr die Füße geküsst und sich bei ihr bedankt. Denn er hatte sich gefühlt wie neu geboren. Endlich hatte er wieder klar denken können. Nach und nach hatte sich ein für ihn stimmiges Bild abgezeichnet.

Selbstverständlich hatte Ronja alles genau geplant. Sie hatte sich ausgerechnet, dass es leichter für sie sei, in der Stadt in Joggingkleidung gesehen zu werden, als sich später dafür verantworten zu müssen, warum sie an jenem Morgen, an dem Beinir getötet wurde, so früh auf den

Beinen gewesen war. War dieser Gedanke nicht einleuchtend? Wenigstens das musste Birita Suðurnes doch begreifen! Möglicherweise hatte auch Jóruns Sohn, dieser Nichtsnutz, etwas mit der Sache zu tun. Oder ein irgendein anderes grünes Miststück. Worauf wartete die Polizei? Wie lange noch wollte sie ihre schützende Hand über dieses listige Frauenzimmer und den kindischen Außenseiter halten? Oder hatte Ronja vielleicht ein Druckmittel gegen sie in der Hinterhand? Es war nicht auszuschließen, dass sie etwas wusste, das nicht an die Öffentlichkeit gelangen durfte.

Aber nicht allein das war der Grund dafür, warum er sich bemühte, alles mitzubekommen, was „VIKAN" berichtete. Er glaubte, den Feind genau kennen zu müssen, um ihn besiegen zu können. Der gesamte Strickclub erschien ihm durch und durch suspekt. Er würde seinen linken kleinen Finger dafür geben, nur um dahinterzukommen, welche Erkenntnisse Ronja seit der großen Strickclubparty letztes Jahr vor Weihnachten mit sich herumschleppte. Warum war die Kunstexpertin Inga Einarsdóttir ausgerechnet in der Nacht tot aufgefunden worden, in der diese Unglücksvögel aus Norðvík einmal mehr ausgeschwirrt waren, um für Unruhe zu sorgen? Lange Zeit war es *das* Gesprächsthema schlechthin gewesen. Irgendjemand hatte berichtet, dass Anita, die Frau des Polizisten, in jener Nacht mit dem Sänger Sveinur Skel geschlafen hatte, der wiederum zum Kreis der Verdächtigen zählte und von den Ermittlern verhört worden war. Doch die Polizei hatte steif und fest behauptet, dass die beiden unschuldig seien und mit der Sache nichts zu tun hätten. Wer allerdings glaubte schon einem Polizisten, dessen Frau zu den Kronzeugen eines so undurchsichtigen Falls gehörte?

Er war persönlich bei der Pressekonferenz dabei gewesen. Jákup á Trom, der Ehemann dieser lüsternen Dame, hatte an jenem Tag sehr deprimiert gewirkt. Pátrik hielt sich eher im Hintergrund, schoss aber doch das eine oder andere Foto. Insgeheim auch von Ronja, die an diesem

Tag eine junge Frau aus Gota im Schlepptau gehabt hatte. Vielleicht würden die Fotos noch von Interesse sein, vielleicht aber auch nicht. Darüber hinaus hatte er eine Bilderserie erstellt, die belegte, wie Ronja später zur Rezeption gegangen war und dort eine CD ausgehändigt bekommen hatte. Auf der Vergrößerung der Bilder hatte er entdeckt, dass es sich um das Cover eines Albums von Sveinur handelte. Anfänglich hatte er dem nicht so viel Bedeutung beigemessen. Ebenso wenig, wie er zunächst darüber nachgedacht hatte, warum Ronja nach der Pressekonferenz wegen einer so bedeutungslosen Sache zur Rezeption gerufen worden war. Trotzdem war er später zum Hotel gefahren, um mit der Empfangsdame zu sprechen. Die junge Frau hatte sich an diesen Morgen gut erinnern können und ihm mitgeteilt, dass sich in der Hülle eine bespielte CD mit der Aufschrift „VIKAN" befunden hatte.

Es musste also irgendeine Verbindung zwischen Sveinur und Ronja geben. Aber wie mochte das alles zusammenhängen? Er selbst hatte sich nicht dazu überwinden können, Villy Nesmann anzurufen, geschweige denn Sveinur Skel oder Ronja Róksdóttir selbst darauf anzusprechen. Nein, nur über seine Leiche! Es widerstrebte ihm, sich auf ein solches Niveau herabzulassen. Daher war ihm nichts anderes übriggeblieben, als sich selbst zu bemühen, möglichst unauffällig Licht ins Dunkel zu bringen.

In der darauffolgenden Zeit hatte er Ronja beschattet, was allerdings schwierig war, denn er wohnte in Tórshavn und sie in Norðvík. Es hatte für ihn so ausgesehen, als spielte sie bewusst das Unschuldslamm.

Erst am Gregoriustag, am 12. März, war ihm klar geworden, dass Ronja Róksdóttir daran arbeitete, eine neue Partei zu gründen. Sie wolle in Sachen Journalismus eine Pause einlegen, um einmal etwas ganz anderes auszuprobieren, hatte sie ihren Entschluss begründet. Sie habe den Eindruck, dass sie ihre Kraft der Zukunft widmen müsse. Daher habe das Projekt ‚Grüne Färöer'" ab sofort oberste Priorität.

Diese Rotstrumpfscheiße. Ronja hatte sich nur für die Politik entschieden, um nicht unter Druck zu geraten, die Wahrheit aufdecken zu müssen. Warum sonst hätte sie ihrer Berufung als Journalistin von einem Tag auf den anderen den Rücken kehren sollen? Nein, da steckte definitiv etwas anderes dahinter. Sollte vielleicht ihre journalistische Glaubwürdigkeit in Gefahr geraten sein? Ganz bestimmt wusste sie etwas, über das sie nicht schreiben durfte. Oder wollte. Ob sie einen guten Freund deckte, der ein Verbrechen auf dem Kerbholz hatte? Jetzt hatte er Blut geleckt und keinesfalls die Absicht, so schnell aufzugeben.

Inzwischen hatte er eine Vielzahl von Theorien im Kopf. Ob Beinir vielleicht diesem Spiel zum Opfer gefallen war? Ronja musste unbedingt ausgebremst werden. Aber jetzt war sie Politikerin und genoss Immunität. Es musste schon viel passieren, ehe diese aufgehoben werden würde. Wären die Färöer doch nur ein Polizeistaat! Dann wären zwei starke Polizisten problemlos imstande, die Wahrheit aus dieser Frau herauszuprügeln. Pátrik seufzte schwer. Was zum Teufel geht nur in diesem Land vor? Beweise, Beweise und nochmal Beweise. Unsere gnädige Demokratie verlangt immerzu Beweise. Man gilt so lange als unschuldig, bis das Gegenteil bewiesen ist. Er war der Meinung, dass es genau umgekehrt sein sollte.

Kopenhagen, im Mai 2018

DIE UMGEBUNG WIEDER einigermaßen wahrnehmen zu können. Die Wände und das Fenster zu erkennen, die Tür zu finden und zu wissen, wo sich der Tisch befindet. Sich ohne fremde Hilfe auf den Stuhl setzen und nach der Tasse greifen zu können. Zu essen und zu trinken wie normale Leute. Ja, es war den Versuch wert.

Er lag im Reichskrankenhaus, wo er von Dr. Whitman, einem bekannten englischen Facharzt für Augenerkrankungen jeder Art, operiert worden war. Die Wahrscheinlichkeit, einen Großteil seines Sehvermögens zurückzugewinnen, war gering. Das hatte man ihm im Vorfeld zu verstehen gegeben. Seine starken Verletzungen durch den Verkehrsunfall, bei dem die Nervenstränge zwischen der Netzhaut seines Auges und seinem Gehirn durchtrennt worden waren, bewirkten, dass nicht einmal ein Vergrößerungsglas in der Lage war, den Nachrichtenfluss zum Gehirn ausreichend zu unterstützen.

Wie Bjarki verstanden hatte, hatten sie geplant, ihm einen kleinen Chip unter der Netzhaut einzupflanzen, der eine bessere Verbindung zwischen der Iris und dem Teil des Gehirns gewährleisten sollte, der die Funktion hatte, das Licht einzufangen und entsprechend aufzunehmen. Genau konnte er sich das zwar nicht vorstellen, aber er hatte nichts zu verlieren. Er hoffte, dass nun alles gut würde. Daher war er äußerst gespannt, als er an jenem Morgen aufwachte. Es war Donnerstag, der 17. Mai, 8.40 Uhr, als ihm die Binde von den Augen genommen wurde.

Im ersten Augenblick war alles völlig schwarz. Absolute Dunkelheit. Aber dann zeichneten sich erste schemenhafte Bilder ab. Und trotzdem, einen Grund für große Freudensprünge gab es nicht. Es war zwar eine leichte Verbesserung zu erkennen, aber er war immer noch blind. Sein Sehvermögen war mit 6 Prozent gemessen worden. In Zahlen ausgedrückt sah er somit fast doppelt so gut wie vorher. Das sollte immerhin einen Unterschied machen. Vielleicht würde es ihm dadurch ermöglicht werden, endlich das auszuführen, was er sich in seinen einsamsten und dunkelsten

Momenten immer ausgemalt hatte. Die Rache. Den Mord. Eine Vorstellung, die in seinem Kopf immer mehr Form angenommen hatte.

Wenn er zur Kontrolle ging, übernachtete er im Krankenhaushotel. Nach den Mahlzeiten saß er in der Regel im Aufenthaltsraum. Dabei ließ es sich nicht ganz vermeiden, von anderen Färingern angesprochen zu werden. Die Leute fragten ihn interessiert, wer er sei und ob seine Operation geglückt sei. Ob endlich ein Lichtblick zu erkennen sei. Andere wollten wissen, wodurch er blind geworden war. Ja, immer wieder wurde dieser Verkehrsunfall thematisiert, über den er einfach nicht mehr sprechen wollte. Er spielte jetzt doch keine Rolle mehr. Am liebsten hatte er seine Ruhe und war für sich allein. Er hatte keine Lust, tagtäglich von anderen an seinen hoffnungslosen Zustand erinnert zu werden. Oder von den Krankheiten der anderen zu hören. Und doch kam er nicht ganz darum herum, einigen von ihnen Beachtung zu schenken und auf diese Weise auch das ein oder andere mitzubekommen, was hier vor Ort gesprochen wurde. Schon bald kannte er viele Mitbewohner beim Namen. Er bemühte sich jedoch bewusst, so wenig von sich preiszugeben wie nur möglich. All die Jahre hatten ihn sozial gesehen völlig verändert. In den Augen der anderen war er der trübsinnige Blinde, dem es nicht vergönnt war, ein normales Leben zu führen. Der seine Bitterkeit am liebsten versteckte. Niemand sollte ihn so gedemütigt oder gar weinen sehen. Statt eine Konversation in Gang zu halten, begnügte er sich meist damit, nur die Fragen zu beantworten, die ihm gestellt wurden. Und sich in sich selbst zurückzuziehen.

Einen Großteil des Tages hörten die Patienten im Krankenhaushotel Radio. Sobald eine Nachrichtensendung kam, wurde die Lautstärke aufgedreht. Und wenn die Namen der Verstorbenen vorgelesen wurden, saßen die Leute so andächtig da wie in der Kirche.

Bei seinem aktuellen Aufenthalt im Hotel versuchte er, frohen Mutes zu sein. Zwar erzählten alle wieder von ihren Beschwerden, aber auch von Untersuchungen, Operationen und den neuesten Mitteilungen, die sie im Reichskrankenhaus oder von ihren Ärzten bekommen hatten. Trotz des Elends war es gut, zu wissen, wie zäh und willensstark der Mensch sein kann. Niemand fügte sich seiner Krankheit oder gar dem Tod. Solange man lebte, gab es auch Hoffnung. Die Medizin befand sich mittlerweile auf einem nie dagewesenen Niveau. Erfolgsgeschichten über Patienten, die ein neues Herz oder eine neue Leber bekommen hatten und danach wieder ein gutes, inhaltsreiches Leben führten, hörte man immer häufiger. Es wurde auch von schlimmen Gehirnblutungen erzählt, die in einigen Fällen keine bleibenden Schäden mehr hinterlassen hatten. Und von Frauen und Männern, die an einer bösen Krebserkrankung laboriert hatten, aber wieder völlig gesund geworden waren.

Als sie sich eines Tages neben ihn setzte und ihn leise fragte, wie es ihm ginge, erkannte er ihre Stimme sofort. Ob seine Augen wieder so stark seien, dass er sie sehen könne? Oder ob er zumindest wisse, wer sie sei?

Leider konnte er sie nicht richtig erkennen. Er sah nur ihre Umrisse. Aber er registrierte ihre Nähe und meinte, ihr zumindest antworten zu können, dass sie in Norðvík wohne und kurzes Haar trüge.

Sie legte ihre eine Hand auf seine Schulter und nahm mit der anderen seine Hand. Dann lachte sie herzlich. Ja, er habe völlig Recht. Sie trage eine Perücke. Ihr Schädel sei vollkommen kahl, um es klar und direkt zu sagen. Haarwurzeln könnten eine Chemotherapie nicht sonderlich gut vertragen. Aber nun hoffe sie, dass der Krebs besiegt sei und sie im Hotel kein Dauergast mehr sein müsse.

Ja, er erinnerte sich immer besser an sie. An diese milde Stimme. Und ihre langen zärtlichen Finger. Sie war die junge Krankenschwester, die versucht hatte, sich seiner anzunehmen, als er so lange in Zimmer 7 gelegen hatte. Er wusste noch, dass sie Lina Válará hieß und nach Norðvík geheiratet hatte. Nein, er war schließlich nicht auf den Kopf gefallen und hatte in all den Jahren versucht, dem täglichen Geschehen so weit wie möglich zu folgen. Er wollte ihre Hand gar nicht mehr loslassen. Sie tat ihm gut. Wie schön das Leben hätte sein können! In Gedanken kehrte Vónbjørt zu ihm zurück. Sie war nur 18 Jahre alt geworden. Und hätte gerettet werden können. Ja, wenn nur der Krankenwagen schneller an den Unglücksort gekommen wäre. Auch sein eigener Zustand wäre heute wohl ein anderer. Ihm fehlte die Kraft, darüber nachzudenken, was ihm alles hätte erspart bleiben können. In diesem kurzen Moment war er nur dankbar, die Hand dieser freundlichen Krankenschwester zu spüren, die sich vor einigen Jahren, als er am Boden gelegen hatte, so bemüht hatte, ihm neues Leben einzuhauchen.

„Du und Ronja Róksdóttir", sagte er nach einer kurzen Pause, „ihr kennt euch doch, nicht wahr? Ich meine, mich erinnern zu können, dass du früher von ihr gesprochen hast. Wie ich gehört habe, versucht sie nun, politisch etwas zu bewegen. Ich verfolge das ein wenig. Sie möchte sich für weniger Verkehr auf den Straßen und eine fußgängerfreundlichere Gesellschaft einsetzen. So hat sie sich ausgedrückt.
"

„Ja, ich kenne Ronja besser als fast jeder andere. Wir sind zusammen in einem Strickclub und haben schon vieles miteinander erlebt. Ronja ist unglaublich tüchtig, aber mit ihrer Entscheidung, in die Politik zu gehen, hat sie uns alle überrascht. Ich weiß nicht, was ich dazu sagen oder davon halten soll. Es wird jedenfalls interessant sein, zu verfolgen, was dabei herauskommt. Natürlich wird es auch darauf ankommen, welche Leute sie für ihr Team gewinnen kann. Ich glaube nicht, dass es ein Geheimnis ist, dass hinter ihr auf ihrer Liste ein junger, vielversprechender Mann aus Tórshavn steht. Ich habe gehört, wie er sagte, dass es auf den Färöern demnächst weniger Autos, aber mehr Fahrräder geben solle. Aber es wird natürlich so viel geredet und versprochen."

Aus dem einen oder anderen undurchsichtigen Grund vermied er es, sie zu fragen, wer dieser Mann sei. Er befürchtete, dass er es vielleicht nicht ertrüge, seinen Namen zu hören. Er hatte eine böse Vorahnung und gab sich alle Mühe, dieses Elend vorerst nicht an sich heranzulassen. Lieber wollte er den Moment und seinen Kaffee genießen und seine Erinnerungen an diese herzensgute Krankenschwester.

„Es ist durchaus möglich, dass du diesen Mann kennst. Er heißt Beinir Kalsfjall und ist einer unserer besten färöischen Sportler", fuhr Lina dann jedoch fort.

Obwohl er seine Abneigung und Kraftlosigkeit unter allen Umständen vor ihr hatte verbergen wollen, standen ihm die Gefühle wohl unmissverständlich ins Gesicht geschrieben. Ungewollt ließ er ihre Hand los und seinen hart gebeutelten Körper zurück in den Sessel fallen. Mit leeren, resignierten Augen starrte er in den

Raum. Er wollte seine Meinung zu diesem Mann nicht in Worte fassen. Und dennoch drang zwischen seinen zusammengebissenen Zähnen der blanke Hass durch.

„Nein, aber doch bitte nicht diese skrupellose Bestie!"

LOUIS BORGARSON HATTE eine gute Stunde im Büro von Hilda Vigesen, der Leiterin des „Hjálpirótin", gesessen. Er hatte sie vorab angerufen. Es sei notwendig, etwas über einen der Bewohner in Erfahrung zu bringen, hatte er ihr erklärt. Aber ihr Gespräch sei unbedingt vertraulich zu behandeln.

Sie hatte ihn mit ernstem Gesichtsausdruck empfangen. Es passiere ja nicht jeden Tag, dass die Polizei vorbeischaue, hatte sie zur Begrüßung gesagt. Louis dagegen hatte sich bemüht, nicht zu geheimnisvoll zu wirken und seinen Besuch eher wie Routine aussehen zu lassen. Aber im Zusammenhang mit dem tödlichen Verkehrsunfall, der sich kürzlich ereignet habe, gebe es etwas, das einer näheren Untersuchung bedürfe. Er würde daher gerne mit Bjarki Birk Olesen sprechen. Es wäre aber wichtig, schon im Vorfeld zu hören, wie gut die Auffassungsgabe dieses Mannes sei. Soweit Louis wisse, sei Bjarki blind, habe von seinem Schicksalsschlag aber auch noch andere Schäden davongetragen. Ebenso würde es ihn interessieren, wie die Bediensteten des „Hjálpirótin" ihn im Alltag erlebten, und nicht zuletzt, wie Bjarki im Allgemeinen seine Zeit verbrachte. Worüber er tagsüber sprach und wie er mit anderen Menschen zurechtkam. Wie er sich habe sagen lassen, vermeide Bjarki es weitgehend, sich auf andere Menschen einzulassen. Ab und zu mache er Spaziergänge ganz für sich allein. Meistens zu Tageszeiten, zu denen die Stadt menschenleer sei. Aber vielleicht läge er mit seiner Information auch daneben?

Hilda zögerte einen Moment und überlegte, was sie ihm über Bjarki erzählen sollte.

„Ja, Bjarki ist sehr einsam und oft auch trübsinnig", begann sie. „Es geschieht nur selten, dass jemand kommt, um ihn zu besuchen. Glücklicherweise haben seine Eltern in all den Jahren den Kontakt zu ihm gehalten. Sein Vater ist inzwischen verstorben. Bjarki hält sich meist in seiner eigenen Wohnung auf. In den letzten Jahren hat er nur noch die

Unterstützung und Hilfe in Anspruch genommen, die er unbedingt brauchte. Trotzdem hatte er im Mai einen Begleiter dabei, als er in Dänemark war, um sich von einem Facharzt, der insbesondere auf diesem Gebiet internationale Anerkennung genießt, operieren zu lassen."

Louis Borgarson hörte interessiert zu und fragte dann etwas genauer nach.

„Hat diese Operation denn zur Verbesserung seiner Lebensqualität geführt? Oder anders ausgedrückt, kann Bjarki seitdem wieder besser sehen?"

„Nein, ich persönlich kann im Gegensatz zu vorher keinen großen Unterschied erkennen. Diese Reise ist für ihn wohl eher enttäuschend verlaufen. Wenn Bjarki am Tisch sitzt und nach etwas greifen will, so macht er das mit äußerst direkten und vorsichtigen Bewegungen. Ebenso habe ich das Gefühl, dass er andere Leute auch weiterhin weder sieht noch wahrnimmt. Die Bediensteten hier im Haus dagegen erkennt er an ihrer Stimme, ihrem Geruch oder ihrem Verhalten. Du kannst ihn aber auch selbst fragen ...!"

„Ja, unter anderem habe ich vor, mit Bjarki über den Verkehrsunfall vom 20. November 1999 zu sprechen, vor allem darüber, was damals genau passiert ist. Ich stelle mir vor, wie es für ihn gewesen sein muss, das Augenlicht zu verlieren und plötzlich ein gebrochener Mann zu sein. Für einen so jungen Kerl wie ihn muss das ein unglaublich hartes Los gewesen sein."

„Ich kenne Bjarki mittlerweile seit vielen Jahren", entgegnete Hilda. „Er klagt nur selten oder führt sich dem Personal gegenüber ungehalten auf. Meist ist er für sich allein und sagt nicht viel. Es ist natürlich kein Wunder, dass Bjarki depressiv wurde und für seine Zukunft schwarzsah. Aber so ist die Realität, in der er lebt. Eine einzige Autofahrt ist zu seinem persönlichen Schicksal geworden. Wie man hört, muss er ein sehr hübscher und begabter Junge gewesen sein. Dass sich

Bjarkis Psyche im Laufe der Zeit zum Negativen gewandelt hat, sollte man ihm daher verzeihen."

Louis hatte den Unfallbericht gelesen, der damals aufgenommen worden war. Er war alles andere als eine angenehme Lektüre gewesen.

„In diesem Auto haben fünf Jugendliche gesessen, aber nur einer von ihnen ist unbeschadet aus der Sache herausgekommen", fuhr er fort. „Es würde mich interessieren, ob Martha Noran oder Beinir Kalsfjall irgendwann einmal ins „Hjálpirótin" gekommen sind, um Bjarki zu besuchen. Ich würde ihn gerne danach fragen, halte es aber für wichtig, gut vorbereitet zu sein, ehe ich diese alte Wunde wieder aufreiße und darin herumstochere."

Hilda Vigesen war sich der schwierigen Situation sehr wohl bewusst.

„Ich bin seit nunmehr siebzehn Jahren Leiterin des „Hjálpirótin", kann mich aber nicht daran erinnern, dass jemals einer seiner sogenannten Jugendfreunde bei Bjarki vorbeigeschaut hat. Weder in den ersten Jahren noch in der letzten Zeit. Selbstverständlich bin ich nicht rund um die Uhr hier, aber es wäre mir sicherlich zu Ohren gekommen, wenn Bjarki solchen Besuch gehabt hätte. Aber alles zu seiner Zeit, sage ich nur. Denn kurz vor der Wahl war auf einmal dieser Politiker hier bei uns im „Hjálpirótin". Er hat große Brezeln mitgebracht. Zusammen mit den Bewohnern hat er sich in den Aufenthaltsraum gesetzt, Kaffee getrunken und sich mit ihnen unterhalten. Das war ganz nett gewesen, ich kann mich allerdings nicht erinnern, dass Bjarki dabei war. Es hätte mich auch gewundert. Wenn es um Dinge geht, auf die er keine Lust hat oder die er partout nicht will, dann stellt er sich quer oder sucht das Weite. So ist er nun einmal. Aber wenn ich darüber nachdenke, dann fällt mir wieder ein, dass an jenem Morgen eine der Bediensteten zu Bjarki in die Wohnung gegangen ist, um ihm eine der warmen Brezeln zu bringen. Er habe sie jedoch demonstrativ nicht einmal anrühren wollen."

Louis Borgarson lehnte sich in seinem Stuhl zurück. Er seufzte schwer. Vielleicht war es nicht verwunderlich, dass Bjarki seine Abneigung gegenüber seinem politischen Besucher so entschieden zum Ausdruck gebracht hatte. Wenn dieser Mann, der damals auch in diesen Verkehrsunfall verwickelt gewesen war, es all die Jahre nicht einmal für nötig befunden hatte, von sich hören lassen, jetzt aber pünktlich zur Wahl mit einer Kleinigkeit zum Kaffee im „Hjálpirótin" auftauchte, zweifellos nur, um ein paar Stimmen zu ergattern, so war das sicherlich zu viel für ihn gewesen. Er persönlich fand die Vorstellung, dass Beinir Kalsfjall, der bei diesem Verkehrsunglück unversehrt davongekommen war, sich nun dermaßen gefühlskalt verhielt und dem Opfer nicht einmal einen Hauch von Mitgefühl entgegenbrachte, äußerst bedauerlich. Bjarki hatte gewiss seine Gründe, seinem früheren Freund gegenüber so ablehnend zu sein. Aber statt ihn mit Unvermögen und bescheidener Moral zu konfrontieren, hatte der Ärmste es vorgezogen, seine ganze Wut und seinen Hass in sich hineinzufressen.

Louis blickte über die Stadt, während sein ungutes Gefühl Form annahm. Der Gedanke, dass zwischen dem Verkehrsunfall von 1999 und dem in diesem Jahr ein Zusammenhang bestand, war keinesfalls abwegig. Es könnte irgendeine Schnittstelle geben, über die Beinir und Bjarki bis heute nicht hinweggekommen waren. In beiden Fällen hatten die Autos einen Stein gerammt, der auf der Fahrbahn gelegen hatte. Das allein war schon verdächtig genug. Aber war es wirklich denkbar, dass Bjarki dieses Verbrechen zu verantworten hatte? Es bestand zwar die Möglichkeit, dass er jemanden gefunden hatte, der ihm bei seinem Angriff behilflich gewesen war. Aber wer könnte das sein? Bjarki selbst war blind, sodass sein persönlicher Aktionsradius zumindest sehr begrenzt war. Es bedarf schon eines zwingenden Beweggrundes, um den Plan ins Auge zu fassen, einen anderen Menschen aus Rache umzubringen. Beinir Kalsfjall schien den Unfall und die nachhaltigen Folgen, die dieser für die anderen Beteiligten mit sich gebracht hatte, komplett verdrängt zu haben. Wer in der Lage ist, einen so stark beeinträchtigten Freund im Stich zu lassen, der muss äußerst kalt und abgebrüht sein. Auch wenn es oft schwer erscheinen mag, sich in die Situation eines anderen hineinzuversetzen. Als Louis weiter darüber nachdachte, kam ihm noch ein anderer Gedanke. Wie gut hatten sich diese jungen Leute vor dieser schicksalshaften Schreckensnacht überhaupt gekannt? Es blieb ihm keine andere Wahl, als ein gutes und ehrliches Gespräch mit Bjarki Birk Olesen zu führen. Oder ihn auch regelrecht zu verhören, falls es nötig werden sollte. Aber da war noch etwas, das er gerne von Hilda Vigesen wissen wollte.

„Es ist kein Geheimnis, dass Bjarki am Morgen des Donnerstags, des 16. August, um halb sieben am Oberen Ringweg gesehen worden ist. Kommt es oft vor, dass er so früh auf den Beinen ist und einen Spaziergang macht?"

„Ja, das würde ich schon sagen. Du wirst Bjarki jedenfalls niemals mitten am Tag draußen antreffen. Er ist sehr menschenscheu. Es widerstrebt ihm in jeder Beziehung, auf Leute zu treffen. Daher macht er seine Touren, wenn praktisch niemand unterwegs ist. Meistens am frühen Morgen, es kann aber auch sein, dass er spät abends losgeht, um seine Mutter zu besuchen. Normalerweise vermeidet er es, entlang der Hauptstraße zu gehen, sondern zieht eine ruhigere Strecke vor, bei der die Wahrscheinlichkeit, gesehen zu werden, am geringsten ist. Bjarki hat an sich kein Problem damit, dass die Wohneinrichtung „Hjálpirótin" so hoch am Berg liegt. Aber da hier den ganzen Tag über Autos und Fußgänger unterwegs sind, ist es schwierig, den Blicken dieser Leute zu entgehen. Unsere Einrichtung ist nämlich rund um die Uhr geöffnet, sodass die Bewohner kommen und gehen können, wann immer sie wollen."

Hilda runzelte die Stirn und strich sich mit dem Zeigefinger über ihre lange Nase. Es hatte den Anschein, als husche ein spöttisches Lächeln über ihre Lippen.

„Ich habe Bjarki weder gefragt noch versucht, aus ihm herauszubekommen, ob ihm an diesem fatalen Donnerstagmorgen etwas aufgefallen sei. Vielleicht hätte ich ihn ein wenig veräppeln und mich erkundigen sollen, ob er irgendetwas Verdächtiges gesehen hat. Nein, aber natürlich hätte er etwas gehört haben können. Seine Ohren sind nämlich scharf wie die eines Wolfes!"

Louis meinte, dass es vielleicht schon zu spät sei, um zu ihm zu gehen und mit ihm zu reden. Aber möglicherweise könne sie ihm kurz die Wohnung zeigen, in der Bjarki Birk Olesen untergebracht sei.

Hilda führte Louis durch einen hübschen, von Glasornamenten geprägten Flur, der ihm wegen der vielen grünen Topfpflanzen eher wie ein Gewächshaus vorkam. Aber der Wohnraum von Bjarki war dunkel. Hilda öffnete die Tür und sah aus wie ein Fragezeichen.

„Vielleicht ist er wieder unterwegs. Ich weiß nicht, ob du auf ihn warten oder lieber morgen Vormittag zurückkommen solltest?"

ANITA LAG AUF dem Sofa und hörte ihr iPhone brummen. Sie reckte sich, um danach zu greifen. Auf dem Display sah sie Linas Profilbild. Ihr Herz schlug augenblicklich schneller. Lina, die so von ihrer Krankheit gebeutelte Frau ihres Bruders. Das Bild war vor gut zwei Jahren aufgenommen worden. Was hatte sich in dieser kurzen Zeit alles verändert! Lina war immer die starke und kluge Frau der Familie gewesen. Von dem Tag an, als ihr Bruder Lina mit nach Hause gebracht und sie stolz der Familie vorgestellt hatte, war auch sie, die kleine Schwester, von dieser natürlichen, aufmerksamen Südinsulanerin hellauf begeistert gewesen. Nicht nur ihre Freundlichkeit und Hilfsbereitschaft hatten es ihr angetan, nein, es war ihr auch leichtgefallen, sich mit ihr zu unterhalten. Dass Lina drei Jahre älter war als sie selbst, hatte Anitas Wertschätzung ihr gegenüber zusätzlich gesteigert. Sie beide hatten auf Anhieb perfekt zueinander gepasst. Lina hatte großen Wert daraufgelegt, in Norðvík neue Freunde zu finden und sich willkommen zu fühlen. Die Freundschaft der beiden funktionierte so gut, dass Lina schon bald mit in den Strickclub eingebunden wurde. Sie beide fühlten sich fast wie Schwestern, vertrauten einander blind und konnten über nahezu alles sprechen. Die letzten Monate waren Anita daher schrecklich unwirklich vorgekommen. Denn was die Ereignisse betraf, die sich auf der großen Strickclubparty zugetragen hatten, hatte sie Lina nicht die *ganze* Wahrheit erzählt. Sie hatte es als das Beste angesehen, ihr kleines Geheimnis für sich zu behalten. Ihre Schwägerin hatte immerhin schon gegen den Krebs anzukämpfen. Wegen ihrer Behandlung in Kopenhagen hatte Lina ihre kleine Nichte bis heute noch nicht gesehen.

„Hallo, liebste Lina! Wo in aller Welt treibst du dich herum? Bist du wieder zu Hause?"

Sie hatte fast das Gefühl, als stünde Lina bei ihr im Wohnzimmer. Ihre Stimme hörte sich so nah an.

„Jaaaaa. Rate mal, wo ich bin."

Anita traute ihren Augen nicht, als sich die Tür öffnete und sowohl Lina als auch Dennis plötzlich mit breitem Lächeln vor ihr standen. Jákup war ähnlich überrascht und sprang auf.

„Ja, Lina war nun so lange in Dänemark, dass sie zuerst anrufen musste, ehe sie sich traute, hereinzuschneien“, scherzte Dennis, während sie sich in die Arme nahmen.

„Oh, was ist das schön, dass du wieder da bist. Ich kann es kaum glauben! Ach, wie gut und gesund du aussiehst, Lina!“

„Danke – und herzlichen Glückwunsch euch beiden. Aber jetzt lass die alte Tante endlich einen Blick auf sie werfen ...“

Anitas Augen strahlten, als sie dem Kind, das in der Wiege friedlich vor sich hinschlummerte, die Decke von der Nase und weiter nach unten zog.

Dennis blieb neugierig hinter seiner Frau stehen, während diese begeistert mit den kleinen Fingerchen des Mädchens spielte und vorsichtig dessen rosige Wangen berührte.

„Oh, Jesus im Himmelreich, was ist sie hübsch! Dieses liebliche Gesicht ...“ Lina war hin und weg. Sie lächelte gerührt und wollte das Kind, das jetzt Nase und Mund zusammenpresste, als ob sein kleiner Körper etwas sagen wollte, nicht mehr loslassen.

„Nein, aber wem könnte dieses unglaubliche Wunder denn ähnlichsehen?“ Lina blickte noch einmal in die Wiege hinunter und dann mit Tränen in den Augen zu Anita hinüber.

Sie alle schauten sich gegenseitig an und zwischendurch auf das Kind hinab. Jákup ergriff das Wort. Es klang, als hätte er das, was er sagte, auswendig gelernt.

„Sie ist so fantastisch. Ja, eines der größten Wunder dieser Welt. Noch unfassbarer als die Christusstatue in Rio de Janeiro, noch unglaublicher als das Colosseum in Rom und noch schöner als das Mona-Lisa-Gemälde in Paris. Und genauso nett wie Bárður und Bjørk. Aber das Beste von allem ist, dass sie ihrer Mutter wie aus dem Gesicht geschnitten ist. Und so kann auch ich nur stolz und hochzufrieden sein."

Sie lachten und waren in diesem Moment alle nur glücklich und begeistert. Was für eine Überraschung, dass Lina so unerwartet nach Hause gekommen war und sie alle sie wieder in die Arme schließen konnten. Es sah aus, als ginge es ihr gut.

Obwohl Jákup mit seinen nächsten Angehörigen zusammen war, sie alle fröhlich um die Wiege herumstanden und die Welt in bester Ordnung erschien, blies ihm jede Menge Gegenwind ins Gesicht. Ja, gewiss war sie ein hübsches Mädchen. Aber mit jedem Tag, der verging, wurde ihm klarer, wer der Vater war. Es kam nur dieser eine Unschuldsengel in Frage, der sowohl für ihr Privatleben als auch für die Polizeiarbeit auf den Färöern eine tickende Zeitbombe war.

Warum hatte er seine Frau nicht zu einem Schwangerschaftsabbruch ermuntert, nachdem sie ihm erzählt hatte, dass sie in anderen Umständen war? Das wäre so viel aufrichtiger und einfacher gewesen. Aber er hatte es natürlich nicht besser gewusst. Er war naiv gewesen und hatte bis zum Tag X nur an das Gute geglaubt. Aber seitdem er das Neugeborene gesehen hatte, kam er nicht darum herum, den Gedanken, den er immerzu verdrängt hatte, nun zuzulassen. Er hatte dem Mädchen nicht ohne Grund einige wenige seiner kurzen Haare ausgerissen. Für ihn war es nach wie vor keine Schwierigkeit, sich seinen Verdacht bestätigen zu lassen.

PÁTRIK RASKASON GAB sich Mühe, seine Empörung unter Kontrolle zu halten. Einmal mehr schaute er sich die Bilder an, die er auf seinem Laptop gespeichert hatte. Die Pressekonferenz hatte ihm zwar keine Beweise, aber einige gute Hinweise geliefert. Er hätte gern ein oder vielleicht zwei Bilder gefunden, die noch etwas aussagekräftiger gewesen wären, sodass die Leute nicht umhinkämen, sich Gedanken zu machen. Der Artikel, den er nun vorbereitet hatte, sollte dem politischen System des Landes einen Schlag versetzen und die Journalisten der öffentlich-rechtlichen Rundfunkanstalt *Kringvarps Føroya* endlich wachrütteln. Ja, und auch die Polizei sollte sich in die Pflicht genommen fühlen. Sie sollte merken, dass es draußen in der Gesellschaft nicht nur gleichgültige, sondern auch umsichtige Zeitgenossen gab, die es niemals akzeptieren würden, dass vereinzelte Bürger auf den Färöer-Inseln ungestraft jenseits von Gesetz und Recht handelten. Vielleicht sollte er seinem Artikel das Bild der lächelnden Ronja hinzufügen, die in einer Gruppe von Journalisten stand und mit einer entschuldigenden Geste auf Jákup á Trom einredete. Es erschien ihm jedoch wichtig, dass seine Ausführungen unter keinen Umständen den Eindruck erweckten, Ronja Róksdóttirs Ehre infrage stellen zu wollen. Ein einziger indiskreter Satz oder schon ein falsches Wort könnten dazu führen, dass die Leute seine Behauptungen zurückwiesen und Abstand von ihm nähmen. Würde er zu persönlich oder zu herabwürdigend, so könnte man ihn verklagen und ein Gerichtsverfahren gegen ihn einleiten. Das durfte auf keinen Fall passieren. Er kannte seinen Beruf und dessen Grenzen. Pátrik hatte auf seinem Fachgebiet Kurse abgehalten und wusste sehr wohl, dass Worte tödlich sein konnten. Aber dieser Weckruf würde ihn nicht zum Mörder machen. In einem demokratischen Land hat im Grunde jeder das Recht, das zu schreiben, was ihm am Herzen liegt. Oder sich Gedanken zu machen, zu verteidigen bzw.

jede Art von Themen zu kommentieren. Beruhigt und gelassen las er seinen Artikel noch einmal.

„Wir konzentrieren uns zu sehr auf unser blindes Auge

Sind wir Färinger eigentlich völlig blind geworden? Wir halten das Fernglas vor unser blindes Auge. Und setzen dem anderen eine Augenklappe auf.

Verzeiht mir bitte, dass ich hier und heute das Warnsignal auslöse und zur Vorsicht aufrufe. Aber seht ihr nicht, auf welche Gefahr wir zusteuern? Wie lange gedenkt die Obrigkeit noch, ihren Tiefschlaf schnarchend fortzuführen? Was sagen die Politiker, was tut die Polizei und wo ist die Presse?

Der portugiesische Literaturnobelpreisträger José Saramago erzählt in seinem Roman ‚Die Stadt der Blinden', wie sehr die Welt aus dem Ruder geraten kann, wenn wir es verlernen, unseren Nächsten und vor allem dessen Gesicht zu sehen:

Wir treffen dort auf eine Gesellschaft, in der sich die Blindheit verbreitet wie eine schlimme Seuche. Der Augenarzt ist einer der Ersten, der das Sehvermögen verliert. Gemeinsam mit anderen Blinden wird er auf brutale Weise von der Gesellschaft ausgeschlossen und in eine psychiatrische Klinik eingewiesen. Selbstverständlich sind es die, die noch sehen, die diesen Menschen Schmerz zufügen, sie gefangen nehmen und isolieren. Die Frage ist nur, was *ihre Augen sehen.*

Die ansteckende Seuche beherrscht nunmehr das ganze Land. Immer mehr Menschen erblinden. Da niemand mehr das Gesicht seiner Mitmenschen erkennt, wird die Gesellschaft nach und nach von einer schamlosen Moral, einer beispiellosen Unmenschlichkeit und einer verbitterten Grausamkeit heimgesucht.

Doch es gibt jemanden, der sein Sehvermögen auf wundersame Weise erhalten kann, nämlich die Frau des Augenarztes. Irgendwann geht sie dazu über, selbst eine Blinde zu spielen, um den Anschein zu erwecken, so normal wie die große Masse zu sein. In ihrer vorgetäuschten Blindheit fasst sie den Entschluss, alle guten Kräfte zu bündeln, die im Land zu finden sind. Sie möchte den Leuten, die sie dabei zu Gesicht bekommt, Mut zusprechen, weiter durchzuhalten und die Hoffnung auf eine gerechte Gesellschaft niemals aufzugeben. Denn obwohl diese Frau noch sehen kann, weiß sie genau, dass auch sie erblinden wird, wenn niemand mehr in der Lage ist, sie anzuschauen.

Wenn die Demokratie in Gefahr gerät, sind wir alle in Gefahr. Doch niemand scheint sich zu trauen, der Wahrheit ins Auge zu sehen. Oder gar zu protestieren.

Ein Land lebt durch seine Gesetze. Wenn die Färöer aber zu einem Ort werden, der es zulässt, Menschen und Ideale, die in die heutige Gesellschaft nicht hineinpassen, einfach aus dem Weg zu räumen, dann werden wir sehr bald zu einer sterbenden Nation.

Aber sollten diese Worte denjenigen Färingern, die sich eine sichere und gerechte Gesellschaft wünschen, die Augen geöffnet haben, dann ist schon viel gewonnen."

Punkt. Damit sollte es gut sein! Ihm war wichtig, die Bevölkerung zum Denken anzuregen und sie dazu zu bringen, ihre eigenen Schlussfolgerungen zu ziehen. Die Leute brauchten nur anzufangen zu diskutieren, die Polizeiarbeit des letzten Jahres zu hinterfragen und sich Gedanken über Ronjas Rolle und Kandidatur zu machen, und schon wäre er einen großen Schritt weiter.

Pátrik lachte leise vor sich hin. Er hatte nicht zu viel gesagt. Für ihn war es wichtig, dass die Leute zwischen den Zeilen lasen und seine Botschaft verstanden. Er musste den Artikel nur noch auf seiner Facebookseite ablegen. Und ihn an das Netzmedium „VAPO" weiterleiten.

ER KANNTE ALLMÄHLICH jedes Geräusch der Stadt. Auch sein exzellenter Geruchssinn, den er im Laufe der Jahre immer weiter verfeinert hatte, kam ihm auf seinen Runden durch die heimische Umgebung zugute. Einen Blindenhund hatte er niemals haben wollen, denn er kam mit seinem rot-weißen Stock ausgezeichnet zurecht. Doch an diesem Morgen passte er ganz besonders auf, wohin er seine Gehhilfe setzte.

An Orten, an die sich nur wenige Leute verirrten, fühlte er sich am wohlsten. Er mochte es, sich in der Natur aufzuhalten und am Strand entlangzulaufen. Spaziergänge am frühen Morgen, wenn die Menschen erwachten und nur vereinzelt Autos auf den Straßen unterwegs waren, sagten ihm besonders zu. Aber das lag keineswegs daran, dass er Angst hatte, angefahren zu werden. Sein Leben war durch einen Verkehrsunfall zerstört worden, da kam es auf einen weiteren auch nicht mehr an. Nein, ihn beunruhigte ganz einfach das Gefühl, gesehen zu werden. Er mochte es nicht, wenn die Leute mitbekamen, wie er sich tastend fortbewegte. Der Gedanke, dass auf der gegenüberliegenden Straßenseite Menschen standen, die ihn anstarrten und bedauerten, war schrecklich für ihn. Manche von ihnen mochten vielleicht schadenfroh sein und ihn auslachen. Daher gab es nichts Besseres, als sich auf sichere Wege fernab bebauter Gegenden zu konzentrieren. Seine Touren entlang der Küste garantierten ihm die Ruhe, die er sich wünschte. Möglicherweise wäre es einfacher, über ebene oder asphaltierte Wege zu laufen. Aber lieber über einen Stein stolpern, als vor den Augen anderer Leute hinschlagen, sagte er sich. Ist man allein, braucht man einfach nur aufzustehen und weiterzugehen. Hier am Meer gab es nur selten jemanden, auf den er achtzugeben hatte. Und wenn er auf seinen Touren gelegentlich eine Schramme abbekam, dann war das nicht der Rede wert. Jemand, der die Hälfte seines Daseins blind und als gebrochener Mann verbracht hat, ist sich selbst gegenüber nicht mehr sonderlich empfindlich. Genauer gesagt, sein eigenes Leben war ihm völlig gleichgültig. Damals, auf seinen ersten Wanderungen, hatte er sogar über Selbstmord nachgedacht. Er hatte nichts, wofür es sich zu leben lohnte. Nichts außer seiner extremen Wut und Rachsucht, die fortwährend in seinem verstörten Kopf herumspukten.

Während er an einem Herbstmorgen am Strand gesessen und der Brandung gelauscht hatte, war ihm ein Gedanke gekommen, der ihn nicht mehr losgelassen hatte. Es war wohl einer dieser Momente gewesen, an denen er sich völlig allein auf der Welt gefühlt hatte. Aber das wusste er nicht mehr so genau. Der Geschmack von Meersalz hatte seine Gedanken langsam wieder aufklaren lassen. Er erinnerte sich daran, dass eine kreischende Möwe den Steilhang entlanggeflogen war, und meinte, auch ein Entenpaar gehört zu haben, das auf der Suche nach einem Leckerbissen ins kalte Wasser eingetaucht war. Er selbst hatte einige Steine vom Boden aufgehoben und ins Meer geworfen. Jedes kleinste weitere Geräusch war in diesem Augenblick ein Segen für ihn gewesen. Die feingeschliffenen Kieselsteine in seiner Hand hatten dazu beigetragen, ihn zu beruhigen und seinen inneren Schmerz zu lindern. Einige von ihnen waren oval gewesen, andere wiederum flach und noch wieder andere oval wie ein Ei. Er hatte kurz den Drang verspürt, ein paar von ihnen in den Beutel zu stecken, den er bei sich trug, und sie mit nach Hause zu nehmen. Vielleicht, um eines der Regale in seinem Wohnraum mit ihnen zu schmücken. Aber noch im gleichen Augenblick hatte er seinen Plan verworfen. Er würde selbst keine Freude an den Steinen haben können. Vor allem aber hätte ihm die Kraft gefehlt, das Mitleid seiner Mutter oder der Belegschaft zu ertragen, wenn sie zum Ausdruck gebracht hätten, wie sehr sie sich darüber freuten, dass Bjarki endlich eine nette Freizeitbeschäftigung gefunden habe ... Jeder Einzelne im „Hjálpirótin" hätte wohl gesagt, wie schön diese Kieselsteine seien, die Bjarki am Strand gefunden hatte. Draußen in Gottes herrlicher Natur. Sie hätten versucht, ihn aufzumuntern, indem sie ihn hätten wissen lassen, dass jeder den Glanz und das Farbenspiel der einzelnen Steine auf seine eigene Art erlebe. Vielleicht hätte sich sogar jemand mit der Eiszeit auseinandergesetzt und ihm anschließend erzählt, welche verschiedenen Kieselarten es auf den Färöer-Inseln gebe.

Aber dann war ihm ein ganz anderer Gedanke gekommen. Denn er hatte soeben einen Stein gefunden, der ihm perfekt geeignet erschien, auch für etwas anderes gebraucht werden zu können. Wenn er seinen langgehegten Plan wirklich in die Tat umsetzen wollte, dann wäre es doch mehr als dumm, sich zuvor in seiner kleinen Wohnung oben unter den Berggipfeln eine kleine Steinsammlung anzulegen.

Er hatte ihn lange vor der Brust gehalten. Sein Durchmesser mochte vierzehn oder vielleicht fünfzehn Zentimeter betragen haben, sein Gewicht wohl über zwei Kilo. Er hatte versucht, den Stein am Strand ins Rollen zu bringen. Und es hatte jedes Mal funktioniert. Der Stein hatte keine ungeschliffenen Kanten, die ihn hätten bremsen können. Sein Herz hatte begonnen, wie wild zu schlagen. Er hatte soeben die perfekte Mordwaffe gefunden. Der Mann, der dafür verantwortlich war, dass Mikkjal damals mit einem aus dem Geröll der Berge abgerutschten Stein kollidiert war, sollte nun denselben Schmerz erleiden.

Er hatte sein Juwel zunächst am Strand versteckt. Ein halbes Jahr später hatte der Stein noch unberührt am gleichen Platz gelegen. Er ging erneut jedes einzelne Detail seines Plans durch. Wenn er früh am Morgen hinter einem Strommast auf der zum Meer gerichteten Straßenseite stünde, dann wäre die Gefahr, gesehen zu werden, relativ gering. Von dort müsste es möglich sein, den Stein gezielt vor ein bewusst ausgewähltes Auto zu rollen. Obwohl Beinir die grüne Partei repräsentierte, fuhr er ein schönes, teures französisches Auto, nämlich einen Peugeot 308 mit großen Felgen und breiten Reifen. Sein Auto fuhr ziemlich leise, aber das Geräusch des Motors war ihm so gegenwärtig, dass er ihn schon von Weitem kommen hören würde. An irgendeinem Morgen hatte er genau diesen Wagen mit hoher Geschwindigkeit in den Tunnel hineinfahren gehört. Das musste Beinir höchstpersönlich gewesen sein, denn auf den Färöer-Inseln gab es nicht viele Peugeots dieser Klasse. Es schien, als sei dieser Mann eine Beziehung mit einer Polizistin eingegangen. Er selbst hatte nie ein Liebesleben gehabt. Außer seiner alten Mutter gab es niemanden, der ihn wirklich liebte. Aber auch mit ihr würde ihm wohl nicht mehr viel Zeit bleiben. Der Tod fragte nicht nach Ort und Stunde.

Er hatte im Radio gehört, dass Beinir Kalsfjall am Fischereikongress in Norðvík teilnehmen wollte und früh am nächsten Morgen zu einem nordischen Ministertreffen ins Ausland reisen würde. Es war daher nicht sonderlich schwer zu berechnen, wann ein gewisser Peugeot 308 in den Tunnel hineinfahren würde. Die Wahrscheinlichkeit, zu diesem Zeitpunkt nicht erwischt zu werden und ungesehen die Flucht ergreifen zu können, erschien ihm überdurchschnittlich hoch. Er würde also am linken Straßenrand warten und den Stein von dort quer über die ihm zugewandte Fahrbahnhälfte rollen müssen, damit es zu dem gewünschten Zusammenstoß käme. Er versuchte, sich in diesem entscheidenden Moment die Angst in den Augen des Fahrers vorzustellen. Wenn Beinir überleben und für den Rest des Lebens blind in einem Rollstuhl enden würde, wäre seine Mission erfüllt. Würde er jedoch noch am Unfallort sterben, so gäbe es nichts Besseres.

Seine Tat würde so früh am Morgen erfolgen, dass die Gefahr des entgegenkommenden Verkehrs praktisch gegen null tendierte. Es gehörte nicht zu seinem Plan, den Tod unschuldiger Menschen zu riskieren. Es ging hier lediglich um die gerechte und verdiente Strafe für das, was vor fast neunzehn Jahren passiert war. Er hatte sich bemüht, jedes Detail sehr genau abzuwägen. Um den perfekten Zeitpunkt zu bestimmen, würde ihm vielleicht nur der Bruchteil einer Sekunde zur Verfügung stehen. Doch er ging davon aus, dass er das Auto an einem so stillen Sommermorgen schon hören könne, bevor es den Kreisverkehr passierte.

Es war kurz nach fünf Uhr morgens, als er das Haus verließ. Die Stadt breitete sich friedlich vor ihm aus. Nur die Heringsmöwen waren schon unterwegs. Es begann zu nieseln. Es war ihm wichtig, Zeit zu haben und nicht hetzen zu müssen. Er folgte der alten, wenig befahrenen Straße. Den Stein hatte er schon gut versteckt am Straßenrand bereitgelegt. Die ersten Autos waren inzwischen auf dem Weg zur Stadt hinaus. Zuerst ein Toyota Auris. Ein paar Minuten später ein Suzuki. Plötzlich kam etwas unerwartet ein Scania-Lastwagen aus dem Tunnel heraus. Und hinter ihm ein Nissan. Gott sei Dank hatte sich der auf seiner Seite entgegenkommende Verkehr schnell wieder beruhigt. Er hatte das Gefühl, als zähle sein Herzschlag die Sekunden mit. Ein Mitsubishi fuhr an ihm vorbei. Dann war es erneut ruhig. Doch schließlich vernahm er in der Ferne das wohlbekannte Geräusch eines ganz bestimmten Autos. Es bestand kein Zweifel: Er hörte den Motor eines Peugeots 308. Jetzt verließ er den Kreisverkehr. Der Fahrer erhöhte zügig das Tempo.

Sein Tacho zeigte gewiss schon 100 Stundenkilometer. Die Entfernung betrug keine 80 Meter mehr. Eins, zwei, drei! Der Stein rollte über die Straße. Nicht zu schnell und nicht zu langsam. Das Quietschen der Bremsen drang als schneidendes Geräusch in sein Ohr. Er interpretierte es jedoch als süßeste Engelsmusik. Der Zusammenprall löste einen enormen Effekt in ihm aus. Sein Werk war vollbracht. Jetzt galt es nur noch, die Hauptverkehrsstraße möglichst schnell hinter sich zu lassen. Selbstverständlich über den abgeschiedenen Weg, auf dem sich nur selten Leute befanden.

DAS LETZTE STÜCK des Weges führte bergab. Louis tat sein Spaziergang äußerst gut. Im „Seemannsheim" wartete ein nettes, großes Zimmer auf ihn. Sowohl das Dämmerlicht als auch der schöne Blick auf die Berge im Norden, deren Gipfel von feuerroten Wolkenfetzen gekrönt waren, trugen dazu bei, dass er seine Abendrunde so sehr genießen konnte. Schön war das Land, das den Färingern geschenkt worden war. Diese entlegene Inselgruppe mit ihren angenehmen und friedliebenden Menschen. Er dachte an seinen Sohn, der die Sommerferien in Begleitung eines dänischen Mädchens bei ihnen zu Hause verbracht hatte. Die beiden hatten überaus glücklich gewirkt. Als das junge Paar ihnen verkündet hatte, dass Lisa und er im kommenden Jahr Oma und Opa werden würden, hatte Louis Tränen in den Augen gehabt. Die angehende kleine Familie habe eine Zweizimmerwohnung in Århus gefunden. Ob sie später einen passenderen Wohnort suchen oder sich gar auf den Färöer-Inseln niederlassen wollten, würde in erster Linie von der Arbeit abhängen, hatten sie erklärt. Es sei allerdings nicht das Ziel ihrer Träume, sich im engen Kellergeschoss der Eltern einzurichten. Ungeklärt war auch die große Frage, ob sich seine Schwiegertochter in diesem kleinen, bevölkerungsarmen Land überhaupt wohlfühlen würde.

Nun hatte also auch der letzte Vogel das Nest verlassen. Es erfüllte ihn mit Wehmut, wenn er darüber nachdachte. Die Zeit vergeht so schnell. Ehe man sich versieht, sind die Kinder in alle Richtungen verstreut. Ihm selbst blieb nur, im Stillen zu hoffen, dass er seine Enkelkinder dennoch hier auf den Färöern aufwachsen sehen würde.

Auf einem nahegelegenen Spielplatz hörte er das Gekreische einiger Mädchen, die sich sehr zu amüsieren schienen. Und auf der gepflegten Dorfstraße kamen ihm zwei Jungen mit hohem Tempo auf ihren Skateboards entgegen. Beide trugen farbige T-Shirts, auf denen bekannte Fußballstars abgebildet waren. So waren die Färöer. Man konnte die Kinder bis zum späten Abend draußen spielen lassen, ohne auf sie achtgeben zu müssen. Und das war weitaus mehr wert als Goldvorkommen und grüne Wälder. Es war gut, dass sich die Leute nicht einschüchtern ließen, wenn etwas Schlimmes oder Unangenehmes passiert war.

Das, was auf der Straße zum Tunnel passiert war, erschien Louis so feige und unfäröisch, dass er es schon mit den Anschlägen verglichen hatte, die man sonst nur aus dem Ausland kannte. Kürzlich hatte er von Kriminellen gehört, die auf einer Fußgängerbrücke gestanden und Steine auf die Autobahn geworfen hatten, wobei ein vollbesetzter Reisebus besonders hart getroffen worden war. Vielleicht ging es auch in seinem Fall um Gangster, die auf den Inseln Angst und Schrecken verbreiten wollten. Das jedoch war ihnen nicht geglückt, denn noch am selben Morgen, an dem Beinir gestorben war, rollte der Verkehr im ganzen Land, als ob nichts geschehen sei.

Louis kam durch einen alten Ortsteil, in dem die Leute Bäume gepflanzt und Steinzäune zur Straße hin gebaut hatten. Das idyllische Stadtbild mit seinen Schönwetterwolken und spielenden Kindern hatte eine hässliche Schramme bekommen. Schon deshalb musste diese Geschichte geklärt werden. Aber gab es etwas, das die Polizei übersehen oder über das sie bisher nicht nachgedacht hatte?

Er zog in seinem Zimmer die Gardine vor das Fenster und schaltete den Fernseher ein. Es gab verschiedene Sender, zwischen denen er wählen konnte. Auf dem dänischen Kanal DR1 hatte soeben ein schwedischer Krimi begonnen. Heute war nicht mehr viel zu tun für ihn. Er war fest entschlossen, morgen mit Bjarki zu sprechen. Und wohl auch mit Jákup á Trom, der ihm sicher ein wenig mehr über den schrecklichen Verkehrsunfall von 1999 erzählen können würde. Gelegentlich war es notwendig, in alten, vergangenen Geschichten zu wühlen, auch wenn das nicht immer angenehm war. Die Zeit mag die tiefen Wunden aus der Vergangenheit vielleicht überdecken, doch sie verheilen nur in den seltensten Fällen.

BEINIRS TOD HATTE ihn nicht zur Ruhe gebracht. Sein Kopf war nach wie vor voller kranker Gedanken. Er hatte das Gesetz in seine eigenen Hände genommen. Ja, es war ihm gelungen, seinen ärgsten Feind aus dem Weg zu räumen.

Am Tag nach seiner Heldentat oder dem Attentat, wie die Leute sagten, hatte ihn die Polizei angerufen und gefragt, ob er etwas gesehen ... nein, entschuldige ..., ob er vielleicht etwas Ungewöhnliches gehört *habe, als er an jenem Morgen seine Runde drehte. Wenn ihm irgendetwas einfiele, solle er sich bitte mit der Polizeiwache Nord in Verbindung setzen.*

Ganz sicher hatte er nicht die Absicht, dieser Aufforderung Folge zu leisten. Im Gegenteil. Denn jetzt hatte er Blut geleckt. Er wusste, wo der Polizist wohnte, der damals mit ihm gesprochen hatte. Er war mehrfach an dessen Haus am Garðavatn vorbeigegangen. Und jedes Mal hatte er überlegt, diesen Mann mit seinem Blindenstock grün und blau zu schlagen. Warum hatte er in jener Nacht so lange gezögert, einen Krankenwagen anzufordern? Er konnte sich genau vorstellen, wie sich Beinir am Unfallort und auch später beim Verhör eine Geschichte zusammengelogen hatte, die mit der Realität nur wenig zu tun hatte. Doch die Polizei hatte ihm geglaubt. Daher sollte die Wahrheit sie nun verfolgen wie ein Gespenst. Oder sie belauern wie das Auge aus dem Totenreich. Das dem schwarzen Schaf nachspionierte. Oder vielleicht auch nur einem blauäugigen Mann, der in erster Linie nur sich selbst gesehen und frei nach dem Motto „Was sollte ein blinder Mann schon ausrichten können" gehandelt hatte. Er bekam ihn nicht aus dem Kopf. Den Polizisten mit dem Steinherzen.

DER FREITAG GALT hier als Unglückstag. Man sollte freitags nie mit einer neuen Arbeit beginnen, denn diese würde nie vollendet werden. Man sollte freitags auch nicht heiraten, denn eine solche Ehe würde kinderlos bleiben. Und niemand sollte freitags auf Reisen gehen, da sonst unterwegs etwas Schlimmes passierte.

Den Leuten blieb die Geschichte eines Mannes, der sich gegen jede Art von Aberglauben gewehrt hatte, aber dennoch von einem schlimmen Unglück getroffen worden war, bis heute noch im Gedächtnis. Er hatte sein eigenes Schiff bauen wollen. Viele Jahre lang hatte er auf dem Meer gekämpft und dabei eine Menge Geld verdient. Doch dann hatte er endlich sein eigenes Boot steuern wollen. Und so hatte er freitags mit dem Bau begonnen. Der Zufall hatte es gewollt, dass das Schiff ebenfalls an einem Freitag fertig wurde und an einem weiteren Freitag vom Stapel gelassen worden war. Nachdem es am Horizont verschwunden war, hatte niemand mehr von ihm gehört, weder von dem Boot selbst noch von dessen Besatzung. Das färöische Volk hatte also allen Grund, diesem von Gott bestimmten Tag Respekt zu zollen.

Ein weiterer Freitag neigte sich dem Ende entgegen. Ein Tag, der jedoch ohne große Überraschungen zu verlaufen schien. Janus Vesturfoss war bei Gesti Gillason zu Gast, wo sich die beiden Zeit nahmen, die politische Situation des Landes zu diskutieren. Die Christliche Arbeiterpartei hatte die Zügel weiterhin selbst in der Hand. Die Koalition besaß die Mehrheit im Parlament und die Opposition würde auch bei der anstehenden Debatte um das neue Finanzgesetz kein Bein auf den Boden bekommen. Die Kabinettsitzung würde ein echter Leckerbissen werden. Sie hatten inzwischen zwar auch Ronja Róksdóttir an Bord, aber sie würde schon noch ein bisschen zappeln müssen, wollte sie jemals politische Erfolge verzeichnen können. Allein der Artikel auf „VAPO" würde ihr negative Schlagzeilen bereiten und ihren Federschmuck vorläufig zurechtstutzen.

„Es ist gut, Pátrik Raskason auf seiner Seite zu haben. Ja, aber hat man ihn zum Feind, dann ist Schluss mit lustig“, lachte Janus Vesturfoss. Er ging davon aus, dass sich in den nächsten Tagen ein Rudel von Journalisten an die Arbeit machen und alles daransetzen würde, Ronja Róksdóttirs Glaubwürdigkeit zu hinterfragen. Er selbst würde vermutlich Stellung dazu nehmen müssen, inwieweit er als Ministerpräsident tatsächlich das volle Vertrauen zu seiner Umweltministerin habe. Doch er würde es halten wie Pontius Pilatus und seine Hände in Unschuld waschen.

„Sollten die Leute Ronja verurteilen, so kann ich nur sagen, der Friede sei mit ihnen. Ohne all die grünen erhobenen Zeigefinger laufen die Räder der Gesellschaft zumindest schneller und auch besser. Ronja und Dogg mögen vielleicht über gute Ansätze verfügen, aber die beiden sind keine Politikerinnen. Blauäugige Frauen wie sie sind in Hundevereinen oder Interessengemeinschaften einsamer Seemannsfrauen eindeutig besser aufgehoben als mit ihrem hoffnungslosen Bemühen, sich mit gesellschaftlichen Verhältnissen auseinandersetzen, von denen sie keine Ahnung haben und daher Vorstellungen vertreten, mit denen sie ohnehin keinen Blumentopf gewinnen können.“

Gestur nickte zustimmend und schenkte dem Ministerpräsidenten ein zufriedenes Lächeln. Nein, vielleicht war er zu alt, um die Frauenwelt von heute zu verstehen. Glücklicherweise war er mit einer Frau verheiratet, die ihn beruflich bedingungslos unterstützte. Eva Debora war vom alten Schlag, aber sie war ganz bestimmt nicht bange, ihre Meinung zu äußern und ihren Einfluss geltend zu machen. Ihre gerechte und gleichmäßige Arbeitsverteilung erleichterte ihnen sowohl den Alltag als auch ihr Eheleben. Sie hatte innerhalb des Hauses das Sagen, er außerhalb. Ausgenommen von dieser Regelung war selbstverständlich sein Büro, in dem er nach wie vor ein Wörtchen mitzureden haben wollte.

Als er sich in seinem Lederstuhl drehte und in der dunklen Regalwand eine Schublade hinauszog, breitete sich ein schelmisches Lächeln auf seinem Gesicht aus. Ein kleines Gläschen Cognac wäre jetzt vielleicht nicht das Schlechteste. Die Christliche Arbeiterpartei hatte in diesen Tagen einfach so viel zu feiern.

LOUIS BORGARSON LAG auf der Couch und schlummerte vor dem laufenden Fernseher. Das Ende des Films hatte er nicht mehr mitbekommen. Wahrscheinlich war er für eine Weile weggenickt. Er hatte einen äußerst langen und anstrengenden Tag hinter sich. Sein Gespräch mit dem ehemaligen Polizeichef sowie der Besuch im „Hjálpirótin“ hatten in ihm einige neue Gedanken in Gang gesetzt. Beinir Kalsfjall war vor vielen Jahren in einen schrecklichen Verkehrsunfall verwickelt gewesen. Ein mit fünf Jugendlichen besetztes Auto war mit einem Geröllhaufen kollidiert, der von den Bergen heruntergerutscht war. Dadurch war das Fahrzeug, das mit hoher Geschwindigkeit unterwegs gewesen war, vom Weg abgekommen. Beinir selbst war bei dem Unfall ohne größere Verletzungen geblieben. Was im Einzelnen jedoch genau passiert war, ließ sich anhand des Polizeiberichts nicht rekonstruieren. So wie Louis Karl verstanden hatte, hatte die Polizei ihre Arbeit damals nicht besonders ordentlich gemacht.

Es war bereits nach elf. Dennoch hatte er den Drang, Birita Suðurnes anzurufen, die noch auf der Polizeiwache saß und ihren Dienst verrichtete. Ob sie und Beinir sich jemals näher über diesen Verkehrsunfall unterhalten hatten?

Birita war ein wenig überrascht, als sie sah, wer sie sprechen wollte. Ja, selbstverständlich könne sie sich an den Unfall erinnern. Zu den damaligen Ereignissen habe sie aber weder Beinir noch Jákup näher befragt. Diese Geschichte läge schon so lange zurück, dass auch ihr nicht mehr jedes Detail präsent sei. Und was Männer beträfe, sagte sie spöttisch, so seien die meisten von ihnen doch viel mehr mit Dingen beschäftigt, die hier und heute passierten, als dass sie sich einen Kopf darüber machten, was sich vor beinahe zwanzig Jahren zugetragen haben mochte. Warum Louis danach frage, wollte sie wissen. Sie erkenne den Zusammenhang nicht so recht. Stattdessen könne sie aber berichten, dass der bekannte Fotograf und Kommentator Pátrik Raskason auf Facebook einen Artikel gepostet habe, in dem er sich verdammt weit aus dem Fenster lehne. Mit seinen Ausführungen gäbe er der Polizei praktisch eine Steilvorlage. Auch wenn er es vermieden habe, seine Gedanken zu offen in Worte zu fassen, könne man zwischen den Zeilen sehr wohl lesen, dass er eine bestimmte Frau hinter den rätselhaften Ereignissen vermute, man könne es drehen und wenden, wie man wolle. Nicht dass sie die Absicht habe, am Stuhl ihres Chefs zu sägen, aber vielleicht sei es ja doch etwas unglücklich gewesen, bei Ronja Róksdóttir keine Hausdurchsuchung vorgenommen zu haben.

Louis gähnte. Vielleicht war es dumm gewesen, Birita Suðurnes freitagsabends noch so spät anzurufen. Andererseits mochte er Leute, die ehrlich ihre Meinung sagten. Morgen würde er sie bitten, ihn zu begleiten, wenn er mit Bjarki und Jákup sprechen würde. Aber jetzt musste er definitiv versuchen zu schlafen.

ER SAH NICHT wirklich viel. Zumal es nun zu dämmern begann. Und dennoch spürte er, dass die Operation eine gewisse Verbesserung gebracht hatte. Die Schattenbilder waren klarer geworden. Immerhin konnte er nun die Hauswände und Straßenlaternen erkennen, wenn auch nur undeutlich. Sein Gehör dagegen funktionierte ausgezeichnet. Wenn sich Menschen in seiner Nähe befanden, spürte er das sofort.

Seine Mutter hatte ihn wie immer freundlich empfangen. Aber er merkte ihr an, dass ihre Kräfte nachließen und sie immer schwächer wurde. Er hatte das Gefühl, dass sie ihren Lebensmut nur noch ihm zuliebe aufrechterhielt. Sie hatten sich lange umarmt, als er sich von ihr verabschiedete. Vielleicht hatte auch sie gespürt, dass dieser Moment wohl ein Abschied für immer war. Ein allerletztes Lebwohl. Aber nicht jeder Gedanke muss auch ausgesprochen werden. Gefühle, die auf Gegenseitigkeit beruhen, wie Liebe und Hass, empfindet man auch ohne Worte. Und zwar am ganzen Körper.

Als er ging, schloss er behutsam die Tür. Es kam ihm befremdlich vor, durch ihren Blumengarten zu gehen. Den Duft des Rhododendrons einzuatmen. Er bemühte sich, ein Bild des Gewächses vor Augen zu bekommen, das seine Mutter immer so liebevoll gepflegt hatte. Bald würde dieser Garten ohne ihre Liebe auskommen müssen. Der mächtige Laubbaum, den sein Vater und er vor vielen Jahren in die Erde gesetzt hatten, stand mit all seinen Zweigen und Blättern in der Sonne und spendete ihm Schatten. Die früher so sorgfältig kultivierten Büsche wuchsen wild über den schmalen Gehweg und das Gartentor hinaus. Alles war dabei, zu verkommen. Vielleicht war es gut, dass es ihm erspart blieb, der Wahrheit ins Auge zu blicken. Letztendlich konnte es ihm aber egal sein. Einmal mehr wurde ihm schmerzhaft bewusst, dass nicht jede Pflanze sprießen und Früchte tragen muss, ehe sie zu verwelken beginnt und abstirbt. *Er* zum Beispiel hatte nie den Sommer erlebt. Er selbst war nur ein kleiner sprießender Frühlingskeim gewesen, den man plötzlich abgeschnitten hatte. Wie ungerecht und fruchtlos ein Leben doch verlaufen kann! Es war ihm nicht vergönnt gewesen, zu heiraten, ein eigenes Haus zu bauen und Kinder zu bekommen. Mittlerweile war es viele Jahre her, dass er zuletzt richtig gelacht und sich vergnügt hatte. Er war zu nichts zu gebrauchen und für die Gesellschaft wohl eher eine Belastung. Und dennoch hatte er in diesem Monat etwas zustande gebracht. Auch wenn der letzte Teil seines Plans noch ausstand.

JÁKUP ZOG ANITA zu sich heran und küsste sie auf den Mund. Es gäbe keine schönere Mama hier in diesem Land, lobte er sie.

„Nein, jetzt redest du aber dummes Zeug", widersprach sie ihm.

Sie nutzte jedoch die Gelegenheit, sich selbst im Spiegel zu betrachten. Es war tatsächlich kaum noch Fettgewebe übriggeblieben. Ihre lockere Freizeitkleidung saß nahezu perfekt. Jákup fand seine Frau einfach wunderbar. Er lächelte Anita freundlich an, womit ihr ihre Entscheidung etwas leichter fiel.

Sie hatte sie gestillt. Jetzt lag ihre kleine Tochter in ihrem Bettchen und schlief. Es war völlig ruhig im Haus. Sie waren heute nur zu dritt. Bárður nahm an einem Zeltlager teil, während Bjork bei ihrer Oma übernachtete. Anita hatte nicht vor, lange wegzubleiben. Vielleicht für eine gute Stunde oder so. Sie würde jedenfalls vor Mitternacht zurückkehren. Die Kleine war angenehm und pflegeleicht. Den weitaus größten Teil der Nacht schlief sie.

„Sollte sie wirklich schon vorher aufwachen, dann ruf mich bitte an. Versprich es mir!"

Anita schaute noch einmal ins Schlafzimmer. Es fiel ihr schwer, von ihrer Tochter wegzugehen. Aber sie war ja in guten Händen. Jákup würde ein Auge auf sie werfen und sie hören, wenn etwas wäre. Das hatte er ihr hoch und heilig versprochen.

„Nun, meine Liebe, ist es so schwer, sich loszureißen?"

Anita seufzte und schaute Jákup etwas ratlos an. Ihr war, als wollte sie weinen und lachen zugleich. Dass sie aber auch so behämmert und misstrauisch sein musste.

„Ja, ich schaffe es einfach nicht, ihr den Rücken zu kehren. Vielleicht sollte ich sie lieber mit zum Strickclubabend nehmen? Andererseits wäre es zu schade, sie mitzuschleppen, jetzt, wo sie so schön da liegt und schläft."

Jákup stand im Türrahmen und lächelte die beiden an. Er musste aufpassen, dass er nicht zu viel sagte. Innerlich wurde er immer ungeduldiger und fragte sich, wann seine Frau sich nun endlich zum allerletzten Mal von ihrem Kind verabschieden würde.

Anita bemühte sich, zurückzulächeln. Schon allein, um ihr schlechtes Gewissen zu beruhigen. Ihr kleines Mädchen war gerade mal eine gute Woche alt. Sie selbst war vollkommen eins mit ihm. Von daher erschien es ihr nur zu natürlich, dass sie nach wie vor so anmaßend war und kein gutes Gefühl dabei hatte, wenn sie es für eine Weile zurückließ.

„Oh, Mamas kleiner, geliebter Engel. Ich werde sehr bald wieder bei dir sein. Dein Papa wird bei dir bleiben und auf dich achtgeben. Schlaf auch weiter so schön und gut. Jesus wird über dich wachen."

Sie schaltete das Babyfon an und zog vorsichtig die Tür zu. Aber so, dass sie immer noch einen Spalt offenstand. Sie wollte es Jákup so einfach wie möglich machen. Dann nahm sie seine Hand und küsste ihn auf den Mund.

„Lieber Jákup, versprichst du mir, dass du mich sofort anrufst, wenn etwas ist? Es fällt mir so schwer, von ihr wegzugehen. Aber wie gesagt, ich werde nicht lange bleiben. Es sind ja nur drei Minuten mit dem Auto. Du sagst mir sofort Bescheid, wenn du einen Laut von ihr hörst. Bye-bye, mein Liebster."

In dem Moment, als sie den Hof verließ, spürte er, wie sehr das Herz in seiner Brust zu hämmern begann. Endlich war er allein mit ihr. Mit *seiner* Tochter.

BEI JÓRUN DUFTETE es nach selbstgebackenem Brot und einem guten Fischgericht. Sie hatte das ganze Haus aufgeräumt und geputzt und anschließend eine Decke auf den Tisch gelegt. Um alles perfekt und gemütlich herzurichten, hatte sie einige Kerzen angezündet und eine CD mit bekannten Liedern aus den 90er-Jahren in den CD-Player geschoben. Sie hatte die Musik jedoch nicht *zu* laut gestellt. Nur so, dass man Madonna so gerade eben im Hintergrund hören konnte.

Lina und Anita waren die Letzten, die kamen. Was für ein vertrauter Moment, sie alle wiederzusehen! Zum ersten Mal, seitdem Ulrik Jórun verlassen hatte, war ihr Wohnzimmer mit Leben gefüllt. Man konnte die Seele des Hauses spüren. Ja, hier wohnten eine erwachsene Frau und ein junger Mann, die beide wieder begonnen hatten, an ihre Zukunft zu glauben. Das Lachen auf dem schwarzen Ecksofa war unüberhörbar. Es war ein wunderbares Gefühl, dass sie an diesem Abend endlich alle wieder versammelt sein konnten. Lina war gerade aus Dänemark zurückgekehrt. Anita hatte kürzlich ein Kind bekommen. Und Ronja war soeben zur Ministerin ernannt worden.

Jórun strahlte über das ganze Gesicht und forderte Ronja, Bjørg und Maria auf, sich an den Tisch im Esszimmer zu setzen. Das Essen stünde längst bereit. Anita würde vielleicht nicht allzu lange bleiben können.

Jórun war die beste Köchin unter ihnen allen. Sie machte keinen Hehl daraus, sich an diesem Abend besonders große Mühe gegeben zu haben.

„Ich muss an diesem Freitagabend wirklich mal zum Ausdruck bringen, wie stolz und glücklich ich darüber bin, Mitglied dieses Strickclubs zu sein“, sagte sie gerührt. „Ich weiß gar nicht, wen ich gerade anschauen soll. Lasst uns unser Treffen einfach feiern.“

Sie füllte die Gläser mit Weißwein, unterbrach ihre Runde aber bei Anita, um ihr stattdessen einen Cider einzuschenken. Fröhlich hob sie nun ihr Glas und bat alle, einen Schluck auf ihr aller Wohl zu trinken.

Die Stimmung war ausgesprochen gut. Sie hatten sich viel zu viel zu erzählen. Ja, es sei unglaublich schön, dass Anita es einrichten konnte, heute Abend einen Moment bei ihnen zu sein, waren sie sich einig. Sie habe ja so einen netten Mann zu Hause. Wie es denn sei, zum dritten Mal Mama geworden zu sein? Zu ihrer nächsten Party solle sie die Kleine einfach mitbringen ...

Lina hatte das Bedürfnis, den anderen zu berichten, was an jenem Morgen auf ihrem Flug zum Reichskrankenhaus für eine merkwürdige Stimmung geherrscht hatte. Sie habe neben einem Mann gesessen, den sie gemeint hatte zu kennen, sei aber zunächst nicht darauf gekommen, wer er war. Dann aber habe sich gezeigt, dass es sich um Regin Rógv, den Politiker, handelte, der im Auftrag der Regierung zusammen mit Beinir zu einer Sitzung in Stockholm reisen sollte. Er habe sich darüber gewundert, dass sein Begleiter nicht erschienen war. Als Regin den Sicherheitsgurt angelegt hatte, habe er eine SMS bekommen, in der ihm mitgeteilt wurde, dass Beinir am gleichen Morgen bei einem schrecklichen Verkehrsunfall ums Leben gekommen war.

„Ist das nicht seltsam? Ausgerechnet ich, die ich nicht gern fliege, aber wegen meiner Krankheitsgeschichte einen Termin in Dänemark wahrzunehmen hatte, musste auf dem Weg hinauf in die Wolken mit der Todesnachricht von Beinir Kallsfjall konfrontiert werden ..."

„Nein, niemand weiß morgens zu sagen, wo er abends zu Besuch sein wird." Eine gängige färöische Redewendung half Anita, ihren Gedanken Worte zu verleihen. Sie alle konnten ihr nur zustimmen, dass es völlig sinnlos war, auf eine solche Weise sterben zu müssen.

Lina blickte über den Tisch und ließ ihre Augen auf Ronja ruhen, die Beinir am besten gekannt hatte. Es war allerdings kein Geheimnis, dass die beiden nicht besonders gut miteinander ausgekommen waren. Ronja hatte gespürt, dass sie während des Wahlkampfs von ihrem Parteikollegen hintergangen worden war. Ihnen allen kam ein altes Sprichwort in den Sinn, mit dessen Hilfe sie glaubten, ihrer Freundin Mut zusprechen zu können:

„Nichts ist so schlimm, als dass es nicht auch zu irgendwas gut wäre."

„Nein, auf dem Weg ins Parlament wird einem definitiv kein roter Teppich ausgerollt", lachte Ronja lakonisch. Sie überlegte, ob sie das Thema wechseln sollte oder ob das jetzt vielleicht die Gelegenheit wäre, sich auszusprechen und dem Frust, der ihren Kopf fast zum Platzen brachte, freien Lauf zu lassen.

„Wer weiß, wie lange ich an meinem Arbeitsplatz noch erwünscht bin? Vor gut einer Stunde hat Pátrik Raskason auf seiner Facebookseite einen Artikel veröffentlicht, mit dem er wohl nichts anderes im Schilde führt, als das färöische Volk davon zu überzeugen, dass ich den tödlichen Unfall in die Wege geleitet habe. Oder auch für jedes sonstige Unglück verantwortlich bin, von dem unser Land betroffen ist. Nicht, dass ihr meint, dass ich Pátrik fürchte. Aber dieser Mann ist ein großer Manipulator. Und ein absoluter Fachmann, wenn es darum geht, unsere Pressefreiheit zu missbrauchen. Er versucht bewusst, so viel Unruhe in unser politisches Leben zu bringen, dass der Präsident irgendwann dazu gezwungen sein wird, die Koalition mit den ‚Grünen Färöern' aufzulösen. Und ich selbst kann nicht viel dagegen tun. Außer mit euch auf eine grüne Zukunft anzustoßen. Vielleicht werde ich als die erste Ministerin in die Geschichte eingehen, die es geschafft hat, ihr Amt nicht einmal für eine Woche zu bekleiden."

Sie alle brachen in Gelächter aus. Ronja hatte eine sehr unterhaltsame Art, die Dinge beim Namen zu nennen. Es war aber schwer zu erkennen, ob sie das, was sie gerade gesagt hatte, auch wirklich meinte. Denn sie hatte beim Empfang in Tinganes eine gute Figur abgegeben und sich auch im Fernsehen hervorragend verkauft. Sie war vom Volk gewählt worden, sodass ihr den Platz im Parlament niemand nehmen konnte. Sollte bei ihrer Zusammenarbeit mit den Herren Vesturfoss und Gillason nichts Brauchbares herauskommen, so würde sie sich mit ihren starken Ansichten und Meinungen, was die Gesetzgebung und Parlamentsarbeit betraf, wohl auch in der Opposition nicht behaupten können. Nein, hoffentlich lag die Polizei nicht auf der faulen Haut und ließ die Leute nicht wochenlang im Ungewissen darüber, was am Morgen nach der Fischereiwirtschaftskonferenz in Norðvík tatsächlich vorgefallen war.

„Anita! Wie kann Jákup sich eigentlich beurlauben lassen, während die ganze färöische Bevölkerung auf die Ermittlungserfolge der Polizei wartet?" Alle Augen richteten sich auf Maria, denn sie war es, die so direkt gefragt hatte. Ihre Worte waren sicherlich nicht böse gemeint gewesen, vielleicht aber etwas zu unüberlegt aus ihr herausgeströmt. Sie alle wussten, dass Jákup kürzlich im Dienstgrad herabgestuft worden war. Vielleicht hatte auch Anita ihren Teil dazu beigetragen, dass es so gekommen war. Die Polizei Nord stand inzwischen unter der Leitung von Louis Borgarson. Er trug nun die Hauptverantwortung dafür, wie in aktuellen Kriminalfällen zu verfahren war. Möglicherweise hatte Jákup noch weiteren Kredit verspielt, als er und Birita bei Ronja eingebrochen waren und sie sozusagen unbegründet beschuldigt hatten, eine gesetzeswidrige Handlung begangen zu haben. Anita selbst war nicht besonders stolz darauf gewesen.

Doch dann übernahm Bjørg das Gespräch im Stil einer erfahrenen Diplomatin, fest gewillt, den jeweiligen Parteien einen Gesichtsverlust zu ersparen.

„Ich finde, es ehrt Jákup, dass er es als sinnvoller erachtet, zu Hause bei seiner kleinen Tochter zu sein, statt seine Zeit damit zu verbringen, Verbrecher zu jagen. Könnte dieser Stein, der unter Beinirs Auto gefunden wurde, nicht unter der Stoßstange geklemmt haben oder meinetwegen auch vom Mond gefallen sein? Dieser Mann, der angeblich die ‚Grünen Färöer' vertrat, ist an jenem Morgen offensichtlich gefahren wie der letzte Henker. War es nicht so? Also, ohne mich jetzt in die Angelegenheiten anderer einmischen zu wollen … aber ich denke, dass es eine vernünftige Entscheidung war, sich vorrangig um das eigene Kind kümmern zu wollen. Liebe Anita ... Du bist etwas ganz Besonderes ... Und das meine ich wirklich so! Lasst uns auf dich anstoßen und dir noch einmal herzlichst zu eurem neuen Weltbürger gratulieren! Und auch auf Jákup. Seine Aufgabe heute Abend ist so bedeutungsvoll!"

Anita fühlte sich wohl im Kreis ihrer besten Freundinnen. Es war einfach nett, im Strickclub zusammenzusitzen, gut gesättigt und im Bewusstsein, gern gesehen zu sein. Oh nein, jetzt kam Jórun auch noch mit einer Schüssel Rhabarbergrütze! Natürlich müsse es noch etwas Gutes obendrauf geben, erklärte sie. Auch wenn es noch nicht allzu spät war, hatte Anita ihre Kleine nun schon mehr als eine Stunde allein gelassen. Und das fühlte sich an wie ein ganzer Tag. Hoffentlich war Jákup nicht vor dem Fernseher eingeschlafen, während ihre Tochter im Schlafzimmer herumschrie. Plötzlich beschlich sie ein sonderbares Angstgefühl. Anita konnte den Abend nicht länger genießen. Vielleicht spürte die Kleine, dass ihre Mutter von zu Hause weggegangen war? Die Vorstellung, dass das Mädchen unruhig geworden war und ihr Herz wie wild zu schlagen begonnen hatte, belastete sie. Der plötzliche Kindstod war eine Sorge, mit der alle Mütter zurechtkommen mussten. Aber konnte sie es sich erlauben, ihr Kind einfach so im Stich zu lassen? Auch wenn sein Vater zu Hause war ...? Mein Gott, sie würde es sich wohl nie verzeihen, wenn ihr heute Abend etwas passieren würde. Erneut beschlich sie ein furchtbares Gefühl, ihr wurde zusehends unwohler. Überall an ihrem Körper brach der Schweiß aus. Sie hatte nur noch den Drang, sich zu bedanken und nach Hause zu kommen.

JÁKUP WAR VOR wenigen Minuten bei ihr im Zimmer gewesen und hatte nach ihr geschaut. Das kleine Herz in ihrer Brust hatte geschlagen wie immer. Aber sie ahnte ja auch nichts. Das arme kleine Kind war einfach nur da. Sie würde weder etwas mitbekommen noch Schmerzen empfinden. Er hatte eine Stunde verstreichen lassen, nachdem Anita gegangen war. Es war wichtig, dass er nicht zu schnell vorging. Allein für den Fall, dass der Todeszeitpunkt und die genaue Ursache untersucht werden würden. Er durfte auf keinen Fall in Verdacht geraten.

Gott würde ihm diese Sünde sicher nicht anrechnen. Bei seinem Vorhaben konnte ja kaum von Mord die Rede sein. Draußen in der Welt gab es Millionen von kleinen Mädchen, die kein Recht auf Leben besaßen oder Opfer männlicher Gewalt wurden. Niemand sprach über diese Grausamkeiten. Und das warf gleich ein anderes Licht auf das, was er geplant hatte. Er selbst war Vater eines Jungen und eines Mädchens. Sein eigenes Leben war bisher rund und ausgeglichen verlaufen. Er liebte seine Frau und seine Kinder nach wie vor. Im Innersten seines Herzens wünschte er sich nichts sehnlicher, als dass sie als Familie eine neue Chance bekämen und es das Leben weiterhin gut mit ihnen meine. An vielen Orten dieser Welt wäre Anitas Vergehen hart bestraft worden. In manchen Gegenden wäre sie sogar gesteinigt oder von der Gesellschaft ausgestoßen worden. Man hätte ihr keine Chance gegeben, sich zu verteidigen. Und das Gleiche galt für das Kind. Glücklicherweise waren die Färinger ein zivilisiertes Volk und er ein christlich denkender Mann, der in der Lage war, zu vergeben. „Die Wege des Herrn sind unergründlich", erinnerte er sich, in der Bibel gelesen zu haben. Gott hatte Abraham, den Stammvater der Israeliten, gebeten, ihm seinen einzigen Sohn zu opfern. Der hörige alte Vater hatte dem Auftrag des Herrn nicht widersprechen wollen und war schweren Herzens mit Isaak auf den Berg Moriah hinaufgestiegen. Notgedrungen hatte er ein Feuer angezündet und alles vorbereitet, um Gott seinen Jungen als Opfer darzubringen. Aber dann war ein Engel vom Himmel gekommen, der Abraham an der Ausführung seiner Handlung gehindert und ihn aufgefordert hatte, Gott stattdessen nur einen Schafsbock zu überlassen.

Jákup wusste, dass es nur einen gab, der ihn von seinem Vorhaben abhalten konnte. Doch es sah nicht so aus, als beabsichtige der Herrgott, ihn dazu zu bringen, seinen Plan zu ändern.

In seinem Innersten hoffte er sogar, ein Zeichen von oben zu bekommen. Aber es war nicht Gott, sondern seine eigene Frau, die ihn in diese unmögliche Situation hineinmanövriert hatte. Hätte er entschieden, sich anstelle der Kleinen selbst das Leben zu nehmen, so hätten ihm das seine eigenen Kinder wohl nie verziehen. Er war also gezwungen, seiner Verantwortung gerecht zu werden.

Er hatte gut aufgepasst und sich gemerkt, wie man in Filmen operierte. Daher wusste er, dass es für seine Glaubwürdigkeit unabdingbar war, genau wiedergeben zu können, was er in der letzten Stunde gemacht hatte. Aber nun war der richtige Moment gekommen. Er erhob sich aus seinem Sessel. Lief unruhig im Zimmer herum. Schaute ein letztes Mal aus dem Wohnzimmerfenster. Nein, es war niemand zu sehen. Die Wanduhr zeigte 23.07 Uhr. Es war so weit. Er öffnete die Tür zum Flur, ging die Treppe hinauf und ins Schlafzimmer. Dann stand er am Kinderbett und sah im schwachen Lichtschein das Gesicht dieses kleinen, unschuldigen Mädchens. Es war nicht vorgesehen, dass der Mensch über Leben und Tod bestimmte. Zitternd schlug er über ihrem Körper ein Kreuzzeichen. Es gab niemanden, mit dem er später über seine Tat würde sprechen können. Sein Glaube an Gott war nicht stärker ausgeprägt als bei anderen Menschen. Trotzdem würde es ihm helfen, zu beten. Seine Last mit jemandem zu teilen, der in jeder Beziehung stärker und gerechter war als er selbst. Und der ihm diese Sünde hoffentlich vergeben würde. Es wäre nicht einmal erforderlich, sie zu berühren. Er brauchte nur seine Handfläche so vor ihr Gesicht zu halten, dass sie keine Luft mehr bekam.

Es würde seltsam sein, sie tot zu sehen. Er ging davon aus, dass es nur wenige Sekunden dauerte, bis er ihr das Leben genommen hätte. Aber dann würden die Schuldgefühle und das schlechte Gewissen kommen ...

ER DACHTE AN die Tage, an denen er mit der Angel auf der Brücke gestanden und Köhler gefangen hatte. Einmal hatte er dabei einen Seeskorpion aus dem Wasser gezogen. Er war rötlich gewesen und hatte kleine Zacken auf seiner Haut gehabt. Er hatte gleich erkannt, dass dieser Fisch nicht essbar war. Daher hätte er den kleinen Skorpion genauso gut zurück ins kalte Wasser werfen können. Dorthin, wo er hergekommen war. Aber er war sich sicher gewesen, dass er erst dann wieder Ruhe fände, wenn er das Wassergeschöpf auf dem Beton kaputtgeschlagen hatte.

Er konnte sich die Angst, die sich in Beinir Kalsfjalls Augen widergespiegelt haben dürfte, als er die Kontrolle über sein Auto verlor und gegen die steinharte Felswand am Tunnel geschleudert wurde, in lebhaften Bildern vorstellen. Er hätte sie gerne selbst miterlebt, die Furcht und Reue im Gesicht dieses Mannes, aber er war aus verständlichen Gründen gut beraten gewesen, sich schleunigst vom Tatort zu entfernen.

Bei seiner Flucht hatte er genau aufpassen müssen, wohin er seinen Stock setzte. Es hätte keinen Sinn gemacht, der Polizei Spuren zu hinterlassen, denen sie einfach nur hätte folgen müssen. Obgleich ihm das letzten Endes hätte egal sein können. Für ihn hatte einzig und allein gezählt, die fürchterliche Nacht, die dieser teuflische Sportsmann durch sein Verhalten verschuldet hatte, zu rächen und ihn vielleicht dazu zu bringen, über die Trauer, den Schmerz und die Verachtung nachzudenken, die er ihm persönlich zugefügt hatte. Es war unverzeihlich, dass Beinir nach dem Unfall weder Mitgefühl noch Reue gezeigt hatte. Er war nicht einmal ins Krankenhaus gekommen, um ihn zu besuchen. Keine Entschuldigung, keine Blumen. Nichts.

Warum nur hatte die Polizei ihn so leicht davonkommen lassen? Und warum musste mehr als eine Stunde vergehen, ehe ein Krankenwagen den Unglücksort erreichte? Vónbjørt hätte gerettet werden können, wenn sie schneller in ärztliche Behandlung gekommen wäre. Vielleicht hätte auch Mikkjal überlebt, selbst sein eigener Zustand wäre heute ein anderer. Im Krankenhaus hatte er gehört, wie davon gesprochen wurde, dass man es versäumt habe, gleich den Notarztwagen zu rufen. Und dass man die jungen Leute, die bei dem Unfall die schlimmsten Verletzungen erlitten hatten und somit am dringendsten Hilfe benötigt hätten, wohl erst als Letzte behandelt habe.

Ungerecht, wie das Leben sein kann, war die Polizeiwache ausgerechnet an diesem Abend mit einem Beamten besetzt gewesen, der den Ernst der Situation hätte erkennen müssen, seiner Aufgabe jedoch nicht ausreichend gewachsen war. Trotzdem bekam exakt dieser Mann nur kurze Zeit nach seinen Versäumnissen einen Einstellungsvertrag für einen gut bezahlten Job bei der Polizei Nord. Bei manchen Leuten bleiben grobe Fehler tatsächlich ohne Folgen. Während bei anderen bereits ein Unfall den Rest des Lebens zerstören kann.

ANITA STAND AN der Tür, zum Aufbruch bereit. Die Jacke hatte sie schon übergestreift. Doch es fiel ihr schwer, sich zu verabschieden und den Strickclubabend vorzeitig zu verlassen. Es war zu interessant, Lina zuzuhören, die von einem blinden Mann erzählte, den sie im Mai im Krankenhaushotel getroffen hatte. Obwohl Bjarki etwas jünger war als sie, kannten sie ihn alle aus ihrer Schulzeit. Sie hatten ihn als netten, vernünftigen Jungen in Erinnerung. Na ja, vielleicht war er damals etwas altklug und schüchtern gewesen. Oft hatte er nur herumgestanden und den Mädchen beim Seilspringen zugesehen. Irgendwann hatte er dann aber mitmachen dürfen. Während seiner Jugend hatte er sich stark verändert. Bjarki hatte sich zu einem richtigen Schönling gemausert. Zu der Zeit, als der Unfall geschah, müsse er auf die gymnasiale Studienschule gegangen sein, überlegten sie. Die näheren Umstände waren damals etwas undurchsichtig geblieben. Mittlerweile war Bjarki komplett von der Bildfläche verschwunden und nahezu in Vergessenheit geraten.

„Aber das ist ja auch nicht weiter überraschend", meinte Jórun, „denn er ist seit vielen Jahren blind und in seinen Fähigkeiten stark beeinträchtigt. Aber du hast ihn kürzlich getroffen, Lina?"

„Ja, anfangs war es etwas schwierig, Kontakt zu ihm aufzunehmen. Aber es ist ja auch nachvollziehbar, dass er im Laufe der Jahre etwas eigen geworden ist. Oder eher gleichgültig. Trotzdem haben wir uns eine Weile über Gott und die Welt unterhalten. Er war bei einem Facharzt für Augenerkrankungen in Behandlung, aber auch der würde ihm sein Sehvermögen nicht ganz zurückgeben können, hat er gesagt. Am Ende sind wir auf die neue Partei zu sprechen gekommen. Die ‚Grünen Färöer' sollten doch bitte auch die im Blick haben, die keine Chance bekämen, jemals ein eigenes Auto zu fahren. So oder so ähnlich hat er sich ausgedrückt. Über Ronja hat er sich durchweg positiv geäußert, aber als ich ihm völlig unvorbereitet die Nachricht überbrachte, dass auch Beinir Kalsfjall einen Platz auf der Liste bekommen habe, hat Bjarki nur noch schwarzgesehen. Ohne seine Bedenken näher zu erläutern, ist er sofort auf sein Zimmer geflüchtet.“

Anita winkte lächelnd ab. Nein, sie wolle keinen Nachschlag vom Dessert mehr. Sie habe nun schon eine ganze Zeitlang in Jacke und Schuhen dagestanden und ihnen zugehört. Es sei bereits viertel nach elf. Sie müsse nun wirklich nach Hause. Sie könne natürlich anrufen, wolle aber lieber selbst nach dem Rechten sehen und sich vergewissern, dass alles in Ordnung sei. Es hieß, dass die erste Stunde ohne das eigene Kind die schlimmste sei. Danach würde man langsam lernen, das Ganze entspannter zu sehen. Sie bedankte sich noch einmal, schloss die Tür hinter sich und begab sich hinaus in den schönen Sommerabend. Endlich war sie auf dem Heimweg. Auf den Treppenstufen war es dunkel. Doch der Himmel war klar. Hoch über dem mächtigen finsteren Berg sah sie einen kleinen Stern. Es schien, als würde er ihr den Weg leuchten. Anita geriet in Panik.

HINTER DER HAUSWAND versteckt hatte er gehört, wie sich die Frau des Polizisten von ihrem Mann verabschiedet hatte. Sie war mit dem Auto fortgefahren. Geduldig hatte er das Haus unter Beobachtung gehalten. Vielleicht war das nun seine Chance. Wenn die Kinder zu Hause wären, hätte er sie sicher gehört. Langsam drückte er die Klinke der Haustür hinunter und schlüpfte lautlos in den Flur. Er musste nun besonders aufpassen, wohin er seine Füße setzte. Eine Lampe strahlte vom Dachgeschoss herunter. Verschwommen sah er die Wände und eine Tür, die in einen Raum hineinführte, der nur das Wohnzimmer sein konnte. Der Fernseher war eingeschaltet. Er hörte Schüsse aus Maschinengewehren und die quietschenden Bremsen von Autos, die sich offenbar zwischen Hochhäusern und schreienden Menschenmengen hindurchkämpften. Er schlich an der Wand entlang und passte auf, dass er weder an Bilder noch Topfpflanzen stieß, die die Leute gern draußen auf dem Flur stehen hatten. Plötzlich sah er einen großen, sich bewegenden Schatten. Das musste er sein. Jákup. Es schien, als liefe er unruhig hin und her. Auf einmal ging er zum Fenster und blieb dort für einen kurzen Augenblick stehen. Dann ging er zu der Tür, die in den Flur führte. Hoffentlich hatte er ihn nicht bemerkt. Und falls doch, so hatte er sich ein paar passende Worte zurechtgelegt, die er ihm an den Kopf werfen wollte. Die Gestalt ging jedoch zügig an ihm vorbei. Und mit großen Schritten die Treppe hinauf. Sollte er warten, bis der Mann wieder herunterkam? Nein, es musste jetzt sein. Leise ging er hinter ihm her. Hielt sich am Geländer fest. Glücklicherweise gaben die Treppenstufen keine Geräusche von sich. Für ihn galt es nur, diesem lebenden Schatten zu folgen, der jetzt die Tür zu einem der Räume im Dachgeschoss öffnete. Hoffentlich hielt sich dort nicht noch jemand anders auf. Er versuchte, ihn zu fokussieren. Langsam konnte er den großen Mann etwas deutlicher sehen. Seinen stattlichen Körper, die Arme und die Beine. Der Schatten stand einen Moment still und bewegte sich nicht. Das, was er jetzt vor sich sah, mussten sein Nacken und sein Rücken sein. Dann beugte sich das Polizeigespenst zu irgendetwas hinunter. Ja, das war genau der richtige Moment! Er schwang seinen Stock. Und schlug zu, so hart er konnte. Hoffentlich würde er den Kopf oder Nacken treffen. Er hörte, wie Jákups Körper zu Boden stürzte, dabei aber auf irgendetwas liegenblieb. Auftrag erfolgreich erfüllt, dachte er nur, als er vorsichtig die Treppe hinunterstieg. Jetzt wäre es wohl das Beste, die Flucht zu ergreifen. Als er sich ein Stück vom Haus entfernt hatte, vernahm er Motorengeräusche. Dann erkannte er auch die Lichter des Autos. Es war gut, dass sie nicht fünf Minuten früher zurückgekommen war. Oh nein, er hatte keinerlei Mitleid mit der Frau dieses Mannes.

DIE HAUSTÜR STAND weit offen. Auf dem Weg hinein rief sie nach Jákup. Doch niemand antwortete ihr. Ihr war, als rutsche ihr das Herz in die Hose, als sie die Treppe hinaufstürmte. Sie fand ihren Mann im Schlafzimmer. Er hing halb über dem kleinen Kinderbett. Das Blut rann ihm die Wangen hinunter. Seine Augen waren groß und starr. Und sein Mund war weit geöffnet.

„Nein, neiiin ... Oh Gott ..., nein ...!"

Ihre Hilferufe schallten durch das ganze Haus. Mit ungeahnten Kräften hob sie Jákup vom Bett herunter und legte ihn auf den Fußboden. Völlig außer sich nahm sie dann das Kind und stellte fest, dass es nicht atmete. Sie nahm es in den Arm und kraulte ihm den Rücken. Gleich im nächsten Moment blies sie ihm Luft in Mund und Nase, um es wieder zum Leben zu erwecken. Dann versuchte sie, den Kopf der Kleinen nach unten zu halten.

„Oh neiiiin ...!"

Verzweifelt und schluchzend zog sie das Kind wieder zu sich heran. Ihre Gedanken wurden auf einmal eiskalt. Sie starrte Jákup hasserfüllt und vorwurfsvoll an. Wie konnte es sein, dass ein Polizist nicht in der Lage war, auf seine kleine Tochter und sich selbst aufzupassen? Warum musste sie alles allein regeln? Mit tränenerfüllten Augen hielt sie das Mädchen wieder ein Stück von sich weg. Nein, sie wollte nicht wahrhaben, wie schlecht und gnadenlos die Welt sein konnte. Ihr Blick galt nur noch ihrem unschuldigen Engel. Ihrer kleinen Sonne. Die nicht aufhören sollte zu scheinen. Die nichts Böses getan hatte. Sie konnte sie nicht loslassen. Anita hoffte und betete innerlich. Plötzlich bemerkte sie ein leichtes Pochen im Brustkorb des Mädchens. Ja, es atmete. Und dann begann es, gemeinsam mit seiner Mutter zu weinen.

ALS DIE POLIZEI und die Rettungssanitäter ins Haus hereingepoltert kamen, saß Anita auf der Bettkante, das Kind in ihren Armen. Sie zitterte am ganzen Körper und war nicht in der Lage zu sagen, was passiert war. Sie war erschüttert und warf mit unübersehbarem Sarkasmus einen Blick auf ihren Mann, dem immer noch Blut über die Wangen lief. Er lag auf dem Fußboden und murmelte etwas, das niemand verstand. Die Sanitäter hatten keine Zeit zu verlieren. Jákup wurde auf einer Trage in den Rettungswagen gebracht und in rasender Fahrt ins Krankenhaus befördert. Louis Borgarson legte Anita seine Hand auf die Schulter. Am besten würden sie und das Kind auch ins Krankenhaus fahren, um sich untersuchen zu lassen. Anita nickte, ohne den Kriminalbeamten anzuschauen. Lieber wollte sie zusehen, wie der kleine Mund alles, was das Mädchen zum Leben brauchte und ihm Geborgenheit gab, aus ihrer Brust hinaussaugte.

Sie war immer noch nicht wieder sie selbst. Es kam ihr vor, als sei alles, was gerade passiert war, nur ein böser Traum gewesen. Schon am frühen Abend hatte sie gespürt, dass etwas Schreckliches in der Luft lag. Und trotzdem hatte sie kaum ihren Augen trauen wollen, als sie nach Hause kam und sah, was sich dort zugetragen hatte. Hatte etwa jemand versucht, ihrer kleinen Tochter etwas anzutun? Und wer in aller Welt hatte ihren Mann so zugerichtet?

Ihre Schwägerin war bereits auf dem Weg zu ihr. Sie würde schon wissen, was jetzt zu tun war.

Anita hatte sich ein wenig beruhigt, als Lina zu ihr ins Schlafzimmer trat. Doch dann fing sie wieder an zu weinen. Sie wisse nicht, was genau vorgefallen sei, erklärte sie ihr, aber als sie kam, habe Jákup bewusstlos und blutend über dem kleinen Bettchen gehangen. Sie habe schreckliche Angst gehabt, dass die Kleine t-o-o-o-t sei. Dass ihr jemand etwas angetan hätte. Und dann sei sie total in Panik geraten ...

LOUIS BORGARSON WAR feuerrot im Gesicht und fluchte innerlich. Nachdem er das steinige Gelände verlassen hatte, war er zeitweise bis zu den Knöcheln im Moor versunken. Trotzdem war er wohlbehalten oben auf dem Plateau angekommen, wo ihm das Gehen wieder leichter fiel. Er musste allerdings aufpassen, dass er nicht zu nah an die Felskante geriet, von wo aus es senkrecht nach unten ging. Aber der Hund an seiner Seite verfolgte gespannt eine Spur und riss an seiner Leine. Er hatte eine Fährte aufgenommen und wurde immer ungeduldiger. Mit nassen Füßen und erschöpft von der langen Tour versuchte Louis, so gut wie möglich mitzuhalten. Wo zum Teufel rannten die anderen Suchtrupps herum? Das hier war kein Einsatz für einen Mann mittleren Alters. Er würde bald Opa werden und hatte nicht das geringste Bedürfnis, seinen Kopf auszuschalten und ohne Sinn und Verstand zu handeln. Er bemühte sich, mit seiner Taschenlampe den Weg auszuleuchten, richtete sie aber auch immer wieder nach links und rechts. Es war kaum möglich, zu erkennen, wohin er mit seinen Füßen trat. Die Vorstellung, dass ein blinder Mann eine solche Strecke zurückgelegt hatte, erschien ihm unwahrscheinlich. Auch wenn Bjarki in der Finsternis natürlich ein Heimspiel hatte. Plötzlich meinte er, einige hundert Meter vor sich etwas zu sehen. Aber wie weit mochte die Absturzkante von ihm entfernt sein? Er überlegte, den Hund loszulassen.

ER NÄHERTE SICH *dem Abgrund. Der ewigen Dunkelheit. Sein persönlicher Absturz war so groß gewesen, dass er den Tod nicht fürchtete. Das Letzte, was er in seinem Leben hören würde, waren das Geschrei des Polizisten und das Keuchen eines Hundes. Er war der Kante so nahegekommen, dass er meinte, bereits der nächste Schritt könne sein Letzter sein. Plötzlich wurden ihm die Beine weggerissen. Und er schlug der Länge nach auf den Boden auf.*

UM 11.00 UHR morgens übertrug das färöische Fernsehen eine Sondersendung direkt aus Norðvík. Louis Borgarson leitete eine Pressekonferenz und informierte die Bevölkerung über den aktuellen Sachstand. Der Chef der nationalen Kriminalpolizei wirkte ernst, aber gefasst. Man sah ihm nicht an, dass er in der vergangenen Nacht maximal zwei Stunden geschlafen hatte.

„Ein 38 Jahre alter Mann aus Norðvík hat inzwischen gestanden und sich für schuldig erklärt, am Morgen des 16. August einen großen runden Stein auf die Straße gerollt zu haben, mit dem Ziel, Beinir Kalsfjalls Auto zu treffen. Er ist es auch gewesen, der gestern Abend in das Haus eines Polizisten eingebrochen ist ..."

Louis blickte in die Kamera. Er ließ sich Zeit. Es schien, als wolle er den nächsten Satz erst noch einmal überdenken, ehe er ihn aussprach. Nein, er entschloss sich dazu, den Namen des Polizisten für sich zu behalten und der färöischen Bevölkerung vorerst nicht mitzuteilen, dass Jákup á Trom noch immer bewusstlos im Krankenhaus lag. Dann fuhr er leise fort:

„Bei letztgenannter Aktion handelt es sich um einen persönlichen Angriff, bei dem es der Festgenommene gezielt auf einen ganz bestimmten Beamten abgesehen hatte. Der Mann sitzt nun in Untersuchungshaft. Sobald die Ermittlungen zu diesem Fall abgeschlossen sind, wird gegen den Schuldigen Anklage erhoben werden."

Die Frage, ob er diese Straftat allein verübt habe, wurde mit einem kurzen, aber eindeutigen „ja" beantwortet. Darüber hinaus konnte Louis seinem Publikum berichten, dass das Motiv für die beiden Verbrechen in jahrelanger Verbitterung zu finden sei.

„Der Täter war am 20. November 1999 selbst Opfer eines fürchterlichen Verkehrsunfalls. Ein mit fünf Jugendlichen besetztes Auto kollidierte damals auf der Straße nach Viðareiði mit losem Geröll, das von den Felsen herabgestürzt war. Der Schuldige ist in jener Nacht schwer verwundet worden und hat dabei sein Augenlicht verloren. Es ist sicherlich nicht ohne Bedeutung, wenn ich jetzt sage, dass einer der fünf Jugendlichen, die in diesem Auto saßen, Beinir Kalsfjall war ..."

„Aber warum hat sich dieser Mann auch noch an einem Polizisten rächen wollen und ihn dazu zu Hause aufgesucht?", fragte einer der Journalisten.

Okay, dachte Louis. Er konnte diese Frage gut nachvollziehen. Und er wusste, dass es jetzt nichts bringen würde, mit der Wahrheit hinterm Berg zu halten:

„Es soll kein Geheimnis bleiben, dass der Vorfall gestern Abend ebenfalls im Zusammenhang mit dem Verkehrsunfall im Jahr 1999 zu sehen ist. Der Mann wollte mit seinem Angriff seine Unzufriedenheit mit der damals mangelhaft verrichteten Polizeiarbeit zum Ausdruck bringen. Aber ich habe gute Gründe dafür, in diesem Punkt nicht ins Detail zu gehen."

„Soll das heißen, dass auch die Polizei für diese Straftaten, die der Mann nun viele Jahre später begangen hat, zur Verantwortung gezogen werden sollte?"

Es war der Vertreter des Rundfunks, der sich genötigt gesehen hatte, im Namen des färöischen Volkes diese etwas provokante Frage zu stellen.

Louis schüttelte in aller Ruhe den Kopf, ehe er seine Antwort formulierte:

„Nein, ich glaube nicht, dass es korrekt wäre, so zu argumentieren. Die Polizei ist selbstverständlich bemüht, jederzeit das zu tun, was sie in der jeweiligen Situation für richtig hält. Im aktuellen Fall wird also Anklage erhoben werden müssen. Es gibt bestimmte Vorgehensweisen, die nun zu befolgen sind. Und es wird weitere Leute geben, die wir verhören müssen. Daneben werden wir natürlich auch die Arbeitsweise der Polizei einer näheren Untersuchung unterziehen. Aber mehr vermag ich heute noch nicht zu sagen. Ich möchte jedoch die Gelegenheit nutzen, mich bei allen zu bedanken, die die Polizei im Zusammenhang mit dem Mord an unserem Parlamentsabgeordneten Beinir Kalsfjall mit so zahlreichen Informationen unterstützt haben. Wir haben den Mann, der dieses Verbrechen begangen hat, gefasst. Und er hat seine Tat gestanden und sich für schuldig erklärt. Vielen Dank, alle zusammen."

Freitag, 7. Dezember 2018

ES WAR IHR 40. Geburtstag. Vielleicht genau der richtige Anlass, einmal etwas Besonderes zu arrangieren, hatte Ronja sich gesagt. Vor geraumer Zeit hatte sie sich selbst versprochen, an ihrem Geburtstag zu einem „Haus der offenen Tür“ nach Skáli einzuladen, falls sie ihre ersten Monate als Ministerin bis dahin überlebt haben sollte. Ihren Ruf als Politikerin konnte sie persönlich nicht einschätzen, aber wenn man den letzten Umfragen traute, so lief es gut bei den „Grünen Färöern“. Doch jeder Tag brachte neue Herausforderungen und Stolpersteine gab es überall. Fürs Erste war es ihr zumindest gelungen, in ihrem neuen Job Fuß zu fassen. Immerhin sollte zu Beginn des nächsten Jahres ein neues Umweltgesetz im Parlament vorgestellt werden.

Ronja hatte den namhaften Musiker Petur við Brúgv dafür gewinnen können, auf ihrer Feier Klavier zu spielen. Auch um das Essen, die Reden und die Technik sollten sich heute andere kümmern. Das Buffet würde aus färöischen Spezialitäten bestehen, darüber hinaus hatte ihr Strickclub versprochen, für eine ausgezeichnete Auswahl an Kuchen zu sorgen. Auf einem langen Tisch standen Bier, Wein, Kaffee und Tee bereit. Ronja war freudig überrascht, als sie in den gemütlichen Saal kam, der mit Kerzen erleuchtet und mit den verschiedensten grünen Dekoartikeln geschmückt war.

Es ging auf vier Uhr zu. Ronja musste immer wieder darüber nachdenken, worauf zum Teufel sie sich hier eigentlich eingelassen hatte. Sie fragte sich, ob dieser Empfang nicht übertrieben und vielleicht ein bisschen zu viel des Guten sei.

Die Leute strömten herein. Nicht alle Gäste waren ihr gleichermaßen vertraut. Aber sie lächelte freundlich und bedankte sich bei jedem, der zu ihr kam, ihr die Hand gab und ihr gratulierte. Der erste Schreck durchfuhr sie, als auf einmal Pátrik Raskason vor ihr stand und ihr eine

Flasche Wein überreichte. Sie konnte nicht sehen, was auf der Karte stand, die er seinem Geschenk beigefügt hatte, aber sie hatte gelernt, den meisten Leuten im Gesicht abzulesen, was sie im Schilde führten. *If you can't beat them, join them.* Wenn du sie nicht schlagen kannst, dann schließe dich ihnen an. Er sei selbstverständlich herzlich willkommen, gab sie ihm zu verstehen, und wenn er ein Bild machen wolle oder auch zwei, so wäre auch das in Ordnung.

Plötzlich stand Anita mit ihrer vier Monate alten Tochter Alberta neben ihr. Ronja war selbst in der Kirche gewesen, als das Mädchen getauft worden war. Sie hatte die Zeremonie als sehr schön und rührselig in Erinnerung behalten. Kaum ein Auge war trocken geblieben, als der Pfarrer den Namen bekanntgab, Alberta Jákupsdóttir á Trom. Die Kleine war nach ihrem Großvater Alberti benannt worden. Jákup war es sehr schwergefallen, an der Taufe teilzunehmen. Anita hatte ihn stützen müssen, als er schwerfällig durch den Mittelgang humpelte und in die erste Bank geleitet wurde, von wo aus er die Feierlichkeiten seinen Kräften entsprechend mitverfolgen konnte. Der früher so ansehnliche und gut gebaute Mann, der von seinen Hirnschädigungen sichtlich gezeichnet war, war von den Leuten weitaus mehr in Augenschein genommen worden, als ihm lieb gewesen war. Für Anita und die Kinder war es hart, Jákup so eingeschränkt und schweigsam zu erleben. Er würde nie wieder der Alte werden, hatten die Ärzte gesagt und ihm keine konkreten Heilungschancen in Aussicht stellen können. Aber vielleicht sei es in all dem Elend ein kleiner Trost für sie, dass Jákup ab Januar den Platz von Bjarki Birk Olesen im „Hjálpirótin" übernehmen könne, hatten sie versucht, ihnen Mut zuzusprechen.

Jórun nahm ein paar kleine Häppchen, legte sie auf einen Teller und gesellte sich zu Lina, Dennis und einigen anderen netten Leuten aus Norðvík, die gerade zusammenstanden und dieses ungezwungene Treffen sehr zu genießen schienen. Maria und Poul hatten sich an einem der Tische niedergelassen. Ihnen gegenüber saßen der Chef der Nordbank mit seiner Frau und der Leiter des lokalen Energierats. Ronja mochte diese herrliche und allseits beliebte Mischung von Vertretern der Ober-, Mittel- und Unterklasse, die die Gelegenheit nutzten, sich miteinander auszutauschen. Aber sie wollte es nicht versäumen, auch zu denen zu gehen, die sie im Wahlkampf so treu unterstützt hatten. Sie dachte an die gute Arbeit, die sie geleistet hatten. Die Dienste, ohne die sie jetzt nicht hier stände. Na ja, von diesem einen Bärendienst einmal abgesehen. Und trotzdem bereitete es ihr Freude, Jónas an einem Tag wie diesem als Mann von Welt in der Menschenmenge zu erblicken.

Dann setzte sie sich auf den Stuhl, der für sie reserviert war. Neben ihr saßen ihre Mutter und Niki, ihnen gegenüber Bjørg und Salar. Auch Dorian Dun und seine Frau hatten ihren Platz in der Nähe der Ministerin gefunden. Fast alle Gäste waren pünktlich eingetroffen. Es gab also keinen Grund, die Dinge unnötig in die Länge zu ziehen. Es war kurz nach halb fünf. Villy Nesmann, der die Rolle des Organisationschefs übernommen hatte, ging selbstbewusst zum Mikrofon.

„Herzlich willkommen, alle zusammen. Und dir, liebe Ronja, herzlichen Glückwunsch zu den vielen schönen und fleißigen Jahren, die dein bisheriges Dasein charakterisieren. Ich glaube, dieser Moment zeigt, dass du alles, was du dir im Leben vornimmst, auch Wirklichkeit werden lässt. Danke für deinen starken und unermüdlichen Willen. Die Färöer brauchen Frauen wie dich. Aber das Beste von allem ist, dass dein Herz nach wie vor hier für deine Heimat schlägt."

Ronja lehnte sich auf ihrem Stuhl zurück. Sie würde wohl einige nette und anerkennende Worte über sich ergehen lassen müssen, drückte aber still und heimlich die Daumen und hoffte, dass dieser Mann nicht zu dick auftragen würde.

„Das, was Ronja nicht schafft, ist es auch nicht wert, geschafft zu werden. Als Journalistin hast du es geschafft, die richtigen Fragen zu stellen. Du hast es geschafft, den alteingesessenen Machthabern hier im Land neue Denkanstöße zu geben. Als Politikerin hast du es geschafft, den richtigen Kurs abzustecken. Du hast es geschafft, Lösungen zu finden. Man sagt, dass ältere Männer außer ihrer Anzahl an Jahren nur selten einen Nachweis erbringen können, wirklich gelebt zu haben. Anders ist es bei den Frauen. Für sie gibt es eine Zeit, in der sie schön sein müssen, um geliebt zu werden, aber dann folgen die Jahre, in denen sie geliebt werden müssen, um schön zu bleiben."

„Bitte komm zum Ende, lieber alter Mann", dachte Ronja, „und geh mit deinem männlichen Chauvinismus nicht zu weit." Aber Villy Nesmann hatte schon alles gesagt, was ihm am Herzen lag. Jeder, der noch ein paar Worte hinzufügen wolle, solle ihm bitte Bescheid geben, erklärte er am Ende seiner Ansprache. Bis dahin würde Petur við Brúgv ein weiteres Lied spielen. Und selbstverständlich sei auch jeder eingeladen, sich den Teller zu füllen.

Als Bjørg aufstand, um das Wort zu übernehmen, huschte ein Lächeln über Ronjas Gesicht. Ihre Freundin hatte es schon seit Jahren angedeutet: Wenn Ronja einmal vierzig würde, dann würde sie eine Rede halten. Und jetzt stand sie da …

„Ja", begann sie, „Ronja, du bist ein absolut vorurteilsfreier Mensch, auf den man jederzeit bauen kann. Sowohl als Freundin als auch als Leuchtturm unserer Gesellschaft. Ich kenne dich nun schon seit der Schulzeit. Wir zwei haben immer von einem spannenden Leben irgendwo draußen in der Welt geträumt. Als du mich dann aber in meiner kleinen Wohnung in London besuchtest und Salar kennenlerntest, meinen heutigen Mann, hast du diesen Bissen erst einmal gut und gewissenhaft zerkauen müssen, ehe du ihn hinunterschlucken konntest", lachte sie. „Aber trotz einiger schicksalhafter Momente hat es das Leben gut mit uns beiden gemeint. Besonders schön und positiv ist es, hervorzuheben, dass Ronja, die immer die große, weite Welt geliebt hat, ihre große Liebe an einem Schreibtisch in Norðvík gefunden hat."

Niki legte seinen Arm um Ronjas Schultern.

„Liebe Ronja! Du hast die Spannweite eines Adlers, aber einen Schnabel wie ein zahmes Vögelchen. Du bist die Gründlichkeit und Weltoffenheit in Person. Im Wege deines politischen Amtes bringst du uns Färingern bei, über die eine oder andere Sache nachzudenken, aber dennoch besonnen zu sein und nicht *über* den Fluss zu springen, um nach Wasser zu suchen. Denn der Regen, der Wind und die Sonne sind unser aller Eigentum. Die Natur steckt in jedem von uns. So, wie wir säen, werden wir ernten. Der englische Schriftsteller William Golding, der vielen von euch vielleicht wegen seines Bestsellers ‚Herr der Fliegen' ein Begriff ist, hat es einmal auf den Punkt gebracht: ‚Ich denke, Frauen wären dumm, wenn sie so täten, als wären sie wie Männer, denn sie sind ihnen weit überlegen und waren es immer schon. Egal, was du einer Frau gibst, es wird mehr. Gibst du ihr Sperma, bekommst du ein Kind von ihr. Gibst du ihr ein Haus, wird sie ein Zuhause daraus machen. Gibst du ihr Lebensmittel, macht sie dir eine Mahlzeit. Und schenkst du ihr ein Lächeln, eroberst du ihr Herz. Eine Frau vervielfältigt und vergrößert alles, was du ihr gibst. Aber wenn du scheiße zu ihr bist, solltest du folglich damit rechnen, Tonnen von Scheiße von ihr zurückzubekommen."

Die Leute applaudierten. Ronja hatte Tränen in den Augen, als Bjørg den Zuhörern für ihre Aufmerksamkeit dankte und sich lächelnd zu ihr setzte. Die Feier verlief ganz in ihrem Sinne. Die Atmosphäre war ausgesprochen angenehm und die Leute fühlten sich bestens unterhalten. Und das erst recht, als die Melodie von ‚White Christmas' erklang, Døgg Damm auf die Bühne trat und einen aus männlichen und weiblichen Abgeordneten bestehenden Chor dirigierte, der sich mit einem umgestalteten Text grüne Weihnachten auf den Färöern erträumte.

Doch nun müsse der offizielle Part langsam zum Ende kommen, dachte Ronja, denn sie fand, dass sich dieser Teil der Veranstaltung nicht zu sehr in die Länge ziehen dürfe. Die Leute wollten schließlich auch miteinander sprechen und all die anderen kleinen Verführungen genießen, die bei einer solchen Feier auf den Tisch kamen. Aber dann stellte Ronja mit Erstaunen fest, dass sich Gestur Gillason, stellvertretender Parteichef der Christlichen Arbeiterpartei und färöischer Finanzminister in einer Person, das Wort erbat. Gemäßigten Schrittes ging er zum Mikrofon, rückte seine Krawatte zurecht und schaute zu Ronja Róksdóttir hinüber, die sich bemühte, seinen Blick mit einem nicht nachtragenden Lächeln zu erwidern.

Liebe Ronja,

zunächst möchte ich dir herzlich zum Geburtstag gratulieren und mich für deine großartige Arbeit in unserer Koalition bedanken. Weder du noch ich hatten erwartet, dass wir einmal auf dem gleichen Deck stehen und an der gleichen Leine ziehen würden. Aber wie man so weise sagt: Wenn man nicht den bekommt, den man liebt, so ist man genötigt, den zu lieben, den man bekommt ...“

Gillason war es gewohnt, auf Versammlungen und festlichen Anlässen zu sprechen, sodass es niemanden verwunderte, dass auch er einen Gruß loswerden wollte. Es interessierte Ronja zwar, was er auf dem Herzen hatte, aber ganz wohl fühlte sie sich dabei nicht. Dieser Mann war durchtrieben wie ein Fuchs und man wusste nie, was er mit seinen Worten bezwecken wollte.

Ja, wir alle haben wohl sehr unterschiedliche Qualitäten. Ein politisches Zitat von Margret Thatcher, die in den 80er-Jahren England geprägt und stabilisiert hat, ist zweifellos nicht von der Hand zu weisen: ‚Wenn du willst, dass etwas gesagt wird, dann frag einen Mann. Aber wenn du willst, dass etwas getan wird, dann frag eine Frau.“

Die Leute lachten und schielten anerkennend zu dem Tisch hinüber, an dem Ronja saß. Sogleich kam ihr diese Pharisäer-Mentalität in den

Kopf, die in so vielen Färingern steckte. Ob Gestur Gillason allerdings ein größerer Sünder war als die meisten anderen, sei einmal dahingestellt. Seine Doppelmoral und die Lasten, die er mit sich herumschleppte, waren ihr im Prinzip egal. Früher hatte sie oft danebengelegen, wenn es darum ging, Menschen als sogenannte Freunde oder Feinde einzuordnen. Aber jetzt sollte sie lieber seiner Rede folgen statt wie ein journalistischer Wachhund auf der Lauer zu liegen.

„*Wir alle sind bemüht, unser Land weiterzuentwickeln. Auch du und ich, Ronja Róksdóttir. Unsere Ansichten werden jedoch immer unterschiedlich sein. Wenn wir über das Meer diskutieren, spreche ich von Fisch und du von Plastik. Wenn es um Schiffe geht, denke ich an Einnahmen und du an Umweltverschmutzung. Und trotzdem, du bist ein frischer Wind in der politischen Landschaft der Färöer. Während wir anderen an die nächste Wahl denken, denkst du an die Generationen, die nach uns folgen.*

Gestur Gillasons Selbstwertgefühl war wirklich enorm. Er war ohne Weiteres in der Lage, andere zu loben und sich gleichzeitig über sie lustig zu machen. Im Großen und Ganzen aber keine schlechte Eigenschaft, dachte Ronja.

„*Nein, entschuldigt, dass ich nun so lange eure Aufmerksamkeit in Anspruch genommen habe. Aber ich weiß ja nicht, wann ich das nächste Mal bei Ronja zum Geburtstag eingeladen werde. Oder wann ich erneut die Möglichkeit bekomme, für eine so hübsche und tüchtige Frau eine Rede zu halten. Zum Schluss möchte ich Ronja Róksdóttir und ihrer Politik im Namen der färöischen Regierung auch weiterhin einen günstigen Rückenwind wünschen. Möge er zur Verbesserung der Lebensumstände der gesamten Bevölkerung beitragen.*“

Am Ende kam Ronja nicht umhin, sich bei allen Gästen zu bedanken. Sie hatte hier und heute an ihrem 40. Geburtstag wie auf einem Thron gesessen. Gleichzeitig waren ihr aber eine Reihe von Gedanken durch den Kopf gegangen. Sie hatte sich gefragt, wo sie in einem, in zwei oder auch in fünf Jahren stehen würde. Im Geiste kletterte sie durch verborgene Berge, in denen sich sonst nur Raben und Würmer zurechtfanden. Auf dem Weg nach oben kann es manchmal leichter sein, eine Pause einzulegen, anstatt es zu riskieren, abzustürzen. Denn je höher man kommt, desto tiefer ist der Fall.

Ganz langsam stand sie vom Tisch auf. Sie musste sich entscheiden, ob sie ihre Mutter an die Hand nehmen oder sich mit Niki auf den Weg machen wollte. Sie freute sich darauf, nach Hause zu kommen. Den Abend wollte sie mit den Personen verbringen, die ihr am nächsten standen. Sie ging davon aus, dass Maria, Jórun und Bjørg den Strickclub vertreten würden. Lina wäre wohl noch nicht wieder stark genug, während Anita sich um ihren kranken Mann zu kümmern hatte. Doch schon bald würden die Tage wieder länger werden und sie helleren Zeiten entgegengehen. Sie waren schließlich immer noch im besten Alter.

Ronja griff nach ihrer Jacke und blickte auf ihr Handy, um zu sehen, ob jemand versucht hatte, Kontakt zu ihr aufzunehmen. Plötzlich fand sie eine Nachricht, die sie in Panik versetzte und ihr Herz zum Hämmern brachte. Ronja wurde schlecht. Irgendwann hatten sie zusammen gelacht und davon gesprochen, wie es wohl sein würde, wenn sie erst einmal vierzig wären. Waren seitdem tatsächlich schon zwei Jahre vergangen?

„Herzlichen Glückwunsch. Grüße den Strickclub von mir. Wir sehen uns. Tarina.“

Der Autor

Steintór Rasmussen ist ein preisgekrönter Sänger und Songwriter von den Färöern. Er wurde 1960 geboren und zeigte schon früh sein musikalisches Talent. Seine umfangreiche Liedersammlung ist seither zu einem zentralen Bestandteil des kulturellen Erbes der Färöer geworden. Jetzt macht er sich mit der Veröffentlichung seiner von Kritikern hochgelobten Krimiserie über die „Strickclubmorde", die mittlerweile 5 Bände umfasst, einen Namen als Autor.
Rasmussen lebt in seiner Heimatstadt Klaksvík, wo er als Lehrer, Autor und Unternehmer arbeitet.

Der Übersetzer

Martin Schürholz, Jahrgang 1965, ist durch eine Liebe zum hohen Norden an das Übersetzen von nordischen Krimis gekommen. Waren es anfangs nur Texte aus dem Norwegischen, hat er sich später zum besseren Kennenlernen der Färöer selbst die färöische Sprache beigebracht. Darüber hat er den Autoren Steintór Rasmussen kennengelernt. Die beiden setzen nun auf eine erfolgreiche Zusammenarbeit. Schürholz arbeitet ansonsten im öffentlichen Dienst.

Fotonachweis:
Bild oben: **Eyðbjørn Jacobsen**
Bild unten: Privat
Bild links: **Wolfgang Orians**

Außerdem erschienen im Achter Verlag:

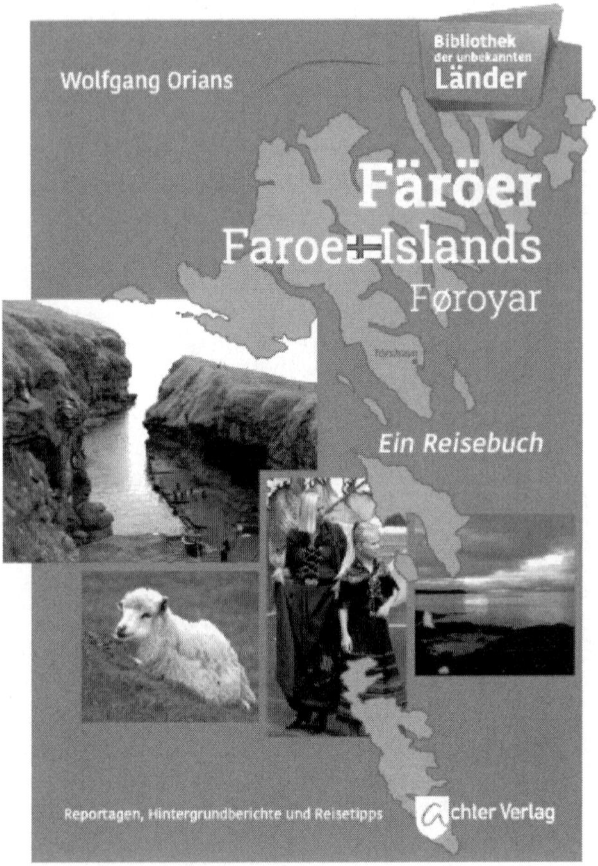

Wolfgang Orians
Bibliothek der unbekannten Länder: Färöer
Reisebuch, 272 Seiten, Hardcover, Fadenheftung,
Lesebändchen, 100 Farbfotos
ISBN 9783948028601, Preis: 24,50 €